Emilio Salgari

Tradução
Maiza Rocha

A RAINHA DOS CARAÍBAS

livros da tribo
ILUMINURAS

livros da tribo

Copyright © 2010 desta edição e tradução
Editora Iluminuras Ltda.

Capa e projeto gráfico
Michaella Pivetti

Revisão
Letícia Castello Branco

(Este livro segue as novas regras do Acordo Ortográfico da Língua Portuguesa.)

CIP-BRASIL. CATALOGAÇÃO-NA-FONTE
SINDICATO NACIONAL DOS EDITORES DE LIVROS, RJ

S159r

Salgari, Emilio, 1862-1911
    A rainha dos caraíbas / Emilio Salgari ; tradução Maiza Rocha. —
São Paulo : Iluminuras, 2010.

    Tradução de: La regina dei caraibi
    Cronologia do autor
    ISBN 978-85-7321-327-0

    1. Piratas - Literatura infantojuvenil. 2. Antilhas - Literatura infantojuvenil.
3. História de aventuras. 4. Literatura infantojuvenil italiana.I. Rocha, Maiza.
II. Título.

10-2753.   CDD: 028.5
                                  CDU: 087.5

11.06.10   21.06.10   019708

2010
EDITORA ILUMINURAS LTDA.
Rua Inácio Pereira da Rocha, 389 - 05432-011 - São Paulo - SP - Brasil
Tel./Fax: 55 11 3031-6161
iluminuras@iluminuras.com.br
www.iluminuras.com.br

ÍNDICE

1. O Corsário Negro, 7
2. Falar ou morrer, 17
3. A traição do administrador, 25
4. Cercados na torrinha, 37
5. O ataque à *Folgore*, 45
6. A chegada dos flibusteiros, 53
7. O brulote, 61
8. Um terrível combate, 70
9. O ódio de Yara, 79
10. As costas de Yucatán, 89
11. A esquadra dos flibusteiros, 97
12. Uma abordagem terrível, 111
13. A rendição da fragata, 118
14. A laguna de Tamiahua, 127
15. A jangada, 136
16. Caça ao peixe-boi, 144
17. Veracruz, 152
18. Golpes de espada e tiros de fuzil, 163
19. O ataque a Veracruz, 173
20. A marquesa de Bermejo, 182
21. A escalada de San Juan de Luz, 191
22. Entre o fogo e o abismo, 201
23. A tomada de San Juan de Luz, 208
24. A perseguição à *Alambra*, 217
25. A *Folgore* entre dois fogos, 228
26. A vingança de Wan Guld, 236
27. Os náufragos, 246
28. O litoral da Flórida, 252
29. Na floresta, 262

30. O urso-preto, 272
31. Oa antropófagos da Flórida, 279
32. A fuga dos corsários, 290
33. A rainha dos antropófagos, 298

Emilio Salgari - uma cronologia, 307

CAPÍTULO 1

O CORSÁRIO NEGRO

Em plena tempestade, o Mar do Caribe rugia de maneira terrível, arremessando verdadeiras montanhas de água contra os molhes de Puerto Limón e as praias da Nicarágua e Costa Rica. O sol ainda não se pusera, mas a escuridão já começava a cair, como se estivesse impaciente para ocultar a luta acirrada que estava sendo travada no céu e na terra. O astro diurno, vermelho como um disco de cobre, só conseguia projetar um ou outro raio através dos rasgões nas nuvens muito densas que o envolviam por completo. Ainda não estava chovendo, mas as cataratas do céu não deviam demorar a se abrir.

Somente alguns pescadores e soldados da pequena guarnição espanhola haviam ousado permanecer na praia, desafiando com teimosia a fúria crescente das ondas e as cortinas de água que o vento levantava no mar para depois arremessar contra as casas.

Um motivo, talvez muito grave, retivera essas pessoas ao ar livre. Havia algumas horas fora avistada uma nave na linha do horizonte e, a julgar pela direção das suas velas, parecia ter a intenção de buscar refúgio na pequena baía.

Em qualquer outra ocasião, ninguém teria dado muita importância para a presença de um veleiro, mas em 1680, época em que começa a nossa história, a coisa era muito diferente.

Todas as naves que chegavam de alto-mar causavam grande emoção na população espanhola das colônias do Golfo do México, seja as de Yucatán, da Guatemala, de Honduras, da Nicarágua, da Costa Rica, do Panamá ou das grandes ilhas das Antilhas.

O medo de ver surgir à frente de combate de uma frota de flibusteiros, os audaciosos piratas de Tortuga, causava forte perturbação entre aquelas populações de trabalhadores. Bastava que vissem algo de suspeito nas manobras das naves sinalizadas para que mulheres e crianças fossem depressa

7

se abrigar em suas casas, e para que os homens se armassem rapidamente. Se a bandeira fosse espanhola, era saudada com vivas estrondosos, pois muito raramente acontecia de estarem fugindo de uma investida daqueles intrépidos corsários; se fosse de outra cor, o terror invadia colonos e soldados, e até mesmo os oficiais que haviam envelhecido sob a fumaça das batalhas empalideciam.

Os massacres e saques cometidos por Pierre le Grand, pelo Braço de Ferro, John, Davis, Montbar, pelo Corsário Negro e seus irmãos, o Corsário Vermelho e o Verde, e pelo Olonês haviam espalhado o terror em todas as colônias do golfo, ainda mais que naquela época se acreditava, de boa-fé, que aqueles piratas tivessem origem no inferno e, portanto, fossem invencíveis.

Ao ver aparecer aquela nave, os poucos habitantes que ficaram na praia, contemplando a fúria da maré renunciaram à ideia de voltar às suas casas, pois ainda não sabiam se iriam receber algum veleiro espanhol ou enfrentar algum flibusteiro temerário que estivesse cruzando aquelas costas, à espera dos famosos galeões carregados de ouro. Uma grande preocupação se refletia no rosto de todas aquelas pessoas, fossem pescadores ou soldados.

— Que Nossa Senhora do Pilar nos proteja — dizia um velho marinheiro, moreno como um mestiço e muito barbudo — mas eu digo, meus amigos, que aquela nave não é uma das nossas. Quem é que teria a coragem de se empenhar em uma luta a distância tão grande dos nossos portos, ainda mais com uma tempestade dessas, a não ser os filhos do diabo, aqueles bandidos de Tortuga?

— Vocês têm certeza de que eles estão vindo para cá? — perguntou um sargento que estava no meio de um pequeno grupo de soldados.

— Absoluta, senhor Vasco. Olhe! Bordejou para o Cabo Blanco e agora se prepara para voltar sobre os próprios passos.

— É um *brik*, não é verdade, Alonzo?

— É, senhor Vasco. Um belo navio, por mil canhões, que conta com uma enorme vantagem na luta contra as ondas. Dentro de uma hora deve chegar a Puerto Limón.

— E o que o leva a crer que não seja uma das nossas naves?

— O quê? Se aquele navio fosse espanhol, em vez de vir buscar refúgio na nossa pequena baía, que não é nada segura, teria ido até a de Chiriqui. Lá as ilhas formam uma barreira contra a fúria das ondas, e até uma esquadra inteira poderia encontrar abrigo seguro.

— Tem razão. Mas duvido muito que esse navio seja tripulado pelos corsários de Tortuga. Puerto Limón nunca despertaria a cobiça neles.

— Sabe o que acho, senhor Vasco? — perguntou um jovem marinheiro, se afastando do grupo de pescadores.

— Pode falar, Diego.

— Acho que aquela nave é a *Folgore* do Corsário Negro.

Um frêmito de terror passou por todos os rostos ao ouvir aquela ideia inesperada. Até mesmo o sargento ficou muito pálido, embora tivesse ganhado os seus galões nos campos de batalha.

— O Corsário Negro aqui! — exclamou ele, com um tremor acentuado na voz. — Você está completamente louco, meu jovem.

— No entanto, há dois dias, enquanto eu estava pescando um peixe-boi perto das ilhas de Chiriqui, vi uma nave passando a menos de um tiro de arcabuz do meu pequeno veleiro. O nome na popa brilhava em letras douradas: *Folgore*.

— Caramba! — exclamou o sargento, com voz irada. — Por que você não me contou isso antes?

— Eu não queria assustar a população — respondeu o jovem marinheiro.

— Mas se você tivesse me avisado, eu teria mandado alguém buscar socorro em San Juan.

— Para fazer o quê? — perguntaram os pescadores com um tom de zombaria.

— Para expulsar esses filhos de Satanás — respondeu o sargento.

— Humm! — fez um pescador, alto como um granadeiro e forte como um touro. — Eu já combati aqueles homens e sei bem o quanto valem. Estávamos em Gibraltar quando apareceu a frota do Olonês e do Corsário Negro. Puxa! Como marinheiros, são invencíveis, garanto, senhor sargento.

Dito isso, o marinheiro girou sobre si mesmo e foi embora. Os pescadores que se encontravam na praia estavam prestes a seguir o exemplo dele quando um homem bastante idoso, que até então ficara em silêncio, os deteve com um gesto. Tinha acabado de afastar dos olhos a luneta que dirigira para o mar.

— Fiquem — disse ele. — O Corsário Negro não é homem de fazer mal a quem não lhe opõe resistência.

— O que você sabe sobre isso? — perguntou o sargento.

— Eu conheço o Corsário Negro.

— E acha que aquela é a nave dele?

— É, aquela nave é a *Folgore*.

Ficaram todos aterrorizados ao ouvir aquelas palavras. Até o sargento perdeu toda a sua ousadia, e seria possível afirmar que as pernas dele se recusavam a obedecê-lo naquele momento.

Enquanto isso, a nave chegava cada vez mais depressa, apesar da fúria da tempestade. Parecia um imenso pássaro marinho voando sobre o mar tempestuoso. Subia intrepidamente na crista das vagas, planando em alturas que chegavam a provocar calafrios, em seguida despencava nas depressões, desaparecendo quase completamente, depois voltava a aparecer à luz imprecisa do crepúsculo. Os raios brilhavam perto dos seus mastros, e a luz lívida dos relâmpagos se refletia nas suas velas muito infladas. As ondas atacavam de todos os lados, lambendo os costados e até mesmo caindo na coberta algumas vezes, mas a nave não cedia. Renunciara até aos bordejos e vinha direto para o pequeno porto, como se tivesse certeza de encontrar um abrigo seguro e amigo.

Vendo a nave chegar após uma última corrida, os pescadores e soldados que estavam no porto olharam um para o outro.

— Chegaram! — exclamou um deles. — As âncoras estão sendo preparadas a bordo!

— Vamos fugir! — gritaram os outros. — São os corsários de Tortuga.

Sem esperar mais, os pescadores saíram correndo e desapareceram nas ruelas da cidadezinha, ou melhor, do povoado, porque naquela época Puerto Limón tinha ainda menos habitantes do que hoje. O sargento e seus soldados, depois de uma breve hesitação, seguiram o exemplo dos aldeões e foram para o fortim que ficava na extremidade oposta do dique, em cima de um penhasco que dominava a baía. Havia uma guarnição de cento e cinquenta homens em Puerto Limón, armados de apenas duas peças de artilharia, o que tornava impossível uma luta contra aquela nave, que devia possuir uma artilharia numerosa e poderosa. Os defensores da cidadela não tinham alternativa a não ser se fechar no forte e permitir o ataque.

Enquanto isso, apesar da fúria do vento e dos vagalhões tremendos que arrebentavam contra seus costados, a nave entrou com ousadia no porto e jogou as âncoras a cento e cinquenta metros do dique. Era um *brik* fantástico, de formas elegantes, quilha muito estreita, mastreamento altíssimo, um

O CORSÁRIO NEGRO

verdadeiro navio de corrida. Dez portinholas para canhões se abriam nos flancos, mostrando as extremidades de mais dez peças de artilharia, cinco a bombordo e cinco a boreste. No tombadilho de popa havia duas grandes peças de caça. Na antena de popa ondulava uma bandeira negra com um grande V dourado no meio e uma coroa da nobreza em cima. No castelo de proa, na coberta, nas amuradas e no altíssimo tombadilho de popa, diversos marinheiros estavam em formação, enquanto na popa alguns artilheiros apontavam as duas peças de caça para o fortim, prontos para atirar chuvas de ferro contra seus muros.

Depois de reforçarem as velas e jogarem mais duas âncoras, uma chalupa foi baixada ao mar a sotavento e se dirigiu imediatamente para o dique. Dentro dela havia quinze homens armados de fuzis, pistolas e sabres curtos e largos, armas muito utilizadas pelos flibusteiros de Tortuga.

Apesar dos golpes incessantes das ondas, a chalupa habilmente guiada pelo timoneiro se atirou para trás de um velho navio espanhol que acabava de se despedaçar em um banco de areia e que, com seu volume, fazia uma boa barreira contra o ímpeto da maré. Em seguida, deslizando ao longo de alguns pequenos arrecifes, chegou ao dique com facilidade.

Enquanto alguns flibusteiros mantinham a chalupa parada com os remos apontados, um homem saltou da proa com impulso extraordinário, digno de um tigre, e alcançou o dique. Aquele atrevido, que ousava desembarcar sozinho em uma cidade de dois mil habitantes prestes a se revoltar contra ele e a tratá-lo como a um animal feroz, era um belo homem de cerca de trinta e cinco anos, estatura alta e porte distinto e aristocrático.

As feições eram bonitas, embora a pele fosse de uma palidez cadavérica. Tinha testa larga, sulcada por uma ruga que dava a seu rosto um ar triste, um belo nariz reto, lábios finos e vermelhos como o coral e olhos muito negros de talho perfeito e brilho orgulhoso. Se o rosto daquele homem tinha um não sei que de triste e de fúnebre, a roupa também não era nada alegre: de fato, estava vestido de preto da cabeça aos pés, mas tinha uma elegância desconhecida entre os rudes corsários de Tortuga. O casaco era de seda negra, enfeitado com renda da mesma cor; as calças, a faixa larga que sustinha a espada, as botas e até mesmo o chapéu também eram pretos. Mesmo a grande pluma que caía até os ombros era preta, como também suas armas.

11

Assim que pisou em terra, aquele estranho personagem parou, olhando atentamente para as casas do povoado, cujas janelas estavam fechadas, e depois virou para os homens que haviam ficado na chalupa, dizendo:

— Carmaux, Wan Stiller, Moko! Venham comigo!

Moko, um negro de estatura gigantesca, um verdadeiro Hércules, armado com um machado e um par de pistolas, saltou em terra. Atrás dele desceram Carmaux e Wan Stiller, dois homens brancos, ambos de seus quarenta anos, robustos, com a pele bronzeada, feições angulosas, duras, que ficavam mais temerárias ainda por causa da barba. Estavam armados com mosquetes e sabres curtos e vestidos com simples camisas de lã e calções curtos que deixavam à mostra as pernas musculosas cobertas de cicatrizes.

— Estamos aqui, capitão — disse o negro.

— Sigam-me.

— E a chalupa?

— Pode voltar a bordo.

— Desculpe, capitão — disse um dos dois marinheiros —, mas acho que não seria prudente nos aventurarmos no centro da cidade, sendo tão poucos!

— Você está com medo, Carmaux? — perguntou o capitão.

— Pela alma de todos os meus mortos — exclamou Carmaux. — O senhor não deve nem pensar em uma coisa dessas. Eu estava falando pelo senhor.

— O Corsário Negro nunca sentiu medo, Carmaux.

Virou então para a chalupa e gritou para os homens que a tripulavam:

— Voltem a bordo! Digam a Morgan que fique preparado para levantar âncora.

Quando viu a chalupa voltar ao largo, lutando contra as ondas que se precipitavam contra ela, rugindo, através da pequena baía, virou para os três companheiros e disse:

— Vamos procurar o administrador do duque.

— Senhor cavaleiro, me permite uma palavra? — perguntou aquele que fora chamado de Carmaux.

— Fale, e depressa.

— Não sabemos onde mora esse excelente administrador, capitão.

— E daí? Vamos procurar.

— Não estou vendo viva alma neste povoado. Parece até que os habitantes tiveram um ataque de paúra quando viram a nossa *Folgore*, e pernas para que te quero.

12

— Vi um fortim lá em cima — respondeu o Corsário Negro. — Se ninguém disser onde podemos achar o administrador, vamos perguntar para a guarnição.

— Pelos chifres do Belzebu!... Perguntar para a guarnição? Somos apenas quatro, senhor.

— E os doze canhões da *Folgore* não contam? Antes de qualquer coisa, vamos explorar estas ruelas.

— Não posso acreditar, capitão.

Enquanto os marinheiros obedeciam, o Corsário Negro dobrou a capa preta que usava e colocou sobre um braço, puxou o chapéu para cima dos olhos e em seguida desembainhou com um gesto decidido a espada que pendia de lado, dizendo:

— Avante, homens do mar! Eu vou guiá-los.

A noite caíra e a tempestade, em vez de acalmar, parecia estar aumentando. O vendaval penetrava nas ruelas estreitas da aldeia, ululando sem parar, empurrando à frente nuvens de poeira, enquanto entre as nuvens negras como o breu brilhavam relâmpagos ofuscantes, seguidos de tremendos trovões.

A aldeia parecia mesmo deserta. Nenhuma luz brilhava nas ruas ou entre as esteiras que cobriam as janelas.

Todas as portas estavam fechadas e, provavelmente, com as trancas passadas.

A notícia de que os terríveis corsários de Tortuga haviam desembarcado devia ter-se espalhado entre os habitantes, e todos correram para se trancar nas próprias casas.

Depois de breve hesitação, o Corsário Negro se embrenhou em uma rua que parecia ser a mais larga da cidade.

De vez em quando algumas pedras caíam na rua, empurradas pelo vento, e se esfacelavam, e algumas chaminés pouco sólidas despencavam, mas os quatro homens não davam atenção. Já haviam chegado à metade do caminho quando o Corsário parou bruscamente, gritando:

— Quem vive?

Uma forma humana aparecera na esquina de uma ruela e, ao ver os quatro homens, se atirara na mesma hora para trás de uma carroça de feno abandonada naquele local.

— Será que é uma armadilha? — perguntou Carmaux, chegando perto do capitão.

— Ou um espião? — disse este.

— Talvez a frente de combate de algum pelotão de inimigos. Capitão, acho que o senhor fez mal em vir para o meio destas casas com tão poucos homens.

— Então vá buscar mais alguns e traga até aqui.

— Pode deixar, que me encarrego desse problema — disse o negro, empunhando o pesadíssimo machado.

Com três saltos ele atravessou a rua e caiu sobre o homem que se escondera atrás da carroça. Agarrá-lo pelo pescoço e erguê-lo como se fosse um simples fantoche foi coisa de segundos.

— Socorro!... Vão me matar — urrou o pobre coitado, se debatendo desesperadamente.

Sem ligar para os gritos, o negro o levou até o Corsário e o soltou no chão. Era um pobre burguês, um tanto velho, com um nariz enorme e uma corcunda monstruosa plantada no meio dos ombros. Aquele infeliz estava lívido de terror e tremia tanto que parecia que ia desmaiar de um instante para outro.

— Um corcunda — exclamou Wan Stiller, que o observou à claridade de um relâmpago. — Vai nos dar sorte!

O Corsário pousou uma mão no ombro do espanhol e perguntou:

— Aonde você estava indo?

— Eu sou um pobre-diabo que nunca fez mal a ninguém — choramingou o corcunda.

— Estou perguntando aonde você ia — disse o Corsário.

— Esse caranguejo do mar estava indo para o forte, avisar a guarnição para nos prender — disse Carmaux.

— Não, excelência! — gritou o corcunda. — Juro que não!

— Com cem mil sapos! — exclamou Carmaux. — Esse corcunda está achando que sou um governador!

— Cale a boca, seu tagarela! — trovejou o Corsário. — E então, aonde você ia?

— Procurar um médico, senhor — balbuciou o corcunda. — A minha mulher está doente.

— Cuidado. Se estiver querendo me enganar, mando enforcar você na verga mais alta da minha nave.

— Eu juro...

— Deixe os juramentos para lá e me responda. Você conhece Don Pablo de Ribeira?

— Conheço.

— O administrador do duque Wan Guld?

— O ex-governador de Maracaíbo?

— Isso mesmo.

— Conheço Don Pablo pessoalmente.

— Ótimo. Leve-me até ele.

— Mas... senhor...

— Leve-me até ele — trovejou o Corsário, com voz ameaçadora. — Onde ele mora?

— Aqui perto, senhor, excelência...

— Silêncio! Mostre onde é, se dá valor à sua vida. Moko, segure esse homem e muito cuidado para que ele não fuja.

O negro pegou o espanhol entre os braços robustos e, apesar dos protestos dele, o levou consigo, dizendo:

— Para onde?

— Para o fim da rua.

— Vou poupar seu esforço.

O pequeno grupo se pôs em marcha. Contudo, ia avançando com alguma precaução, parando várias vezes nas esquinas das ruelas transversais, com receio de cair em alguma armadilha ou levar um tiro à queima--roupa.

Wan Stiller vigiava as janelas, pronto para descarregar o seu mosquete contra a primeira persiana que abrisse ou contra a primeira esteira que fosse levantada. Carmaux, por sua vez, não perdia as portas de vista.

Quando chegaram ao final da ruela, o corcunda virou para o Corsário e apontou para uma casa de bela aparência, construída em alvenaria, de vários andares e uma torrinha em cima. Disse então:

— Ele está aqui, senhor.

— Ótimo — respondeu o Corsário.

Examinou atentamente a casa, foi até as duas esquinas para ver se não havia inimigos escondidos nas ruelas laterais, em seguida se aproximou da porta, levantou um pesado batente de bronze e o deixou cair com força.

O ribombar produzido por aquele choque ainda não cessara quando uma persiana foi aberta e uma voz chegou do último andar, perguntando:

— Quem está aí?

— O Corsário Negro. Abra ou vamos pôr fogo na casa — gritou o capitão, fazendo brilhar a lâmina da sua espada à luz pálida de um raio.

— Por quem está procurando?

— Por Don Pablo de Ribeira, o administrador do duque Wan Guld!

Ouviram-se passos rápidos no interior da casa, gritos que pareciam de espanto, e depois, nada.

— Carmaux — disse o Corsário. — Você está com a bomba?

— Estou, capitão.

— Coloque-a perto da porta. Se não obedecerem, pode acendê-la. Nós mesmos vamos abrir passagem.

Sentou-se em um fradépio que ficava a pouca distância e esperou, atormentando a guarda da sua espada.

CAPÍTULO 2

FALAR OU MORRER

Pouco tempo depois, foi vista alguma luz passando através da persiana do primeiro andar e refletindo nas paredes da casa que ficava em frente. Uma ou mais pessoas estavam começando a descer, por isso podiam ouvir passos ecoando do outro lado da porta, repercutidos pelo eco de algum corredor. O Corsário se levantou depressa, apertando a espada com a mão direita e uma pistola com a esquerda. Seus homens se postaram dos dois lados da porta, o negro com o machado levantado e os dois flibusteiros com os mosquetes na mão.

Naquele momento, a tempestade redobrava de fúria. O vento rugia terrivelmente pelas ruelas da aldeia, fazendo voar pelos ares as telhas e sacudindo as persianas com grande estrondo, enquanto relâmpagos lívidos rompiam a escuridão densa e o trovão ribombava com um barulho ensurdecedor. Algumas gotas enormes já estavam começando a cair, e com tanta violência que pareciam granizos.

— Tem alguém chegando — disse Wan Stiller, que encostara um olho no buraco da fechadura. — Estou vendo um pouco de luz atrás da porta.

O Corsário Negro, que já estava começando a perder a paciência, levantou o pesado batente e o deixou cair de novo. O barulho ecoou no corredor interno como a explosão de um raio.

Uma voz trêmula respondeu depressa:

— Estou indo, senhores!

Eles ouviram um barulho de trancas e ferrolhos e em seguida a porta maciça foi lentamente aberta.

O Corsário ergueu a espada, pronto para atacar, enquanto os dois flibusteiros apontaram os mosquetes.

Apareceu na porta um homem idoso, acompanhado por dois pajens de raça indiana, carregando tochas. Era um velho bonito que já devia ter ultrapassado os sessenta anos, mas ainda era muito forte e rijo como um jovem. Uma longa barba branca cobria o seu queixo e descia até a metade do peito, e os cabelos, também grisalhos, muito compridos e ainda muito espessos, caíam sobre os ombros. Estava com uma roupa de seda escura, enfeitada com renda de bico, e botas altas de couro amarelo com esporas de prata, um metal que, naquela época, quase chegava a valer menos do que o aço nas riquíssimas colônias espanholas do Golfo do México.

Estava com uma espada pendurada no quadril e na cintura um daqueles punhais espanhóis chamados misericórdia, uma arma terrível em mãos fortes.

— O que quer comigo? — perguntou o velho, com um tremor bem marcado.

Em vez de responder, o Corsário fez um sinal aos seus homens para entrar e fechar a porta.

O corcunda, agora inútil, ficou do lado de fora.

— Estou esperando sua resposta — disse o velho.

— O cavaleiro de Ventimiglia não está acostumado a conversar em corredores — disse o Corsário Negro com voz decidida.

— Venham comigo — disse o velho depois de breve hesitação.

Precedidos pelos dois pajens, subiram uma escada espaçosa de madeira vermelha e entraram em uma saleta mobiliada com elegância e enfeitada com tapetes antigos importados da Espanha.

Um candelabro de prata com quatro velas estava colocado sobre uma mesa marchetada de madrepérola e finas lâminas de prata. Com um rápido olhar, o Corsário Negro examinou tudo para ver se havia outras portas e depois, virando para os seus homens, disse:

— Você, Moko, vá ficar de guarda na escada e coloque a bomba perto da porta. Vocês dois, Carmaux e Wan Stiller, esperem no corredor ao lado.

Em seguida, fixando o olhar no velho, que ficou muito pálido, disse:

— Agora é entre nós, Don Pablo de Ribeira, administrador do duque Wan Guld.

Pegou uma cadeira e sentou diante da mesa, colocando a espada ainda desembainhada nos joelhos.

O velho ficou de pé, olhando com terror e preocupação para o terrível Corsário.

— O senhor sabe quem sou eu, não é verdade? — perguntou o flibusteiro.

— O cavaleiro Emilio de Roccabruna, senhor de Valpenta e Ventimiglia — disse o velho.

— Fico feliz em ver que me conhece tão bem.

O velho deu um sorriso pálido.

— Senhor de Ribeira — continuou o Corsário — sabe por que razão tive o atrevimento de me aventurar nestas ilhas apenas com a minha nave?

— Não, não sei, mas suponho que deve ser bem grave para que o senhor tenha cometido uma imprudência tão grande. O senhor não deve ignorar, cavaleiro, que a esquadra de Veracruz está navegando por esta costa.

— Sei disso — respondeu o Corsário.

— E que aqui há uma guarnição, não muito numerosa, é verdade, mas superior à sua tripulação.

— Também sabia disso.

— E teve a coragem de vir aqui praticamente sozinho?

Um sorriso de desdém surgiu nos lábios do Corsário.

— Não tenho medo — disse ele com orgulho.

— Ninguém pode duvidar da coragem do Corsário Negro — disse Don Pablo de Ribeira. — Estou ouvindo, cavaleiro.

O flibusteiro ficou em silêncio por alguns minutos e em seguida disse com voz alterada:

— Disseram que o senhor sabe de alguma coisa sobre Honorata Wan Guld.

Sua voz, naquele momento, tinha algo de dilacerante. Era como se um soluço tivesse se despedaçado no peito do orgulhoso homem do mar.

O velho ficou mudo, olhando para o Corsário com olhos fúnebres. Houve alguns minutos de silêncio angustiado entre os dois homens. Parecia que ambos estavam com medo de rompê-lo.

— Fale — disse o Corsário de repente, com voz sibilante. — É verdade que um pescador do Mar do Caribe disse ao senhor que viu uma chalupa sendo arrastada pelas ondas, com uma jovem mulher dentro dela?

— É verdade — respondeu o velho, com voz tão fraca que parecia um sopro.

— Onde estava a chalupa?

— Muito longe das costas venezuelanas.

— Em que lugar?

— Ao sul do litoral de Cuba, a cinquenta ou sessenta milhas da ponta de San Antonio, no canal de Yucatán.

— A uma distância tão grande da Venezuela! — exclamou o Corsário, ficando em pé de um salto. — Quando foi encontrada essa chalupa?

— Dois dias depois da partida das naves flibusteiras das praias de Maracaíbo.

— E a moça ainda estava viva?...

— Estava, cavaleiro.

— E esse miserável não a recolheu?

— A tempestade estava ficando muito violenta, e a nave dele não estava mais em condições de resistir aos ataques das ondas.

Um grito dilacerado escapou dos lábios do Corsário. Ele apoiou a cabeça nas mãos e por alguns instantes o velho ouviu soluços surdos.

— O senhor a matou — disse o senhor de Ribeira com voz sinistra. — Que vingança medonha o senhor executou, cavaleiro. Deus vai castigá-lo.

Ao ouvir aquelas palavras, o Corsário Negro levantou rapidamente a cabeça. Todo resquício de dor desaparecera das suas feições para deixar lugar a uma alteração assustadora. A sua cor, geralmente pálida, estava lívida, enquanto um lampejo terrível animava os seus olhos. Um fluxo de sangue subiu para o seu rosto, avermelhando por alguns instantes aquela pele clara, que depois ficou mais lívida do que antes.

— Deus vai me punir! — exclamou ele com voz estridente. — Talvez eu a tenha matado, aquela mulher que tanto amei, mas de quem é a culpa? Por acaso o senhor não conhece as infâmias cometidas pelo duque, seu patrão?... Dos meus três irmãos, um está dormindo muito longe, nas margens do rio Schelda, e os outros dois repousam nos abismos do Mar do Caribe. Sabem quem os matou? O pai da jovem que eu amava!

O velho ficou em silêncio e não tirava os olhos do Corsário.

— Eu tinha jurado ódio eterno contra aquele homem que assassinou os meus irmãos na flor da idade, que traiu a amizade, a bandeira da sua pátria adotiva, que vendeu sua alma e sua nobreza por ouro, que manchou de maneira infame seu brasão, e tive que manter a minha palavra.

— Condenando à morte uma jovem que não poderia fazer nenhum mal ao senhor.

— Na noite em que abandonei nas ondas o cadáver do Corsário Vermelho jurei exterminar toda a família do duque, do mesmo jeito como ele destruiu a minha, e não pude quebrar a palavra dada. Se eu não tivesse feito isso, os meus irmãos subiriam do fundo do mar para me amaldiçoar!... E o traidor ainda está vivo!... — continuou ele depois de alguns instantes, com uma explosão de ira assustadora. — O assassino não morreu, e os meus irmãos clamam por vingança. Eles a terão!...

— Os mortos não podem pedir nada.

— O senhor está enganado. Quando o mar brilha, eu vejo o Corsário Vermelho e o Verde subindo dos abismos do mar e aparecendo diante da proa da minha *Folgore*, e quando o vento assobia entre as cordas da minha nave, ouço a voz do meu irmão morto nas terras de Flandres. Você está me entendendo?

— Loucura!

— Não! — gritou o Corsário. — Durante muitas noites, os meus homens também viram aparecer os restos mortais do Corsário Vermelho e do Verde no meio de uma golfada de espuma. Eles ainda estão pedindo vingança. A morte da jovem que eu amava não foi suficiente para acalmá-los, e a alma atormentada deles não vai se aquietar enquanto eu não tiver punido o assassino. Diga, onde está Wan Guld?

— O senhor ainda está pensando nele? — perguntou o administrador. — A filha não foi suficiente?

— Não. Eu já disse que a ira dos meus irmãos ainda não foi aplacada.

— O duque está longe.

— Nem que estivesse no inferno, o Corsário irá encontrá-lo.

— Vá procurar, então.

— Onde?

— Eu não sei onde ele está exatamente. Mas parece que é no México.

— Parece? O senhor, que é o intendente dele, o administrador dos seus bens, não sabe? Não espera que eu acredite nisso, não é?

— No entanto, não sei mesmo onde ele está.

— Você vai me dizer — gritou o Corsário, com um tom terrível. — Eu preciso da vida daquele homem. Ele escapou de mim em Maracaíbo e Gibraltar, mas agora estou decidido a desentocá-lo, nem que tenha de enfrentar a esquadra inteira do vice-rei do México apenas com a minha nave.

De repente, ele parou de falar, ficou de pé e se aproximou depressa de uma janela.

— O que houve? — perguntou Don Pablo, assustado.

O cavaleiro não respondeu. Inclinado na janela, escutava atentamente. A tempestade estava ficando mais violenta lá fora. Trovões ensurdecedores ribombavam no céu, e o vento ululava pelas ruelas, destruindo telhas e chaminés. A água caía torrencialmente e cascateava contra as paredes das casas e sobre o calçamento, correndo ruidosamente pelas ruas, já transformadas em torrentes.

— O senhor ouviu? — perguntou o Corsário de repente, com voz alterada.

— Não ouvi nada, senhor — respondeu o velho, preocupado.

— Parece que este vento trouxe os gritos dos meus irmãos até aqui!...

— Que loucura sinistra, cavaleiro!...

— Não, não é loucura!... As ondas do Mar do Caribe estão brincando com os restos mortais do Corsário Vermelho e do Verde, vítimas do seu senhor.

Involuntariamente o velho estremeceu e olhou para o Corsário com espanto. Ele era corajoso, mas, como todos os homens daquela época, também era supersticioso, e por isso estava começando a acreditar nas estranhas fantasias do fúnebre flibusteiro.

— Terminou, cavaleiro? — perguntou ele, sacudindo o corpo. — O senhor vai acabar me fazendo ver os mortos.

O Corsário sentou de novo diante da mesa. Sequer parecia ter ouvido as palavras do espanhol.

— Éramos quatro irmãos — começou ele com voz lenta e triste. — Pouquíssimos homens são tão corajosos quanto os senhores de Roccabruna, Valpenta e Ventimiglia, e menos ainda eram tão devotados aos duques de Saboia como nós éramos. A guerra de Flandres estourou, terrível. Combatíamos na França e na Saboia com fúria extrema contra o sanguinário duque de Alba pela liberdade dos generosos flamengos.

O duque Wan Guld, seu senhor, cortado do grosso das tropas franco-saboianas, se entrincheirou em uma fortaleza situada perto da embocadura do rio Schelda. Éramos, junto com ele, os fiéis guardiões da gloriosa bandeira do heroico duque Amedeo II. Três mil espanhóis com uma artilharia poderosa haviam cercado a fortaleza, decididos a capturá-la. Ataques desesperados, minas, bombardeios, escaladas noturnas, tentaram tudo, mas sempre em vão. Os senhores de Roccabruna defendiam o lugar e estavam dispostos a morrer sob suas peças de artilharia antes de ceder. Uma noite, um traidor comprado com o ouro espanhol abriu o postigo para o inimigo. O mais velho dos senhores de Roccabruna correu para impedir a passagem dos invasores e caiu, assassinado por um tiro de pistola disparado à traição. Sabe como se chama o homem que traiu as

FALAR OU MORRER

suas tropas e matou meu irmão de forma tão vil?... Era o duque Wan Guld, o seu senhor!

— Cavaleiro! — exclamou o velho.

— Fique quieto e escute — prosseguiu o Corsário com voz fúnebre. — Como recompensa por sua infâmia, deram ao traidor uma colônia no Golfo do México, a da Venezuela, mas ele se esqueceu de que ainda havia mais três cavaleiros de Roccabruna que sobreviveram, e não sabia que estes haviam jurado solenemente, sobre a cruz de Deus, vingar o irmão e a traição. Depois de equiparem três navios, eles levantaram ferro para o grande golfo. Um se chamava Corsário Verde, o outro, Vermelho, e o terceiro, Negro.

— Conheço a história dos três corsários — disse o senhor de Ribeira. — O Vermelho e o Verde caíram na mão do meu senhor e foram enforcados como malfeitores comuns...

— E tiveram uma sepultura honrada pelas minhas mãos nos abismos do Mar do Caribe — disse o Corsário Negro. — Agora me diga: que pena merece esse homem, que traiu sua bandeira e que matou meus três irmãos?... Fale!...

— O senhor matou a filha dele, cavaleiro.

— Cale-se, pelo amor de Deus! — gritou o Corsário. — Não desperte a dor que ainda me maltrata o coração. Agora chega, vamos lá! Onde está esse homem?

— Bem protegido dos seus ataques.

— Veremos. Diga o lugar.

O velho hesitou. O Corsário levantou a espada. Um lampejo terrível se desprendia dos seus olhos. Um atraso de alguns segundos e a ponta brilhante da arma talvez desaparecesse no peito do administrador.

— Em Veracruz — disse o velho, que já se considerava perdido.

— Ah!... — gritou o Corsário.

Ele se levantou depressa e foi até a porta, quando viu Carmaux entrar correndo.

O flibusteiro estava com a expressão anuviada, e o seu olhar traía uma grande preocupação.

— Vamos embora, Carmaux — disse o Corsário. — Já sei o que eu queria saber.

— Um momento, capitão.

— O que você quer?

A RAINHA DOS CARAÍBAS

— A casa está cercada.

— Quem nos entregou? — perguntou o Corsário, olhando ameaçadoramente para Don Pablo.

— Quem?... Aquele corcunda que deixamos solto — disse Carmaux. — Foi uma imprudência nossa, pela qual vamos pagar caro, capitão.

— Tem certeza de que a rua está ocupada pelos espanhóis?

— Vi com os meus próprios olhos dois homens se escondendo no portão que fica em frente a esta casa.

— Que bela força contra nós — disse o Corsário, com desprezo.

— Pode ter mais de emboscada nas ruelas vizinhas, senhor — disse Carmaux.

O Corsário ficou pensativo por um instante e depois, virando para Don Pablo, perguntou:

— Existe alguma saída secreta nesta casa?

— Existe, senhor cavaleiro — disse o velho, enquanto um lampejo brilhava em seus olhos.

— Você vai nos ajudar a fugir.

— Mas com uma condição.

— Qual?

— De abandonar os seus planos de vingança contra o meu senhor.

— Deve estar brincando, senhor de Ribeira — disse o Corsário, com um tom zombeteiro.

— Não, cavaleiro.

— O senhor de Roccabruna nunca vai aceitar essas condições.

— Tem cento e cinquenta soldados em Puerto Limón.

— Não me assustam. A bordo do meu navio tenho cento e vinte lobos do mar, capazes de enfrentar um regimento inteiro.

— Mas a sua *Folgore* não está ancorada em frente a esta casa, cavaleiro.

— Vamos chegar até ela também, meu caro.

— Mas o senhor não conhece a passagem secreta.

— Mas o senhor conhece bem.

— Não vou mostrá-la enquanto o senhor não jurar deixar o duque Wan Guld em paz.

— Muito bem, vamos ver — disse o Corsário com voz estridente.

Armou rapidamente uma pistola e, apontando para o velho, gritou:

— Ou você nos leva até a passagem secreta ou eu o mato. Pode escolher!

24

CAPÍTULO 3

A TRAIÇÃO DO ADMINISTRADOR

Diante daquela ameaça, Don Pablo de Ribeira ficou muito pálido. Instintivamente a mão direita correu para a empunhadura da espada, pois no passado ele fora um homem de guerra muito corajoso, mas quando viu Carmaux avançar também, achou inútil opor qualquer resistência.

Por outro lado, tinha certeza de que ia perder a vida, mesmo que tivesse o Corsário sozinho à sua frente, pois não ignorava que teria de enfrentar um espadachim terrível.

— Cavaleiro — disse ele. — Estou em suas mãos.

— Vai me levar até a passagem secreta?

— Sou obrigado a ceder à violência.

— Vá na frente.

O velho pegou um candelabro que estava em cima de uma cômoda, acendeu as velas e fez sinal ao Corsário para segui-lo.

Carmaux já chamara os dois companheiros.

— Aonde vamos? — perguntou Wan Stiller.

— Fugir, pelo que parece — respondeu Carmaux.

Enquanto isso, Don Pablo saiu da sala e entrou em um longo corredor, em cujas paredes havia quadros enormes representando episódios da sangrenta campanha de Flandres e retratos que, certamente, deviam ser dos antepassados do duque Wan Guld.

O Corsário foi atrás dele com a espada desembainhada e a mão esquerda apoiada na coronha de uma das duas pistolas. Estava muito desconfiado do velho.

Chegando ao final da galeria, Don Pablo parou diante de um quadro maior do que os outros, apoiou um dedo na moldura e o fez deslizar ao longo de uma ranhura durante alguns instantes.

De repente o quadro se afastou da parede e abaixou até o chão, deixando ver uma abertura escura, por onde poderiam passar duas pessoas ao mesmo tempo. Saiu uma rajada de ar úmido de dentro, fazendo vacilar as velas do candelabro.

— Aí está a passagem — disse o velho.

— Aonde vai dar? — perguntou o Corsário, com um tom desconfiado.

— Gira em torno da casa e acaba em um jardim.

— Fica longe?

— A quinhentos ou seiscentos passos.

— Pode passar.

O velho hesitou.

— Por que eu deveria ir junto com vocês? — perguntou ele. — Não basta eu ter trazido vocês até aqui?

— Quem garante que você nos mostrou o caminho certo?

O velho enrugou a testa, olhando desconfiadamente para o Corsário, e depois entrou na passagem escura. Os quatro flibusteiros o seguiram em silêncio, sem abandonar as armas. Havia uma escada que descia tortuosamente do outro lado da passagem. Era muito estreita e parecia ter sido construída com a espessura de uma muralha.

O velho desceu devagar, fazendo anteparo para o candelabro com uma das mãos para que o vento não o apagasse, em seguida parou diante de uma galeria subterrânea.

— Estamos no nível da rua — disse ele. — Vocês só têm de andar sempre em frente.

— Pode ser verdade isso que você está nos dizendo, mas ainda não vamos deixá-lo. Faça o favor de ir na frente — disse o Corsário.

— Esse velho está tramando alguma coisa — murmurou Carmaux. — Já é a terceira vez que ele tenta nos largar.

Embora de má vontade, o senhor de Ribeira entrou em um subterrâneo baixo e estreito.

A umidade estava muito forte. Da abóbada caíam gotas enormes, e as paredes estavam completamente molhadas. Parecia que havia uma corrente por cima, ou algum riacho. Lufadas de ar chegavam da escuridão, ameaçando a todo instante apagar as velas.

Don Pablo avançou por cerca de cinquenta passos e depois parou bruscamente, dando um grito. Quase no mesmo instante, as velas apagaram e a escuridão tomou conta da galeria.

O Corsário correu para impedir que Don Pablo se afastasse. Para seu grande espanto, não encontrou ninguém à sua frente.

A TRAIÇÃO DO ADMINISTRADOR

— Onde você está? — gritou. — Responda ou eu atiro.

Um golpe surdo, que parecia ter sido produzido por uma porta maciça se fechando, ecoou a poucos passos.

— Traição — gritou Carmaux.

O Corsário apontou uma pistola. Um raio rompeu a escuridão, seguido de um disparo.

— O velho desapareceu — gritou o senhor de Ventimiglia. — Eu devia esperar essa traição.

À luz da pólvora acesa ele viu, a poucos passos, a porta que fechava a galeria. Aproveitando a escuridão, o administrador do duque devia tê-la fechado depois de passar.

— Acendam uma luz, uma mecha, um pedaço de pavio, qualquer coisa, enfim! — disse o Corsário.

— Achei uma vela, patrão — disse o negro. — Deve ter caído do candelabro.

Wan Stiller tirou o estopim e um pedaço de pavio e acendeu a vela.

— Vamos ver — disse o Corsário.

Ele se aproximou da porta e examinou atentamente. Logo percebeu que por aquele lado não havia nenhuma esperança de saída. Era maciça, coberta de grandes chapas de bronze, uma verdadeira porta encouraçada. Para derrubá-la, seria necessária uma peça de artilharia.

— O velho nos fechou no subterrâneo — disse Carmaux. — Nem o machado do compadre saco de carvão conseguiria afundar isso.

— Talvez ainda exista uma saída — disse o Corsário. — Vamos voltar depressa para a casa do traidor.

Refizeram o caminho percorrido, subiram a escada em caracol e chegaram à saída da passagem secreta, mas uma bela surpresa estava esperando por eles ali também.

O quadro fora recolocado no lugar, e quando o Corsário o percorreu com a lâmina da espada, ouviu um som metálico.

— Uma parede de ferro aqui também — murmurou ele. — A coisa está começando a ficar preocupante.

Estava prestes a virar para Moko, a fim de ordenar que ele atacasse o quadro com golpes de machado, quando ouviu vozes.

Havia algumas pessoas falando atrás do quadro.

— Será que são os soldados? — perguntou Carmaux. — Pelos chifres de Belzebu!

— Quieto — disse o Corsário.

Estavam ouvindo duas vozes. Uma parecia ser a de uma mulher jovem, e a outra, de um homem.

— Quem são esses? — perguntou o Corsário a si mesmo.

Encostou um ouvido na parede metálica e ficou escutando.

— Estou dizendo que o patrão fechou o cavalheiro aqui dentro — dizia a voz de mulher.

— E é um cavalheiro terrível, Yara — respondeu a voz do homem. — Ele se chama o Corsário Negro.

— Não podemos deixar que morra.

— Mas se abrirmos, o patrão é bem capaz de nos matar.

— Você não sabe que os soldados chegaram?

— Sei que ocuparam as ruelas vizinhas.

— E vamos deixar que assassinem esse belo cavalheiro?...

— Eu já disse que ele é um flibusteiro de Tortuga.

— Mas não quero que ele morra, Colima.

— Mas que mulher mais cheia de vontades!...

— Yara assim deseja.

— Pense no patrão.

— Eu nunca tive medo dele. Obedeça, Colima.

— Quem serão esses? — perguntou o Corsário a si mesmo, sem ter perdido uma sílaba daquela conversa. — Parece que tem alguém aí que se interessa por mim e...

Não continuou. A mola externa foi disparada com um estalido prolongado, e a placa metálica que blindava o quadro desceu, deixando o caminho livre.

O Corsário se arremessou à frente com a espada levantada, pronto para atacar, mas logo se deteve, com um gesto de espanto.

Diante dele estava uma jovem indígena lindíssima e um rapaz negro carregando um pesado candelabro de prata.

Aquela jovem devia ter uns dezesseis anos e, com foi dito, era belíssima, e sua pele tenha uma coloração levemente acobreada.

Sua figura era muito elegante, com uma cintura tão fina que bastariam duas mãos para rodeá-la. Tinha olhos fantásticos e negros como carvão, sombreados por cílios bastos e longos, o nariz reto, quase grego, os lábios pequenos, vermelhos, que deixavam ver dentes mais brilhantes do que pérolas. Os cabelos muito longos, negros como as asas dos corvos, desciam em uma desordem fascinante pelos ombros, formando como que uma capa de veludo.

A roupa que vestia também era muito graciosa. A saia de tecido vermelho era bordada com fios de prata e enfeitada com pequenas pérolas. A blusa, bastante justa e rendada, também era bordada, mas com fios de ouro. Na cintura tinha uma grande faixa de cores brilhantes que terminava em uma franja de seda. Os pés, quase tão pequenos quanto os das chinesas, desapareciam dentro de babuchas delicadas de couro amarelo, também bordadas de ouro. Nas orelhas trazia duas grandes argolas de metal e no pescoço, diversos colares de grande valor.

O seu companheiro, por sua vez, um negro de dezoito ou vinte anos, tinha lábios muito grossos, olhos enormes que pareciam de porcelana e uma cabeleira bem crespa.

Com uma mão segurava o candelabro e com a outra empunhava uma espécie de facão curvo, a arma usada pelos plantadores.

Ao ver o Corsário naquela atitude ameaçadora, a jovem deu dois passos para trás, soltando um grito de surpresa e de alegria ao mesmo tempo.

— O belo cavalheiro! — exclamou ela.

— Quem é você? — perguntou o Corsário, pulando para o chão.

— Yara — respondeu a jovem indígena com um tom de voz cristalino.

— Eu agora sei tanto quanto antes. Por outro lado, não preciso de maiores explicações. Em vez disso, me diga se a casa está cercada.

— Está, sim.

— E Don Pablo de Ribeira, onde está ele?

— Não o vimos mais.

O Corsário virou para os seus dois homens e disse:

— Não temos um minuto a perder. Talvez ainda tenhamos tempo.

Sem se preocupar mais com a jovem indígena e com o negro, entrou no corredor para chegar à escada, quando sentiu que alguém o puxava suavemente pela ponta da roupa.

Virou para trás e viu a indígena. O belo rosto da jovem traía uma angústia tão profunda que ele ficou abalado.

— O que você quer?

— Não quero que o matem, senhor — respondeu Yara, com voz trêmula.

— E por que você se importaria com isso? — perguntou o Corsário, com um tom menos duro.

— Os homens que estão de emboscada nas ruas vizinhas não vão poupá-lo.

— Nós também não pretendemos poupá-los.

— São muitos, senhor.

— Mesmo assim, tenho de sair daqui. A minha nave está me esperando na boca do porto.

— Então, em vez de enfrentar os soldados, fuja.

— Eu ficaria muito feliz se pudesse ir embora sem entrar em uma batalha, mas só estou vendo essa escada por aqui. O subterrâneo foi fechado por Don Pablo.

— Tem um sótão aqui, vocês podem se esconder.

— Eu? O Corsário Negro?... Oh!... Isso nunca, minha jovem. Mesmo assim, obrigado pelo seu conselho. Serei eternamente agradecido. Como você se chama?

— Yara, eu já disse.

— Nunca vou esquecer esse nome.

Fez um gesto de adeus para ela e desceu a escada, precedido por Moko e seguido por Carmaux e Wan Stiller.

Quando chegaram ao corredor pararam por um instante para armar os mosquetes e as pistolas. Em seguida Moko abriu decididamente a porta.

— Que Deus o proteja, meu senhor! — gritou Yara, que estava parada no patamar.

— Obrigado, minha boa jovem — respondeu o Corsário, correndo para a rua.

— Cuidado, capitão — disse Carmaux, enquanto o detinha. — Estou vendo umas sombras perto da esquina, naquela casa.

O Corsário parou. A escuridão era tanta que não se podia distinguir uma pessoa à distância de trinta passos. Além disso, chovia a cântaros. Os relâmpagos haviam parado, mas a ventania, não. Continuava ululando pelas ruelas estreitas e sob as águas-furtadas. Mesmo assim, o Corsário avistou as sombras indicadas por Carmaux. Era impossível descobrir quantos eram, mas certamente não deviam ser poucos.

— Estão nos esperando — murmurou o Corsário. — O corcunda não perdeu tempo. Homens do mar!... Vamos à luta!

Jogou a grande capa no braço esquerdo e empunhou a espada na mão direita, uma arma terrível quando utilizada por ele. Mas como não queria enfrentar o inimigo logo, sem saber com quantas pessoas teria de medir forças, em vez de ir de encontro àquelas sombras que estavam de emboscada, ficou encostado no muro.

Percorreu assim cerca de dez passos, quando viu dois homens armados de espada e pistola caírem sobre ele. Estavam escondidos sob um portão e, quando viram o Corsário aparecer, se lançaram decididamente contra ele, talvez com a esperança de surpreendê-lo.

Mas o cavaleiro não era homem de se deixar pegar de surpresa. Com um salto de tigre evitou as duas estocadas e em seguida atacou por sua vez, fazendo sua lâmina sibilar.

— Tomem! — gritou.

Com um golpe bem preciso, jogou um dos dois atacantes no chão; depois, saltando sobre o ferido, correu atrás do segundo. Este, vendo que estava sozinho, virou de costas e correu como um louco.

Enquanto o Corsário se desembaraçava daqueles dois, Carmaux, Wan Stiller e Moko se arremessaram contra um grupo de pessoas que surgira de uma ruela vizinha.

— Deixem que vão embora! — gritou o Corsário.

Mas era tarde demais para conter o impulso dos flibusteiros. Furiosos com a iminência do perigo, caíram sobre os inimigos com tanto ímpeto que os desbarataram com poucos golpes de espada.

Em vez de parar, correram atrás dos fugitivos, gritando a plenos pulmões:

— Vamos acabar com eles!... Vamos acabar com eles!

Naquele momento um pelotão desembocou de outra ruela. Era composto de cinco homens, três armados de espadas e dois de mosquetes.

Ao ver o Corsário Negro sozinho, deram um grito de alegria e se lançaram contra ele, gritando:

— Renda-se ou está morto!

O senhor de Ventimiglia olhou em torno e não pôde conter uma imprecação surda.

Ele se apoiou em uma parede, para não ficar cercado, e empunhou uma das pistolas que trazia no cinto, gritando com todas as suas forças:

— Comigo, flibusteiros!

A sua voz foi sufocada por um disparo. Um dos cinco homens atirou, enquanto os outros desembainharam as espadas. A bala atingiu a parede, a poucos centímetros da cabeça do cavaleiro.

Ele apontou a pistola e atirou por sua vez. Um dos dois mosqueteiros caiu fulminado, sem dar um grito, atingido em pleno peito.

Ele guardou a arma descarregada e empunhou a segunda, mas a pólvora não acendeu.

— Maldição! — exclamou ele.

— Renda-se — gritaram os quatro espanhóis.

— Aqui está a sua resposta! — urrou o Corsário.

Ele então se afastou da parede e, com um salto fulminante, caiu sobre eles, dando estocadas a torto e a direito

O segundo mosqueteiro caiu. Os outros, contudo, se atiraram diante do Corsário, impedindo novamente a passagem.

— Comigo, flibusteiros! — gritou o cavaleiro de novo.

Alguns disparos foram a resposta. Parecia que no final da ruela seus homens estavam empenhados em um combate desesperado, pois se ouviam gritos, blasfêmias, gemidos e um ruído de ferros. Correndo o risco de ficar cercado, começou a retroceder a passos rápidos, para se apoiar na parede de novo. Os três espadachins iam no seu encalço, vibrando estocada após estocada, com pressa de acabar com aquilo antes que os flibusteiros voltassem.

Depois de quinze passos, o cavaleiro sentiu um obstáculo atrás de si. Esticando a mão esquerda, percebeu que estava em frente a uma porta.

Naquele momento, ouviu o grito de uma mulher no alto.

— Colima... Vão matá-lo!...

— A jovem indígena! — exclamou o Corsário, continuando a se defender. — Ótimo. Pelo menos agora posso ter a esperança de alguma ajuda!

Sendo um espadachim muito hábil, aparava os botes com uma prontidão inacreditável, ao mesmo tempo que desfechava muitos golpes. No entanto, teria muito trabalho para enfrentar aquelas três espadas que tentavam atingir seu coração, tanto que duas vezes conseguiram chegar, rasgando o colete e tocando a carne.

De repente, recebeu uma estocada no flanco direito, na altura do coração. Conseguiu apará-la em parte com o braço esquerdo, mas não pôde impedir que a lâmina penetrasse na carne.

— Ah!... Seus cachorros!... — gritou ele, desviando bruscamente para a esquerda.

Antes que seu atacante conseguisse liberar a ponta da espada, emaranhada entre as pregas da capa, vibrou um golpe desesperado. A lâmina atingiu o adversário no meio da garganta, rasgando a carótida.

A TRAIÇÃO DO ADMINISTRADOR

— E três — gritou o Corsário, aparando uma nova estocada.

— Tome esta agora! — disse um dos dois espadachins.

O Corsário deu um salto para trás, soltando um grito de dor.

— Fui atingido — disse ele.

— Para cima dele, Juan! — gritou o homem que o ferira, virando para o companheiro. — Mais uma estocada e acabamos com ele.

— Ainda não! — berrou o Corsário, se arremessando impetuosamente sobre os dois atacantes. — Tomem esta.

Com duas terríveis estocadas, derrubou os dois espadachins, um após o outro, mas quase na mesma hora sentiu as forças faltarem, enquanto um véu de sangue parecia se estender diante dos seus olhos.

— Carmaux!... Wan Stiller!... Socorro!... — murmurou com voz semiapagada.

Levou uma mão ao peito e a retirou ensopada de sangue.

Retrocedeu até a porta, contra a qual se apoiou. A cabeça estava rodando, e ele ouvia um zumbido surdo no ouvido.

— Carmaux!... — murmurou ele uma última vez.

Pareceu escutar passos rápidos, depois as vozes dos seus fiéis corsários, em seguida uma porta se abrindo. Viu confusamente uma sobra à frente e teve a sensação de que dois braços o envolviam, depois, mais nada.

Quando voltou a si, não estava mais na rua em que sustentara aquele combate sangrento. Em vez disso, se encontrava acomodado em uma cama confortável, enfeitada com uma cortina azul com franjas douradas, deitado sobre dois travesseiros muito brancos adornados de renda valiosa. Um rostinho gracioso estava inclinado sobre ele, observando ansiosamente todos os seus movimentos. Reconheceu logo.

— Yara! — disse ele.

A jovem indígena se endireitou depressa. Os olhos grandes e doces daquela criatura ainda estavam úmidos, como se ela tivesse chorado.

— O que você está fazendo aqui, minha jovem? — perguntou o Corsário. — Quem me trouxe para este quarto? E por onde andam os meus homens?

— Não se mexa, senhor — disse a jovem.

— Onde estão os meus homens? — repetiu o Corsário. — Estou ouvindo um barulho de armas na rua.

— Os seus homens estão aqui, mas...

33

— Continue — disse o Corsário, vendo que a moça hesitava.

— Estão tomando conta da escada, senhor.

— Por quê?

— Esqueceu dos espanhóis?

— Ah!... Que tonto!... Os espanhóis estão aqui?

— Eles cercaram a casa, senhor — respondeu a jovem, com voz angustiada.

— Com mil trovões!... E eu aqui, na cama!

O Corsário fez menção de se levantar, mas uma dor aguda o deteve.

— Estou ferido! — exclamou. — Ah! Agora estou me lembrando de tudo!

Só naquele momento percebeu que estava com o peito enfaixado por um tecido de linho branquíssimo, e que as mãos estavam ensopadas de sangue.

Apesar da sua coragem, empalideceu.

— Será que eu não estou em condições de me defender? — perguntou a si mesmo, com ansiedade. — Eu, ferido, e os espanhóis nos atacando, talvez até ameaçando a minha *Folgore*! Yara, minha jovem, o que aconteceu depois que eu perdi os sentidos?

— Mandei que Colima e mais dois pajens do meu patrão trouxessem o senhor para cá — respondeu a jovem indígena. — Implorei ao negro que viesse nos ajudar, mas ele não se atreveu a sair enquanto havia espanhóis na rua.

— Quem me enfaixou?

— Eu e um dos seus homens.

— Voltaram todos?

— Votaram, senhor. Um deles com vários arranhões, e o negro também estava com um dos braços sangrando.

— E por que não estão aqui?

— Os dois brancos estão vigiando na escada, e o negro está de guarda na passagem secreta.

— Tem muito inimigos nos arredores?

— Não sei, meu senhor. Colima e os dois valetes fugiram antes que os soldados chegassem, e eu não saí da sua cabeceira nem por um instante.

— Obrigado pela sua afeição e pelos seus cuidados, minha jovem valente — disse o Corsário, pousando uma mão na cabeça da jovem indígena. — O Corsário Negro não vai esquecer você.

A TRAIÇÃO DO ADMINISTRADOR

— Então vai me vingar! — exclamou a indígena, enquanto um lampejo ameaçador brilhava em seus grandes olhos negros.

— O que você está querendo dizer?

Naquele instante, ouviram um tiro de mosquete ribombar do lado de fora, depois a voz de Carmaux trovejou:

— Cuidado!... Tem uma bomba atrás da porta!...

Ao ver sua espada apoiada na cadeira ao lado da cama, o Corsário a pegou e novamente fez menção de se levantar. A jovem indígena o deteve com os dois braços.

— Não, meu senhor! — gritou ela. — Vão matar o senhor!...

— Deixe-me ir!

— Não capitão, o senhor não vai sair desta cama — disse Carmaux, entrando. — Os espanhóis não nos pegaram ainda.

— Ah! É você, meu bravo? — disse o Corsário. — Vocês são muito valentes, sei disso, mas também estão em número muito pequeno para se defender de um ataque geral. Não quero faltar no momento mais necessário.

— E as suas feridas?

— Acho que eu já consigo me sustentar, Carmaux. Você as examinou?

— Examinei, capitão. O senhor levou uma bela estocada, um pouco abaixo do coração. Se a lâmina não tivesse atingido uma costela, teria atravessado o seu corpo.

— Mas não é grave.

— Isso é verdade, senhor — respondeu Carmaux. — Acho que dentro de uns dez ou doze dias o senhor vai poder voltar a dar as suas estocadas.

— Doze dias! Você ficou louco, Carmaux?

— São dois cortes que precisam fechar. Um pouco abaixo do primeiro, abriram uma segunda ferida, bem menos profunda do que a primeira, mas mais dolorida, talvez. O senhor pagou essas duas estocadas com juros, porque eu vi três mortos e dois feridos lá embaixo.

— Vocês também tiveram sucesso? — perguntou o Corsário.

— Derrubamos uma meia dúzia de homens e só recebemos alguns arranhões de volta. Tínhamos certeza de que o senhor tinha nos seguido, por isso continuamos a carga para abrir caminho. Quando percebemos que o senhor tinha ficado lá atrás, tentamos voltar. Os espanhóis, que planejaram tudo aquilo para isolar o senhor, tentaram nos impedir de correr em sua ajuda.

— E como descobriram que eu estava aqui?

35

A RAINHA DOS CARAÍBAS

— Foi essa moça valente que nos avisou.

— E agora?

— Estamos cercados, capitão.

— Os inimigos são numerosos?

— A escuridão ainda não me deixou avaliar o número exato — disse Carmaux.

— Tenho certeza de que são muitos.

— De forma que a nossa situação é bem grave.

— Não vou negar, ainda mais que precisamos nos defender também dentro de casa. Os espanhóis podem entrar, usando a passagem secreta.

— O perigo maior está exatamente na passagem — disse a jovem indígena. — Don Pablo está com a chave da porta de ferro.

— Com mil baleias! — exclamou Carmaux. — Se os inimigos nos atacarem pelos dois lados, não sei se vamos conseguir resistir por muito tempo.

— Mas bastaria resistir oito ou dez horas. Quando vir que não voltamos a bordo, o senhor Morgan vai imaginar que aconteceu alguma coisa grave e mandará à terra um pelotão bem armado para nos procurar. Será que vocês conseguem resistir até o final da tarde? Os espanhóis podem escalar as janelas e forçar a passagem secreta ao mesmo tempo.

— Senhor — disse a jovem indígena, que não perdeu uma sílaba sequer daquela conversa —, tem um lugar onde vocês podem resistir por muito tempo.

— Uma adega? — perguntou Carmaux.

— Não, a torrinha.

Com mil baleias! Tem uma torrinha nesta casa? Então estamos salvos! Se for bem alta, podemos fazer sinais à tripulação da *Folgore*.

CAPÍTULO 4

CERCADOS NA TORRINHA

Cinco minutos depois, carregado nos braços de seus fiéis marinheiros, o Corsário Negro chegou à torrinha da casa do senhor de Ribeira. A jovem indígena também quis ir com eles, apesar dos conselhos de Carmaux, que não estava gostando nem um pouco de expor aquela brava jovem ao perigo de um cerco. A torrinha era uma pequena construção, nem muito alta, nem muito resistente, dividida em duas saletas redondas, que se comunicava com o sótão da casa por meio de uma escada. Embora não fosse muito alta, das janelas do andar de cima era possível ver toda a cidadela e o porto, no meio do qual estava ancorada a *Folgore*.

Depois de mandar acomodar o capitão em uma velha cama fora de uso, Carmaux correu para olhar pela janelinha que dava para o porto. Ao ver os faróis da *Folgore*, não pode conter um grito de felicidade.

— Com cem mil baleias! — exclamou ele. — Daqui a gente pode trocar sinais com a nossa nave. Ah! Meus caros espanhóis, ainda vamos dar muito o que fazer aos senhores.

— Já conseguiu ver a minha nave? — perguntou o Corsário, não sem alguma emoção.

— Já, capitão — respondeu Carmaux, voltando à saleta.

— Então temos de resistir até a chegada dos reforços que Morgan deve nos enviar.

— Esta pequena fortaleza não me parece em mau estado.

— Mas vocês precisam dar um jeito na escada.

— O compadre saco de carvão e Wan Stiller já estão destruindo tudo. Eu também pedi a eles que trouxessem o entulho para cá.

— E o que você pretende fazer com ele, Carmaux?

— Vai servir para acender uma bela fogueira em cima da torrinha. O senhor Morgan vai entender o sinal, espero.

37

A RAINHA DOS CARAÍBAS

— Basta acender três vezes, com um intervalo de cinco minutos — disse o Corsário. — Morgan vai entender na mesma hora que estamos em perigo e precisando de ajuda.

Naquele momento ouviram um estrondo medonho lá embaixo, na rua. Parecia que havia gente tentando derrubar alguma porta ou janela.

— Esse barulho foi dos nossos homens demolindo a escada? — perguntou o Corsário.

— Não, capitão — respondeu Carmaux, olhando pela janelinha da torre. — São os espanhóis.

— Estão forçando a entrada?

— Estão derrubando a porta com a ajuda de uma trave.

— Então vão entrar aqui em pouco tempo.

— Mas vão encontrar um osso duro de roer — respondeu Carmaux. — Vamos fazer uma barricada na passagem para a torrinha. Com mil baleias!

— O que aconteceu? — perguntou o Corsário.

— Um homem prestes a sofrer um cerco que não tem nada para comer é um homem morto. Antes de fazer a barricada, temos de encontrar alguma coisa para mastigar.

— Não se preocupem — disse a jovem indígena. — Eu me encarrego de trazer os víveres.

— Essa moça tem coragem — disse Carmaux, vendo a jovem descer tranquilamente, como se fosse fazer a coisa mais simples do mundo.

— Vá com ela — disse o Corsário. — Se os espanhóis a virem carregando víveres, podem matá-la.

Carmaux desembainhou o sabre e desceu atrás da jovem, decidido a protegê-la a qualquer custo. Wan Stiller e Moko, armados de machados, estavam começando a quebrar a escada, para impedir que os espanhóis subissem ao andar superior, caso conseguissem derrubar a porta da torrinha.

— Só um minuto, amigos — disse Carmaux. — Primeiro a comida, depois a escada.

— Vamos esperar as suas ordens — respondeu Wan Stiller.

— Enquanto isso, venham comigo também. Vamos tentar achar uma bela garrafa. Don Pablo deve ter algumas bem envelhecidas, que vão fazer muito bem ao nosso capitão.

— Aqui tem um cesto que parece ter sido feito para isso — disse o hamburguês, pegando uma grande cesta que estava em um canto da saleta.

38

CERCADOS NA TORRINHA

Saíram do refúgio, descendo de novo até os aposentos de Don Pablo. A jovem indígena já entrara em um salão onde estavam guardadas as provisões da casa, encheu uma cesta com todo o tipo de comida e voltou depressa para a torrinha.

Vendo várias garrafas empoeiradas alinhadas em uma prateleira, Carmaux e Wan Stiller se apressaram a pegá-las. Tiveram, contudo, o bom senso de pegar também dois baldes cheios de água.

Estavam prestes a sair quando ouviram passos rápidos no corredor de baixo.

— Estão chegando! — exclamou Carmaux, pegando depressa o cesto.

Foram para o corredor que levava à torrinha, apressando o passo. Estavam prestes a passar pela portinha atrás da qual esperava o compadre saco de carvão, quando viram aparecer um soldado na extremidade oposta.

— Ei!... Parem ou eu atiro! — gritou o espanhol.

— Vá se enforcar! — respondeu Carmaux.

Um disparo ribombou e a bala foi esburacar exatamente um dos dois baldes que o hamburguês estava carregando. A água começou a escorrer pelo buraco.

Carmaux fechou a porta depressa, enquanto gritos de raiva ecoavam no corredor.

— Vamos fazer uma barricada! — gritou ele para o negro.

Naquela sala havia diversos móveis fora de uso: mesas, um guarda-lou-ças monumental, cômodas e diversas cadeiras bem pesadas.

Em poucos minutos eles amontoaram aqueles móveis na frente da porta, fazendo uma barricada tão maciça quer seria capaz até de desafiar as balas dos mosquetes.

— Posso quebrar a escada? — perguntou Moko.

— Ainda não — respondeu Carmaux. — Temos algum tempo.

— Eles vão começar a atacar a porta.

— E nós vamos responder, compadre saco de carvão. Temos de tentar resistir o máximo possível. Pelo menos estamos bem de munição.

— Eu tenho cem cargas.

— E eu e Wan Stiller, mais cem cada, sem contar as pistolas do capitão.

Naquele instante, os espanhóis chegaram ao outro lado da porta.

— Abram ou matamos todos vocês — gritou uma voz autoritária, martelando as tábuas com a coronha de um mosquete.

— Calma, meu senhor — respondeu Carmaux. — Mas que diabo! Não precisa ser tão apressado assim! Um pouquinho mais de paciência, meu belo soldado.

— Eu sou um oficial, e não um soldado.

— Tenho o maior prazer em saber disso — falou Carmaux, com voz irônica.

— Eu os intimo a se renderem.

— Oh!

— E rápido.

— Ui! Que fúria!

— Não temos tempo a perder.

— Nós, ao contrário, temos um monte — disse Carmaux.

— Não brinque. Você pode se arrepender.

— Eu estou falando sério. O senhor acha que este é um momento para brincadeira?

— O comandante da cidade prometeu poupar as vidas de vocês.

— Contanto que a gente vá embora? Mas isso é tudo o que queremos!

— Mas com uma condição.

— Ah! Então tem uma condição?

— Que vocês nos deem a sua nave, armas e munições, disse o oficial.

— Meu caro senhor, acho que está esquecendo três detalhes.

— Quais?

— Que as nossas casas ficam em Tortuga. Que a nossa ilha fica longe daqui e, por último, que não sabemos andar sobre as águas, como São Pedro.

— Vocês vão ganhar uma barcaça para poder ir embora.

— Humm! As barcaças não são muito confortáveis, meu senhor. Eu prefiro voltar à Tortuga com a *Folgore*.

— Então vamos enforcá-los — gritou o oficial, que só nesse momento percebeu a ironia do flibusteiro.

— Podem enforcar. Mas cuidado com os doze canhões da *Folgore*. Eles lançam um tipo de granizo capaz de derrubar seus casebres e demolir seu forte também.

— Isso nós vamos ver. Podem derrubar aquela porta!

— Compadre saco de carvão, vamos demolir a escada — disse Carmaux, virando para o negro.

40

Subiram juntos para o andar de cima e, com algumas machadadas, fizeram a escada em pedaços e retiraram o entulho. Feito isso, fecharam o alçapão e puseram uma caixa velha e pesada em cima.

— Pronto — disse Carmaux. — Agora subam se forem capazes.

— Os espanhóis já entraram? — perguntou o Corsário Negro.

— Ainda não, capitão — respondeu Carmaux. — A porta é sólida e está bem barricada. Vão ter bastante trabalho para forçá-la.

— São muitos?

— Acho que sim, capitão.

O Corsário ficou em silêncio por um momento e depois perguntou:

— Que horas são?

— Seis.

— Temos de resistir até as oito desta noite, para podermos fazer o sinal ao Morgan.

— Vamos resistir, senhor.

— Não percam tempo, meus bravos. Catorze horas é um tempo muito longo para uma resistência.

— Vamos, compadre saco de carvão — disse Carmaux, pegando o arcabuz.

— Eu também estou no jogo — disse o hamburguês. — Nós três vamos fazer um verdadeiro milagre e não deixaremos os espanhóis entrarem, pelo menos até esta noite.

Os três corajosos rapazes abriram de novo o alçapão e, apoiados em uma haste da escada, deslizaram até o andar de baixo, decididos a morrer antes de se render.

Enquanto isso, os espanhóis haviam começado a atacar a porta, batendo nas tábuas com as coronhas dos mosquetes, mas até àquele momento não haviam obtido o menor sucesso. Seriam precisos machados e uma catapulta para abrir uma brecha naquela barricada maciça.

— Vamos ficar atrás deste guarda-louças e, assim que virmos uma abertura, começamos a atirar — disse Carmaux.

— Estamos prontos — responderam o negro e o hamburguês.

Depois de um quarto de hora, ouviram uma voz gritando do lado de fora:

— Saiam!

— Será que são reforços? — perguntou o negro, enrugando a testa.

— Estou com medo de uma coisa pior — respondeu Carmaux, preocupado.

— O que você quer dizer com isso, compadre branco?

— Escute!

Um golpe tremendo ribombou, seguido de um longo estalido.

— Decidiam usar um machado — disse o hamburguês.

— Dá para perceber que estão com pressa de nos prender — disse o negro.

— Ah! Vamos ver — respondeu Carmaux, armando o arcabuz. — Espero que consigamos segurá-los até que a escuridão permita que façamos o sinal a Morgan.

Os espanhóis continuavam batendo com todo empenho. Além do machado, estavam usando também as coronhas dos mosquetes e espadões, tentando soltar as tábuas da porta.

Como no momento não podiam rechaçar o ataque, os três flibusteiros deixavam os espanhóis agir à vontade. Estavam ajoelhados atrás do guarda-louças, com os arcabuzes prontos e os sabres curtos preparados.

— Mas que fúria — disse Carmaux de repente. — Acho que já abriram uma fenda.

— Estou vendo um buraco — disse Moko, estendendo depressa o arcabuz.

Estava prestes a atirar quando uma detonação ecoou. Uma bala destruiu um canto do guarda-louças e depois atingiu o velho candelabro que estava em um canto da sala.

— Ah! Começaram! — gritou Carmaux, dando um salto para trás. — Por Baco! Nós também precisamos fazer alguma coisa.

Ele se aproximou do canto do guarda-louças atingido pela bala e olhou com cuidado, para não levar uma bala bem no meio dos olhos.

Os espanhóis haviam conseguido abrir uma rachadura na porta e introduziram outro mosquete por ali.

— Ótimo — murmurou Carmaux. — Vamos esperar que atirem.

Com uma mão pegou o arcabuz e tentou empurrá-lo de um lado. Ao sentir aquele empurrão, o soldado que o apontara atirou e depois retirou depressa a arma para dar lugar a outro.

Rápido como um raio, Carmaux enfiou o arcabuz e o apontou através da rachadura. Ouviu-se uma detonação seguida de um grito.

— Peguei! — disse Carmaux.

— E tome esta! — gritou uma voz.

Outro disparo ribombou do lado de fora e a bala passou a poucos centímetros da cabeça do flibusteiro, indo arrebentar a moldura superior do guarda-louças.

CERCADOS NA TORRINHA

Ao mesmo tempo, algumas machadadas bem aplicadas arrancaram uma tábua da porta. Quatro ou cinco arcabuzes e algumas espadas foram introduzidas por ali.

— Cuidado — gritou Carmaux aos companheiros.

— Eles estão entrando? — perguntou Wan Stiller, que empunhara o arcabuz pelo cano, para usar como se fosse um porrete.

— Ainda temos tempo — respondeu Carmaux.

Naquele momento, uma voz gritou:

— Querem se render? Sim ou não?

— Para sermos fuzilados? Não, meu caro senhor, no momento não desejo isso.

— Vamos acabar destruindo também esse móvel que está impedindo a nossa entrada! — berrou o espanhol.

— Fique à vontade, meu caro senhor. Só gostaria de avisar que atrás do guarda-louças tem algumas mesas e, atrás das mesas, arcabuzes e homens decididos a tudo.

— Vamos enforcar todos vocês!...

— O senhor pelo menos trouxe a corda?

— Temos as correias das nossas espadas, canalha!...

— Elas vão servir muito bem para darmos umas chicotadas em vocês!... — disse Carmaux.

— Companheiros!... Atirem nesse engraçadinho.

Quatro ou cinco disparos ecoaram. As balas foram se cravar no guarda-louças, sem conseguir atravessar as tábuas maciças.

— Que concerto barulhento, esse! — disse Wan Stiller. — Será que a gente também pode tocar uma música assim?

— Vocês são livres — respondeu Carmaux.

— Então vamos tentar fazer alguma coisa.

Wan Stiller se arrastou ao longo do guarda-louças e chegou ao canto oposto no momento em que os espanhóis faziam uma nova descarga, ainda mais barulhenta, achando que os adversários iam escapar.

— É agora — disse ele. — Tenho certeza de que vou mandar pelo menos um para o outro mundo.

Um soldado introduzira o espadão através da rachadura, tentando fazer saltar uma tábua do guarda-louças. Certo de que não seria importunado pelos sitiados, nem mesmo tomou o cuidado de se esconder atrás da porta.

43

A RAINHA DOS CARAÍBAS

Ao vê-lo, Wan Stiller apontou rapidamente o arcabuz e deixou partir o tiro.

Atingido em pleno peito, o espanhol soltou o espadão, abriu os braços e caiu em cima dos companheiros que estavam atrás dele. Assustados com aquela fuzilada inesperada, os atacantes recuaram, dando gritos irados.

No mesmo instante, ouviram o canhão ribombar surdamente a distância.

Carmaux deu um grito:

— É um canhão de caça da *Folgore*!...

— Pelos trovões de Hamburgo!... — exclamou Wan Stiller, ficando branco como um trapo lavado. — O que será que está acontecendo a bordo do nosso navio?

— Será que foi um sinal? — perguntou Moko.

— Ou será que estão atacando a nossa nave? — perguntou Carmaux, com angústia.

— Vamos ver!... — gritou Wan Stiller.

Estavam prestes a se arremessar para a escada quando ouviram uma voz trovejando no corredor.

— Avancem, camaradas!... O canhão soou na baía!... Não podemos ficar atrás dos soldados do forte!...

— Com cem mil tubarões!... — urrou Carmaux. — Não estão dando um minuto de sossego para a gente!... Prestem atenção ao ataque!...

— Estamos prontos para recebê-los — responderam Moko e Wan Stiller.

Um segundo tiro de canhão ribombou na costa, seguido por uma forte descarga da fuzilaria.

Quase no mesmo instante, como se tivessem encontrado mais coragem com aquelas descargas, os soldados do corredor se atiraram para cima da porta, martelando furiosamente com as coronhas dos mosquetes e com os espadões.

— Atenção! — gritou Carmaux para os companheiros. — Estamos lutando pela nossa pele ou pela liberdade!

44

CAPÍTULO 5

O ATAQUE À *FOLGORE*

O **Corsário Negro fechara os** olhos havia poucos instantes, vencido pela extrema fraqueza causada pela perda de sangue. Mas ao ouvir o primeiro tiro de canhão, abriu-os na mesma hora e sentou na cama.

A jovem indígena, que até agora permanecera agachada perto da cama sem desviar os olhos do rosto do ferido, também ficou de pé, já adivinhando de que lado viera aquela detonação barulhenta.

— Foi um canhão, não é verdade, Yara? — perguntou o Corsário.
— É, meu senhor — respondeu a jovem indígena.
— O tiro veio do lado do mar?
— Veio, sim.
— Veja o que está acontecendo na baía.
— Acho que a canhonada partiu da sua nave.
— Morte do inferno! — exclamou o Corsário. — Da minha nave!... Olhe, Yara, olhe bem.

A jovem indígena correu para a janela e olhou na direção da baía.

A *Folgore* estava ancorada no mesmo lugar, mas virara a proa para a praia, de forma a poder dominar o fortim da cidade com as portinholas para canhão de boreste. Na ponte, ao longo das amuradas e no tombadilho de popa havia diversos homens se movimentando, enquanto outros subiam rapidamente pelas enfrechaduras, talvez para assumir seus postos nos cestos de gávea. Oito ou dez chalupas lotadas de soldados estavam se distanciando da praia, indo na direção da nave, mantendo uma distância considerável entre elas.

Não era preciso ser um grande entendido nas coisas da guerra para perceber que estava prestes a começar um combate na baía. Aquelas chalupas estavam se dirigindo depressa para a nave, com a intenção de abordar e, possivelmente, dominá-la.

45

— Senhor — disse a jovem indígena, com voz alterada. — Estão ameaçando atacar o seu navio.

— A minha *Folgore*? — gritou o Corsário, fazendo menção de sair da cama.

— O que está fazendo, meu senhor? — perguntou Yara, correndo para perto dele.

— Ajude-me aqui, jovem — disse o Corsário.

— O senhor não pode se mexer.

— Eu sou forte, minha jovem.

— Mas as feridas vão abrir.

— Só que depois elas fecham de novo. Ouça!

— Outro tiro de canhão!...

Sem esperar mais, ele se envolveu em um manto negro e, com um esforço enorme de suprema vontade, saiu da cama e ficou de pé, sem nenhum apoio.

Yara correu para ele e o amparou nos braços. O Corsário confiou demais nas próprias forças, e de repente elas faltaram.

— Maldição!... — exclamou ele, mordendo o lábio até sangrar. — Ficar fraco desse jeito bem nessa hora em que a minha nave parece estar correndo grave perigo!... Ah!... Aquele velho sinistro vai acabar trazendo a calamidade para toda a minha família!... Yara, minha jovem, posso apoiar no seu ombro?

Estava indo para a janela, quando viu Carmaux chegando. O bravo flibusteiro estava com uma expressão muito sombria e o olhar preocupado.

— Capitão! — exclamou ele, correndo para perto do Corsário e abraçando-o, a fim de ampará-lo melhor. — Estão combatendo no mar?

— Estão, Carmaux.

— Com mil tubarões! E nós aqui, sitiados, impotentes para ajudar a nossa nave, ainda mais com o senhor ferido.

— Morgan saberá defendê-la, meu bravo. Há homens de valor a bordo, e ótimos canhões também.

— Mas a nossa posição aqui é insustentável, capitão.

— Acabem com a escada e venham para cá.

— É o que vamos fazer daqui a pouco.

— Para a janela, amigo. Está havendo um combate na baía.

Um terceiro, depois um quarto tiro de canhão ribombaram no mar, e as detonações dos mosquetes também eram mais frequentes agora.

O ATAQUE À *FOLGORE*

Carmaux e Yara levaram o Corsário quase carregado e o ajudaram a sentar diante da pequena janela da torrinha. Daquele local elevado, o olhar vagava livremente por toda a cidade e dominava completamente a baía, além de um enorme trecho do mar.

A batalha entre a *Folgore* e as chalupas tripuladas pelas guarnições do fortim já estava em andamento, com grande ímpeto de ambas as partes.

A nave, que não queria abandonar a baía sem antes trazer o seu capitão a bordo, estava fortemente ancorada a trezentos metros da praia, apresentando aos atacantes o lado de boreste, enquanto seus homens haviam se estendido atrás das amuradas, prontos para atirar no inimigo com seus longos fuzis.

Os dois canhões de caça da coberta já haviam funcionado diversas vezes contra os inimigos, e os tiros não foram perdidos. Uma chalupa já afundara, atingida em cheio por uma bala, e a sua tripulação estava nadando para a praia.

Com um único olhar, o Corsário Negro percebeu a situação.

— Minha *Folgore* vai dar muito trabalho aos atacantes — disse ele. — Dentro de um quarto de hora, pouquíssimas chalupas ainda vão estar flutuando.

— Mas receio, capitão, que as coisas sejam um pouco piores — disse Carmaux. — Não acho natural que essas poucas chalupas tentem abordar uma nave tão bem armada.

— Também estou achando isso muito estranho, Carmaux. Você está vendo alguma coisa ao largo?

— Não, meu capitão. Mas como o senhor pode ver, a costa é muito alta, e aqueles arrecifes podem estar escondendo alguma nave.

— Você acha? — perguntou o Corsário com alguma ansiedade.

— Parece que os espanhóis estão esperando alguma ajuda do lado do mar.

— A minha *Folgore*, presa em um fogo cruzado!...

— O senhor Morgan é um homem bem capaz de enfrentar dois adversários, senhor.

— Vá ajudar seus companheiros, Carmaux. Yara pode me ajudar por aqui.

— Parece mesmo que estão precisando de mim — disse o flibusteiro, carregando depressa o fuzil.

47

A RAINHA DOS CARAÍBAS

Enquanto Carmaux corria em socorro do hamburguês e do negro, que começavam a ficar em situação difícil por causa dos furiosos e repetidos ataques dos espanhóis, na pequena baía a batalha assumia proporções tremendas.

Apesar das detonações terríveis da nave flibusteira e das graves perdas que sofriam, as chalupas corriam animadamente para a abordagem, mantendo um fogo cerrado de fuzilaria e se encorajando com gritos ensurdecedores. Três chalupas já tinham ido a pique, afundadas pelas balas da nave flibusteira, mas nem assim as outras haviam parado. Estavam dispostas em forma de semicírculo para abordar a nave de diversos lados e forçavam os remos para chegar perto dos costados do navio e ficar ao fora do alcance dos dois canhões de caça da coberta, que causavam danos enormes com as incessantes descargas de metralha.

O fortim, que dominava a parte meridional da pequena baía, também não estava ocioso. Embora sua guarnição só possuísse peças de artilharia pequenas, elas trovejavam furiosamente, lançando muitas balas na ponte da nave. Apesar do ataque duplo, a nave flibusteira parecia estar rindo dos adversários. Sempre firme em suas âncoras, queimava como um vulcão, cobrindo tudo de fumaça e chamas e enfrentando corajosamente o fortim e as chalupas. Os seus homens ajudavam os artilheiros, atirando com precisão matemática na tripulação das chalupas e, principalmente, nos remadores. Apoiado no peitoril da janela, o Corsário Negro acompanhava com atenção os diversos episódios da batalha. Parecia não estar mais sentindo dor alguma, e às vezes até ficava animado, ameaçando com o punho ora o fortim, ora as chalupas.

— Ânimo, homens do mar! — gritava ele. — Mandem uma boa carga naquela chalupa que está prestes a abordar! Vamos, vocês estão indo muito bem!... São só nove! Fogo no fortim! Derrubem os bastiões e mandem a artilharia para os ares!... Viva a flibustaria!... Viva a flibustaria!

— Meu senhor, não se agite tanto — dizia Yara, tentando em vão fazê-lo sentar. — Não se esqueça de que está ferido.

Mas ele continuava a estimular os seus valorosos marinheiros, avisava sobre os perigos e censurava ora uns, ora outros, como se estivesse na ponte da nave e eles pudessem ouvir a sua voz. Já esquecera até de Carmaux, Wan Stiller e do negro, que batalhavam ferozmente contra os espanhóis do corredor.

De repente, um grito medonho escapou da sua boca.

48

O ATAQUE À *FOLGORE*

— Maldição!

Apesar das tremendas detonações dos flibusteiros, três chalupas haviam chegado perto da nave e estavam ao abrigo da artilharia, enquanto de trás da longa península que se estendia diante da baía apareceram inesperadamente os altíssimos mastreamentos de duas naves.

— Senhor — gritou Yara, que também viu os navios. — A sua *Folgore* vai ficar no meio de um fogo cruzado!

O Corsário já ia responder, quando Carmaux, Moko e o hamburguês entraram correndo na sala. Estavam ofegantes, esbaforidos e imundos de pólvora de disparo. O último estava também com o rosto ensanguentado, pois havia levado uma estocada no meio da testa.

— Capitão — gritou Carmaux, enquanto Moko retirava depressa a escada e o hamburguês fechava o alçapão. — A barricada não está mais aguentando!...

— Os espanhóis já entraram? — perguntou o Corsário.

— Em alguns minutos estarão aqui embaixo.

— Morte do inferno! E a *Folgore* está prestes a ficar no meio de um fogo cruzado!

— O que o senhor está dizendo, senhor? — perguntou o hamburguês, assustado.

— Olhe!

Os dois flibusteiros e Moko correram para a janela.

As duas naves avistadas pelo Corsário um pouco antes tinham chegado à frente da baía e fechavam completamente a passagem para a *Folgore*.

Não eram dois simples veleiros, mas sim duas naves de alto bordo, poderosamente armadas e com tripulações numerosas; em suma, duas verdadeiras naves de combate capazes de enfrentar com vantagem uma pequena esquadra.

Os flibusteiros da *Folgore*, comandados por Morgan, não perderam o ânimo nem se deixaram surpreender. Com rapidez inacreditável, içaram as âncoras e estenderam o traquete, a mestra e a gávea, além de algumas bujarronas, e logo começaram a navegar.

O Corsário Negro e seus companheiros primeiro pensaram que Morgan tomara a heroica decisão de arremessar a *Folgore* contra as duas naves antes que elas estivessem preparadas para o combate, e tentar chegar ao largo com um ataque fulminante para escapar da luta desigual, mas logo perceberam que não era essa a intenção do esperto lugar-tenente.

49

A RAINHA DOS CARAÍBAS

Aproveitando um golpe de vento, primeiro a *Folgore* escapou com habilidade da abordagem das primeiras chalupas que haviam se aproximado, em seguida, com um bordejo se lançou para o pequeno porto e se refugiou atrás da ilhota que havia entre a costa e a península, formando uma espécie de dique.

— Ah! Muito bem, Morgan! — exclamou o senhor de Ventimiglia, percebendo a ousada manobra da *Folgore*. Ele salvou a minha nave!

— Mas os dois navios vão desentocá-lo de trás da ilhota — disse Carmaux.

— Você está enganado, amigo — respondeu o senhor de Ventimiglia. — A água não é bastante profunda para navios daquele porte.

— Mas depois vão impedir nossa saída, senhor.

— Vamos cuidar disso depois, Carmaux.

Em seguida, ele se inclinou para o chão e pareceu escutar com muita atenção.

— Parece que os espanhóis já derrubaram a barricada e entraram. Temos de impedir que entrem aqui antes que a gente faça o sinal — disse o Corsário. — Já é meio-dia.

— Ainda podemos mantê-los longe por oito ou nove horas — respondeu Carmaux. — Ânimo, amigos! Vamos fazer uma barricada no alçapão e abrir uns buracos para passar os canos dos nossos arcabuzes.

Enquanto Carmaux e seus companheiros faziam os preparativos de defesa, as duas naves de alto bordo ancoraram bem em frente à baía, a uma distância de duzentos metros uma da outra, apresentando os lados de boreste para a costa, a fim de descarregar bordadas de artilharia inteiras contra a *Folgore*, caso ela tentasse forçar o cerco.

Morgan, contudo, não tinha a menor intenção de entrar em batalha contra aqueles grandes adversários. Embora tivesse sob suas ordens uma tripulação que crescera no meio da fumaça da artilharia e estivesse preparada para tudo, não se sentia tão forte a ponto de se lançar no meio dos mais de quarenta canhões das fragatas, ainda mais que o capitão ainda estava em terra.

Com algumas detonações bem ajustadas, rechaçou as chalupas que haviam tentado abordar a *Folgore* e reduziu ao silêncio os poucos canhões do fortim. Lançou as âncoras atrás da ilhota, mas manteve as velas baixas estendidas, para poder aproveitar qualquer oportunidade de forçar a passagem ou de atacar uma das duas fragatas quando a ocasião se apresentasse.

50

O ATAQUE À *FOLGORE*

Depois de diversas canhonadas ineficazes, as duas naves inimigas baixaram na água algumas embarcações, que se dirigiram para o fortim. Provavelmente os comandantes estavam querendo entrar em acordo com a guarnição para organizar um novo ataque contra a *Folgore*.

— A coisa está começando a ficar séria — murmurou o Corsário, acompanhando tudo aquilo com o olhar. — Se eu conseguir escapar desses soldados que estão nos mantendo prisioneiros aqui, vou preparar uma bela surpresa para as duas fragatas. Estou vendo uma barca grande ancorada perto da ilhota. Ela vai servir maravilhosamente bem para os meus planos. Yara, minha jovem, me ajude a voltar para a cama.

— O senhor está cansado? — perguntou a jovem indígena com ansiedade.

— Estou — respondeu o Corsário. — A emoção está me esgotando mais do que as feridas.

Ele se afastou da janela e apoiou uma mão no ombro da jovem. Foi até a cama e se deitou, desta vez colocando diante de si as pistolas e a espada desembainhada.

— E então, meus bravos, como estão as coisas? — perguntou ele a Carmaux e aos seus dois companheiros, que estavam ocupados em abrir buracos no alçapão.

— Mal, capitão — respondeu Carmaux. — Parece que esses espanhóis danados estão com muita pressa de nos prender.

— Você já consegue vê-los?

— Consigo, capitão.

— São muitos?

— Uns vinte no mínimo.

Naquele momento houve um estrondo tão violento que o alçapão quase foi despedaçado.

Carmaux, que estava deitado no chão, espiando os espanhóis por uma pequena fissura aberta por ele nas tábuas, levantou e pegou depressa o arcabuz.

Na sala debaixo, uma voz autoritária gritou:

— E então? Querem se render ou não?

Carmaux olhou para o Corsário, rindo.

— Responda — disse o último.

— E por que razão o senhor quer que a gente ceda as nossas armas?

— Não estão vendo que não têm saída?

51

— Para falar a verdade, ainda não percebemos — respondeu Carmaux.

— Podemos fazer vocês saltarem pelos ares.

— E nós, fazer o andar inteiro desmoronar em cima de vocês, esmagando todo mundo.

— Gostaria de avisá-los que seriam presos mesmo assim — gritou o espanhol.

— Pois então estamos esperando.

— E também que a sua *Folgore* está bloqueada.

— Ela tem canhões carregados de bombas de chocolate.

— Camaradas, destruam o alçapão — gritou o espanhol.

— Amigos, vamos nos preparar para derrubar o pavimento na cabeça desses senhores — gritou Carmaux. — Eles vão dar uma ótima geleia!

CAPÍTULO 6
A CHEGADA DOS FLIBUSTEIROS

A pós aquela troca de frases irônicas e ameaçadoras, que demonstravam o bom humor dos sitiados e a raiva impotente dos sitiadores, houve um breve silêncio que não anunciava nada de bom. Provavelmente os espanhóis estavam preparando um novo e mais terrível ataque para obrigar aqueles endemoniados flibusteiros a se render. Depois de se aconselhar rapidamente com o capitão, Carmaux e seus companheiros se dispuseram em volta do alçapão com os fuzis armados, prontos para atirar nos atacantes. Enquanto isso, Yara, que estava olhando pela janela, trouxe a boa notícia de que tudo estava tranquilo na pequena Baía de Puerto Limón, e que as duas fragatas não haviam abandonado o local de ancoragem para tentar ir atrás da *Folgore*.

— Vamos esperar — disse o Corsário. — Se pudermos resistir por mais cinco horas, talvez os homens de Morgan consigam nos libertar.

Apenas um minuto depois, um segundo golpe ainda mais violento do que o primeiro ressoou sob o alçapão, sacudindo as caixas que estavam amontoadas em cima dele.

Certamente os atacantes haviam encontrado alguma trava grande e a estavam usando como um aríete.

— Com mil tubarões — exclamou Carmaux. — Se a coisa continuar assim, vão mandar o pavimento inteiro pelos ares, correndo o perigo de que caia tudo na cabeça deles mesmos.

Um terceiro golpe ribombou, sacudindo até a cama em que se encontrava o Corsário, derrubando parte das caixas e fazendo saltar uma tábua do alçapão.

— Atirem! — gritou o Corsário, que empunhara as pistolas.

Carmaux, Wan Stiller e Moko apontaram os fuzis através da fenda e os detonaram.

Houve gritos de dor e raiva embaixo deles, em seguida passos precipitados que se afastavam.

53

A RAINHA DOS CARAÍBAS

Assim que a fumaça se dispersou, Carmaux olhou pela rachadura e viu um jovem soldado estendido no chão, com as pernas e braços abertos. Perto dele havia outras manchas de sangue, sinal evidente de que aquela descarga fizera alguns feridos, além das vítimas fatais.

Os atacantes se apressaram a evacuar a sala para se refugiar no corredor. Mas não deviam estar muito longe, pois era possível ouvir a conversa deles.

— Ei!... Não podemos ficar muito confiantes ainda — disse Carmaux.

Ele estava começando a se levantar quando uma detonação ribombou atrás da porta que dava para o corredor. O barrete do flibusteiro foi arrancado.

— Com mil diabos! — exclamou Carmaux, se levantando depressa. — Alguns centímetros mais para baixo e essa bala teria estourado a minha cabeça.

— Você não foi atingido? — perguntou o Corsário preocupado, ao ouvir o assobio daquele projétil.

— Não, capitão — respondeu Carmaux. — Parece que o demônio ainda não pretende parar de me proteger.

Achando que haviam matado aquele terrível adversário, os espanhóis puseram as caras na porta, se mantendo escondidos atrás dos destroços do guarda-louças. Ao ver Wan Stiller e o negro com os fuzis apontados, recuaram na mesma hora, conhecendo a precisão dos tiros daqueles batedores do mar.

— Levantem aquelas caixas e arrumem de maneira que elas possam proteger vocês dos tiros dos espanhóis. Eles não vão perder nenhuma oportunidade de atirar através da fenda — disse o Corsário.

— A ideia é boa — disse Wan Stiller. — Vamos construir uma barricada em volta do alçapão.

Trabalhando com cuidado para evitar levar uma bala na cabeça, os três flibusteiros dispuseram as caixas de modo a formar uma espécie de parapeito em volta da abertura e depois se estenderam no chão, sem perder de vista a porta do corredor.

Os espanhóis estavam acampados no corredor, certos de que obrigariam os sitiados a capitular mais cedo ou mais tarde. Talvez não soubesse que Yara trouxera víveres para os seus amigos.

Durante três horas reinou uma calma quase absoluta na torrinha, que só foi interrompida por alguns raros tiros de fuzil disparados ora

A CHEGADA DOS FLIBUSTEIROS

pelos sitiados, ora pelos sitiadores, mas por volta das seis da tarde os espanhóis começaram a aparecer em grande número perto da porta do corredor, decididos a recomeçar as hostilidades, pelo que parecia.

Do seu refúgio, Carmaux e seus companheiros imediatamente abriram fogo, tentando rechaçá-los para o corredor. No entanto, depois de algumas descargas, mesmo perdendo alguns homens em uma rápida irrupção, os espanhóis conseguiram reconquistar a sala e se abrigaram atrás dos destroços do guarda-louças e das mesas.

Sem condições de enfrentar as fortíssimas detonações dos adversários, os flibusteiros foram obrigados a abandonar o refúgio, para não serem obrigados ainda a um esforço supremo no momento do ataque.

— A coisa está ficando feia — disse Carmaux. — E falta uma hora para o pôr do sol!...

— Enquanto isso, vamos preparar a fogueira — disse o Corsário. — A torrinha é plana, Yara?

— É, meu senhor — respondeu a jovem indígena, que estava escondida atrás da cama do capitão.

— Mas parece que não dá para chegar lá em cima.

— Não se preocupe com isso, capitão — disse Carmaux. — O Moko tem mais agilidade que um macaco.

— O que querem que eu faça? — perguntou o negro. — Estou pronto para tudo.

— Queremos que você arrisque a pele, compadre saco de carvão, mas um pouco mais tarde — disse Carmaux. — Por enquanto, pode começar a quebrar a escada.

Enquanto os dois flibusteiros disparavam alguns tiros de fuzil contra os espanhóis para retardar o ataque, o negro despedaçou a escada com poucas e poderosas machadadas, amontoando os destroços perto da janela.

— Pronto — disse ele.

— Agora você vai ter de subir na torre para fazer o sinal — disse o Corsário Negro.

— Isso não parece ser muito difícil, capitão.

— Cuidado para não cair. Estamos a trinta e cinco metros do solo.

— Não se preocupe.

Ele subiu no parapeito da janela e esticou as mãos para a beira do telhado, experimentando primeiro a resistência das traves superiores.

55

A façanha era ainda mais perigosa pelo fato de não ter nenhum ponto de apoio, mas o negro era dotado de uma força incrível e de uma agilidade tão grande que era capaz de desafiar um macaco. Olhou para cima para evitar a atração perigosa exercida pelo vazio, em seguida, com um impulso, se içou para a borda da plataforma superior, fazendo força com os braços.

— Conseguiu, compadre? — perguntou Carmaux, abandonando a barricada por um momento.

— Consegui, compadre branco — respondeu Moko, com certo tremor na voz.

— Dá para acender uma fogueira aí em cima?

— Dá. Passe a madeira.

— Eu tinha certeza de que o compadre era melhor que um macaco — murmurou Carmaux. — Isso que ele acabou de fazer teria assustado qualquer gajeiro.

Ele então subiu no parapeito e passou os destroços da escada para o negro.

— Daqui a pouco você acende a fogueira — disse ele. — Um fogo a cada dois minutos.

— Está certo, compadre.

— Vou voltar ao meu posto.

Naquele momento, os sitiantes redobravam os esforços para conquistar a sala de cima. Por duas vezes haviam apoiado escadas na beira do alçapão, tentando chegar ao parapeito formado pelas caixas. Embora sozinho, Wan Stiller até agora conseguira rechaçá-los, recebendo os primeiros a chegar com tremendos golpes de sabre.

— Estou chegando, amigo! — gritou Carmaux, correndo para as caixas.

— E eu também — berrou o Corsário, com voz trovejante.

Incapaz de se conter, ele pulou da cama, empunhando as duas pistolas e segurando a terrível espada entre os lábios. Parecia ter recuperado o seu vigor extraordinário naquele momento supremo.

Os espanhóis já tinham chegado até a orla do alçapão e disparavam os fuzis como loucos, vibrando vigorosas estocadas para afastar os defensores. Um momento de demora e o último refúgio dos flibusteiros teria caído nas mãos deles.

— Em frente, homens do mar! — berrou o Corsário, que parecia ter se transformado em um leão.

A CHEGADA DOS FLIBUSTEIROS

Ele descarregou as duas pistolas no meio dos atacantes e depois, com alguns golpes de espada bem precisos, atirou dois soldados para a sala de baixo. Aquele golpe ousado e, mais do que tudo, o aparecimento inesperado daquele homem terrível, salvou os sitiados.

Os espanhóis, incapazes de enfrentar as arcabuzadas disparadas por Wan Stiller e Carmaux, saltaram correndo para baixo da escada e fugiram pela terceira vez para o corredor.

— Moko, pode pôr fogo na lenha — gritou o Corsário.

— Enquanto isso nós jogamos as escadas lá embaixo! — disse Carmaux a Wan Stiller. — Acho que por hora esses patifes estão satisfeitos.

O Corsário se levantara, pálido como um fantasma. Aquele esforço supremo parecia ter exaurido o restante das suas forças.

— Yara! — exclamou ele.

A jovem indígena só teve tempo de ampará-lo nos braços. O Corsário se apoiou nela, já meio sem sentidos.

— Meu senhor! — exclamou a jovem, com um tom assustado. — Socorro, senhor Carmaux!

— Com mil tubarões! — gritou o flibusteiro, correndo para ajudar.

Pegou o Corsário entre os braços e o levou até a cama, murmurando:

— Felizmente os espanhóis foram rechaçados a tempo.

Embora tivessem acabado de acomodá-lo, o Corsário Negro de repente reabriu os olhos.

— Morte do inferno! — exclamou ele, fazendo um gesto de ira.

Enquanto isso, Carmaux correu até a janela.

Um brilho forte estava se expandindo de cima da torrinha, rompendo a escuridão que já descera com aquela rapidez característica das regiões tropicais.

Carmaux olhou para a baía, onde brilhavam os grandes faróis vermelhos e verdes das duas fragatas.

Um rojão azul se elevou naquele momento de trás da ilhota que abrigava a *Folgore*. Subiu muito alto, cortando as trevas com uma rapidez espantosa, e explodiu bem no meio da baía, lançando em torno uma chuva de fagulhas douradas.

— A *Folgore* está respondendo! — gritou Carmaux com voz exuberante. — Moko, responda ao sinal.

— Está certo, compadre branco — respondeu o negro do alto da torrinha.

57

— Carmaux! — gritou o Corsário. — De que cor era o rojão?

— Azul, senhor.

— Com uma chuva de ouro, não é verdade?

— É, capitão.

— Olhe de novo.

— Outro rojão, capitão.

— Verde?

— É.

— Então Morgan já está vindo para nos ajudar. Mande Moko descer. Acho que os espanhóis estão voltando à carga.

— Agora não estou mais preocupado com eles — respondeu o bravo flibusteiro. — Ei! Compadre! Saia do seu observatório e venha nos ajudar.

O negro jogou na fogueira toda a lenha que sobrara, para que as chamas servissem de guia para os homens de Morgan, e depois, se agachando nas traves do beiral, desceu com cuidado para o peitoril da janela. Carmaux estava preparado para dar uma mão, ajudando a descida.

Os espanhóis haviam retornado à sala do andar inferior, com detonações tremendas contra as caixas que formavam o parapeito do alçapão. Carmaux e seus amigos só tiveram tempo suficiente de se atirar no chão. As balas passaram sibilando sobre suas cabeças e foram se cravar nas paredes, derrubando muitos escombros, até mesmo em cima da cama do Corsário. Logo depois daquela descarga, votaram a apoiar as duas escadas e atacaram intrepidamente.

— Joguem as caixas — urrou Carmaux.

As cinco caixas que formavam o parapeito foram derrubadas pelo alçapão, caindo em cima dos espanhóis que estavam subindo pelas duas escadas.

Um grito terrível se seguiu àquela queda. Homens e escadas caíram de cabeça para baixo, com um estrondo ensurdecedor.

Logo depois, ouviram detonações e gritos a uma pequena distância.

— Em frente, homens do mar! — gritou uma voz. — O capitão está aqui!

Carmaux e Wan Stiller correram para a janela.

Na rua, um bando de homens munidos de tochas avançava a passos de carga para a casa de Don Ribeira, disparando os fuzis para todos os lados, talvez com a intenção de aterrorizar a população e obrigá-la a ficar tranquila em suas próprias casas.

A CHEGADA DOS FLIBUSTEIROS

Carmaux logo reconheceu o homem que comandava o bando.

— O senhor Morgan! Capitão, estamos salvos!

— Ele está aqui? — exclamou o Corsário, fazendo um esforço para se levantar.

Em seguida, enrugando a testa, murmurou:

— Mas que imprudência!

No entanto, ao ouvir os disparos ribombando nas ruas, os espanhóis perceberam que poderiam ser atacados pela retaguarda e rapidamente começaram a fugir, passando pela passagem secreta.

Enquanto isso, os marinheiros da *Folgore* derrubaram o portão e começaram a subir correndo as escadas, gritando:

— Capitão! Capitão!

Carmaux e Wan Stiller desceram para a sala de baixo e, depois de apoiar uma escada, correram para o corredor.

Morgan, o lugar-tenente da *Folgore*, estava chegando à frente de quarenta homens, escolhidos entre os mais corajosos e mais vigorosos marinheiros da nave flibusteira.

— Onde está o capitão? — perguntou o lugar-tenente, que mantinha a espada em punho, achando que ainda havia espanhóis a serem rechaçados.

— Ele está lá em cima, na torrinha, senhor — respondeu Carmaux.

— Ainda está vivo?

— Está, mas ferido.

— Gravemente?

— Não, senhor, mas não consegue se manter de pé sozinho.

— Fiquem de vigia na galeria, vocês — gritou o lugar-tenente, virando para seus homens. Vinte de vocês, desçam até a rua e continuem a atirar nas casas.

Após dar as ordens, subiu até a sala do andar de cima da torrinha, seguido por Carmaux e Wan Stiller.

Ajudado por Moko e Yara, o Corsário Negro se levantou. Quando viu Morgan aparecer, estendeu a mão direita, dizendo:

— Obrigado, Morgan, mas não posso deixar de fazer uma censura. O seu lugar não é aqui.

— É verdade, capitão — respondeu o lugar-tenente. — O meu lugar é a bordo da *Folgore*, no entanto esta ação exigia um homem muito decidido, que teria de conduzir os meus homens por uma cidade infestada de inimigos. Espero que me perdoe pela imprudência.

A RAINHA DOS CARAÍBAS

— Tudo é perdoado aos homens de valor.

— Então vamos embora já, meu capitão. Os espanhóis podem perceber o número reduzido do meu bando e vir para cima de nós por todos os lados. Moko, pegue esse colchão. Ele vai servir para acomodar o cavaleiro.

— Deixe isso comigo — disse Carmaux. — Moko, que é o mais forte, leva o capitão.

O negro já havia erguido o Corsário nos braços robustos, quando este último se lembrou de Yara.

A jovem indígena estava acocorada em um canto, chorando em silêncio.

— Jovem, você não vem conosco? — perguntou ele.

— Ah! Meu senhor! — exclamou Yara, se levantando de um salto.

— Achou que eu me esqueceria de você?

— Achei, meu senhor.

— Não, minha brava jovem. Você vem conosco para a minha nave, se não tiver nada que a retenha em Puerto Limón.

— Sou sua, meu senhor — respondeu Yara, beijando as mãos dele.

— Então venha. Agora é um dos nossos.

Saíram da torrinha às pressas e desceram para o corredor. Ao ver o capitão, que já era dado como morto ou preso pelos espanhóis, os marinheiros prorromperam em um grito altíssimo:

— Viva o Corsário Negro!

— A bordo, meus bravos! — gritou o senhor de Ventimiglia. — Vou com vocês para lutar contra aquelas duas fragatas!

— Vamos! Rápido! — comandou o lugar-tenente.

Quatro homens acomodaram o Corsário no colchão e, fazendo uma espécie de padiola com os mosquetes, foram para a rua, precedidos e seguidos pelos outros.

CAPÍTULO 7

O BRULOTE

Os vinte homens que haviam sido enviados à frente para manter a rua desimpedida estavam lutando contra os habitantes da cidade e contra os soldados que haviam buscado refúgio nas casas.

Das janelas partiam arcabuzadas em grande número e eram atirados vasos de flores, cadeiras, móveis e até mesmo tinas de água mais ou menos limpa, mas os flibusteiros não pensaram em recuar até a casa de Don Ribeira.

Com descargas potentes e bem precisas, obrigaram os habitantes a sair da janela, em seguida enviaram alguns grupos de atiradores escolhidos a dedo para manter as ruas laterais desimpedidas e evitar surpresas.

Quando o Corsário Negro chegou, um longo trecho da rua caíra nas mãos daquela frente de combate, e outros grupos foram mais à frente, sem parar de disparar contra todas as janelas que ainda estavam abertas ou iluminadas.

— Mais dez homens à frente! — comandou Morgan. — E mais dez na retaguarda. Fogo em toda a linha!

— Cuidado com as ruas laterais! — berrou Carmaux, que assumira o comando da retaguarda.

Sempre disparando e gritando a plenos pulmões para espalhar mais terror e dar a impressão de que estavam em número maior, o bando saiu em passo de corrida e foi para o porto.

Quando estavam a cerca de trezentos ou quatrocentos metros do porto, ouviram algumas descargas na direção do centro da cidade. Pouco depois viram os homens da retaguarda aumentar a velocidade da corrida, passando rente às paredes das casas.

— Estamos sendo atacados por trás? — perguntou o Corsário Negro, que era transportado em uma corrida muito rápida também.

A RAINHA DOS CARAÍBAS

— Os espanhóis se reuniram e estão vindo para cima de nós, capitão — gritou Carmaux, que acabara de chegar, seguido por Wan Stiller e Moko.

Naquele momento, ouviram ribombar algumas canhonadas na baía.

— Que ótimo! — exclamou Carmaux. — As fragatas também querem participar da festa!

— Morgan! — gritou o senhor de Ventimiglia, vendo o lugar-tenente chegar. — O que está acontecendo na baía?

— Nada de grave, senhor — respondeu o segundo em comando. — São as fragatas que estão disparando nas praias, achando que vamos abordá-las, talvez.

Enquanto a retaguarda, reforçada por mais vinte homens, segurava o avanço dos espanhóis, a frente apertava o passo e chegava incólume à praia, exatamente no local em que estava a *Folgore*.

Percebendo a batalha que estava sendo travada, a tripulação colocou na água diversas chalupas para recolher os companheiros, enquanto alguns artilheiros descarregavam as peças de caça na direção das fragatas e contra o fortim para disfarçar o embarque.

— Embarquem! — comandou Morgan.

O Corsário Negro foi colocado em uma baleeira, junto com Yara, Carmaux e alguns feridos, e transportado rapidamente a bordo.

Quando se viu de novo na ponte da sua valiosa nave, ele deu um suspiro prolongado, dizendo:

— Agora vocês não me pegam mais, meus caros. A *Folgore* vale por uma esquadra inteira!

Enquanto isso, os homens que ficaram na praia enfrentaram o inimigo que desembocava de todas as ruas e de todos os atalhos, engrossando de minuto a minuto as fileiras.

Mas o Corsário Negro, que não quis sair da ponte, percebeu o perigo que seus homens estavam correndo e virou para os artilheiros das duas peças de caça, gritando:

— Metralhem o inimigo!... Agora! Quero uma bela descarga.

As duas peças de artilharia foram viradas para a rua principal da cidade, para onde corriam os espanhóis, e fez chover sobre ela uma nuvem de metralha.

Aquelas duas descargas foram suficientes para desbaratar os adversários, pelo menos momentaneamente. Os flibusteiros que haviam ficado em terra aproveitaram para se atirar nas chalupas, com grande confusão.

Quando os espanhóis apareceram de novo, os últimos marinheiros estavam subindo a bordo.

— Tarde demais, meus caros — gritou Carmaux, fazendo um gesto irônico para os inimigos. — Além disso, gostaria que soubessem que não temos falta de metralha.

Quando viu que todos os seus homens estavam a bordo, inclusive os feridos, o Corsário Negro finalmente deixou que o levassem para a sua cabine. Aquele local era o máximo em termos de riqueza e conforto. Não era um daqueles quartinhos habituais que costumam formar o chamado quadro dos oficiais, mas sim um cômodo muito amplo, bem arejado, com duas janelas sustentadas por colunas coríntias e protegidas por cortinas de seda azul. No meio havia uma cama confortável, também sustentada por pequenas colunas de metal dourado; nos cantos havia estantes antigas e divãs, e nas paredes brilhavam grandes espelhos venezianos com moldura de cristal e coleções de armas de todo tipo. Um grande candeeiro de prata dourada com globos de vidro rosa espalhava ao redor uma luz estranha, que parecia um pouco com aquela projetada pela aurora durante as belas manhãs de verão.

O Corsário se deixou transportar até a cama quase sem fazer um movimento. Parecia que as longas emoções suportadas e os esforços poderosos finalmente tinham quebrado o ânimo daquele terrível batedor dos mares. Ele finalmente perdeu os sentidos.

Morgan também descera até a cabine, acompanhado do médico de bordo, Yara e Carmaux, o ajudante de campo do flibusteiro.

— O que acha? — perguntou Morgan ao médico, depois que ele examinou o ferido.

— Nada de grave — respondeu o médico. — São feridas mais doloridas do que perigosas, embora uma delas seja muito profunda. Dentro de quinze dias, o cavaleiro estará restabelecido.

— Faça o capitão voltar a si. Preciso falar com ele agora.

O doutor abriu uma caixinha que continha uma pequena farmácia, destampou uma ampola e fez o capitão respirar. Um instante depois, o senhor de Ventimiglia reabriu os olhos, olhando ora para Morgan e ora para o médico, que estavam debruçados sobre ele.

— Morte do inferno! — exclamou ele. — Achei que estava sonhando. É verdade que estou a bordo da minha nave?

— É, cavaleiro — disse Morgan, rindo.

— Eu desmaiei?

— Desmaiou, capitão.

— Malditos ferimentos! — exclamou o Corsário, irado. — É a segunda vez que me aprontam uma dessas!... Devem ter sido duas belas estocadas!...

— Vão sarar rápido, senhor — disse o médico.

— Obrigado pelos votos. E então, Morgan, como estamos?

— A baía continua bloqueada.

— E a guarnição do forte?

— No momento se contenta em ficar olhando para nós.

— Você acha que dá para forçar o bloqueio?

— Esta noite?

— É, lugar-tenente. Amanhã talvez seja tarde demais.

— As duas fragatas devem estar de guarda, capitão.

— Ah! Disso eu não tenho dúvida.

— E estão poderosamente armadas. Uma tem dezoito canções, e a outra, catorze!

— Vinte a mais do que nós.

Ele ficou em silêncio por alguns minutos, dominado por uma grande preocupação, depois disse de repente:

— Vamos para o mar mesmo assim. Temos de sair daqui esta noite, para não corrermos o perigo de ser abordados pelas forças de mar e de terra.

— Vamos sair? — exclamou Morgan, espantado. — Lembre-se de que com três ou quatro bordadas bem precisas da artilharia eles podem tosar a nossa nave e arrebentar os costados.

— Podemos evitar essas bordadas.

— De que jeito, senhor?

— Preparando um brulote. Não tem nenhuma nave no porto?

— Tem, sim. Uma barcaça ancorada perto da ilhota. Os espanhóis a abandonaram logo depois que jogamos a âncora aqui.

— Está armada?

— Está. Com dois canhões, e tem dois mastros.

— Alguma carga?

— Não, capitão.

— Temos material inflamável a bordo, não é verdade?

— Não temos falta nem de enxofre, nem de breu, nem de granadas.

— Então dê a ordem para que seja preparado um belo brulote. Se o

O BRULOTE

golpe der certo, vamos ver algumas fragatas em chamas. Enquanto isso, deixe-me descansar pelo menos até as duas horas.

Morgan, Carmaux e o médico saíram, enquanto o Corsário voltava a se deitar. Antes de fechar os olhos, procurou a jovem indígena e viu que ela estava acocorada em um canto da cabine.

— O que você está fazendo, minha jovem? — perguntou ele, com voz suave.

— Tomando conta do senhor.

— Vá se deitar em um daqueles sofás e procure descansar. Dentro de algumas horas vamos ter uma chuva de balas e granadas, e as chamas dos canhões vão deixar a noite muito clara para os seus olhos. Durma, boa menina, e sonhe com a sua vingança.

— O senhor vai me ajudar, meu senhor? — perguntou a jovenzinha, se levantando de um salto, com o olhar faiscante.

— Prometo que sim, Yara.

— Obrigada, meu senhor. A minha alma e o meu sangue pertencem ao senhor.

O Corsário sorriu para ela e se acomodou nos travesseiros, fechando os olhos.

Enquanto o ferido repousava, Morgan subiu à ponte para preparar o terrível golpe de inteligência que deveria proporcionar aos flibusteiros a liberdade ou a morte.

Aquele homem, que gozava da inteira confiança do orgulhoso batedor do mar, era um dos mais valentes lobos do mar com que contava a flibustaria da época, um homem que mais tarde se tornaria o mais célebre de todos os flibusteiros, com a famosa expedição do Panamá e com as não menos ousadas de Maracaíbo e de Porto Cabello. Não era tão alto quanto o Corsário, a até se poderia dizer que ficava abaixo da estatura média, mas em compensação era robusto e dotado de uma força excepcional, além de olhos de águia.

Já dera muitas provas de coragem sob o comando de flibusteiros famosos, como Montbar, o Exterminador; Michele, o Basco; o Olonês e o Corsário Verde, o irmão do Negro, e por isso gozava de imensa confiança mesmo entre os marinheiros da *Folgore*, que já o haviam avaliado em numerosas abordagens.

Assim que chegou à coberta, ordenou a um grupo de marinheiros para rebocar a barcaça destinada a servir de brulote e de levá-la para perto da *Folgore*.

Não se tratava realmente de uma barcaça, mas de uma caravela

65

destinada a serviços de pequeno porte, já muito velha e quase incapaz de sustentar o choque dos poderosos vagalhões do Golfo do México. Como todas as naves daquela espécie, tinha dois mastros altíssimos com velas quadradas, e o castelo de proa e o tombadilho de popa eram muito altos, por isso à noite podia facilmente ser confundida com uma nave grande e até com a própria *Folgore*. O proprietário já mandara descarregá-la ao primeiro sinal dos flibusteiros, com medo de que a carga caísse nas mãos daqueles ávidos batedores do mar, mas a bordo ainda havia uma quantidade considerável de troncos de Campeche, a madeira adotada para fazer certas tinturas muito apreciadas já naquela época.

— Essa lenha vai servir às mil maravilhas — disse Morgan, que subira a bordo da caravela.

Chamou Carmaux e o mestre da tripulação e transmitiu algumas ordens, acrescentando:

— O principal é que seja rápido e benfeito. A ilusão tem de ser perfeita.

— Pode deixar conosco — respondeu Carmaux. — Nem os canhões vão faltar.

Um instante depois, trinta marinheiros subiram até a ponte da caravela, que já estava ancorada a boreste da *Folgore*.

Sob a direção de Carmaux e do mestre, começaram a trabalhar na mesma hora.

Em primeiro lugar, subiram uma barricada robusta com os troncos de Campeche perto do timão para proteger o piloto. Em seguida, com os outros, serrados em determinado comprimento, improvisaram fantoches que foram colocados ao longo das amuradas, como homens prontos a se lançar à abordagem, e como canhões, que foram dispostos no castelo de proa e no tombadilho de popa. É claro que aquelas peças de artilharia só iriam servir para assustar, já que não passavam de troncos de árvores apoiados nas amuradas.

Feito isso, os marinheiros amontoaram na escotilha mestra alguns barris de pólvora, breu, alcatrão, enxofre e umas cinquenta granadas, espalhando-as também na proa e na popa. Depois banharam as amuaradas com resina e álcool, para que pegassem fogo com mais facilidade.

— Por Baco! — exclamou Carmaux, esfregando as mãos. — Este brulote vai queimar como um tronco de pinheiro.

O BRULOTE

— E um verdadeiro depósito de pólvora flutuante — disse Wan Stiller, que não saíra do lado do amigo nem por um instante.

— Agora vamos plantar umas tochas a bordo e acender os grandes faróis do tombadilho de popa — disse Carmaux.

— E içar na popa o grande estandarte dos senhores de Ventimiglia e de Valpenta. — Isso é muito necessário, amigo Stiller.

— Você acha que as fragatas vão cair na armadilha?

— Tenho certeza absoluta — respondeu Carmaux. — Você vai ver como tentarão nos abordar.

— Quem vai pilotar o brulote?

— Nós, com mais três ou quatro homens.

— Terminaram? — perguntou Morgan naquele momento, se inclinado sobre a amurada da *Folgore*.

— Está tudo pronto, senhor — respondeu Carmaux.

— Já são três horas.

— Pode ordenar o embarque dos nossos homens, lugar-tenente.

— E você?

— Solicito a honra de pilotar o brulote. Deixe Wan Stiller, Moko e mais quatro homens comigo.

— Prepare-se para bracear as velas. O vento está soprando de terra e vai transportá-los depressa até as fragatas.

— Só estou esperando as suas ordens para cortar as amarras.

Quando Morgan subiu para a ponte de comando da *Folgore*, o Corsário Negro estava novamente lá, deitado em dois grandes travesseiros de seda que haviam sido colocados sobre um tapete persa. Yara, a jovem indígena, apesar da proibição do Corsário, também saiu da cabine, decidida a desafiar a morte ao lado do seu senhor.

— Está tudo pronto, capitão — disse Morgan.

O Corsário Negro sentou e olhou para a saída da baía.

Embora a lua já tivesse se posto havia algumas horas, a noite não estava tão escura, porque era possível distinguir bem as duas fragatas. Nos trópicos e no equador, as noites têm uma transparência extraordinária. A luz projetada pelos astros é suficiente para avistar um objeto qualquer, mesmo pequeno, a uma distância considerável, quase inacreditável.

As duas grandes naves não haviam deixado a ancoragem, e os seus volumes se destacavam distintamente na linha do horizonte. Mas a corrente as aproximara um pouco, deixando a bombordo e a boreste um espaço suficiente para que uma nave pudesse manobrar livremente.

— Vamos passar sem sofrer demais o fogo daqueles trinta e dois canhões — disse o Corsário. — Todos os homens aos postos de combate.

— Já estão a postos, senhor.

— Um homem de confiança para comandar o brulote.

— Carmaux está lá.

— Um homem de valor. Está bem — respondeu o Corsário. — Diga a ele que, assim que puser fogo na caravela, mande os homens embarcar na chalupa e venha imediatamente a bordo, com a maior rapidez possível. Um atraso de poucos minutos pode ser fatal. Ah!...

— O que o senhor tem?

— Estou vendo luz perto da praia.

Morgan virou para lá, enrugando a testa.

— Será que os homens da guarnição estão pretendendo nos surpreender? — perguntou a si mesmo.

— Vão chegar tarde demais — disse o Corsário. — Mande içar as âncoras e oriente as velas.

Virando para a jovem indígena, disse:

— Volte para o quadro, Yara.

— Não, meu senhor.

— Em pouco tempo vamos ter uma chuva de balas e granadas aqui.

— Não tenho medo.

— Você pode ser morta.

— Morro ao seu lado, meu senhor. A filha do cacique de Darien nunca teve medo das armas espanholas.

— Então você também já combateu?

— Já. Ao lado do meu pai e dos meus irmãos.

— Então, se é tão corajosa, fique perto de mim. Talvez você me traga sorte.

Com um esforço, ele se ajoelhou e, empunhando a espada que mantinha desembainhada perto de si, gritou com voz trovejante:

— Homens do mar! Aos postos de combate! Lembrem-se do Corsário Verde e do Corsário Vermelho!

— Brulote ao largo, Carmaux! — gritou Morgan.

A caravela já estava livre das amarras.

O BRULOTE

Carmaux se colocara no timão e pilotava na direção das duas fragatas, enquanto seus companheiros acendiam as duas grandes lanternas do tombadilho de popa e as tochas que tinham sido amarradas ao longo das pavesadas, para que os espanhóis pudessem ver o grande estandarte dos senhores de Ventimiglia que ondulava sobre a grinalda de popa.

Um grito terrível se elevou a bordo do brulote e da *Folgore* e se perdeu a distância no mar:

— Viva a flibustaria!... Hurra para o Corsário Negro!...

Os tambores rufavam estrondosamente e as trombetas que davam o sinal de abordagem ecoavam muito agudas. Com um bordejo, o brulote contornou a ponta extrema da ilhota e foi intrepidamente na direção das duas fragatas, como se quisesse investir e abordar.

A *Folgore* a seguia a trezentos passos de distância. Todos os seus homens estavam nos postos de combate: os artilheiros atrás das suas peças, com as mechas acesas, os fuzileiros atrás das amuradas e nos cestos de gávea, os gajeiros nas vergas e nos vaus.

De repente um raio, depois dois, depois quatro iluminaram a noite, e a voz potente das artilharias se misturou aos hurras das tripulações e aos gritos de guerra da guarnição da cidadela, que acorreu em massa para a praia.

— Começou a música — trovejou Carmaux.

CAPÍTULO 8

UM TERRÍVEL COMBATE

Ao ver aquela nave com as velas desfraldadas e toda iluminada navegando depressa, as duas fragatas acharam que ela estava indo para cima delas para abordar uma ou outra, e por isso se encostaram na mesma hora, até o ponto máximo que permitiam as correntes das âncoras, para poderem se socorrer mutuamente.

A um comando dos capitães, os canhões de caça da coberta foram apontados para o brulote e foi dada uma primeira descarga, que acordou os habitantes de Puerto Limón e fez correr para a praia a guarnição do fortim inteira.

As balas não foram perdidas: elas atingiram o brulote em cheio. Uma parte do alto castelo de proa logo foi derrubada sob a explosão de uma granada, e duas vergas, despedaçadas por um projétil, caíram na coberta a poucos passos apenas da barricada de popa.

— Vamos deixar que eles descarreguem a raiva à vontade — disse Carmaux. — Afinal esta pobre caravela está mesmo destinada a saltar pelos ares.

Virou para a ilhota e viu a *Folgore* avançando a menos de duzentos metros, tentando contornar a ponta extrema do promontório.

— Ei!... Cuidado!... Estão atirando com todos os canhões! — acrescentou depois.

Nem bem acabara de pronunciar aquelas palavras e as duas fragatas pareceram explodir ao mesmo tempo, com um estrondo assustador. Das baterias saíam línguas de fogo e nas pontes redemoinhavam nuvens de fumaça muito densas, que eram atravessadas por raios quase ininterruptamente.

Artilheiros e fuzileiros abriram um fogo infernal contra a pobre caravela, com a esperança de afundá-la completamente destroçada antes que ela conseguisse chegar para a abordagem. O efeito daquela descarga foi tremendo. As amuradas e o castelo de proa do brulote voaram em pedaços,

UM TERRÍVEL COMBATE

e o mastro de proa foi quebrado na base e despencou na coberta com um estrondo medonho, destruindo parte da coberta com seu próprio peso.

— Com mil peixes-cães! — berrou Carmaux, que se abaixara depressa atrás da barricada. — Outra descarga como esta e vamos afundar!

Ele se levantou e olhou por cima da barricada, apesar das nuvens de metralha que varriam a coberta com milhares de silvos.

A primeira fragata estava a menos de quinze metros, e o brulote corria na direção dela, impulsionado pelo vento que soprava de terra, ainda com o mastro principal de pé e as bujarronas do gurupés desdobradas.

Carmaux pegou a mecha acesa que Wan Stiller estava segurando, se inclinou para o canhão que estava apontado para o tombadilho de popa, acendeu-o e logo gritou com voz trovejante:

— Um homem na ponte!... Acendam!

Um flibusteiro pulou a barricada com uma tocha acesa na mão e, apesar das descargas incessantes das duas fragatas, correu para o amontoado de breu e enxofre que estava embaixo do mastro principal.

Uma bala de canhão o atingiu em pleno peito e o partiu em dois, como se tivesse sido cortado por uma imensa cimitarra.

— Raios! — trovejou o flibusteiro. — Outro homem na ponte!

Nem um pouco impressionado com o fim medonho de seu companheiro, um segundo marinheiro pulou a barricada e foi em frente, gritando:

— Viva a flibust...

Não pôde terminar a frase. Uma segunda bala de canhão o matou. Naquele instante, houve um choque tremendo na proa. A caravela batera na fragata, enfiando o seu gurupés entre as enxárcias e o patarrás do mastro principal.

Carmaux e Wan Stiller pegaram os ganchos de abordagem e os arremessaram até as vergas e os braços de manobra da nave, em seguida tiraram as tochas e os faróis do quadro e os jogaram no meio da coberta.

A resina que ainda estava escorrendo pelo tabuado pegou fogo em um instante e atingiu o enxofre e o breu amontoados na ponte.

Dez, quinze línguas de fogo serpentearam pela coberta, chegaram às amuradas, queimaram as tábuas e atingiram as velas. Um clarão inesperado se difundiu na escuridão.

Achando que a abordagem da caravela fosse real, os marinheiros da fragata correram para as amuradas e descarregaram os arcabuzes, enquanto

71

os canhões de caça lançaram uma bordada de metralha no castelo de proa e no meio dos destroços do mastro do traquete, já caído.

Um grito ecoou na popa da caravela:

— Camaradas! Retirar!

Carmaux abandonou o timão, com um único salto ultrapassou a grinalda e deslizou pelo cabo. Embaixo estava a chalupa.

— Moko! Wan Stiller! Rápido! — gritou ele. — A *Folgore* está chegando.

O hamburguês, o negro e os dois outros homens o seguiram, enquanto a caravela explodia como um vulcão. O enxofre e o betume queimavam com rapidez incrível, lançando na fragata chuvas de fagulhas e nuvens de fumaça malcheirosa. Os barris de pólvora deviam estar prestes a explodir e mandar o brulote para os ares.

— Estão todos aqui? — gritou Carmaux.

— Todos — respondeu o hamburguês, depois de dar uma olhada em volta.

— Então vamos!

Escondidos atrás da caravela, eles logo se puseram ao largo, manobrando os remos com energia sobre-humana.

Enquanto isso, o fogo se dilatava com a rapidez de um raio. As amuradas, os cordames, as velas, até mesmo o mastro principal da caravela queimavam e espalhavam em volta uma luz sinistra.

Aterrorizados, os espanhóis tentaram cortar os arpéus de abordagem para afastar o brulote, mas era tarde demais.

O incêndio já estava se propagando a bordo da fragata com uma rapidez incrível. As bombas nada podiam fazer contra as chamas que atingiram as velas e o mastreamento.

Com algumas remadas, Carmaux e seus companheiros atravessaram a baía e chegaram ao lado da *Folgore*, que já se pusera à capa para esperá-los.

— Rápido — trovejou Morgan.

Os cinco marinheiros subiram nos bancos, se arremessaram para o patarrás e as enxárcias e saltaram a bordo da sua nave.

— Aqui estamos, senhor — disse Carmaux, correndo para ponte de comando, onde se encontravam o Corsário Negro e Morgan.

— Não falta ninguém? — gritou o lugar-tentente?

— Estamos todos aqui, com exceção de dois homens que morreram em ação a bordo da caravela — respondeu Carmaux.

UM TERRÍVEL COMBATE

— Todos aos postos de combate! — ordenou o Corsário. — Prontos para uma bordada de artilharia.

A *Folgore* avançou, passando a duzentos passos da fragata incendiada.

Navegava depressa, em silêncio, toda escura, sem nenhuma luz acesa a bordo. Mas os homens estavam todos em seus postos de combate.

Percebendo finalmente a ousada manobra dos flibusteiros, a segunda fragata descarregou sua artilharia com um estrondo medonho, na esperança de deter a *Folgore*, mas essa descarga acabou atingindo as rochas que formavam o prolongamento da península.

A outra fragata não podia fazer mais nada. As chamas já haviam tomado conta de tudo e ela parecia um vulcão em erupção.

Uma luz intensa se expandiu pela baía, tingindo as águas de vermelho e refletindo até mesmo nas velas da nave flibusteira. Os três mastros da fragata incendiada brilharam, enquanto o brulote, ainda grudado aos seus flancos, crepitava e sibilava, lançando no ar chuvas contínuas de fagulhas.

De repente, uma chama imensa rasgou a caravela. A ponte, o quadro, o castelo de proa, o mastro principal saltaram com a explosão dos barris de pólvora, lançando à direita e à esquerda uma nuvem de destroços ardentes. A fragata, que continuava amarrada ao brulote, se dobrou sobre um dos flancos. A explosão a despedaçou a boreste e a água começou a entrar com rugidos surdos pela imensa abertura.

Entre os gritos da sua tripulação e os gemidos dos feridos e dos moribundos, se ergueu uma voz trovejante.

— Bordada de artilharia! — gritou o Corsário Negro.

Os seis canhões de boreste e as duas peças de caça do tombadilho de popa trovejaram com uma sincronia admirável, fazendo uma única detonação. As balas e a metralha varreram as pontes das duas fragatas, aumentando o horror e a confusão. Um mastro cambaleou e depois caiu na coberta, junto com as velas, os massames fixos e as correntes.

A *Folgore* continuava avançando, enquanto as chalupas da segunda fragata acorriam para ajudar os homens da que estava queimando e prestes a afundar.

O fogo dos espanhóis foi suspenso, mas não o da nave flibusteira. Os artilheiros atiravam sem parar, martelando os massames dos dois navios e lançando uma chuva de metralha nas pontes, fazendo um massacre nas tripulações.

73

— Fogo! Fogo! — trovejava o Corsário Negro. — Joguem abaixo os mastreamentos, acabem com as pontes, arrasem, destruam!

Com um último bordejo, a *Folgore* chegou à embocadura do porto. Passando quase ao lado das duas fragatas, descarregou de uma só vez toda sua artilharia, depois deslizou do dique e saiu triunfante para o mar. Uma última bordada de artilharia da fragata que não incendiara ainda a atingiu e quebrou a antena de gávea, furando diversas velas e matando quatro homens, mas a *Folgore* já podia se considerar a salvo.

Ajudado por Yara e Morgan, o Corsário Negro se levantou.

A distância, na direção da baía, a fragata quase submersa ainda queimava. Imensas línguas de fogo se erguiam para o céu, enquanto nuvens de fagulhas transportadas pelo vento corriam pela escuridão como miríades de estrelas.

Alguns tiros de canhão ainda ribombavam, misturando a detonação com o estrondo das ondas.

— E então, o que você achou de tudo isso? — perguntou ele a Morgan com voz tranquila.

— Acho, cavaleiro, que nenhum flibusteiro de Tortuga jamais teve tanta sorte assim — respondeu o lugar-tenente.

— Realmente, Morgan, meu amigo, nem eu esperava ter tanta.

— Um dia eu também vou ter a minha própria nave, cavaleiro, e nessa hora vou me lembrar da incrível audácia do meu capitão, dos seus valorosos irmãos, apesar de desafortunados, e do Olonês.

— Você tem capacidade para ser um grande líder, senhor Morgan, e isso é o Corsário Negro que está dizendo. Ainda vai fazer grandes coisas, tenho certeza.

— E por que não juntos? — perguntou o lugar-tenente.

— Quem pode saber se o Corsário Negro estará vivo até lá — disse o senhor de Ventimiglia, enquanto um sorriso pálido surgia em seus lábios.

— O senhor é jovem e invencível.

— Os meus irmãos, o Corsário Vermelho e o Verde, também eram jovens e arrojados, no entanto, como você bem sabe, estão dormindo o sono eterno nos abismos úmidos do Mar do Caribe.

Ficou em silêncio por um momento, olhando para o mar que brilhava atrás da popa da nave como se fosse um princípio de fosforescência, e depois continuou, com voz melancólica:

UM TERRÍVEL COMBATE

— Mas quem sabe o destino que o futuro me reserva? Se antes de morrer eu pudesse ao menos me vingar do meu inimigo mortal e saber o que aconteceu com a jovem que eu tanto amei!...

— A Honorata? — perguntou Morgan.

— Já se passaram quatro anos — continuou o Corsário, sem prestar atenção na pergunta do lugar-tenente — mas mesmo assim eu ainda a vejo vagando pelo mar tempestuoso do Caribe, à luz dos raios, entre os rugidos das ondas insistentes. Que noite fatal!... Nunca mais vou esquecê-la!... O juramento que fiz na noite em que o cadáver do Corsário Vermelho desceu para o fundo do mar destruiu a minha vida. Mas vamos lá, é preciso esquecer!

Ele sentou novamente, e o seu olhar sinistro perscrutava com atenção o mar, que aos poucos começava a se iluminar.

Miríades de faíscas douradas corriam sob as ondas, subindo dos imensos abismos do grande golfo. Iam se alastrando lentamente e invadindo tudo, se espalhavam por uma grande área para depois voltar a se juntar.

Às vezes parecia que verdadeiras labaredas ou jatos de enxofre líquido ou de bronze derretido se misturavam com as ondas, fazendo a espuma brilhar. Medusas rolavam entre os vagalhões, fantásticas como globos de luz elétrica.

O Corsário Negro continuava observando. Seu rosto estava ainda mais pálido, exprimindo naquele momento uma angústia profunda, e no seu olhar se lia um terror desconhecido.

De pé atrás dele, Morgan e Yara não falavam. Os marinheiros espalhados na coberta também pareciam dominados por um terror supersticioso e, também mudos, olhavam para as ondas, que iam ficando cada vez mais luminosas.

Carmaux se aproximou devagar de Wan Stiller e lhe deu uma cotovelada.

— Sempre que morre alguém a bordo, à noite aparece a fosforescência. Você já tinha percebido isso, compadre?

— Já — respondeu o hamburguês com um tremor na voz. — E essas noites sempre me fazem lembrar do Corsário Vermelho e do Verde.

— E também da noite em que o capitão abandonou Honorata Wan Guld no mar, em plena tempestade.

— É verdade, Carmaux.

— Olhe para o Corsário!... Está vendo como ele fica observando o mar?

75

— Estou.

— Parece até que está esperando que os irmãos apareçam. Você sabe que quando o mar brilha desse jeito eles saem da profundidade do golfo e sobem até a superfície, não sabe?

— Fique quieto, Carmaux!... Você está me assustando!...

— Você ouviu isso?

— Isso o que, Carmaux?

— É como se fossem as almas dos dois corsários brincando no meio dos mastros. Você está ouvindo?... Parece alguém se lamentando lá em cima.

— É o vento brincando entre os cordames da *Folgore*.

— E esses suspiros?...

— São as ondas quebrando nos costados da nave.

— Você acha mesmo, hamburguês?

— Acho.

— Pois eu não acho. Você vai ver. Daqui a pouco os cadáveres do Corsário Vermelho e do Verde vão emergir das ondas.

Enquanto isso, o senhor de Ventimiglia continuava observando o mar com uma ansiedade cada vez maior. De vez em quando, um profundo suspiro escapava do seu peito. Parecia que os seus olhos estavam tentando distinguir alguma coisa que se escondia atrás da linha fosca do horizonte.

— Cavaleiro — disse Morgan. — O que o senhor está procurando?

— Não sei — respondeu o Corsário com voz sombria. — Mas alguma coisa vai aparecer.

— Os seus irmãos?

Em vez de responder, o Corsário perguntou:

— Os homens que foram mortos pela bordada de artilharia da fragata já estão enrolados nas macas?

— Estão, cavaleiro. Os nossos marinheiros só estão esperando a sua ordem para lançá-los ao mar.

— Esperem mais um pouco.

Ele deu alguns passos, agarrado na balaustrada da ponte de comando, e pareceu ficar ouvindo em um profundo recolhimento.

Um silêncio absoluto reinava na nave, rompido apenas pelos sussurros da água e pelos gemidos do vento que assobiava entre os milhares de cabos dos aparelhos.

Vencidos pelo terror supersticioso, os marinheiros pareciam petrificados. Ninguém mais ousou falar depois de Carmaux e Wan Stiller.

De repente, um grito atravessou o espaço. Parecia vir do fundo do mar.

Fora dado por algum cetáceo que nadava na superfície ou por algum ser misterioso? Ninguém saberia responder.

— Você ouviu?... — perguntou o Corsário, virando para Morgan.

O lugar-tenente não respondeu, mas avançou depressa como se quisesse distinguir no meio das ondas luminosas o ser que dera aquele grito.

— É o Corsário Vermelho que voltou à superfície — continuou o cavaleiro. — É isso, ele ainda está esperando a vingança!

De repente, muito longe, perto da linha escura do horizonte, surgiu como que uma massa negra sulcando rapidamente as ondas. O que era aquilo? Poderia ser uma embarcação, como também uma toninha, um enorme peixe-boi ou uma baleia-azul. Seja como for, apesar dos ferimentos, o Corsário Negro ficou em pé de um salto sem a ajuda de ninguém, agarrando com força a balaustrada da ponte de comando.

— Está passando lá!... — gritou ele. — É a alma dela que ainda está vagando pelo mar ou será que ainda está viva?... Honorata!... Perdão!...

— Cavaleiro! — exclamou Morgan. — O senhor está tendo uma alucinação!...

— Não, eu estou vendo!... — gritou o Corsário Negro, muito exaltado. — Vejam todos, homens do mar!... Ela está olhando para nós, estendendo os braços!... Lá, lá!... O vento está fazendo os cabelos dela voarem!... As ondas estão subindo na chalupa!... Ela está me chamando!... Vocês não estão ouvindo essa voz?... Depressa, baixem um barco na água antes que ela suma de novo!...

Em seguida, exausto, se deixou cair nos braços de Morgan, enquanto os marinheiros murmuravam com voz trêmula:

— A visão...

— Meu senhor — gritou Yara, se inclinando sobre o cavaleiro, que quase não dava mais sinal de vida.

— Desmaiou — disse Morgan. — Abusou demais das suas forças. Não há de ser nada.

— Mas e aquela aparição? — perguntou Yara.

— Loucura — disse Morgan em voz baixa. — Vamos levá-lo para a cabine.

Fez um sinal e Carmaux e Moko subiram até a ponte de comando, pegaram com delicadeza o Corsário, que continuava desmaiado, e o transportaram para o quadro. Yara e o médico de bordo os seguiram.

— Cadáveres para a água! — gritou Morgan depois.

Os corpos dos quatro marinheiros mortos pela bordada de artilharia foram içados sobre as amuradas de bombordo e depois lançados nos abismos do grande golfo. Morgan se inclinou na ponte de comando. Viu as quatro macas caírem na água, levantando um grande jato de água luminosa, e depois desaparecerem com leves ondulações sob as ondas brilhantes.

— Durmam em paz no grande cemitério úmido, ao lado do Corsário Vermelho e do Verde. Digam a eles que logo ambos serão vingados — disse ele. — E agora, vamos para Veracruz, e que Deus nos guie!...

CAPÍTULO 9

O ÓDIO DE YARA

Quando o dia amanheceu e Morgan teve a certeza de que nenhuma nave espanhola estava navegando ao largo das costas da Nicarágua, ele saiu da ponte de comando e desceu à cabine do capitão.

Não tinha dúvidas de que o Corsário logo sairia daquele estado, pois já tivera provas da excepcional força de vontade daquele homem. Mesmo assim, chegou a temer seriamente pelos ferimentos que ele recebera. Quando entrou na cabine, o Corsário repousava tranquilo sob a vigilância da jovem indígena e de Carmaux. A respiração do ferido estava calma e regular, mas de vez em quando um estremecimento nervoso sacudia aquele corpo e um nome escapava dos lábios entrecerrados:

— Honorata!...

— Ele está sonhando — disse Carmaux, virando para Morgan, que se aproximara da cama sem fazer barulho.

— É verdade. Ainda deve estar vendo a chalupa passar — disse o lugar-tenente. — Certamente estava delirando esta noite.

— O senhor não acreditou na aparição, senhor lugar-tenente? — perguntou Carmaux.

— E você? — perguntou Morgan, com uma ponta de ironia.

— Eu também achei que tinha uma chalupa vagando nas ondas brilhantes.

— Loucura, ilusões produzidas por um terror supersticioso.

— Mesmo assim, senhor, eu poderia jurar ter visto até mesmo uma forma humana dentro daquela chalupa — disse Carmaux, com uma convicção inabalável.

— Você e seus amigos confundiram uma chalupa com algum cetáceo.

— E o capitão?

— Você sabe bem que depois daquela noite terrível, muitas vezes ele acha que está vendo a jovem flamenga vagando nas águas do grande golfo. Deixe disso! Vamos deixar os mortos e nos ocupar dos vivos.

— O senhor também acha que ela está morta, senhor?

— Será que depois desses quatro anos alguém ainda tem alguma dúvida?

— Mesmo assim, parece que ela não morreu, porque ouvi umas histórias bem estranhas.

Em seguida, ele se inclinou para a cama e abriu a camisa rendada de cambraia finíssima que o Corsário estava usando. Viu embaixo duas ataduras ainda manchadas de sangue vivo.

— As feridas abriram? — perguntou ele.

— Abriram, lugar-tenente — respondeu Carmaux.

— É preciso que estejam completamente fechadas antes da nossa chegada a Veracruz.

— Dentro de dez dias, o capitão estará de pé, pelo que disse o médico.

— Seria ótimo se ele estivesse curado antes do encontro com Wan Horn, Laurent e Grammont.

— Onde vamos ficar esperando a esquadra de Tortuga, se é que se pode saber? — perguntou Carmaux.

— Na Baía da Assunção — respondeu Morgan.

Naquele instante, o Corsário abriu os olhos e pediu com a voz ligeiramente rouca:

— Quem está falando na Baía da Assunção?

— Sou eu, cavaleiro — respondeu Morgan.

— Ah! Você?

Ele se levantou devagar, empurrando Carmaux, que tentava ajudar, e olhou em volta, espantado.

Um raio de sol refletido na água entrou pela grande janela aberta para a popa, brilhando nos grandes espelhos venezianos que enfeitavam as paredes e no candeeiro de prata dourada.

O Corsário o acompanhou com o olhar por alguns instantes, murmurando:

— Já era tempo de as trevas irem embora.

Respirou profundamente o ar marinho saturado de maresia que entrava pelas janelas abertas e depois, virando para Morgan, perguntou:

— Onde estamos?

— Dentro de pouco tempo estaremos em frente a San Juan, senhor.

— Estamos subindo para as costas da Nicarágua?

— Como o senhor está se sentindo agora?

— Bah! Dentro de poucas semanas já estarei pilotando a minha nave.

— Vamos encontrar o duque em Veracruz, então?

— Vamos — respondeu o Corsário Negro, enquanto um lampejo terrível brilhava em seus olhos.

— Tem certeza?

— Don Pablo de Ribeira me confessou isso.

— Desta vez ele não escapa.

— Oh! Não, por Deus! — exclamou o Corsário, com um tom feroz. — Vamos tomar todas as precauções para não repetir a estratégia errada que adotamos em Gibraltar. Por outro lado, não temos a intenção de atacar Veracruz, mas só de chegar de surpresa. Já combinamos isso com Wan Horn, Laurent e Grammont.

— Vamos ter lucros enormes, cavaleiro. Veracruz deve ter riquezas incalculáveis, já que é o porto mais importante do México.

— De lá sai o maior número de galeões carregados de ouro e prata — disse o Corsário. — Mas, para mim, basta a vingança. Vou deixar para vocês e para a tripulação a parte que me caberia no saque.

— O senhor possui muitas terras e castelos na Itália, por isso acho que não vai fazer falta — disse Morgan, sorrindo. — O senhor e seus irmãos nem sempre foram ladrões do mar, como o Olonês; Michele, o Basco; o Exterminador e todos os outros chefes da flibustaria.

— Nós viemos à América para matar o duque, e não por sede de riquezas.

— Eu sei disso, cavaleiro. O senhor tem alguma ordem para me dar?

— Mantenha-se ao largo das costas nicaraguenses. Assim que vir o cabo Gracias de Dios, corte direto para a Baía da Assunção, evitando assim o Golfo de Honduras. Prefiro que nenhuma nave espanhola nos veja.

— Está certo, senhor — respondeu Morgan, saindo da cabine e subindo para a coberta.

Quando o lugar-tenente saiu, o Corsário Negro ficou em silêncio por alguns instantes, como se estivesse imerso em profundos pensamentos. Mas de repente ele sacudiu o corpo e o seu olhar se fixou na jovem indígena que, durante aquele diálogo, ficou acocorada em um tapete perto da cama, sem tirar os olhos do Corsário e sem pronunciar uma palavra. Mas quando ouviu falar no duque, o seu rosto tão bonito, e geralmente tão doce, assumiu um aspecto tão feroz e tão selvagem que chegava a assustar. Seus grandes olhos límpidos ficaram sombrios e era possível ver uma chama sinistra brilhando neles, enquanto a testa se anuviava tempestuosamente.

Percebendo finalmente aquela mudança brusca, o Corsário olhou para Yara com um misto de surpresa e preocupação.

— O que você tem, jovem? — perguntou a ela, depois que Carmaux saiu também. — O seu belo rosto está com uma expressão terrível neste momento. No que você está pensando?

— No meu pai e nos meus irmãos.

O Corsário Negro bateu na testa com a palma da mão direita.

— Ah!... É verdade... estou me lembrando agora — disse ele. — Um dia você me perguntou: o senhor vai me vingar?

— E o senhor respondeu que sim.

— De fato, eu prometi.

— Eu sempre tive a esperança de encontrar o senhor em algum canto do Golfo do México, e foi essa esperança que me manteve viva.

O Corsário Negro olhou para ela com espanto.

— Você estava me esperando? — perguntou.

— Estava, meu senhor.

— Mas você já tinha me visto em algum lugar antes de eu chegar a Puerto Limón?

— Não. Só tinha ouvido falar muito no senhor em Maracaíbo, em Vera--Cruz e em Puerto Limón. Eu sabia o porquê das suas expedições pelo Golfo do México.

— Você?...

— Eu, meu senhor. Sabia que não foi a sede de ouro que trouxe o senhor dos países distantes, onde surge o sol, para a América, mas a vingança.

— E como você ficou sabendo disso?

— Pelo meu patrão.

— Por Don Pablo de Ribeira?

— Não, pelo patrão dele.

— Pelo duque de Wan Guld! — exclamou o Corsário, no auge do espanto.

— Isso mesmo, cavaleiro — respondeu a jovem indígena, enquanto seus dedos apertavam a saia, como se quisessem rasgá-la.

— Então você sabia de toda a história?

82

O ÓDIO DE YARA

— Que em Flandres o duque assassinou seu irmão mais velho e que, depois, mandou enforcar os dois menores, o Corsário Vermelho e o Verde? Sabia. E sei também que o senhor se apaixonou pela filha do assassino dos seus irmãos, sem saber.

— Cale-se, Yara — murmurou o Corsário, enquanto levava as duas mãos ao peito, como se quisesse acalmar as palpitações aceleradas do coração.

— E sei também — prosseguiu Yara — que depois da conquista de Gibraltar, que o senhor ordenou para vingar os seus irmãos, quando voltou a bordo da sua nave e ficou sabendo por um prisioneiro espanhol que a mulher que amava não era uma princesa flamenga, mas a filha do assassino dos seus irmãos, em vez de atravessar o coração dela com a sua espada, como era seu direito, o senhor a abandonou no mar tempestuoso em uma chalupa.

— Então você sabe de tudo?

— Sei, cavaleiro.

— Honorata está viva? Responda, Yara, ela ainda está viva? — gritou o Corsário.

— Ah! O senhor ainda a ama!... — exclamou a jovem indígena, com um soluço.

— Amo — respondeu o Corsário. — O primeiro amor nunca morre, e Honorata Wan Guld foi a primeira mulher que amei sobre a terra.

Yara se deixou cair em uma cadeira, com o rosto escondido entre as mãos.

As lágrimas escorriam através dos dedos e o peito era sacudido por soluços.

— Eu também o amei, mesmo antes de vê-lo, meu senhor — murmurou ela com voz entrecortada.

O Corsário não deu mostras de ouvir aquela confissão inesperada. Seu olhar estava fixo no mar que se avistava pela grande janela aberta para a popa. Parecia que ainda estava tentando distinguir a chalupa que pensou ter visto durante a noite na linha azul do horizonte.

De repente ele ouviu os soluços da jovem indígena.

— Você está chorando — disse ele. — Ainda está pensando no seu pai e nos seus irmãos, não é verdade? Talvez esteja com saudade das grandes selvas do seu país.

Com um gesto nervoso, Yara enxugou as lágrimas que deslizavam pelas faces e depois disse, como se estivesse falando consigo mesma:

A RAINHA DOS CARAÍBAS

— O que importa?... Estamos unidos pela vingança.

— Você também sonha com a vingança — disse o Corsário. — Quanto ódio acumulado na cabeça desses conquistadores da América!...

— A minha é igual à sua, cavaleiro.

— Tão cruel quanto a minha?

— Isso mesmo, meu senhor.

— Quem é que você perdeu?

— O meu pai e os meus irmãos.

— E foram os espanhóis os culpados?

— Não. Foi o homem que também matou os seus irmãos.

O Corsário Negro ergueu depressa a cabeça, olhando para a jovem indígena, sem poder acreditar.

— O mesmo homem? — exclamou ele depois.

— O mesmo, meu senhor.

— O duque?

— Ele, cavaleiro.

— Morte do inferno!... Será que esse homem foi fatal a todo mundo?...

— É um ser monstruoso, meu senhor.

— Mas eu vou acabar com ele — gritou o Corsário. — Hoje ele é poderoso, tem homens e naves à sua disposição, goza da proteção da corte espanhola. Mas um dia esse homem vai cair sob a ponta da minha espada.

— O senhor jura?

— Éramos três irmãos, ricos e poderosos no nosso país, e mesmo assim demos adeus às nossas terras, aos nossos castelos, aos nossos vassalos, à nossa pátria, para vir a estes mares e países totalmente desconhecidos e encontrar esse monstro assassino. Mas agora fale. O que esse homem fez para você?

Yara aproximou a cadeira da cama do Corsário, apoiou os cotovelos na coberta e disse com voz grave:

— Os nossos pais ainda não conheciam os homens brancos que vieram dos distantes países de além-mar, a bordo das suas caixas flutuantes. O vento do norte só tinha trazido até as selvas de Darien o eco longínquo dos tremendos massacres cometidos pelos homens brancos nas terras dos astecas, mas nenhum dos meus antepassados tinha ficado ainda cara a cara com esses seres extraordinários.

— Eu sei, os massacres cometidos por Cortez — murmurou o Corsário, como se estivesse falando consigo mesmo.

O ÓDIO DE YARA

— Um império muito forte, governado por um homem chamado Montezuma foi destruído pelo punho daqueles homens cruéis, e os indígenas que chegaram do norte transmitiram aos meus ancestrais as notícias espantosas. Ninguém acreditou muito nas palavras daqueles compatriotas distantes, já que nenhuma daquelas grandes caixas flutuantes jamais aparecera nas margens do Darien. A incredulidade dos nossos pais acabou sendo fatal a toda uma população. A minha tribo era numerosa como as folhas das árvores de uma floresta inteira e vivia feliz nos grandes bosques que costeiam o amplo golfo do Darien. A pesca, a caça e as frutas da selva eram suficientes para alimentar a todos, e a guerra era quase desconhecida, porque o homem branco ainda não tinha chegado. Meu pai era o cacique da tribo e era amado e admirado, e os meus quatro irmãos também eram muito respeitados. Mas em um dia triste, aquela felicidade que durou séculos foi bruscamente interrompida, e para sempre. O homem branco chegou.

— E o nome desse homem branco?

— Era o duque Wan Guld — disse Yara. — Uma daquelas grandes caixas flutuantes, levada por um tremendo vendaval, encalhou nas nossas praias. Todos os homens que a tripulavam foram engolidos pelas ondas do mar tempestuoso, menos um. Esse sobrevivente foi acolhido pelo meu pai como se fosse um irmão, embora sua pele fosse branca e o eco dos massacres cometidos pelos espanhóis nas terras dos astecas ainda estivesse soando. Ah! Teria sido muito melhor se ele tivesse atirado o sobrevivente de volta para as ondas ou despedaçado sua cabeça com uma tremenda machadada. Ele recolheu um réptil imundo que, mais tarde, acabaria por picar o seu coração.

Yara se interrompeu novamente. Lágrimas ardentes escorriam pelo seu rosto, enquanto soluços surdos dilaceravam o seu peito.

— Continue, jovem. As mulheres da sua raça são fortes.

— É verdade, meu senhor, mas certas calamidades monstruosas despedaçam o coração. Como eu disse, o duque foi recebido como um irmão. O meu pai, que nunca tinha visto um homem da raça branca, achou que aquele náufrago era um ser superior, como uma espécie de divindade do mar, ainda mais que os nossos feiticeiros previram que, um dia, dos países distantes onde o sol se levanta, chegariam homens amados pelo Grande Espírito. Ah! Essa triste profecia acabou se realizando, mas esses homens, além de protegidos pelo Grande Espírito, eram filhos do reino das trevas e

85

criados pelo gênio do mal, pelo espírito do mal. O homem branco que foi atirado pelo mar nas nossas praias recebeu honrarias e favores, e acabou ficando amigo do meu pai, dos feiticeiros e dos mais célebres guerreiros do meu país, e ganhou a confiança deles de tal maneira que conseguiu arrancar daqueles ingênuos o segredo do ouro.

— O seu país era muito rico em ouro? — perguntou o Corsário.

— Era. Tinha minas riquíssimas, que há séculos eram exploradas pelos nossos escravos para pagar o tributo anual ao Rei de Darien. Tesouros imensos foram acumulados em algumas cavernas escondidas entre as montanhas, conhecidas somente pelos caciques. Um dia meu pai, que não desconfiava do homem branco, o levou àquelas cavernas e mostrou as riquezas fabulosas. Aquele infame, esquecendo os favores recebidos, desde aquele dia não sonhou com outra coisa a não ser com uma forma de trair o nosso povo para se apoderar daquelas montanhas de ouro. Ele fingiu estar doente e manifestou o desejo de voltar ao seu país por algum tempo. Disse a meu pai que morreria se não visse os homens da sua raça, mesmo que fosse por pouco tempo. Acreditaram nele. Certa manhã, ele partiu em uma das nossas canoas, acompanhado por quatro indígenas, prometendo voltar logo. Ele manteve a palavra. Dois meses depois, uma grande caixa flutuante abordou as nossas praias e dela desceu um homem branco junto com vários marinheiros carregados de barris. "Pegue", disse ele ao meu pai, apontando para os barris. "Isto é um presente que estou dando ao seu povo." Mandou quebrar aqueles recipientes e chamou toda a tribo, oferecendo bebida. Mas aquilo que ele ofereceu não era vinho, mas sim a água de fogo.[1] Os nossos súditos nunca haviam experimentado nada parecido antes da chegada dos espanhóis. Como o senhor pode imaginar, se atiraram avidamente sobre o líquido daqueles recipientes que proporcionavam a embriaguez. A água de fogo não diminuía. Não paravam de chegar barris da caixa flutuante, com uma prodigalidade absurda, e o povo, sem saber da terrível traição, continuava bebendo sem parar. Somente meu pai e meus irmãos, desconfiados, não quiseram experimentar, apesar da insistência do homem branco. Quando a noite chegou, toda a minha tribo estava embriagada. Guerreiros, mulheres e crianças dançavam como loucos ou caíam deitados no chão, como que fulminados. E o homem branco e seus marinheiros riam, riam e riam, enquanto meu pai chorava. De repente,

---

[1] Aquavita. (N.T.)

O ÓDIO DE YARA

ouvimos detonações assustadoras vindas do mar. Eram os canhões da nave que atiravam contra a aldeia, espalhando o terror e a morte por toda parte. Ainda tenho comigo a imagem daqueles homens brancos avançando às pressas pelas cabanas, trucidando aquele povo incapaz de se defender. Ah!... noite maldita!... Mesmo que eu viva mil anos, nunca vou conseguir esquecê-la, nunca, meu senhor!...

— Miseráveis! — exclamou o Corsário, pálido de ira. — Continue, Yara.

— O meu pai tinha se entrincheirado entre as cabanas de sua propriedade, junto com meus quatro irmãos e alguns guerreiros que não se deixaram engambelar pela água de fogo dos homens brancos. Aqueles poucos bravos tentaram opor resistência ao inimigo, se defendendo com a fúria que o desespero produz.

Às intimações de rendição do duque, eles respondiam com nuvens de flechas e golpes das lanças e das clavas. Para vencer, os espanhóis tiveram que pôr fogo nas cabanas em volta.

Ainda vejo as línguas de fogo rodopiando para o alto, atirando nuvens de fagulhas nas casas do meu pai.

Em um instante as nossas casas também estavam em chamas. As traves caíam e as paredes queimavam entre turbilhões de fumaça, mas meu pai e meus irmãos continuavam lutando com uma fúria extrema, enquanto os espanhóis descarregavam as suas armas em meio àquelas fornalhas ardentes.

Lembro de ouvir o meu pai gritando:

— Em frente, meus guerreiros!... Morte ao traidor!...

Depois não vi nem ouvi mais nada. A fumaça me fez perder os sentidos, quase asfixiada. Quando voltei a mim, nenhuma cabana da aldeia continuava de pé, e de todos os habitantes, a única que estava viva era eu. Meu pai e meus irmãos tinham morrido no meio das chamas, sob os olhos do duque infame.

Mas mais tarde soube que o traidor só conseguiu uma magra recompensa por aquele medonho massacre, porque alguns guerreiros de uma tribo vizinha perceberam as suas intenções e tiveram tempo de desviar um rio para inundar as cavernas que continham os tesouros.

— E quem salvou você? — perguntou o Corsário.

— Um soldado espanhol. Movido por compaixão por causa da minha pouca idade, correu para o meio das chamas e me salvou da morte certa.

87

A RAINHA DOS CARAÍBAS

Fui levada como escrava a Veracruz, depois a Maracaíbo, e mais tarde fui doada a Don Pablo de Ribeira. O duque percebeu o imenso ódio que eu estava incubando por ele e, com medo de que um dia eu conseguisse me vingar, esse monstro me afastou depressa. Mas o ódio não se apagou no meu coração — prosseguiu a jovem indígena, com uma entonação selvagem. — Só vivo para vingar meu pai, meus irmãos e minha tribo. O senhor me entende?

— Entendo, Yara.

— E vai me ajudar na minha vingança, não é verdade, meu senhor?

— Vou vingar você, Yara. A minha *Folgore* já está velejando em direção a Veracruz.

— Obrigada, meu senhor. Você nunca vai encontrar uma mulher mais dedicada do que eu.

O Corsário deu um suspiro e não respondeu. Talvez naquele momento o seu pensamento tivesse corrido atrás de uma jovem flamenga que ele abandonara no Mar do Caribe e por quem ainda chorava, mesmo depois de quatro longos anos.

CAPÍTULO 10

AS COSTAS DE YUCATÁN

Enquanto isso, a *Folgore*, habilmente pilotada por Morgan, velejava rapidamente ao longo das costas da Nicarágua, mantendo, contudo, uma grande distância dos pequenos portos, com medo de encontrar alguma fragata ou uma esquadra da frota do México.

Já passara pelas praias da Costa Rica, ficando bem ao largo de San Juan del Norte, porto que também naquela época tinha certa importância, mas na linha puríssima do horizonte ainda se destacavam, como cones imensos, os seus grandes vulcões, principalmente o Irazu, cujo cume atinge uma altura de três mil e quinhentos metros.

O vento estava favorável, ajudando bastante a corrente do Golfo a acelerar a velocidade da nave. Essa corrente, que passa rente ao litoral inteiro da América Central, entrando pelas praias da América do Sul para voltar ao Atlântico, próximo às ilhas das Bahamas, mantém em toda extensão uma velocidade considerável, que varia de vinte e dois a cinquenta e seis quilômetros por dia. Perto da Flórida, chega a atingir até mesmo cento e cinquenta e seis quilômetros a cada vinte e quatro horas.

Embora o mar parecesse estar deserto, pois as naves espanholas não queriam se arriscar a sair dos portos, sabendo que a esquadra dos flibusteiros andava por ali, Morgan ordenou que mantivessem vigilância nos cestos de gávea e nos vaus, para não correrem o perigo de ser surpreendidos por alguma fragata poderosa.

Ele tinha certeza de que já haviam sido assinalados em toda a costa da Nicarágua, depois da ação ousada realizada em Puerto Limón, e não era de todo improvável que alguns integrantes da esquadra do México tivessem saído à procura da *Folgore* para capturá-la ou mandá-la a pique.

Por isso fora recomendada vigilância máxima a bordo, inclusive pelo Corsário Negro, e à noite ela era redobrada, enquanto todas as luzes eram

89

apagadas, até mesmo os faróis de proa, para que pudessem navegar com maior certeza de que não seriam surpreendidos.

Dez dias após a partida de Puerto Limón, a *Folgore* chegou sem problemas ao cabo Gracias de Dios, a ponta extrema da Nicarágua. Quando viram o cabo, depois de fazer uma breve incursão diante da ampla lagoa de Caratasca para ver se alguma das esquadras dos flibusteiros estava escondida ali, lançaram a nave veloz a todo pano no golfo de Honduras, uma imensa enseada em forma triangular que banha ao mesmo tempo a costa de Yucatán e de Belize ao norte, da Guatemala a oeste e de Honduras ao sul.

No momento em que a nave apontou na ilha de Bonaca, depois de ter ultrapassado o Cabo Cameron, o Corsário Negro, amparado por Yara e Carmaux, apareceu pela primeira vez na ponte.

As suas feridas estavam quase cicatrizadas, graças aos cuidados assíduos do médico de bordo e de Carmaux, mas ele ainda estava um pouco fraco, e a sua palidez era tão grande que mais parecia uma estátua de mármore.

Ele parou por um momento perto da grinalda do tombadilho de popa, respirando profundamente a brisa fresca que soprava do leste, e fixou os olhos no Cabo Cameron, na direção do Mar do Caribe. Ficou agarrado ao bordo por alguns minutos, sem procurar o apoio nem de Yara nem de Carmaux, depois sentou, ou melhor, despencou em uma das duas peças de caça, enquanto a jovem indígena agachou aos seus pés, apoiada em um rolo de cordas.

O pôr do sol estava espetacular, um daqueles crepúsculos que só podem ser vistos nas margens do Mediterrâneo ou nas margens do Golfo do México. O sol estava baixando no meio de uma imensa nuvem cor de fogo, que se refletia na superfície tranquila do mar, avermelhando-o por um trecho enorme. Era como se grande parte do horizonte e do mar estivesse queimando, ou como se houvesse diversos vulcões em erupção, ou uma frota inteira pegando fogo.

A brisa que soprava de terra trazia até a ponte da nave os perfumes penetrantes dos cedros já em flor, dos mangues, dos aloés e os odores acres dos pinhos marítimos, enquanto o ar estava tão transparente que permitia distinguir com nitidez maravilhosa as margens já muito distantes de Honduras.

Não havia nenhuma vela no horizonte, nem mesmo um ponto negro que indicasse a presença de alguma chalupa. Somente no alto e na superfície da água rodopiavam bandos de gaivotas, de rabos-de-raposa e de corvos-do-mar do tamanho de galos, além de bandos de andorinhas marítimas.

Impulsionada pela brisa, a *Folgore* deslizava ligeira sobre aquelas águas quase tranquilas e transparentes, bastante adernada a boreste, deixando na popa uma esteira branquíssima que se prolongava indefinidamente. Parecia um enorme martim-pescador passando rente à superfície do mar.

— Que tarde maravilhosa — murmurou o Corsário, como se falasse consigo mesmo. — Quantas recordações um pôr do sol como o de hoje me traz!...

Yara levantou a cabeça graciosa, olhando para o Corsário com aqueles seus olhos enormes cheios de uma tristeza infinita.

— Você está pensando na flamenga, não é verdade? — perguntou ela.

— Estou, respondeu o Corsário com um suspiro. — Isso está me lembrando uma tarde em que ele ficou me esperando na minha vila, em Tortuga. Ah! Que felicidade senti naquela tarde!... Mas na época eu ainda não sabia que ela era filha do meu inimigo mortal.

Ficou silencioso por um momento, sempre olhando para o sol que mergulhava lentamente no mar, enquanto a grande nuvem de fogo empalidecia rapidamente, e depois continuou:

— Naquela noite a minha sorte foi decidida, porque nunca antes havia sentido o coração bater tão forte, nem acreditei que uma jovem pudesse ser tão linda. Louco!... Eu tinha esquecido a profecia da cigana!... Não quis acreditar nas palavras sinistras que aquela feiticeira me disse: A primeira mulher que você amar será fatal. E só eu sei o quanto ela me foi fatal!...

— Por que continuar falando nessa flamenga, meu senhor? — disse Yara. — Ela já morreu e já se reuniu às vítimas do pai nos abismos do fundo do mar.

— Morta!... — exclamou o Corsário. — Não, ela não pode estar morta, porque mesmo depois daquela noite vi os restos mortais dos meus irmãos subirem à superfície. Isso só pode significar que as almas deles ainda não foram aplacadas.

— Eles queriam o corpo de Wan Guld, e não o da jovem.

— E logo vão tê-lo, Yara. Dentro de seis ou oito dias vamos encontrar a esquadra comandada por Laurent, Grammont e Wan Horn, três dos mais famosos flibusteiros de Tortuga.

— Meu senhor, quer um conselho?

— Fale, Yara.

A RAINHA DOS CARAÍBAS

— Vamos a Veracruz antes que a esquadra dos seus amigos chegue. Se o duque souber que os flibusteiros estão se movimentando naquela região, vai tentar fugir para o interior na mesma hora. Você sabe que em Gibraltar e Maracaíbo ele escapou antes que as duas cidades capitulassem, não sabe?

— É verdade, Yara. Você conhece Veracruz?

— Conheço, meu senhor, e saberei guiá-lo com total segurança. Posso também levá-lo a um palácio onde poderá pegar o duque de surpresa.

— Você pode mesmo fazer isso? — gritou o Corsário.

— Eu sei onde mora a marquesa de Bermejo.

— Quem é essa marquesa?

— A amiga do duque — respondeu a jovem indígena. — Surpreender o flamengo no palácio dele seria impossível, pois é guardado dia e noite por muitas sentinelas.

— Enquanto o da marquesa?...

— Oh! A coisa vai ser fácil — disse Yara. — Uma noite eu também entrei no quarto da marquesa, subindo em uma árvore.

— E o que você foi fazer lá? — perguntou o Corsário, olhando para a jovem com espanto.

— Matar o assassino do meu pai.

— Você?... Assim tão jovem!...

— E eu teria conseguido — disse Yara com um tom decidido. — Mas infelizmente naquela noite o duque não foi visitar a sua amiga.

— E você saberia me levar até a casa dessa senhora?

— Saberia, cavaleiro.

— Morte do inferno! — exclamou o Corsário. — Vou encontrá-lo e matá-lo.

— Mas não podemos entrar em número muito grande na cidade. Você seria descoberto e enforcado como os seus irmãos.

— Então seremos pouquíssimos, e só homens de confiança. A minha nave pode nos desembarcar em alguma praia deserta e depois voltar ao largo para encontrar a esquadra dos flibusteiros. Quando eles vierem atacar a cidade, eu e você já estaremos vingados.

— Ah! Meu senhor! — exclamou Yara, enquanto uma viva chama brilhava em seus olhos.

O Corsário apoiou a cabeça nas mãos e voltou a olhar para o mar, que ia escurecendo aos poucos.

AS COSTAS DE YUCATÁN

O sol já desaparecera. As estrelas apareciam lentamente no céu, enquanto uma grande faixa prateada que se alongava cada vez mais indicava o aparecimento do astro noturno no lado oposto do horizonte.

A brisa agora estava fresca e soprava levemente entre os aparelhos da nave, inflando as velas.

O Corsário continuava observando, lançando o olhar para muito longe, para a grande faixa de prata. Mantinha uma imobilidade absoluta e um silêncio religioso.

Yara, sentada a seus pés, respeitava aquele silêncio. Ela também parecia estar procurando alguma coisa na distância infinita do mar.

— Yara — disse o Corsário de repente, sacudindo o corpo. — Você não está vendo nada ali, no meio da luz que a lua está projetando na água?

— Não, meu senhor — respondeu a jovem indígena.

— Você não está vendo um ponto negro atravessando aquela faixa prateada?

Yara se levantou e olhou atentamente na direção indicada pelo Corsário, mas não viu nada. O mar ali brilhava como um imenso espelho levemente ondulado, sem nenhuma mancha escura.

— Não estou vendo nada — disse a jovem depois de alguns instantes.

— Mesmo assim eu poderia jurar que vi uma chalupa sulcando aquele espaço iluminado.

— Isso é uma fixação sua, meu senhor.

— Talvez — respondeu o Corsário com um suspiro. — Eu a vejo sempre, sempre, ou à luz dos raios do sol, ou da lua. Talvez só eu enxergue essa aparição.

— Será que é o espírito da flamenga que ainda está vagando no mar? — perguntou Yara com um arrepio de terror.

O Corsário não respondeu. Ele ficou de pé depressa e apoiou na amurada, sempre olhando para o lugar em que o mar se confundia com o horizonte.

— Desapareceu — disse ele depois de alguns instantes.

— Aquele ponto negro que você viu podia ser um tubarão, meu senhor.

— É verdade, um tubarão, um cetáceo ou um destroço — disse o Corsário. — Morgan sempre fala a mesma coisa, mas tenho certeza de que é alguma outra coisa. Mas vamos esquecer isso!

Ele se afastou da amurada e começou a passear pelo tombadilho de popa, aspirando com volúpia o ar fresco da noite.

Yara, por sua vez, ficou sentada com a cabeça escondida entre as mãos. De repente, Morgan se aproximou do Corsário e disse:

— O senhor não viu nada, cavaleiro?

— Não, Morgan.

— Eu vi uns pontos luminosos brilhando na linha do horizonte.

— Muitos?

— Muitos, cavaleiro.

— Será que tem alguma esquadra navegando ao largo?

— Desconfio que sim.

— Será que é a do México?... Seria uma péssima hora para um encontro desses.

— A sua nave é rápida, senhor, e pode desafiar impunemente as pesadas fragatas espanholas.

— Vamos ver — disse o Corsário depois de alguns instantes.

Ele pegou a luneta que o lugar-tenente lhe estendia e a apontou para o leste, perscrutando atentamente o horizonte.

Pontos luminosos, dispostos dois a dois como os faróis regulamentares das naves, estavam deslizando nas ondas, a uma distância de doze ou quinze milhas.

— É — disse ele, tirando os olhos do instrumento. — É uma esquadra que está passando ao largo. Por sorte estamos navegando com os faróis apagados.

— O senhor acha mesmo que é a esquadra do México?

— Acho, senhor Morgan. Talvez o almirante que a comanda tenha recebido notícias da nossa abordagem em Puerto Limón e do aparecimento de uma nave suspeita nas praias de Costa Rica e esteja nos procurando.

— Ele está indo para o sul, capitão?

— Está, e quando chegar a Puerto Limón já teremos deixado as costas de Yucatán. Vamos, pode me procurar à vontade. Eu vou ficar à sua espera em Veracruz, e então não estaremos mais sozinhos, não é verdade, senhor Morgan?

— Os outros com certeza já terão chegado.

No dia seguinte, a *Folgore*, que navegara constantemente para o norte-noroeste, avistou a ilha Bonaca, uma terra quase deserta naquela época, sendo habitada apenas por pouquíssimos indígenas, mas os flibusteiros ficaram bem ao largo, com receio de encontrar algum veleiro perto daquelas praias. O Corsário Negro, que agora raramente saía da coberta, estando quase totalmente curado, lançou a *Folgore* para o norte, querendo evitar as costas de Honduras, que também estavam ocupadas pelos espanhóis. A Baía da Ascensão agora não estava muito longe. Dentro de quarenta e oito horas, talvez menos, aquela nave poderia chegar até ela, e sem cansar demais a tripulação, ainda mais porque o vento não dava sinais de que iria mudar e que a velocidade da corrente do Golfo estava aumentando.

As esperanças do Corsário foram atendidas. Quarenta horas depois a nave flibusteira avistou um pequeno navio navegando a cinquenta ou sessenta milhas da baía. Era um explorador enviado ao largo pelos chefes dos flibusteiros. Assim que percebeu a presença da *Folgore*, se dirigiu rapidamente para ela, fazendo sinais com a bandeira e disparando dois tiros para o alto.

— Estavam nos esperando — disse o Corsário a Morgan. — Tomara que a esquadra seja suficientemente numerosa para poder enfrentar também as fragatas do vice-rei do México.

— Todos os nossos amigos devem estar aí — respondeu o lugar-te-nente.

Algum tempo depois, olhando com toda atenção a pequena nave que vinha se aproximando com bordejos rápidos, o Corsário disse:

— É o Marignana que vem vindo ao nosso encontro.

— E está com as cores de Grammont, de Laurent e de Wan Horn na antena — acrescentou Morgan.

— Isso mesmo, os três valentes flibusteiros estão a bordo — respondeu o Corsário. — Estão nos dando a honra de uma visita em alto-mar. Sou obrigado a acreditar que eles nos viram de muito longe, para deixar a baía em uma nave tão pequena assim. Senhor Morgan, mande colocar a nossa nave à capa e vamos nos preparar para receber com dignidade esses preciosos aliados.

O Marignana agora estava a trezentos ou quatrocentos metros e também se colocara de través no vento. A tripulação estava baixando uma baleeira no mar.

— Todos os homens na coberta! — trovejou o Corsário.

Os cento e vinte flibusteiros que formavam a tripulação da *Folgore* se dispuseram ao longo das duas amuradas em fila dupla, em posicionamento de combate, enquanto Carmaux e Moko levavam para o tombadilho de popa algumas garrafas e copos. A baleeira já se soltara do Marignana e apontou a proa para a *Folgore*. Dentro dela estavam doze marinheiros

95

armados de fuzis e três flibusteiros usando chapéus enfeitados de penas de papagaio.

O Corsário Negro mandou baixar a escada de honra de bombordo e desceu até a pequena plataforma, dizendo:

— Sejam bem-vindos a bordo da minha *Folgore*.

Os três flibusteiros já haviam saltado agilmente para a plataforma, estendendo a mão direita para o Corsário.

— Cavaleiro, estamos muito felizes em revê-lo — disse um dos três.

— Eu também, Grammont. Subam, amigos.

CAPÍTULO 11

A ESQUADRA DOS FLIBUSTEIROS

Entre os mais famosos corsários de Tortuga, um lugar importante cabe a esses três intrépidos flibusteiros chamados Grammont, Laurent e Wan Horn, que se uniram ao Corsário Negro para tentar a tomada e o saque de Veracruz, uma das cidades mais importantes e mais ricas do México.

Poucos, talvez, haviam dado tantas provas de valor e audácia quanto eles. Se não ficaram tão famosos quanto o Olonês, quanto Montbar, o Exterminador, quanto Morgan, que mais tarde, com uma temeridade incrível, iria conquistar e saquear o Panamá, como Sharp, Harris e Sawkins, que por tantos anos foram os donos do Oceano Pacífico e que percorreram até mesmo a costa do Peru, ainda assim tiveram um excelente lugar na história da flibustaria.

Wan Horn era brabanção, Grammont, um fidalgo francês que foi para a América por causa do ódio aos espanhóis, e Laurent de-Graff, holandês.

O primeiro começou a carreira como simples marinheiro, mas logo se tornou um timoneiro famoso.

Após reunir algumas centenas de piastras, finalmente comprou um pequeno navio e passou a piratear por conta própria, junto com um bando de miseráveis.

Como a guerra entre a Holanda e a França estourara naquela época, ele começou a atacar as naves holandesas com tanta fúria que logo passou a ser notado e avaliado.

Terminada a guerra, apesar de todos os tratados, ele continuou pirateando nas águas da Manica, poupando apenas as naves francesas, mas depois, estimulado pelo enorme sucesso, começou a atacar também as do seu próprio país, entrando assim em guerra com todas as nações marítimas da Europa setentrional.

Certo dia, uma nave de guerra francesa enviada à sua procura para capturá-lo o encontrou e intimou a se render incondicionalmente.

A RAINHA DOS CARAÍBAS

Wan Horn não ficou nem um pouco impressionado com a enorme superioridade do adversário. Com uma audácia inacreditável, foi a bordo da fragata francesa e fingiu ficar maravilhado com os procedimentos do comandante, jurando solenemente ter sempre respeitado as naves de bandeira francesa e dando a entender que os seus homens não se renderiam sem um combate encarniçado e que o seu lugar-tenente era um homem capaz de disputar por muito tempo a vitória.

Sabendo com que tipo de canalha estava lidando, e não querendo comprometer a sua nave em uma luta dessas, o comandante libertou Wan Horn.

Ao perceber que o vento estava ruim para ele na Manica, no mar do Norte e no de Biscaglia, o brabanção atravessou o Atlântico e velejou até Porto Rico com a ideia fixa de piratear em prejuízo dos espanhóis.

Corria então a guerra entre a Espanha e a França. Wan Horn, já muito conhecido também na América por causa das suas ações anteriores, entrou em San Juan ao som das trombetas e dos tambores, oferecendo os seus serviços ao governador da ilha, que aceitou na mesma hora e o encarregou de escoltar os galeões carregados de ouro que precisavam atravessar o Atlântico.

Era a ocasião esperada pelo ousado corsário. Na primeira tempestade se atirou contra dois dos mais ricos navios, que haviam se separado do restante da esquadra, saqueou e fugiu triunfante para Tortuga, se colocando sob a proteção dos Irmãos da Costa.

Como já foi dito, Grammont era um fidalgo francês que servira durante muito tempo nas tropas de Luís XIV na qualidade de capitão.

Como não havia guerra na Europa na época, atravessou o Atlântico também e, tendo perdido o seu navio armado na corrida, do qual recebera o comando por patente real, se uniu aos corsários de Tortuga e com setecentos homens foi atacar primeiro Maracaíbo e depois Torilha, perdendo muitos homens e conseguindo poucos resultados.

Um ano depois, com cento e oitenta homens apenas, foi bombardear Porto Cavallo, uma cidade situada na costa de Cumaná, destruiu os poderosos fortes que a defendiam, entrou na cidade, sustentando o ataque da numerosa guarnição espanhola com apenas quarenta e sete homens e voltou a bordo das suas naves, conduzindo cento e cinquenta prisioneiros, entre os quais estava o governador, e levando consigo tesouros enormes. Infelizmente um furacão surpreendeu a sua esquadra na baía de Gove, pondo a pique grande parte das naves e perdendo o fruto daquela árdua empreitada.

Laurent, por sua vez, primeiro esteve a serviço da Espanha e empreendeu uma guerra encarniçada contra os flibusteiros, capturando muitas das suas naves. Finalmente vencido pelos seus inimigos e obrigado a decidir entre a morte e a vida, com a condição de se unir aos seus vencedores caso optasse por viver, sendo um homem prático aceitou de bom grado a oferta e em pouco tempo se tornou o terror dos seus antigos protetores e aliados.

Entre as diversas ações fantásticas empreendidas por ele em prejuízo dos espanhóis, existe uma especialmente interessante:

Em uma manhã ruim, quando de repente se viu entre duas poderosas fragatas espanholas, em vez de se render tentou combater com a maior ousadia. Com seus mosquetes, abateu todos os espanhóis que estavam na ponte da fragata. Em seguida, com uma canhonada bem precisa, quebrou o mastro principal da nave almirante e fugiu incólume para Tortuga.

Mais uma aventura. Perto de Cartagena, três naves espanholas enviadas ao encontro do governador partiram para atacá-lo. Laurent não se impressionou e entrou na luta. Durante o combate, algumas naves flibusteiras, atraídas por aquele estrondo furioso da artilharia, correram em sua ajuda.

Duvidando da vitória, as naves espanholas tentaram se retirar, mas Laurent não permitiu e atacou por sua vez, conquistando as três, depois de fazer um massacre medonho da tripulação.

Esses eram os homens que, em 1683, entraram em um acordo com o Corsário Negro para tentar a empreitada mais ousada até então idealizada pelos flibusteiros de Tortuga, ou seja, a conquista e o saque da fortíssima praça de Veracruz.

* * *

Os três flibusteiros subiram para o tombadilho de popa, precedidos pelo Corsário Negro e seguidos por Morgan e pelo mestre da tripulação.

Sendo de raças distintas, eram três tipos muito diferentes também. Grammont tinha a aparência distinta de um cavalheiro e a mesma alta estatura do cavaleiro de Ventimiglia; Laurent, por sua vez, era um homem de estatura atarracada, muito moreno e musculoso, o verdadeiro tipo de marinheiro; Wan Horn era muito alto, tinha ombros bem largos, cabelos louros, olhos azuis e pele rosada, um típico exemplar da fleumática e poderosa raça anglo-saxã.

Eles esvaziaram alguns copos de um excelente vinho espanhol que Carmaux serviu, e em seguida Grammont, que era o mais falante, disse:

— E agora, cavaleiro, conte o que fizeram em Puerto Limón. Ficamos muito preocupados quando vocês não chegaram à baía.

— Fui obrigado a enfrentar o ataque de duas fragatas, e por pouco não ficamos bloqueados no porto — respondeu o Corsário. — Mas como podem ver, a minha *Folgore* escapou do perigo quase sem nenhum dano.

— Eu nunca me conformaria se visse a sua bela nave sem o mastreamento. E Wan Guld?

— Está em Veracruz, amigos.

— Então vamos nos vingar — disseram Laurent e Wan Horn.

— Obrigado, amigos. A sua esquadra é forte?

— Temos quinze naves com mil e duzentos homens na tripulação.

Uma ruga surgiu na testa do Corsário.

— Não será exagero — disse ele. — Eu soube que tem mais de três mil soldados em Veracruz e, pelo que falam, todos muito corajosos.

— Ouvimos falar disso — falou Grammont.

— Sem contar que teremos de conquistar o forte de San Juan de Luz, que está armado com sessenta canhões e defendido por oitocentos homens.

— Estamos prestes a jogar uma cartada terrível — disse Wan Horn. — Vocês fizeram planos?

— É preciso surpreender a praça. Vamos desembarcar as nossas tripulações a poucas milhas do porto e nos aproximar pelo meio dos bosques.

— E eu estarei lá para levá-los à vitória.

— O que quer dizer com isso, cavaleiro? — perguntou Grammont.

— Que vou na frente e os esperarei na praça.

— Vai ser preso...

— Pelo contrário, sou eu que vou prender uma pessoa.

— O duque?

— Ele mesmo, senhor de Grammont. A *Folgore*, que é mais rápida do que os seus navios, vai me levar até a costa, depois voltará para se encontrar com vocês e prestar uma ajuda importante no caso de um ataque por parte da esquadra do México. Não se preocupem comigo. Nós nos vemos em Veracruz.

A ESQUADRA DOS FLIBUSTEIROS

— Pretende ir sozinho? — perguntaram os três flibusteiros.

— Com pouquíssimos homens de total confiança e de uma coragem a toda prova.

— Com os três famosos desastrados — disse Wan Horn. — Conheço bem o valor de Carmaux, Moko e Wan Stiller.

— Isso mesmo, com esses três — respondeu o Corsário, sorrindo.

— Cavaleiro, quer um conselho? — perguntou Grammont. — Venha conosco e renuncie a uma ação como essa, que tem tudo para ser considerada uma loucura.

— Impossível, senhor de Grammont — respondeu o Corsário em tom decidido. — Aquele homem seria capaz de fugir, como já fez em Maracaíbo e em Gibraltar, quando o Olonês e eu atacamos aquelas duas praças.

— Mas cuidado com...

— É inútil perder o seu tempo, senhor de Grammont. Estou decidido e não vou seguir nenhum conselho.

— Onde podemos encontrar a sua nave? — perguntou Wan Horn.

— Ela vai cruzar o Golfo de Campeche, em frente à praia de Tabasco. E quando vocês pretendem partir? Procurem se apressar, porque receio que as notícias sobre a minha aventura em Puerto Limón já tenham chegado muito longe.

— Vamos levantar ferros dentro de uma semana — disse Grammont.

— Desejo boa sorte a vocês.

— E nós ao senhor, cavaleiro — disse Wan Horn. — Que Deus o livre de maus encontros.

— Obrigado amigos. Nos vemos de novo em Veracruz.

Esvaziaram mais alguns copos e em seguida os três flibusteiros saíram do tombadilho de popa e foram para a escada de honra. Apertaram mais uma vez a mão do Corsário, desceram para a baleeira e se puseram rapidamente ao largo. Quase no mesmo instante, a *Folgore* se punha ao vento e retomava o curso para o norte, a fim de contornar o Cabo Catoche, que forma a ponta extrema do Yucatán.

O Corsário permaneceu apoiado na amurada de bombordo, olhando para a baleeira que estava prestes a encostar no Marignana. Parecia muito pensativo e preocupado, por isso nem percebeu que Yara estava ao seu lado.

— No que está pensando, meu senhor? — perguntou timidamente a jovem indígena.

101

A RAINHA DOS CARAÍBAS

O Corsário estremeceu ao ouvir aquela voz. Em seguida, pegando a jovem por um braço e mostrando a baleeira, disse:

— Aí estão os homens que vão vingar o seu pai.

— Eles também vão a Veracruz, meu senhor?

— Vão, Yara, e esses homens são capazes de exterminar todos os espanhóis de Veracruz, como o duque e seus facínoras exterminaram a sua tribo. Olhe lá, através daquele estreito que invade a terra. Está vendo todos aqueles mastros e antenas?

— Estou, cavaleiro.

— É a esquadra dos flibusteiros de Tortuga.

— Ela é muito forte?...

— É tremendamente forte, Yara.

— Então o senhor vai voltar a piratear, mesmo depois de ter vingado os seus irmãos? — perguntou de repente Morgan, que se aproximara.

— Quem sabe — respondeu o Corsário.

Em seguida, após um breve silêncio, continuou:

— Depois de vingado, ainda tenho uma missão a cumprir, e não vou embora das águas do grande golfo sem ter terminado. Quem me garante que ela esteja mesmo morta?

— Mesmo que a flamenga estivesse viva, estaria tudo terminado entre ela e o senhor — disse Morgan. — O cadáver do pai dela ficaria entre vocês.

— E os dos seus irmãos — disse Yara, com um soluço surdo.

O Corsário olhou para a jovem indígena que se dobrara sobre si mesma, como se estivesse tentando esconder o rosto.

— Você está chorando, Yara — disse ele com voz suave. — Você não gosta que eu fale da duquesa flamenga?

— Não, meu senhor — respondeu a jovem com um fio de voz.

O Corsário se inclinou para ela, dizendo com voz triste:

— Não se pode amar o Corsário Negro, minha jovem.

E se afastou lentamente, com os braços cruzados no peito e a cabeça baixa, desaparecendo no quadro de popa.

No dia seguinte, depois de costear as praias orientais de Yucatán e atravessar sem transtornos a ilha de Cozumel, a *Folgore* chegou ao cabo Catoche. Como era grande a possibilidade de encontrar naves espanholas naquelas paragens, por causa da ilha vizinha de Cuba, a *Folgore* ficou no meio do canal de Yucatán para poder se pôr ao largo em caso de perigo. O principal para o Corsário era não ser visto naquelas águas,

102

A ESQUADRA DOS FLIBUSTEIROS

para que ninguém desconfiasse da rota verdadeira da sua nave e corresse para avisar a cidade marítima do México e de Campeche, colocando-as de sobreaviso.

A travessia do canal de Yucatán foi realizada com sucesso, sem encontros problemáticos, e na noite seguinte a *Folgore* estava velejando ao longo da costa setentrional da grande península, se dirigindo ao Golfo de Campeche.

O Corsário e Morgan achavam que seria possível chegar despercebidos às praias do México quando, no quarto dia após a passagem do estreito, na altura da ampla lagoa do Termino, perceberam a presença de uma vela.

— Essa nave provavelmente está vindo de Cuba — disse Morgan ao Corsário Negro.

— Ou será que é algum navio encarregado de vigiar os nossos movimentos? — perguntou o senhor de Ventimiglia, ficando pensativo.

— Será que já fomos assinalados?

— Você sabe que os espanhóis se mantêm constantemente em guarda para evitar serem surpreendidos pelos flibusteiros de Tortuga. Quer provar se essa nave tem a intenção de nos espionar realmente?

— Mudando a rota?

— É. E voltando para o norte, ou seja, fingindo que vamos voltar ao largo.

— Vamos ver, cavaleiro. Se essa nave conseguir adivinhar a nossa direção, nossos companheiros vão encontrar Veracruz armada e a guarnição, triplicada.

— Dentro de duas horas a noite vai cair, e vamos fazer a rota falsa, senhor Morgan. Enquanto isso, vamos vigiar os movimentos desse navio.

Saíram do tombadilho de popa e se içaram até o cesto de gávea do mastro principal para abrangerem um horizonte maior. O Corsário apontou a luneta e observou com a maior atenção a vela assinalada.

— Senhor Morgan — disse ele alguns instantes depois. — Estamos muito longe desse espião, mas tenho certeza de que não me enganei.

— O que o senhor quer dizer com isso, cavaleiro?

— Que a nave que nos segue é capaz de nos criar graves problemas.

— É um navio grande, então?

— Acho que é uma fragata.

Desceram novamente para a coberta e deram ordem ao piloto para mudar a rota, apontando a proa para o norte, para dar a entender que

103

estavam indo para a Louisiana. A *Folgore* virou depressa de bordo, e como o vento também estava mais favorável naquela direção, ela se afastou rapidamente, virando a popa para a costa de Yucatán.

O Corsário e Morgan ficaram vigiando no tombadilho de popa, enviando alguns gajeiros para os vaus do traquete e da mestra munidos de ótimas lunetas. A vela assinalada, contrariamente a todas as previsões, continuou o seu curso para o Golfo de Campeche. Mesmo assim, não se podia confiar cegamente.

A noite desceu algumas horas mais tarde, pondo fim às investigações do Corsário e de Morgan, mas nenhum dos dois abandonou a coberta, receando alguma surpresa. Além disso, duplicaram os homens de guarda e mandaram carregar os canhões.

Já soara a meia-noite quando um ponto luminoso que se destacava nitidamente na linha do horizonte foi assinalado na profunda escuridão do mar. Não podia ser uma estrela, pois o céu estava coberto por uma massa densa de nuvens que surgira pouco antes do pôr do sol. Provavelmente era o farol de alguma nave.

— Estamos sendo seguidos — disse Morgan ao Corsário Negro que, inclinado na amurada de popa, observava atentamente o horizonte.

— Eu vi — disse ele. — Agora não tenho mais dúvidas, senhor Morgan. Estamos sendo espionados e talvez perseguidos também.

— Isso é grave, capitão. Essa nave está ameaçando comprometer a nossa expedição. O que vamos fazer, cavaleiro?

O Corsário Negro ficou em silêncio. Apoiado na amurada, continuou fixando o farol, que estava acompanhando exatamente a mesma rota da *Folgore*.

— Nós nunca fomos homens de avaliar a quantidade de inimigos. Vamos nos preparar para mostrar a nossa bandeira àquela nave junto com o ribombar da nossa artilharia.

— E se ela escapar? Lembre-se, senhor, de que se ela conseguir chegar à costa do México, seremos obrigados a desistir da nossa ação arriscada.

— A minha nave é suficientemente rápida para alcançar um veleiro espanhol. Mande baixar na água seis baleeiras e escolha oitenta homens entre os mais corajosos da nossa tripulação.

— O senhor está pretendendo atacar aquela fragata com as chalupas? — perguntou Morgan, com espanto.

A ESQUADRA DOS FLIBUSTEIROS

— Estou, mas depois que tivermos derrubado os mastros. Depressa, senhor Morgan. Temos de aproveitar a noite para pegar os espanhóis de surpresa e prendê-los em um fogo cruzado. O senhor fica com as baleeiras, e eu, com a *Folgore*.

— Quais são as ordens?

— Vai recebê-las no último instante. Vá.

Poucos minutos depois a *Folgore* se pôs à capa, enquanto as seis baleeiras eram baixadas na água. Oitenta homens escolhidos por Morgan entre os mais corajosos rapidamente tomaram posição naqueles pequenos e velozes barcos, levando consigo fuzis, ganchos de abordagem e pistolas. Durante aqueles preparativos, o Corsário Negro não abandonou a amurada de popa. Continuava observando a nave inimiga, que se aproximava lentamente, seguindo com uma exatidão incrível a rota da *Folgore*.

Depois que todos os homens embarcaram, Morgan se aproximou dele.

— Estou esperando as suas ordens, senhor.

O Corsário Negro virou devagar e, em seguida, apontando para o ponto luminoso, disse:

— Está vendo?

— Estou, cavaleiro.

— Eu vou ficar aqui e iluminar a nave. Vocês vão navegar escondidos. Quando virem que a nave está ocupada comigo, aproximem as chalupas em completo silêncio e abordem.

— Uma ação bem arriscada.

— Mas de sucesso garantido, senhor Morgan.

— Conte comigo, capitão.

— Vá, e que Deus o ajude.

— Obrigado, cavaleiro.

Logo depois as seis baleeiras se afastaram a remadas, desaparecendo na escuridão.

O Corsário estava prestes a subir para a ponte quando viu surgir uma sombra à sua frente.

— Yara — disse ele. — O que você está fazendo aqui?

— Meu senhor, o que está acontecendo? — perguntou a jovem indígena.

— Você está vendo... Estão nos seguindo.

— São os espanhóis?

105

— São, Yara.

— E vocês?

— Estamos preparando a defesa. Em poucos minutos os artilheiros estarão disparando e haverá um combate acirrado. Volte para a sua cabine, Yara, a morte vai começar a reinar aqui.

— Homens do mar — trovejou ele em seguida. — Acendam os faróis e se preparem para fulminar a nave que está nos perseguindo!

A noite muito escura permitia distinguir qualquer ponto luminoso que estivesse brilhando na superfície negra do mar.

No amplo Golfo de Campeche reinava uma calma quase absoluta. Apenas algumas ondas raríssimas vinham se quebrar com um estrondo longo e prolongado contra os costados da *Folgore*, que estava quase imóvel nas ondas escuras.

O vento também diminuíra e soprava fracamente entre os milhares de cabos do mastreamento com uns gemidos estranhos.

Os quarenta homens que ficaram a bordo da nave corsária já haviam assumido seus postos de combate. Nas mãos dos artilheiros chamejavam as mechas, espalhando em torno uma luz vaga.

De pé no tombadilho de popa, o Corsário Negro se destacava de maneira estranha à luz dos dois grandes faróis acesos na popa, um a bombordo e o outro a boreste. Todo vestido de preto como estava, com aquela longa pluma negra que descia atrás do chapéu de abas largas, tinha uma aparência assustadora. Os homens do massame, com as hastes das velas nas mãos, o observavam com grande atenção, prontos para orientar as velas e virar de bordo, enquanto os artilheiros das peças de caça esperavam um comando seu para derramar na nave adversária chuvas de ferro e de metralha.

— Carmaux — chamou o Corsário de repente, virando para o fiel marinheiro, que viera para o seu lado, junto com Wan Stiller. — Você está vendo as chalupas?

— Estou, capitão — respondeu ele. — Estão navegando na direção daquele ponto luminoso, mas dentro de poucos instantes não será possível vê-las mais.

— A que distância você acha que está a nave que nos persegue?

— A mil e duzentos passos, capitão.

— Vamos deixar que se aproxime mais um pouco. Teremos mais segurança no nosso tiro.

Ficou de pé e, virando para seus homens, gritou:

— Preparem-se para se pôr ao vento! Vamos atacar!

A *Folgore*, que até então ficara quase imóvel, virou quase no mesmo lugar e avançou ao encontro da nave adversária, dando pequenos bordejos, pois estava com o vento desfavorável.

O Corsário Negro continuava no timão e olhava para a nave inimiga, que se aproximava com mais precaução agora que já podia ver os faróis da *Folgore*.

A distância desaparecia rapidamente. À uma hora da manhã, a nave espanhola estava a menos de trezentos passos, manobrando de forma a passar a boreste da nave flibusteira. De repente, uma voz ecoou ao largo, trazida pelo vento que soprava do sul.

— Quem vive?

— Ninguém responde! — comandou o Corsário.

Em seguida, levando o porta-voz à boca, gritou com toda a força dos pulmões:

— Espanha!

— Parem!

— Quem são vocês?

— Uma fragata espanhola.

— Aproximem-se!... — gritou o Corsário.

Os artilheiros das duas peças de caça olharam para o Corsário, interrogando mudamente.

— Esperem — respondeu ele.

Olhou para o largo, mas a escuridão era tanta que não permitia mais que as seis baleeiras fossem vistas.

— Podemos começar — murmurou ele então. — No momento oportuno, Morgan fará a sua parte. Agora!... Fogo!...

Houve um breve silêncio, rompido apenas pelo assobio da brisa noturna e pelo murmúrio surdo das ondas se quebrando contra a proa, depois dois raios iluminaram bruscamente o tombadilho de popa da *Folgore*, seguidos por duas detonações assustadoras.

Um grito ensurdecedor se ergueu a bordo da nave inimiga com aquela saudação inesperada.

— Traição!... Traição!... — berravam os espanhóis.

O Corsário Negro se debruçou na amurada tentando descobrir o que estava acontecendo a bordo da fragata, mas a escuridão era muito densa para permitir.

A RAINHA DOS CARAÍBAS

— Mais tarde vamos ver se as nossas balas causaram algum estrago — murmurou.

Pegou novamente a barra do leme, gritando:

— À luta!

A *Folgore* virou de bordo e apresentou a proa à nave inimiga. Ela não pretendia fugir, e sim abordar, para poder ajudar melhor as baleeiras.

Assim que retomou o curso, a fragata explodiu com um ribombar medonho. Algumas balas atingiram a amurada de popa da *Folgore*, enquanto outras passaram sibilando roucamente acima da coberta, esburacando as velas e arrebentando várias amarras. Uma delas perfurou a carena, felizmente acima do nível da água.

— Que bela música! — exclamou Carmaux, que por pouco não foi cortado em dois por aquela chuva de projéteis. — Esses espanhóis vão dar trabalho!

Naquele instante, o Corsário Negro começou a dar urros de ódio.

— Ah!... Está tentando fugir!...

Depois daquela primeira descarga, em vez de esperar pela *Folgore*, a fragata virou de bordo e apontou a proa para a costa de Campeche.

Ela estava recusando o combate e tentando fugir para algum porto do México. Provavelmente não fugia por medo, mas para avisar depressa as guarnições das cidades costeiras sobre a presença de uma nave corsária e colocá-las de guarda.

— Temos de impedir que ela fuja, ou seremos obrigados a abandonar os planos para Veracruz — disse o Corsário.

Em seguida, gritou:

— Prontos para manobrar! Vamos impedir a passagem deles!

Com dois bordejos, a *Folgore* se pôs ao largo, apoiando para oeste, de modo a se interpor entre a fragata e a costa americana.

Aquela manobra foi realizada com tanta habilidade e rapidez que quando a nave espanhola tentou voltar ao vento, viu surgir à frente a proa aguda da *Folgore*.

— Alto lá!... Por aqui você não passam! — gritou Carmaux.

Vendo que a passagem estava fechada, a fragata parou, parecendo indecisa sobre o que fazer. Em seguida se cobriu de fumaça e chamas, Percebendo que não tinham como enfrentar a nave flibusteira em questão de velocidade, os espanhóis aceitaram decididamente a luta, com a esperança de obter uma vitória esplêndida ou de forçar a passagem. A superioridade numérica deles, a artilharia mais numerosa do que a da nave adversária e o volume enorme da sua embarcação poderiam pesar muito para o êxito da batalha. Mas o Corsário Negro não se deixou assustar com isso. Ele tinha muita confiança na habilidade dos seus marinheiros, artilheiros e fuzileiros, que não perdiam para ninguém, e principalmente nas baleeiras conduzidas por Morgan.

— Fogo à vontade! — gritou ele. — Vamos abordar a nave espanhola.

As duas naves trovejavam com o mesmo vigor, alternando descargas de metralha e granadas. A fragata, que tinha uma artilharia duas vezes mais numerosa do que a da *Folgore*, estava em vantagem naquele tremendo duelo e atacava furiosamente a ponte e o velame da nave adversária.

No entanto, a *Folgore* não recuava, mas continuava seus bordejos, tentando se aproximar da nave espanhola para poder se arremessar no momento oportuno.

A voz do Corsário Negro ecoava sem parar, chegando às vezes a dominar o ribombar da artilharia e o crepitar da mosqueteria.

— Fiquem firmes!... Fogo na ponte!... Mirem os mastros!

Apesar das tremendas descargas de metralha e da explosão incessante das granadas, seus homens não perdiam o ânimo, e todos competiam para infligir os maiores danos à fragata.

Os melhores arcabuzeiros, colocados nos cestos de gávea e nas vergas, atiravam na ponte da nave espanhola com aquela precisão matemática que tornou célebres aqueles orgulhosos batedores do mar. As suas balas acertavam sempre, fazendo um massacre principalmente entre os homens encarregados do serviço nas peças do tombadilho de popa.

A batalha já durava um quarto de hora, com graves prejuízos para ambas as partes, quando se ouviu a distância um estrondo ensurdecedor.

— Em frente, homens do mar! — gritou uma voz.

O Corsário deu um salto à frente, exclamando:

— Morgan!

Entregou então a barra do leme a Carmaux e correu para a amurada. Entre os lampejos da artilharia inimiga avistou confusamente algumas chalupas a poucos passos da fragata.

— Coragem, homens do mar! — trovejou ele. — Os nossos homens estão abordando a fragata espanhola!

Naquele momento, gritos terríveis explodiram a bordo da nave inimiga, enquanto a mosqueteria ficou ensurdecedora. Raios surgiam entre as negras ondas e formas humanas se agitavam por baixo das baterias chamejantes.

— Bordada de artilharia! — berrou o Corsário. — E depois, abordar!

CAPÍTULO 12
UMA ABORDAGEM TERRÍVEL

Assim que abandonaram a *Folgore*, as seis baleeiras conduzidas por Morgan se puseram ao largo e foram lentamente na direção da nave espanhola.

A escuridão profunda favorecia aquela manobra ousada, pois os inimigos não podiam sequer suspeitar da presença da minúscula flotilha que navegava sobre aquelas ondas negras como o breu.

Para não correr o perigo de se chocar contra uma ou outra nave, algo que não seria improvável, pois nenhum dos dois veleiros tinha rota fixada, e que por isso poderia ser mudada de um momento para outro de acordo com o andamento do combate, Morgan deu o sinal para pararem depois de percorrer uma milha. A nave espanhola estava a menos de setecentos ou oitocentos metros, uma distância muito pequena, que aquelas baleeiras rapidíssimas poderiam vencer em poucos minutos.

Como o mar estava bastante tranquilo, Morgan ouvia perfeitamente os comandos dados a bordo da nave inimiga. Sendo assim, recomendou aos seus homens o maior silêncio possível, para que não traíssem a presença deles a uma distância tão próxima.

Depois da tentativa inútil de se pôr ao largo e fugir para a costa do México, como foi narrado, a fragata entrou com decisão na luta, contando com a supremacia da própria artilharia e também de seus homens. Dessa forma, os flibusteiros praticamente ficaram assistindo àquele primeiro duelo das artilharias, mais barulhento do que perigoso porque os adversários não podiam enxergar direito, mas com muita ansiedade, pois eram homens de sangue quente, criados em meio aos massacres, às abordagens e ao ribombar da artilharia!

A cada descarga da *Folgore*, ficavam de pé, com os arcabuzes em punho, contendo com muito esforço os tremendos gritos de hurra que estavam prestes a irromper daqueles peitos. A cada bordada de artilharia da fragata, rangiam os dentes como animais presos em uma gaiola, fazendo imprecações e ameaças com os punhos.

— Vamos, senhor Morgan!... — eram os pedidos de todas as baleeiras. — Não estamos conseguindo nos segurar mais.

— Ainda não — respondia o futuro conquistador do Panamá com voz tranquila.

Enquanto isso, a batalha continuava com uma fúria cada vez maior de ambas as partes. Das portinholas para canhões das duas naves saíam labaredas e nuvens de fumaça, que se erguiam lentamente e escondiam os mastros e as pontes.

Quando Morgan viu que a fragata estava completamente envolta pela fumaça, deu o sinal para avançar com a máxima velocidade, recomendando que ninguém atirasse antes que ele desse a ordem.

Era o momento ideal para tentar a abordagem. Se os espanhóis não percebessem a presença daquela flotilha, podiam se considerar perdidos.

— Em frente!... — repetia Morgan, pilotando a primeira baleeira. — Mantenham-se sempre a sotavento, assim a fumaça não vai deixar que os espanhóis nos vejam.

Remando com toda força, em poucos momentos a esquadrilha chegou a poucos metros da nave, imergindo nas nuvens de fumaça que a brisa noturna empurrava para o mar.

Ocupados em responder às bordadas incessantes da *Folgore*, os espanhóis não perceberam o grave perigo que os ameaçava, ainda mais que estavam de costas para a flotilha.

Percebendo que chegara sob a nave, Morgan ficou de pé com a espada em punho. Com a mão esquerda agarrou a portinhola de um canhão e com um impulso chegou a um banco e ficou encostado em um patarrás. Os catorze homens da sua baleeira o seguiram, escalando como macacos.

Estavam prestes a saltar pela amurada quando um gajeiro da fragata que estava descendo pelas enfrechaduras os viu:

— Às armas!... — gritou ele. — Estão nos abordando.

— Vamos, flibusteiros!... — trovejou Morgan. — Vocês nas chalupas, atirem!...

Uma descarga terrível acolheu os espanhóis, derrubando mais da metade. Os outros, assustados e surpresos por aquele ataque inesperado, se agacharam e correram pela coberta.

UMA ABORDAGEM TERRÍVEL

— Os flibusteiros!... Os flibusteiros!... — gritavam por toda parte.

O comandante da fragata percebeu o perigo. Sem perder o ânimo, mandou que girassem os dois canhões de caça do tombadilho de popa, que já estavam carregados de metralha e prestes a varrer a ponte da *Folgore*:

— Fogo a bombordo!...

Uma tempestade de ferro e de chumbo varreu a amurada, decepando ao mesmo tempo patarrases, enxárcias e manivelas de massames e destruindo duas embarcações que estavam suspensas nas gruas. Alguns flibusteiros, que já estavam a cavalo no na cabeceira da lateral, caíram no mar, fulminados ou feridos, mas os outros, nem um pouco assustados, saltaram rapidamente as amuradas e se arremessaram pela ponte, gritando assustadoramente.

Escapando de forma milagrosa à metralha, Morgan estava à frente deles, com a espada na mão direita e empunhando uma pistola na esquerda.

— Comigo, flibusteiros! — berrou.

Os homens das chalupas, por sua vez, começaram também a escalar a nave. Agarravam-se às portinholas das baterias, às bancadas, aos patarrases, às gruas, e saltavam as amuradas. Quinze ou vinte, os melhores atiradores, ficaram nas baleeiras e faziam descargas tremendas no tombadilho de popa e no castelo de proa, tentando abater os artilheiros destinados ao serviço nas peças de caça.

Aos gritos dos oficiais, os espanhóis se reagruparam perto do tombadilho de popa e do castelo de proa e atacaram os flibusteiros, mas a posição deles logo demonstrou ser perigosíssima, pois a *Folgore* também estava avançando para abordá-los pelo lado oposto.

— Em frente! — gritava Morgan, sempre na primeira fileira.

O choque foi sangrento. Muitos homens caíram de um lado e de outro, mortos ou feridos, mas o grosso não recuou, ao contrário, voltou à carga com mais ímpeto ainda. Das escotilhas das coxias saíam mais homens. Os artilheiros abandonaram as suas peças, que ficaram praticamente inúteis, e correram para rechaçar os flibusteiros de Morgan para o mar e evitar a abordagem iminente da *Folgore*.

Os gritos dos feridos, os disparos dos mosquetes e das pistolas, os hurras dos flibusteiros, os gritos de Viva a Espanha dos espanhóis e o ribombar dos canhões produziam uma balbúrdia ensurdecedora, medonha.

Todos os homens das chalupas já estavam na coberta da fragata. Enquanto os mais valorosos formavam uma barreira para os espanhóis, disputando ferozmente o terreno palmo a palmo, os outros subiam nas

A RAINHA DOS CARAÍBAS

enxárcias e de lá lançavam um fogo tremendo com os mosquetes, abrindo grandes vazios entre o inimigo quatro vezes mais numeroso.

A nave flibusteira, guiada com habilidade, impeliu o mastro do gurupés entre as enxárcias do traquete da nave espanhola. Em seguida, levada pelo vento que fazia pressão sobre as velas de carangueja, encostou a bordo da nave adversária com um surdo estrondo. Abandonando a barra do leme, o Corsário Negro saltou para a coberta, com a espada em punho, gritando com voz trovejante:

— Comigo, homens do mar!

Os seus flibusteiros correram para segui-lo, prontos para morrer pelo seu valente chefe. Apesar das descargas dos espanhóis, eles pularam as amuradas, gritando a plenos pulmões para espalhar mais terror e para levar os espanhóis a acreditar que eram três vezes mais numerosos, em seguida se precipitaram para o campo da luta como um bando de lobos famintos.

A terrível espada do Corsário Negro abriu um sulco sangrento na massa dos combatentes. Ninguém conseguia conter os golpes fulminantes daquele punho de ferro. Os inimigos caíam a torto e a direito, mortos ou moribundos.

— Coragem, meus bravos — berrava ele. — Comigo, Morgan!

Presos entre dois fogos e desconcertados com a rapidez daquele ataque, os espanhóis hesitaram um pouco, mas depois começaram a recuar, parte para a popa, parte para a proa. O terror que os corsários de Tortuga infundiam naquela época, quando eram considerados filhos do inferno, e por isso invencíveis, era tão grande que muitas vezes os espanhóis se deixavam trucidar sem resistir, achando que seria inútil qualquer tentativa de luta. Dessa forma não foi uma surpresa muito grande o fato de que a tripulação da fragata, depois de aceitar a luta e tentar a vitória, também começasse a debandar diante do tremendo ímpeto dos adversários.

Os homens de Morgan e os do Corsário se reagruparam no meio da coberta, entre os mastros do traquete, da mestra e da mezena e, depois de tomar fôlego, correram de novo para conquistar as duas extremidades da nave, enquanto alguns deles subiram até aos cestos de gávea e as vergas, para atirar granadas no meio dos espanhóis.

Às intimações de rendição, os espanhóis respondiam com descargas dos arcabuzes, mas todos já sabiam que a última hora estava muito próxima para o grande estandarte da Espanha, que ainda ondulava gloriosamente sobre a grinalda da popa.

UMA ABORDAGEM TERRÍVEL

Grande parte dos oficiais da fragata caiu sob os tiros infalíveis dos bucaneiros de Morgan, e o comandante também, depois de uma heroica resistência, sucumbiu na base do mastro da mezena, atingido pela terrível espada do orgulhoso Corsário.

— Falta pouco — gritaram os flibusteiros de todos os lados.

O Corsário Negro atacou com força os espanhóis do tombadilho de popa, decidido a arriar o estandarte da Espanha. Ninguém tinha coragem de enfrentá-lo, de tão grande era o terror inspirado por sua espada. Só a sua presença valia por vinte homens. Os espanhóis bateram em retirada antes mesmo que os seus flibusteiros se reunissem diante da escada do tombadilho de popa e fugiram para o quadro, enquanto os companheiros que defendiam a proa se abrigavam no dormitório da tripulação, invadindo os corredores da coxia e das baterias.

Com um golpe da espada, o Corsário cortou a sirga e o estandarte da Espanha foi carregado pelo vento, caiu no mar e desapareceu nas ondas o Golfo do México. Um hurra imenso, que ecoou até mesmo na profundidade da estiva, saudou aquela queda, que assinalava um novo triunfo para a flibustaria.

— Acabou — disse Morgan se aproximando do Corsário, que estava contemplando com o olhar carregado de uma tristeza sombria os cadáveres espalhados pela coberta da fragata.

— É verdade, mas quanto sangue derramado! — murmurou o Corsário com um suspiro. — É terrível ter de matar homens que não odeio.

— Estamos vingando os massacres cometidos por Cortez, Pizzarro e pelos primeiros conquistadores sobre os pobres indígenas da América, senhor — respondeu Morgan.

O Corsário sacudiu a cabeça em silêncio e depois de alguns instantes disse:

— Ainda são muitos, e não depuseram as armas. Cerca de quarenta dos nossos foram mortos, e mais quinze foram levados à enfermaria.

— Felizmente vamos encontrar com facilidade outro tanto, sem precisar voltar a Tortuga. Sabemos bem que todos os flibusteiros desejam embarcar na sua *Folgore* e sonham em combater sob as suas ordens. O que decide, cavaleiro?

— Vamos evitar um novo derramamento de sangue.

— Quais são as suas condições?

— Poupe a vida de todos e não peça resgate.

115

A RAINHA DOS CARAÍBAS

Enquanto o Corsário Negro e o seu lugar-tenente resolviam o que fazer para evitar uma nova e talvez mais sangrenta batalha, os flibusteiros fecharam todas as saídas do quadro e do dormitório comum da proa, a fim de impedir que os espanhóis voltassem à coberta.

Estes, por sua vez, tomaram todas as precauções para evitar uma surpresa por parte dos vencedores.

Apontaram alguns canhões para a extremidade dos corredores, depois subiram rapidamente algumas trincheiras, construídas com barricas cheias de lastro, com barris contendo balas, com placas, colchões, vergas e aparelhos sobressalentes.

Ainda havia uns oitenta sobreviventes que, mesmo durante a retirada precipitada, não abandonaram as armas. Pelo que parecia, no momento não tinham a menor intenção de se render, contando certamente com a superioridade numérica e com a sua artilharia.

Infelizmente, não tinham se lembrado ainda de que sobre eles havia a escotilha mestra, pela qual os flibusteiros podiam entrar ou começar um fogo infernal. E o Corsário Negro estava contando muito com aquela escotilha.

Naquele momento, o lugar-tenente evitou discutir os termos para a rendição por aquela grande abertura. Desceu até o quadro e foi para a extremidade do corredor, avançando intrepidamente para a coxia.

Imediatamente quatro soldados espanhóis, que estavam de guarda na barricada, apontaram os arcabuzes para ele.

— Abaixem as armas! — gritou Morgan, cruzando os braços no peito. — Não vim como inimigo, mas para conversar.

— O que quer?

— Falar com os seus chefes.

Um capitão-tenente que estava escondido atrás da barricada se levantou na mesma hora.

— Quem o mandou aqui? — perguntou ele com voz irada.

— O Corsário Negro — respondeu Morgan.

— O senhor é o lugar-tenente dele, não é verdade?

— Tenho esta honra.

— E o que deseja?

— Vim intimá-los a se render em nome do cavaleiro de Ventimiglia.

— Diga ao Corsário Negro que os espanhóis morrem, mas nunca se rendem.

UMA ABORDAGEM TERRÍVEL

— Vocês já combateram com bravura, e a sua honra está protegida — respondeu Morgan.

— Estamos prontos para recomeçar a luta, senhor.

— Vocês já são prisioneiros.

— Ainda temos as nossas armas e somos muitos.

— Nós vamos poupar as suas vidas sem pedir nenhum resgate em dinheiro.

— Obrigado, mas vamos combater até o fim — respondeu orgulhosamente o espanhol.

— Então teremos de matar todos vocês — disse Morgan com voz ameaçadora.

— Agora chega, senhor. Retire-se ou mando atirar.

Morgan saiu do corredor e entrou no quadro. O Corsário Negro estava esperando por ele diante do tombadilho de popa.

— Recusaram, não é verdade? — perguntou ele quando o avistou.

— É, cavaleiro.

— Eu os admiro muito e se não tivesse certeza de que iriam me trair, eu os deixaria livres.

— Eles vão dar o alarme em Veracruz na mesma hora, cavaleiro.

— Sei disso, Morgan. Enquanto isso, mande levar para a ponte algumas dessas caixas de granadas.

Em seguida, levantando a voz, ele gritou:

— Coragem, meus bravos. Preparem-se para o combate.

CAPÍTULO 13

A RENDIÇÃO DA FRAGATA

Poucos minutos depois, duas colunas, cada uma delas formada por vinte homens escolhidos entre os melhores atiradores, desceram silenciosamente para o quadro e o dormitório comum e se entrincheiraram atrás dos móveis e das caixas amontoadas na extremidade dos corredores.

Como se pode compreender facilmente, o Corsário Negro não tinha a menor intenção de sacrificá-los em um novo ataque, principalmente contra um número maior do que o dobro de homens. Eles deviam fazer uma simples demonstração para atrair a atenção dos espanhóis para eles. O golpe decisivo deveria ser dado através da escotilha mestra, em torno da qual já estavam reunidos todos os outros flibusteiros.

— Façam muito balbúrdia, isso é o principal — disse o Corsário.

E a algazarra começou logo, aumentando assustadora e ensurdecedoramente. Assim que se posicionaram, os dois pelotões logo abriram fogo contra as barricadas espanholas, entre gritos tremendos, para dar a impressão de que estavam se encorajando para um ataque geral.

Os espanhóis responderam imediatamente, fazendo trovejar as peças que haviam colocado no meio da coxia. O efeito daquela descarga a uma distância tão pequena foi desastroso para a nave.

As balas e as metralhas despedaçaram em pouco tempo as divisórias, acabando com os móveis do quadro e do dormitório comum. Caíam espelhos, cristais e porcelanas com um barulho estrondoso e despencavam quadros e lustres. Os flibusteiros deitaram no chão e, embora sentissem chover por cima deles todos aqueles destroços, não se moveram e responderam às canhonadas com tiros de arcabuzes disparados ao acaso, pois os corredores já haviam sido invadidos por uma fumaça densa e sufocante.

Quando a fumaça começou a passar pelas fissuras da ponte, o Corsário de repente virou para os seus homens, que não conseguiam se conter, impacientes para participar também da batalha que acontecia embaixo dos seus pés, dizendo:

— Preparem as granadas.

— Já estão prontas, senhor — respondeu o quartel-mestre.

— Levantem a escotilha e não economizem os projéteis.

Quatro marinheiros levantaram as duas barras de ferro e abriram a escotilha mestra. Na mesma hora escapou uma densa nuvem de fumaça, que se ergueu até as vergas do mastro principal. Embaixo daquela massa de nuvens se viam raios ziguezagueando e se ouviam detonações ensurdecedoras. Eram as peças das baterias que trovejavam, demolindo e despedaçando as duas extremidades da nave.

Sem esperar que a fumaça se dissipasse, os marinheiros começaram a lançar granadas na coxia, principalmente no local em que viam as peças de artilharia chamejando.

No início, os espanhóis não perceberam que a escotilha fora aberta por causa da fumaça densa que circulava na coxia, mas quando ouviram a explosão das granadas e viram vários companheiros caírem fulminados pelos estilhaços daqueles projéteis mortais, abandonaram depressa a artilharia e correram como loucos pela bateria.

Aquele ataque inesperado acabou provocando um pânico enorme entre as fileiras. Mesmo os mais animados abandonaram os postos, apesar dos gritos dos poucos oficiais que escaparam do massacre e das pragas dos mestres e dos suboficiais. E os flibusteiros não pararam por aí. Enquanto os dois pelotões do quadro e do dormitório comum continuavam a atirar, espalhando mais terror e confusão, os da coberta atiravam granadas em todas as direções, correndo o risco de provocar um incêndio desastroso.

Em meio aos urros dos combatentes, aos gritos dos feridos, às explosões das granadas e ao estrondo das descargas, se levantou a poderosa voz do Corsário Negro.

— Rendam-se ou vamos exterminar todos vocês!...

— Chega!... Chega!... — berraram cinquenta vozes.

A chuva de bombas parou, como cessaram também as descargas dos dois pelotões escondidos no tombadilho de popa e no dormitório comum.

O Corsário Negro debruçou na escotilha e repetiu:

— Rendam-se ou vamos exterminar todos vocês!

Uma voz se ergueu no meio da fumaça que ondulava na coxia:

— Nós depomos as armas.

A RAINHA DOS CARAÍBAS

— Mande um negociador.

Poucos instantes depois, um homem subiu até a ponte. Era um oficial, o único a sobreviver de todo o estado-maior do grande navio. Aquele pobre coitado estava pálido, emocionado, com as roupas em farrapos e um braço destroçado por um estilhaço de granada.

Ele entregou a espada ao Corsário Negro, dizendo com voz amortecida:

— Fomos vencidos.

O senhor de Ventimiglia devolveu a espada que lhe fora oferecida, dizendo com nobreza:

— Pode conservar a sua espada para uma ocasião melhor, senhor tenente. O senhor é um bravo!

— Obrigado, cavaleiro — respondeu o espanhol. — Eu não esperava uma cortesia assim do Corsário Negro.

— Sou um fidalgo, senhor.

— Sei disso, cavaleiro. E agora, o que vai fazer de nós?

— Vão permanecer como prisioneiros na minha nave até o final da nossa expedição, depois serão desembarcados em algum ponto da costa mexicana, e não vamos pedir nenhum resgate.

— Então o senhor está prestes a empreender uma excursão contra a nossa cidade do México? — perguntou o oficial, com um espanto doloroso.

— Não posso responder a essa pergunta — disse o Corsário. — Trata-se de um segredo que não pertence só a mim.

Em seguida ele o pegou por um braço e o levou até a popa, onde perguntou com um tom sombrio:

— O senhor conhece o duque Wan Guld, não conhece?

— Conheço, cavaleiro.

— Ele está em Veracruz?

O espanhol olhou para o rosto dele, sem responder.

— Eu lhe dei a vida quando, por direito de guerra, poderia jogá-lo no mar junto com todos os seus homens e a sua nave. Sendo assim, o senhor pode prestar um pequeno favor a um homem tão nobre.

— Está certo, o duque está em Veracruz — respondeu o espanhol depois de uma breve hesitação.

— Obrigado, senhor — respondeu o Corsário. — Estou feliz por ter sido generoso com o senhor.

O oficial voltou à escotilha e gritou:

120

A RENDIÇÃO DA FRAGATA

— Deponham as armas. O cavaleiro de Ventimiglia concede a vida a todos.

Os dois pelotões de flibusteiros conduzidos por Morgan logo entraram na coxia para receber as armas.

Que espetáculo horrível oferecia o interior da fragata! Por toda parte destroços fumegantes, pranchões quebrados, escoras partidas, canhões derrubados, homens horrivelmente atingidos pelos estilhaços das granadas, ou sem os membros, ou sem a cabeça, além de sangue e fragmentos de projéteis. Alguns feridos se arrastavam pela coxia, agitando os braços terrivelmente mutilados e ensanguentados, dando gemidos lúgubres.

No meio daquele caos, cinquenta espanhóis, mudos, pálidos, com as roupas em farrapos, estavam esperando os flibusteiros. Todos os outros haviam caído sob aquela tremenda chuva de granadas.

Morgan recebeu as armas, mandou que alguns dos seus homens se encarregassem dos feridos e conduziu os outros a bordo da *Folgore*, onde ordenou que fossem trancados na estiva. Em seguida, pôs algumas sentinelas na porta.

Ao visitar a nave, logo percebeu que não havia mais nada a ser feito com ela. As carlingas dos mastros foram destruídas, as colunas já estavam carbonizadas, o quadro e o dormitório comum foram reduzidos a um amontoado de destroços, e na estiva, começou um incêndio que já estava assumindo proporções gravíssimas.

— Senhor — disse ele, se apresentando ao Corsário Negro. — A fragata está perdida. — Com o primeiro golpe de vento, o mastreamento vai cair e, além de tudo, o incêndio está avançando com muita rapidez.

— Mande levar a bordo da nossa nave tudo o que puder ser útil e depois vamos abandoná-la ao seu destino — respondeu o Corsário. — Ainda mais porque, para nós, ela seria mais um estorvo do que algo útil.

O saque da nave não produziu grandes frutos, pois a artilharia estava arruinada. Mas as armas e munições foram embarcadas em grande quantidade na *Folgore*, junto com o caixa do capitão, contendo vinte mil piastras, que foram divididas entre a tripulação do navio corsário.

Ao meio-dia, a *Folgore* enfunava as velas, com pressa de chegar à costa do Golfo do México. A fragata já estava queimando com uma rapidez inacreditável. Línguas de fogo e densas espirais de fumaça escapavam através das portinholas das baterias e das escotilhas, ameaçando o mastreamento.

121

A RAINHA DOS CARAÍBAS

O alcatrão, liquefeito pelo calor que se desprendia sob a ponte, escorria pela coberta, vazando no mar através dos embornais.

— Uma pena que uma nave tão bela se vá — disse o Corsário, que estava olhando para a fragata do alto do tombadilho de popa da *Folgore*. — Poderia prestar serviços preciosos à flibustaria.

— Será que ela vai a pique? — perguntou uma voz atrás dele, com uma entonação terrível.

O Corsário virou e viu a jovem indígena.

— É você, Yara? — disse ele.

— Sou, meu senhor. Subi para assistir à agonia daquela nave, que ainda há pouco pertencia aos assassinos do meu pai.

— Como é implacável todo esse ódio que vejo brilhar em seus olhos — disse o Corsário com um sorriso. — Vejo que ele é tão grande quanto o meu.

— Mas você não odeia estes espanhóis, meu senhor.

— É verdade, Yara.

— Se eu fosse a vencedora, teria matado todos — disse a jovem com um tom assustador.

— Eles já têm inimigos demais, Yara — respondeu o Corsário. — As atrocidades que cometeram os primeiros conquistadores americanos já foram vingadas, na maior parte.

— Mas o homem que destruiu a minha tribo ainda está vivo.

— Esse homem já é um moribundo — disse o Corsário, com voz sombria. — O destino o condenou.

Ele então se apoiou na amurada e ficou olhando para a fragata que queimava como um feixe de madeira seca. As chamas estavam gigantescas e chegavam até as contravelas do joanete de proa, como uma cortina imensa. Todo o resto já fora envolvido: da proa à popa era uma mar de fogo que se agitava tempestuosamente.

Uma nuvem imensa, muito escura, ondulava sobre a pobre nave como um enorme guarda-chuva, e das suas bordas caíam miríades de fagulhas que o vento fazia redemoinhar desordenadamente.

De repente, uma detonação surda ribombou ao largo. Um turbilhão de fagulhas, de lenhas em chamas, de destroços de todo tipo se elevou sobre a nave, sibilando no ar e caindo de novo na água a uma grande distância.

Algum depósito de granadas que escapou da procura dos flibusteiros devia ter explodido no fundo da estiva.

122

A RENDIÇÃO DA FRAGATA

A explosão, violentíssima sem dúvida, despedaçou os costados da nave, já quase carbonizada, e a água começou a entrar por aqueles rombos.

— Acabou — disse ele, virando para Yara.

A fragata afundava a olhos vistos, oscilando bastante. A água e o fogo travavam um combate em volta do navio, fazendo o mar se inflamar. Nuvens de vapor se erguiam, sibilando. Enquanto isso, o barco continuava a submergir, inclinando cada vez mais para a proa, enquanto a alta popa ia subindo. Com o balanço cada vez maior da nave, a campainha do tombadilho de popa tocava sombriamente, como se estivesse anunciando o fim próximo do grandioso navio.

— Parece que está tocando a ruína da marinha espanhola — murmurou o Corsário.

De súbito, a proa da nave, já cheia de água, imergiu. A popa já estava mostrando a quilha. A enorme massa, ereta quase na vertical, estava afundando depressa. Afundaram as gruas dos cadernais das âncoras, em seguida a coluna ainda em chamas do mastro principal, depois a massa inteira desapareceu, soltando no ar a última nuvem de vapor e um último jato de fagulhas. Uma muralha líquida circular, parecida com um enorme turbilhão, se estendeu no mar e se perdeu ao longe.

Estava acabado. O poderoso vaso de guerra, mutilado primeiro pelas balas, semidevorado pelo fogo depois e finalmente estraçalhado pela explosão, desceu pelas águas límpidas do Golfo para os profundos e amedrontadores abismos.

O Corsário Negro olhou para Yara, que parecia estar tentando ver ainda o navio que afundava no meio do turbilhão.

— Não é terrível isso tudo? — perguntou a ela.

— É, meu senhor — respondeu a jovenzinha —, mas ainda não estou vingada.

— Logo estará — respondeu o Corsário, indo para a escada que levava à ponte de comando, onde Morgan já se encontrava.

O lugar-tenente, que estava sentado em uma cadeira confortável, se levantou assim que viu o Corsário e mostrou um mapa do golfo.

— Onde o senhor pretende desembarcar, cavaleiro? — perguntou ele. — Esta noite devemos avistar a costa do México.

— O senhor conhece Veracruz?

— Conheço, cavaleiro.

— É bem vigiada?

123

— Ouvi falar que toda a costa, até Tuxpan, está vigiada, para proteger Jalapa de uma possível surpresa.

— Então um desembarque poderia acabar sendo difícil.

— Melhor dizer impossível, cavaleiro. O senhor seria preso assim que pusesse os pés em terra.

— O que você me aconselha a fazer?

— Escolher um lugar deserto, que seja também longe de Veracruz, e depois avançar em pequenas etapas, fantasiado de tropeiro ou de caçador.

— Você conhece algum lugar em que o desembarque possa ser feito sem perigo de ser descoberto?

— Eu o aconselharia a desembarcar ao sul de Tampico, na grande laguna de Tamiahua. Lá não deve ter nenhum posto de guarda, porque sempre tem surto de febre amarela nesta época.

— A laguna fica longe de Veracruz?

— Em quatro ou cinco dias de marcha o senhor consegue chegar, sem precisar andar muito depressa.

— Isso é bom, ainda mais porque a esquadra não vai chegar a Veracruz antes de dez dias.

— E então?

— Vamos para a laguna — respondeu o Corsário depois de alguns instantes. — Não vou encontrar muita dificuldade para entrar em Vera-Cruz.

Quatro horas após esse diálogo, a *Folgore*, que mantivera a rota para o norte, passando bem ao largo de Veracruz, dobrava para o ocidente a fim de se aproximar das praias mexicanas.

O Corsário não abandonou a ponte de comando nem por um instante, querendo se certificar com os seus próprios olhos que nenhum perigo ameaçava a sua nave. Felizmente, durante aquela corrida para o ocidente, não foi visto nenhum ponto luminoso que pudesse anunciar a proximidade de alguma nave inimiga. No dia seguinte, a *Folgore* avistou a longuíssima península que serve de barreira para a grande laguna de Tamiahua, que se prolonga até chegar a poucas milhas de distância de Tuxpan. Como não era prudente se aproximar em pleno dia, a *Folgore* voltou imediatamente para alto-mar, subindo de novo a península na direção de Tampico. Para poder enganar melhor as naves espanholas que pudessem encontrar, o Corsário mandou retirar parte dos canhões, esconder uma boa metade da tripulação e estender na popa o estandarte de Castela.

A RENDIÇÃO DA FRAGATA

A praia parecia deserta, mas não completamente árida. De vez em quando havia bosques densos delineados ao longo da costa, formados em sua maior parte de palmeiras com uma aparência fantástica, e muitas plantas podiam ser vistas também na água, mas com folhas amareladas e penduradas.

— Parece que essa costa sofreu uma enchente inesperadac — disse Morgan, que estava observando com uma luneta. — Nunca vi palmeiras nascendo dentro da água, como se fossem algas.

— Essas praias estão sujeitas a modificações bruscas — disse o Corsário. — Os terremotos muitas vezes rebaixam trechos consideráveis da costa e eles acabam submergindo.

— O senhor está me dizendo que elas sofrem rebaixamentos?

— E em outras vezes ocorrem elevações, senhor Morgan.

— Tudo isso me parece bem estranho.

— No entanto, senhor Morgan, não é só aqui que acontecem coisas assim. Muitos litorais europeus, mesmo não sendo atingidos por terremotos e estando afastados dos vulcões, também sofrem alterações consideráveis de nível.

Não estou dizendo que essas elevações ou rebaixamentos aconteçam de um momento para outro. Na realidade, são coisas lentas, que ocorreram muitos séculos antes de serem percebidas. Na minha Itália, por exemplo, em algumas dezenas de anos foi possível verificar desníveis consideráveis. Principalmente na Sicília e na Calábria as costas tendem a se elevar, enquanto no Vêneto, ao contrário, sempre abaixam.

— Mas esses desníveis devem ser muito lentos.

— São tão leves que não chegam a assustar, senhor Morgan. As nossas terras no Vêneto, por exemplo, abaixam a uma razão de três ou quatro centímetros por ano, enquanto a costa da Sicília precisou da bagatela de mil e duzentos anos para uma elevação que varia de quatro a seis metros.

— Então não existe o perigo de certas regiões acabarem submergindo.

— Perigo imediato, não, senhor Morgan, mas se o rebaixamento de certas terras continuar, certamente em alguns séculos elas vão acabar debaixo da água.

— E por que acontecem esses rebaixamentos e elevações? — perguntou o lugar-tenente.

— As elevações são produzidas por terremotos regionais. Parece que os rebaixamentos, por sua vez, podem ser atribuídos a mutações químicas ou moleculares das massas rochosas, à impregnação ou ao dessecamento dessas massas, ou ao deslizamento lento da parte superficial, e também à formação de vazios subterrâneos por causa da eliminação de materiais solúveis. Mas seja como for, o fato é que não vamos ver esse litoral submergindo nem os outros ficando altos a ponto de desafiar as montanhas. Senhor Morgan, dê a ordem para que nos levem mais para o largo e preparem a minha baleeira.

— Quem vai junto, senhor?

— Carmaux, Wan Stiller, Moko e a jovem indígena.

— Yara também? — exclamou Morgan com espanto.

— Vai ser mais importante para mim do que os outros — respondeu o Corsário com um sorriso. — Ela sabe de muitas coisas que meus homens ignoram.

— O local em que está escondido o seu inimigo mortal?

— É, senhor Morgan, o lugar em que vou matá-lo — respondeu o Corsário com voz sombria.

CAPÍTULO 14

A LAGUNA DE TAMIAHUA

Às onze horas da noite, após ter bordejado ao largo durante o dia todo, a *Folgore* chegou sem ser observada à ponta meridional da laguna e se pôs à capa a quinhentos metros da costa.

Não havia nenhuma luz em qualquer direção, por isso era de se esperar que não tivesse nenhuma nave cruzando aquelas águas e nenhum posto de observação vigiando aquelas praias.

Depois de olhar para todos os lados, o Corsário desceu para a coberta, onde os marinheiros estavam baixando na água uma elegante baleeira carregada com algumas caixas de víveres. Carmaux, Moko e Wan Stiller já haviam embarcado nela. Tinham trocado as roupas de marinheiros por calções de couro com franjas, grandes capas de cores variadas e felpudas e faixas largas, nas quais prenderam imensas navalhas e boas pistolas. Na cabeça usavam chapéus de palha com abas muito largas que escondiam boa parte de seus rostos.

O Corsário também tirara o uniforme negro para vestir uma roupa quase igual à de seus homens, mas não deixara a espada, com a qual contava pregar o assassino dos seus irmãos na parede.

— Está tudo pronto? — perguntou ele a Morgan, que já ordenara que a chalupa fosse baixada na água.

— Está, cavaleiro — respondeu o lugar-tenente.

— E Yara?

— Estou aqui, senhor — respondeu a jovem indígena, aparecendo ao seu lado.

Da mesma forma que os companheiros de viagem, estava envolta em uma grande capa, um *serapé*, e na cabeça tinha um chapéu de abas largas enfeitado com uma faixa felpuda.

— As suas últimas instruções, capitão Morgan.

— Vá encontrar depressa a frota e depois se dirijam decididamente para cima de Veracruz.

A RAINHA DOS CARAÍBAS

— O senhor sabe que Grammont decidiu desembarcar ao sul da cidade.

— Sei, a duas léguas. Se eu conseguir, vou esperar vocês lá.

— Então o senhor conhece o local em que será feito o desembarque?

— Conheço. Grammont e Laurent me disseram onde fica. Adeus Morgan. Logo nos veremos de novo.

— Espero que desta vez o inimigo não nos escape.

— Vou fazer todo o possível para matá-lo, Morgan.

— Mas tenha cuidado, senhor.

— Depois que eu tiver me vingado, o que importa a vida?

— O senhor tem outra missão a cumprir.

— Ah! É verdade. Encontrar a flamenga! — disse o Corsário com um suspiro.

Ficou silencioso por um instante, olhando distraidamente para a laguna, e em seguida desceu depressa a escada, dizendo com voz brusca:

— Adeus.

Ele se sentou na popa da chalupa, ao lado da jovem indígena, e fez um sinal aos seus homens para que partissem.

Carmaux, Wan Stiller e o negro pegaram os remos e a elegante baleeira começou a corrida, enquanto a *Folgore* virava de bordo para sair novamente ao mar. Uma ligeira névoa ondulava sobre as águas escuras da laguna, tornando a noite ainda mais tenebrosa. Era uma névoa perigosíssima, carregada de exalações pestilentas produzidas pela putrefação dos mangues, as chamadas plantas da febre. Essas plantas podem ser encontradas em grande quantidade nas lagunas do México e também na foz dos rios. Como crescem na água, aos poucos vão apodrecendo e poluindo o ar. São elas que produzem o vômito negro, ou seja, a febre amarela, que destrói tantas vidas humanas durante os meses mais quentes.

Não havia nenhuma luz brilhando na ampla distância de água nem nas duas penínsulas que fecham a laguna pelo lado do mar. Também não se escutava o menor barulho em qualquer direção. Parecia que nenhum ser vivo tinha se atrevido a estabelecer moradia naquelas margens ameaçadas pela morte.

— Que lugar medonho — disse Carmaux, sem abandonar o remo. — Parece que este aqui é o reino do senhor Belzebu.

128

A LAGUNA DE TAMIAHUA

— Realmente o Belzebu está escondido no meio daquelas ondas de névoa que estão vindo na nossa direção — disse o hamburguês. — É a febre, não é verdade, Moko?

— É. A amarela — respondeu o negro. — Se pegar, você está morto.

— Bah! Nós temos a pele dura — respondeu Carmaux.

— Mas ela não poupa ninguém.

— Então força nos remos, amigos. Por enquanto ainda dou muito valor à minha pele.

Sob o impulso vigoroso dos três remos, a chalupa deslizou rapidamente, indo à frente da névoa que o vento empurrava para a costa.

Na barra do leme, o Corsário Negro mantinha a direção.

De vez em quando, consultava a bússola que trouxera consigo a fim de manter a chalupa na direção certa e trocava algumas palavras com Yara.

A chalupa já atravessara mais da metade da laguna quando Carmaux, ao virar a cabeça para a ponta setentrional da península inferior, viu um ponto luminoso brilhando.

— Oh! — exclamou ele. — Parece que esta laguna não é totalmente despovoada. O senhor viu, capitão?

— Vi — respondeu o Corsário, que se levantou para enxergar melhor.

— Será que é alguma caravela?

— Eu acho que é uma luz fixa — disse Wan Stiller.

— Não — disse Moko, que tinha uma vista mais aguçada do que os outros. — Está se movimentando, sim.

— Deve ser uma caravela indo a Pueblo Viejo — murmurou o Corsário.

— Por sorte a noite está tão escura que vamos conseguir passar sem que nos vejam.

De fato, o ponto luminoso agora estava indo para o norte, descrevendo rápidos bordejos. A baleeira continuava navegando depressa, sulcando a água com um leve sussurro. Embora estivessem remando com força havia mais de duas horas, os três flibusteiros não pareciam realmente cansados. Em volta da pequena embarcação reinava ainda um silêncio absoluto, como se não houvesse vida naquelas águas. Apenas no alto se ouvia de vez em quando um leve chiado, dado por algum pássaro noturno, talvez por algum vampiro ou espectro voador, pássaros medonhos que sugam o sangue de pessoas e animais atacados durante o sono.

Às duas horas da manhã, Carmaux, que se encontrava na proa, percebeu que a água estava diminuindo.

129

— A praia não deve estar longe — disse ele, virando para o Corsário.

— Parece que já estou conseguindo vê-la — respondeu este, ficando de pé. — Tem uma massa escura aparecendo à nossa frente, que deve ser uma floresta.

Pouco depois, a chalupa estava navegando no meio de montes de plantas aquáticas e bancos de areia. Grupos de mangues apareciam por todo lado, estendendo seus ramos contorcidos em todas as direções e exalando miasmas pestilentos.

— Estamos no meio de um pântano — disse o Corsário.

— Eles são muito abundantes nas costas do México — respondeu Carmaux.

Encontrando um canal aberto entre os bancos e os mangues, a chalupa se embrenhou por ele, avançando bem devagar para não encalhar. Ninguém sabia onde estavam, pois nunca haviam visto aquelas praias antes, nem mesmo Yara.

Sabiam, no entanto, que a terra firme devia ficar a oeste e mantinham essa direção, com a certeza de que mais cedo ou mais tarde veriam os bosques.

Depois de terem avançado por mais meia hora, chegaram diante de diversas ilhotas que formavam uma infinidade de canais e valas. Grandes árvores cresciam naqueles pedaços de terra e lançavam uma sombra densa nos canais.

— Aonde vamos, senhor? — perguntou Carmaux.

— Vamos abordar uma daquelas ilhas e esperar o sol nascer — respondeu o Corsário. — Com esta escuridão é impossível ver o caminho.

Levaram a baleeira até a ilha mais próxima, que era coberta de árvores altíssimas com troncos enormes, e desembarcaram para esticar um pouco as pernas.

A escuridão naquele lugar era tão profunda que era impossível distinguir qualquer coisa. Uma névoa saturada de febre e dos miasmas mortíferos se desprendia dos canais.

Os flibusteiros se estenderam na base de uma daquelas grandes árvores, bem enrolados nas capas para se proteger da umidade da noite. Mas puseram ao lado os fuzis, pois não estavam realmente tranquilos. De fato, pouco tempo de depois, ouviram ecoar a uma pequena distância um grito agudo que terminou em um rugido assustador.

De repente, outro grito parecido respondeu um pouco mais longe, em seguida um terceiro e logo depois um quarto.

— São os caimãos — disse Carmaux, estremecendo.

Um cheiro penetrante de musgo vinha dos canais, sinal evidente de que naquele local havia uma abundância daqueles repugnantes sáurios.

Após os primeiros gritos houve um rápido silêncio, em seguida, de supetão, gritos agudíssimos explodiram, não mais na água, mas entre os galhos das grandes plantas. Era um concerto assustador, capaz de arrebentar os tímpanos mesmo das orelhas mais fortes.

Ouviam-se mugidos, rugidos, notas agudas que pareciam emitidas por instrumentos metálicos e gritos de uma intensidade inacreditável.

Carmaux e Wan Stiller ficaram em pé de um salto, com medo que aparecessem batalhões de animais ferozes; o negro, Yara e o Corsário, contudo, se limitaram a levantar a cabeça, observando entre os galhos das árvores.

— Pelos trovões de Hamburgo! — exclamou Wan Stiller. — O que está acontecendo?

— Uma coisa muito simples — respondeu Moko, rindo. — Os macacos gritadores estão se divertindo, fazendo um concerto.

— Esse barulho todo é dos macacos? — exclamou Carmaux com um tom incrédulo. — Compadre saco de carvão, você está querendo brincar comigo.

— Não, Carmaux — disse o Corsário.

— Então me digam, senhores, quem são esses chorões?

Bem de cima da cabeça deles, do meio das copas fechadas, vinham gritos lamentosos que pareciam ser dados por um bando de meninas.

— Esses gritos também são dos macacos, Carmaux — respondeu o Corsário. — Mas parece mesmo que está cheio de meninas chorando no meio daqueles galhos.

— É, mas são macacos — confirmou o negro.

— Isso é de deixar qualquer um louco, senhor. Estou com a cabeça atordoada.

O flibusteiro não estava mentindo. Os gritos dos símios vermelhos e dos chorões haviam atingido tal intensidade que seria possível levar um surdo ao desespero.

— Deve ter milhares de quadrúmanos reunidos aqui — disse o hamburguês.

— Você está enganado, compadre branco — respondeu Moko. — Pode ser que esses macacos berradores não passem de sete ou oito.

A RAINHA DOS CARAÍBAS

— Então devem ter gargantas forradas de bronze.

— Eles têm uma coisa melhor ainda.

— O quê?

— Um gonzo, uma espécie de tambor de carne que centuplica a voz deles — disse o Corsário.

— Isso mesmo, capitão — respondeu o negro.

— Que cantores horríveis — exclamou Carmaux. — Bem que eles poderiam poupar a voz para uma outra ocasião.

— Quer que eles calem a boca? — perguntou o negro.

— Quero muito.

— Descarregue o seu fuzil e todos esses macacos vão embora. E se você conseguir acertar um, teremos uma ótima refeição.

— Puah! — fez Carmaux, com nojo. — Comer macacos? Você está pensando que eu sou o que, compadre saco de carvão?

— Eu garanto que eles são deliciosos, compadre branco. Todos os indígenas e negros gostam muito.

— Deixe os macacos irem embora e guarde os seus tiros para outros animais — disse o Corsário, ficando em pé de repente.

— Qual é a ameaça agora, capitão? — perguntou Carmaux.

— Os caimãos.

— Ah! Eles decidiram vir!...

— Estou vendo dois ou três — disse Moko.

— Vamos ver se o problema é com a gente — disse Carmaux.

Como a névoa se levantara e começava a amanhecer, a escuridão estava um pouco menor, a ponto de permitir que eles enxergassem o que estava acontecendo nos canais. Um sáurio horrível, de pelo menos seis metros de comprimento, saíra de um grupo fechado de mangue e avançava cuidadosamente para a ilhota em que estavam os flibusteiros. O réptil tinha um verdadeiro jardinzinho nas costas. No meio das placas ósseas cheias de lama, cresciam ervas dos pântanos e alguns caniços também.

Acreditando que poderia enganar os homens, mantinha a cabeça debaixo da água, levantando apenas a extremidade do focinho de vez em quando, para aspirar umas golfadas de ar. Também a cauda estava submersa, mas quando era agitada formava uma esteira de borbulhas atrás dela, muito fácil de ver.

— Esse bicho horroroso está querendo pegar a gente de surpresa — disse Carmaux. — Mas não somos tão burros para confundi-lo com um tronco de árvore. O que você acha, compadre saco de carvão?

132

A LAGUNA DE TAMIAHUA

— Espere até ele chegar mais perto e você vai ver como vou lidar com esse réptil — respondeu o negro.

— Não vamos usar os fuzis?

— É inútil, compadre branco, ainda mais que as balas muitas vezes ricocheteiam naquelas placas ósseas.

— E que os nossos disparos podem atrair a atenção de alguma sentinela espanhola — acrescentou o Corsário.

O gigantesco negro pegou um grande galho de árvore que caíra ali perto e o desfolhou com alguns golpes de navalha. Em seguida, foi para o meio do mangue que entulhava a margem.

Carmaux e Wan Stiller também se embrenharam no meio dos ramos contorcidos das plantas aquáticas, enquanto o Corsário conduzia Yara para trás dos troncos das árvores.

O caimão não parava de avançar, sempre muito devagar, se deixando levar pela fraca corrente que descia para a laguna. A cauda estava completamente inerte, para enganar melhor os flibusteiros. Ele só agitava as pernas, evitando se mostrar demais. Estava a poucos passos da ilhota, quando outro caimão apareceu inesperadamente, saindo de um monte de plantas aquáticas que crescia em um banco semissubmerso.

Um pouco depois, um terceiro emergiu de supetão da água e se atirou furiosamente entre os outros dois.

— Nossa! — exclamou Carmaux, surpreso. — O que será que vai acontecer? Parece que esses répteis não estão pensando muito em nós.

— É verdade, compadre branco — respondeu o negro.

Dois gritos agudos explodiram a uma pequena distância deles, e mais dois caimãos correram para o meio do canal, batendo furiosamente na água com as caudas poderosas. Um dos sáurios, o menor deles, se arrastou para um lado e subiu nos mangues que coroavam a ilhota; os outros quatro, enquanto isso, se atiraram uns contra os outros com uma fúria inacreditável, mostrando as bocas monstruosas cheias de dentes assustadores. Mugiam como touros furiosos e agitavam as caudas com força, levantando verdadeiros vagalhões espumantes.

Os quatro sáurios se arremessavam ferozmente uns contra os outros.

Seus rugidos assustadores calaram os macacos vermelhos e os chorões, enquanto eles tentavam mutuamente esmigalhar os maxilares.

Saltava água por todos os lados, e grandes vagalhões vinham se quebrar violentamente contra os mangues das ilhotas.

133

Uma fêmea assistia com tranquilidade à luta tremenda, estendida no meio das plantas aquáticas, como se não tivesse nada que ver com aquilo. Pouco depois, um dos quatro sáurios, talvez o mais fraco, ficou fora de combate. Com um terrível golpe do maxilar, seu rival primeiro amputou sua cauda e depois arrancou a ponta do nariz. O pobre animal mutilado, horrivelmente lambuzado de sangue, se contorcia em completo desespero perto dos mangues, avermelhando a água.

Após alguns minutos, um segundo animal afundou. Atacado pelos outros dois, que se tornaram aliados por um momento, foi feito em pedaços.

Mas os vencedores também estavam reduzidos a um estado lamentável. Um estava com o maxilar quebrado e o outro tinha perdido uma das pernas anteriores. Mesmo assim, quando se viram livres dos outros dois adversários, se lançaram um contra o outro com a mesma fúria, rugindo assustadoramente.

Depois das primeiras mordidas, o que estava com o maxilar quebrado tentou se refugiar perto da ilhota em que estavam os flibusteiros. Sua ferida medonha não lhe permitia mais atacar o rival com vantagem, e ele agora só contava com a cauda para se defender.

Quando o viu se aproximar, Moko pegou o galho grosso, pronto para dar uma pancada mortal. Foi uma precaução inútil, porque o adversário o seguiu, decidido a acabar com ele. Teve início uma nova luta a poucos passos da ilhota, nas proximidades da chalupa.

Embora devessem estar exaustos por causa da copiosa perda de sangue, os dois sáurios se atacaram novamente com um ímpeto desesperado. Os golpes da cauda choviam com enorme estrondo, e os dentes se quebravam nas placas ósseas.

A água vermelha de sangue se espalhava até o meio dos mangues.

— Moko — exclamou Carmaux de repente. — A nossa chalupa!

O Corsário também percebeu que a embarcação estava a perigo e correu para a margem, gritando:

— Comigo, flibusteiros!

No furor da luta, os dois sáurios se aproximaram da ilhota, e suas caudas estavam ameaçando arrebentar os flancos da leve baleeira.

Moko saltou para o meio do mangue seguido por Carmaux e pelo hamburguês.

Ele já estava prestes a correr para a margem quando um barulho seco ecoou. Destruída por um terrível golpe de cauda, a baleeira foi jogada no canal e desapareceu rapidamente debaixo da água.

134

A LAGUNA DE TAMIAHUA

— Pelos trovões de Hamburgo! — gritou Wan Stiller.

— Ah! Seus cretinos! — gritou o negro, furioso.

Sem dar atenção ao perigo, ele se arremessou para cima dos dois sáurios que, na sua raiva, não perceberam a presença dos homens. O hercúleo negro levantou o galho e deu uma bordoada tão forte no mais próximo que quebrou a espinha dorsal do animal. O outro olhou para trás assim que escutou o golpe. Era o que tinha perdido o maxilar. Mesmo assim, cego de raiva como estava, em vez de fugir, saltou para a margem com um pulo e investiu violentamente contra o negro, que só teve tempo de pular para o lado.

Preocupado com Yara, que estava a poucos passos dali, o Corsário Negro se lançou à frente, com a espada em punho. Rápido como um raio, barrou o caminho do monstro e, abaixando-se bruscamente, enfiou a lâmina na garganta dele.

Aquela nova ferida talvez não fosse suficiente para deter o animal sem a intervenção do negro.

Evitando a cauda que espalhava água e lama ao mesmo tempo, o valente africano levantou o galho de novo, gritando para o Corsário;

— Para trás, senhor!

Ouviu-se uma pancada parecida com a quebra de uma árvore. As placas ósseas foram arrebentadas com aquele golpe tremendo.

Meio atordoado com aquela bordoada fortíssima, o réptil ficou parado por um momento, parecendo espantado, e depois, reunindo as últimas forças, rolou da margem e desapareceu na água, no meio de um círculo de sangue.

CAPÍTULO 15

A JANGADA

Além de ter perdido a baleeira, os flibusteiros também ficaram sem os víveres que estavam guardados nas duas caixas e boa parte da munição.

Por sorte, haviam conservado os fuzis com algumas centenas de cargas e também algumas cobertas que Yara tivera a precaução de levar consigo para se proteger da umidade da noite.

A situação deles, no entanto, não era das melhores. Estavam em uma ilhota, perdidos no meio de um pântano enorme que nenhum deles conhecia e que era infestado de caimãos ferozes.

— A situação está preta — disse Carmaux. — Sem chalupa e sem provisões.

— Ah, comida não vai faltar.

— Você está querendo dizer que os caimãos também podem ser comidos? — perguntou Carmaux, fazendo uma cara de nojo.

— A cauda deles não é ruim, compadre branco. Eu já comi várias vezes.

— Oh!... Um comedor de répteis!...

— Mas como vamos resolver o problema da chalupa? — perguntou Wan Stiller. — Tenho certeza de que nenhum de nós pretende ficar aqui até o resto da vida.

— Tem muita madeira aqui — disse o Corsário. — Será que meus marinheiros sabem construir uma jangada?

— Eu sou uma besta quadrada, senhor — disse o hamburguês. — Não tinha pensado nas árvores.

— E elas não poderiam estar mais visíveis — disse Carmaux, rindo.

— Moko, você está com o seu machado?

— Estou, capitão — respondeu o negro.

— Já que está dando para enxergar alguma coisa, vá derrubar algumas árvores.

Enquanto o africano e o Corsário percorriam as margens para escolher as plantas necessárias à construção da jangada, Carmaux e o hamburguês se embrenharam no meio das árvores para procurar comida.

Aquela ilhota era maior do que tinham imaginado, além de ser bem arborizada. No terreno liso, formado de folhas putrefatas, havia uma enorme abundância de diversas espécies de palmeiras e arbustos muito densos, entre os quais era bem possível encontrar também uma caça de bom tamanho.

Depois de ficar escutando por algum tempo, sem ouvir outra coisa a não ser os gritos dos macacos, Carmaux e Wan Stiller entraram decididamente no meio dos arbustos, avançando com cuidado.

Como o sol já tinha nascido, uma grande quantidade de pássaros chilreava no alto das árvores mais altas, e do meio das plantas aquáticas bandos de garças e de marrecos selvagens levantavam voo, fazendo uma balbúrdia ensurdecedora.

Entre as grandes folhas das tamareiras reais, das palmeiras e das caobas, diversos macacos estavam se divertindo, dando cambalhotas e berrando a plenos pulmões. Eram os bugios, ou macacos berradores, os mesmos que durante a noite assustaram tanto o bravo Carmaux.

Esses quadrúmanos, dotados de uma agilidade prodigiosa, antigamente eram numerosos também no México, mas agora só podem ser encontrados na América do Sul e, sobretudo, nas Guianas e na floresta virgem do Amazonas.

Possuem uma cor escura com reflexos avermelhados. As fêmeas, por sua vez, têm um pelame amarelado. Geralmente não passam de setenta centímetros de altura, mas que potência nos pulmões! Os berros desses símios são tão agudos que podem ser ouvidos a quilômetros de distância.

— Vamos ver se a gente encontra uma carne melhor antes de pensar nos macacos — disse Carmaux a Wan Stiller. — Esta ilhota deve estar bem abastecida de animais selvagens.

— Além disso, tem os bandos de garças — respondeu o hamburguês. — Vamos descontar nessas aves.

— Ei!... Com mil peixes-cães!

— O que aconteceu, Carmaux?

— Eu vi um animal fugindo para o meio do mato.

— Era grande?

— Do tamanho de um coelho.

A RAINHA DOS CARAÍBAS

— Ah! Se fosse um coelho de verdade!... Que belo assado a gente teria, Carmaux.

Já farejando um apetitoso assado, os dois flibusteiros correram para o meio do mato, onde tinha alguma coisa se mexendo. Um animalzinho, que não conseguiam distinguir direito ainda, fugia na frente deles, mas sem muita pressa. Quando chegaram perto de uma árvore velha, viram que ele se entrou depressa em um buraco no tronco, deixando para fora apenas uma cauda longa com pequenas escamas.

— Ah!... Seu malandro! Agora pegamos você! — gritou Carmaux, agarrando rapidamente aquele apêndice.

Tentou puxar, mas para sua surpresa não conseguiu tirar o animalzinho de lá de dentro.

— Com mil baleias! — exclamou ele. — Será possível que ele seja mais forte do que eu?... Mas é do tamanho de um coelho!

— Vamos ver o que está acontecendo — disse Wan Stiller, encostando um olho no buraco.

Como o furo era bem grande, viu que aquele bichinho tinha o dorso coberto com uma espécie de carapaça formada de placas ósseas, que pareciam ser muito resistentes, dispostas em cintas paralelas e de forma bem desigual.

— Não sei que animal é esse — disse ele. — Mas posso dizer que não é muito grande e, a julgar pelo tamanho, deveria ceder à força do seu braço.

— Será que eu perdi a força? — se perguntou Carmaux. — Mas não parece.

— Deixe-me tentar — disse Wan Stiller.

O hamburguês pegou a cauda com as duas mãos, apoiou um pé na árvore e começou a puxar com toda a força. Esforço inútil. O animalzinho resistia tenazmente, como se estivesse grudado no tronco da árvore.

— Pelos trovões de Hamburgo! — exclamou ele. — Isso é inacreditável!

Carmaux respondeu com uma risada sonora.

— E você ainda ri! — exclamou Wan Stiller, espantado.

— Puxe!... Puxe!... — respondeu Carmaux, dominado por uma hilaridade cada vez maior.

— Mas eu estou dizendo que esse animal danado está grudado na árvore com tarraxas!

— Errou, Wan Stiller, é com as unhas.

— Então você conhece esta espécie de... de... sabe-se lá o quê.

138

— De tatu-galinha.

— Fiquei na mesma.

— Vou mostrar agora mesmo — disse Carmaux.

— Você conhece um jeito de tirá-lo daqui?

— Conheço, Wan Stiller.

— Nós dois puxando juntos?

— A gente ia arrancar a cauda sem conseguir tirar o animal. As unhas dele têm uma força capaz de competir com o aço.

— Então ele deve ser perigoso.

— Nem um pouco, hamburguês.

— Mas é comestível, pelo menos?

— Delicioso como um leitãozinho novo.

— Então vamos tirá-lo daí.

— Isso é muito fácil. Olhe!

Com uma mão ele pegou a cauda do tatu-galinha, com a outra tirou a navalha, introduziu no buraco da árvore e começou a picar com força.

Primeiro o animalzinho tentou se encolher sobre ele mesmo, depois abandonou o refúgio e caiu no chão. Sabendo que ele não era perigoso, Wan Stiller se inclinou e ficou olhando para ele com muita curiosidade.

Ele era um pouco maior do que um coelho, tinha pernas muito curtas e o dorso coberto de uma verdadeira carapaça de placas ósseas amareladas e muito resistentes, pelo que parecia, que desciam pelos lados. A cabeça, muito pequena, com um focinho pontudo, era protegida por uma espécie de viseira escamosa. As pernas, como já foi dito, eram bem curtas, e as patas tinham unhas fortíssimas e longas. Assim que caiu no chão, o animalzinho logo se dobrou sobre ele mesmo, fez correrem as placas, que pareciam dotadas de uma certa mobilidade, e recolheu a cauda. Desse jeito, ele ficou parecido com uma bola, perfeitamente protegido por aquela carapaça escamosa.

— Muito estranho — exclamou o hamburguês. — Ele está completamente fechado dentro da carapaça.

— Que certamente não vai protegê-lo contra nós — disse Carmaux, batendo violentamente no animal com a coronha do fuzil.

O pobre tatu-galinha deu um grito fraco por causa do golpe e se estendeu na mesma hora, sem vida.

— Aí está o nosso assado! — exclamou Carmaux, pegando-o pela cauda.

— Mas que raça de animais é essa? — perguntou Wan Stiller.

— São animais totalmente inofensivos, de hábitos noturnos na maioria, e que não causam problemas a ninguém — respondeu Carmaux.

— E o que eles comem? Mato?

— Não. Eles são carnívoros e como acaba sendo muito difícil para eles caçar algum animal, pois não são rápidos e praticamente não têm dentes, o principal alimento deles é a carniça. Dizem até que quando encontram um animal de porte grande morto, entram nele e vão comendo aos poucos, mas deixam a pele intacta.

— E você garante que são bons para comer?

— Tanto quanto as tartarugas. Stiller, meu amigo, vamos continuar a nossa caça?

— O que você pretende encontrar ainda?

— Vamos atirar em algumas garças.

Convencidos de que não havia outros animais naquela ilha, viraram em direção à margem, de onde chegava uma grande algazarra. Parecia haver grande quantidade de pássaros aquáticos ali.

De fato, quando chegaram perto do mangue, viram esvoaçando acima das plantas bandos de marrecos e garças maravilhosas com penas verdes. Com dois tiros, abateram um casal daqueles pernaltas e depois votaram ao acampamento, para não deixar o capitão impaciente. Quando chegaram lá, viram que Moko derrubara várias árvores jovens e cortara diversos cipós que iriam servir de corda.

Enquanto Yara se ocupava em depenar as duas garças, os flibusteiros verificaram se não havia caimãos perto da margem e logo deram início à construção da jangada.

Como eram todos muito habilidosos, em uma hora construíram uma embarcação capaz de transportar todos eles.

Como precaução, contornaram os bordos com galhos grossos, para impedir que os caimãos subissem na jangada, e no centro fizeram uma casinha com ramos e grandes folhas de palmeiras.

Às oito horas da manhã, depois de devorarem a refeição, os flibusteiros e a jovem indígena embarcaram, remando vigorosamente ou espetando o fundo lamacento do canal.

Depois que ultrapassaram as ilhotas, eles se viram diante de outra laguna cheia de plantas palustres e interrompida aqui e ali por bancos de areia, sobre os quais havia diversos caimãos cochilando.

140

A JANGADA

Bandos de pássaros aquáticos voavam sobre os canais, descrevendo giros caprichosos e gritando a plenos pulmões. De vez em quando, aqueles grupos barulhentíssimos desciam na laguna e pescavam os peixinhos ou os pequenos caranguejos que estavam escondidos na areia.

O Corsário subiu no telhado da casinha para abranger um horizonte maior e viu a distância uma linha escura, ininterrupta, que parecia indicar uma grande floresta.

— A terra firme está lá — disse ele. — Mas ainda vamos ter de fazer muito esforço para alcançá-la.

A jangada estava avançando devagar, pois a água daquela laguna era absolutamente estagnada e não soprava a menor brisa.

O hamburguês, Moko e até mesmo o Corsário empurravam com bastante força, mas com pouco proveito, pois as longas varas que serviam de remos na maioria das vezes escorregavam no fundo lamacento da laguna, expondo os remadores a quedas inesperadas.

Ao ver aquela massa flutuante chegar, alguns caimãos, atraídos pela curiosidade, de vez em quando vinham rondar em volta dos navegantes, mostrando os maxilares assustadores cheios de dentes longuíssimos. Mas não eram agressivos e se afastavam ao primeiro golpe de bastão que o hamburguês e Moko davam, com bastante força até. Ao meio-dia, a jangada chegou a um novo canal que, em vez de se dirigir para a linha escura que indicava terra firme, dobrava para o sul, abrindo caminho entre um número infinito de bancos de areia e de ilhotas cobertas de mangues e caniços altíssimos.

Do meio daquelas plantas, uma verdadeira nuvem de aves levantou voo, fugindo ao ver a jangada.

Havia diversos *pyrocephalus* com as penas da cabeça cor de fogo e as pernas muito curtas; bandos de *coclarnis*, que são parecidos com os nossos pintassilgos; e *sylvícoles* com maravilhosas penas douradas; garças; marrecos verdes; e cercetas estúpidas, que ficavam olhando tranquilamente para os navegantes, sem se espantar com os golpes de remo que o hamburguês dava.

Enfileirados indolentemente nos bancos, havia também diversos *zopilotes*, uma espécie de abutre pequeno com penas negras, que no México desempenham a função de lixeiros. São aves de rapina que se encarregam da limpeza das cidades, devorando avidamente todas as imundícies que os habitantes jogam nas ruas. Dotados de uma voracidade extraordinária,

141

A RAINHA DOS CARAÍBAS

podem engolir qualquer coisa sem sofrer. São capazes de dilacerar um homem atingido pelo cólera sem sentir efeito algum, da mesma forma que os marabus que povoam a índia.

— Este é o verdadeiro paraíso dos caçadores — disse Carmaux, que acompanhava com olhos ardentes as rápidas evoluções de todos aqueles bichos cheios de penas. — Se não estivéssemos com pressa, daria para a gente encher a pança. O que você acha, Stiller, meu amigo?

— Eu acho que você me deixou com água na boca — respondeu o hamburguês. — Olhe só que marreco fantástico!

— Um manjar dos deuses, meu caro.

— E aquele pássaro enorme, de aspecto briguento, o que será? Você está vendo, Carmaux?

— Aquele que está escarafunchando nos caniços?

— Ele mesmo, você está vendo?... É direitinho um guerreiro alado...

— É um *kamiki* — disse Moko.

— Fiquei na mesma, compadre saco de carvão — disse Wan Stiller.

— Preste atenção e já vai ver que espécie de pássaro é esse!... Olhe! Está se preparando para entrar em combate!...

— Com quem?

— Espere um pouco, compadre branco.

O pássaro em questão era um belo exemplar, animado, esbelto, armado com uma espécie de chifre que saía da cabeça, asas fortíssimas cobertas de longas penas rígidas e terminadas em esporões muito agudos.

Aquela ave, sobrevivente de uma era muito antiga, correu para uma mata de caniços, arrepiando as penas e dando um grito agudo, de guerra sem dúvida.

O Corsário Negro e Yara também foram até a borda da jangada para observar aquele estranho pássaro.

— O *kamiki* está se preparando para atacar — disse a jovem indígena. — É uma ave corajosa, que não tem medo de veneno.

— Quem ele vai atacar? — perguntou o Corsário.

— As cobras que estão escondidas no meio dos caniços — respondeu Yara.

— Então esse é um pássaro serpentário?

— É, meu senhor. Daqui a pouco vamos vê-lo em ação.

O *kamiki* correu novamente para os caniços, batendo as asas com força e jogando à frente a cabeça armada. Parecia decidido a desentocar o

142

A JANGADA

adversário que se mantinha obstinadamente escondido, já sabendo com que tipo perigoso de inimigo seria obrigado a se confrontar.

Mas de repente uma serpente apareceu no meio dos caniços, negra como o ébano, grossa como um punho e com a cabeça muito achatada.

Era uma cobra aligátor, um réptil muito comum nos pântanos da América Central.

Ao ver o *kamiki* decidido a combater, se atirou contra ele com uma coragem desesperada, tentando surpreendê-lo e mordê-lo.

O pássaro, já acostumado com aquele tipo de luta, na mesma hora se abrigou atrás das asas armadas de esporões, agitando-as furiosamente para confundir o adversário. Este, furioso, sibilava e dardejava a língua em forquilha, se contorcendo, se abaixando e depois se alongando de novo com um tranco inesperado.

— Por Baco!... Que luta!... — exclamou Carmaux, que estava acompanhando com atenção os movimentos dos dois adversários. — Como será que ela vai acabar?

— A cobra vai levar a pior — respondeu Yara.

— Será possível que aquela ave tem condições de vencer?... E se for mordida?

— Não vai ser.

Dotado de uma agilidade extraordinária, o *kamiki* não ficava um minuto parado.

Saltava para frente, ameaçando o réptil com o bico agudo, em seguida recuava depressa, usando as asas como escudo, em seguida voltava a atacar. A luta já durava alguns minutos, quando o *kamiki*, achando que o adversário estava suficientemente cansado e desorientado, se atirou decididamente à frente.

Agarrar a cobra aligátor com o bico robusto, aturdi-la com dois poderosos golpes de asas e jogá-la para o alto foi coisa de um minuto.

Depois de jogá-la a uma altura de dez ou doze metros, deixou que caísse bruscamente no chão e atacou de novo com o bico, quebrando a cabeça do réptil.

Feito isso, começou a comê-lo com tranquilidade, como se fosse uma inofensiva enguia.

— Bom apetite — gritou Carmaux.

A corajosa ave, saciada, já estava indo embora, procurando uma nova presa.

143

CAPÍTULO 16

CAÇA AO PEIXE-BOI

Ao anoitecer, a jangada, que ainda não conseguira chegar à terra firme, estava amarrada perto da margem de uma ilhota coberta por densa vegetação. Diversas palmeiras de espécies variadas se elevavam a grande altura atrás dos mangues e dos caniços palustres, misturadas a samambaias arborescentes de aspecto imponente e a mognos de madeira preciosa.

Depois de remar sob um sol implacável durante o dia inteiro, os flibusteiros estavam exaustos e sedentos, pois ainda não haviam encontrado uma gota de água doce. Experimentaram várias vezes a da laguna, mas ela era sempre salobra, pois também nos canais existia o fluxo e o refluxo do mar.

— Estou achando, meus bravos, que seremos obrigados a passar esta noite sem molhar a boca — comentou o Corsário. — Enquanto não chegarmos a um rio, não encontraremos água doce.

— Espere, patrão — disse de repente Moko, que há alguns instantes estava observando atentamente as plantas da ilhota, ainda iluminadas por um último raio de sol.

— O que você está esperando encontrar aí, alguma fonte? — perguntou o Corsário. — Não deve existir nenhuma nestas terras pantanosas, saturadas de água do mar.

— Mas acho que vi uma planta que pode matar nossa sede, patrão.

— Uma árvore-fonte? — perguntou Carmaux, rindo.

— Algo bem parecido, compadre branco.

Os três flibusteiros e Yara desembarcaram e seguiram o negro, que já se embrenhara no meio das plantas, abrindo passagem com esforço entre as raízes, os cipós e os galhos dos arbustos.

O solo daquela ilhota não era pantanoso como o das outras. Ela não era um banco de areia coberto de vegetação, mas sim um verdadeiro pedaço de terra sólida, provavelmente com fundo rochoso.

Livres da umidade impregnada de sal marinho, as plantas se desenvolveram com exuberância, cobrindo toda a superfície da ilhota e atingindo dimensões extraordinárias.

Após ter percorrido cerca de duzentos passos, Moko parou diante de uma planta lindíssima, que crescia solitária no meio de um pequeno espaço aberto.

Era uma espécie de salgueiro, de mais de dezoito metros de altura, com o cume parecido com uma cúpula imensa, formada de folhas alongadas, grandes, mas não tanto quanto as das palmeiras.

Dos galhos e do tronco daquela estranha planta, a água escorria em uma quantidade tão grande que chegava a formar uma pequena poça embaixo. Era uma chuva contínua e abundante que caía no solo com um barulho monótono, uniforme.

— É uma verdadeira árvore-fonte! — exclamou Carmaux, espantado. — Nunca vi nada igual.

— É uma coisa realmente curiosa — disse o Corsário. — Que planta é esta?

— Um tamai-caspi[1], senhor — respondeu o negro.

— E de onde vem toda essa água? — perguntou o hamburguês.

— Provavelmente esta espécie de árvore absorve e condensa a umidade da atmosfera por meio de órgãos especiais — disse o Corsário. — Nas Canárias também tem plantas que dão água em abundância.

— E essa árvore fica sempre chovendo? — perguntou Carmaux.

— Nunca para — respondeu Moko. — E ainda verte uma quantidade ainda maior de água quando os rios são escassos e as fontes, secas.

— Então vamos aproveitar — disse Carmaux. — Mesmo que Moko nos garanta que essa árvore não para de chover, estou com medo de que ela canse de uma hora para outra.

Mas Carmaux não estava só com sede. Também tinha muita fome, e como as provisões haviam sido consumidas durante a jornada, sem ser renovadas por causa da proibição absoluta de usar armas de fogo, ele virou de novo para o compadre saco de carvão e perguntou:

— A água é ótima para beber — disse ele. — Mas acabei de descobrir que as lágrimas desse tamai-caspi só conseguem lavar os meus intestinos. E se você, Moko, conhece tudo mesmo, está na hora de achar uma outra árvore que forneça uma coisa mais sólida.

---

[1] Esta planta atualmente só pode ser encontrada em alguns vales do Peru e da Bolívia.

A RAINHA DOS CARAÍBAS

Bem naquele instante, ouviram um grito estranho vindo do lado da laguna, que parecia ter sido dado por um animal grande.

— O que é isso? — perguntou Carmaux.

— Um manati! — exclamou a jovem indígena, olhando para Moko.

— É — respondeu ele.

— Vocês estão se referindo a um peixe-boi? — pergunto o Corsário.

— Estamos, capitão. Uma caça deliciosa.

— Tão deliciosa quanto difícil de caçar.

— Vamos conseguir, capitão.

— Sem usar os fuzis?

— Um arpão é suficiente.

— E se não tivermos um?

— Podemos fazer, senhor. Compadre branco, você tem um barbante?

— Até dez, se você precisar — respondeu Carmaux. — Um marinheiro nunca fica sem uma corda.

Um segundo grito ecoou mais perto. O animal em questão devia estar próximo à margem da ilhota. O negro quebrou um galho comprido, quase reto, tirou as folhas e em seguida, amarrou com força a sua navalha em uma das extremidades, fazendo assim uma espécie de lança de mais de três metros de comprimento.

Moko foi para o local em que estava a jangada. Chegando perto dos mangues que costeavam a ilhota, parou e observou atentamente a água do canal.

A escuridão já caíra, mas como não havia névoa naquele local, dava para enxergar muito bem tudo o que estava acontecendo na laguna.

A uma pequena distância da jangada, as plantas aquáticas se agitavam, como se um grande animal estivesse tentando abrir caminho entre elas.

— Ele está lá — disse o negro, virando para os flibusteiros. — Está pastando.

— E nós vamos ficar escondidos aqui?

— Por enquanto, vamos — respondeu Moko. — Ah!... Ali está ele!

O Corsário Negro e seus companheiros debruçaram sobre os mangues. No meio das plantas aquáticas, apareceu um peixe enorme, meio parecido com uma foca, com o focinho alongado em vez de redondo.

— É o manati? — perguntou Carmaux em voz baixa.

— É — respondeu Moko.

— É bem grande.

— Não vamos deixá-lo escapar — disse o Corsário.

146

CAÇA AO PEIXE-BOI

— Não se mexam — ordenou o negro.

Ele brandiu a lança e entrou decididamente no meio dos ramos contorcidos dos mangues, sem fazer o menor barulho.

O peixe-boi continuava meio submerso, mas de vez em quando levantava a cabeça, como se estivesse tentando ouvir algum ruído. Será que já tinha percebido a presença dos inimigos? Era provável, pois ele interrompeu a refeição.

De repente, Moko surgiu de supetão na extremidade dos mangues. A longa haste atravessou o espaço e caiu bem cima do dorso do peixe-boi, penetrando profundamente na carne.

— Para a jangada! — gritou o negro.

Os três flibusteiros correram para a embarcação, junto com Yara, Moko ia à frente, empunhando o machado.

Ferido, mortalmente talvez, o peixe-boi se debatia com uma fúria tremenda no meio das plantas aquáticas, dando grunhidos que logo ficaram roucos.

Ele saltava entre os caniços, despedaçando-os sob o próprio peso, mergulhava ruidosamente, levantando verdadeiros vagalhões que iam se quebrar entre as raízes dos mangues com enorme estrondo, depois voltava a aparecer, soprando e bufando.

Apesar daqueles esforços desesperados, a lança continuava enfiada nas costas, causando ainda mais dor e aumentando a perda de sangue com aqueles movimentos incessantes.

— Vamos lá!... Vamos lá!... — gritou o Corsário, correndo para a proa com a espada em punho.

Vigorosamente impulsionada para frente por Carmaux e Wan Stiller, a jangada atravessou depressa o canal e chegou perto do pobre mamífero, que acabou ficando preso nas raízes dos mangues.

Moko levantou o machado. Houve um golpe surdo, como se alguma coisa tivesse quebrado, e em seguida um longo grunhido.

— Ele é nosso — gritou o negro.

Com a cabeça quebrada por uma tremenda machadada, o peixe-boi encalhou em um banco de areia e ali exalou o último suspiro.

— Aí está a nossa comida — disse Moko, se preparando para cortar a caça.

— E que comida! — exclamou Carmaux. — Teríamos de ser uns cem para comer tudo isso.

147

A RAINHA DOS CARAÍBAS

O Corsário se inclinou sobre o mamífero e estava observando com curiosidade. Aquele habitante dos rios e das lagunas da América Central e meridional tinha quase cinco metros de comprimento, mas não era dos maiores, pois esses mamíferos chegam a atingir sete, às vezes oito metros.

Parecia uma foca, mas o focinho era alongado e também um pouco chato. Em vez de barbatanas, tinha duas pernas largas e a cauda muito longa. Sob o peito tinha mamilos bem inchados de leite.

Esses mamíferos atualmente são raros. Mas ainda podem ser encontrados alguns no Orenoco, no Amazonas, perto da foz dos rios da Guiana e nas margens de Honduras, e alguns também no México. São absolutamente inofensivos, pois não têm nenhum meio de defesa, e se alimentam exclusivamente de plantas aquáticas. Como as focas, vivem tanto na água como em terra, mas é difícil subirem nas margens, sabendo que perdem a agilidade quando estão fora do seu elemento, pois não foram feitos para caminhar.

Com algumas machadadas, Moko separou a parte inferior do peixe-boi. Era um belo pedaço que devia pesar uns vinte quilos, mais do que suficiente para alimentar muito bem os flibusteiros durante alguns dias. O resto foi abandonado no banco para os caimãos.

Voltando à ilhota, os flibusteiros acenderam uma bela fogueira e puseram um pedaço do peixe-boi para assar enfiado no bastão de ferro de um fuzil. E assim fizeram uma refeição deliciosa. A noite transcorreu sem problemas, embora alguns caimãos houvessem lutado várias vezes em volta da ilhota.

No dia seguinte, os flibusteiros embarcaram com a esperança de poder chegar a terra firme antes do pôr do sol.

Como o vento estava favorável, para aumentar ainda mais a velocidade da jangada, colocaram no alto da casinha diversos galhos frondosos que, bem ou mal, poderiam fazer as vezes de uma vela. Ao meio-dia, depois de terem percorrido numerosos canais e ultrapassado muitas ilhotas, o Corsário sentou no telhado para poder abranger um trecho maior da laguna. Descobriu uma coluna de fumaça subindo do meio das árvores que cobriam a terra firme.

— Serão os espanhóis ou os indígenas? — se perguntou ele.

— Não devem ser espanhóis — respondeu o gigante. — Nesta região, que eu saiba, não existem cidades. Devem ser indígenas.

— E você, Yara, o que me aconselha a fazer?...

148

CAÇA AO PEIXE-BOI

— Ir até aquele acampamento, meu senhor — respondeu a jovenzinha. — Vocês não têm nada a temer por parte dos indígenas, e assim talvez a gente consiga informações importantes.

— Então vamos para a costa — disse o Corsário, depois de ficar indeciso por alguns instantes.

A jangada embocou então em um amplo canal que parecia se dirigir exatamente para aquela coluna de fumaça.

Como o vento estava muito favorável, a embarcação podia avançar com certa velocidade, deixando na popa uma larga esteira gorgolejante. Ilhas e ilhotas apareciam sem parar à direita e à esquerda do canal, algumas cobertas de caniços e mangues, outras, de árvores altíssimas e muito frondosas. De vez em quando, nas margens, havia famílias de caimãos ocupadas em aproveitar o sol.

Os menores brincavam com as mães, correndo uns atrás dos outros, se mordendo e se jogando na água.

Às duas horas, apenas meio quilômetro separava a jangada da terra firme. A praia muito baixa era coberta de plantas de tronco alto. Havia palmeiras de espécies variadas, mognos, samambaias arborescentes fantásticas, além de muitos cedros.

A coluna de fumaça não podia mais ser vista, mas mesmo assim o Corsário esperava conseguir chegar ao acampamento indígena, que ficava em uma posição elevada.

— Mais um último esforço, amigos — disse ele a Carmaux e seus companheiros, que remavam com muito esforço, pois o vento não era mais favorável. — Depois vocês descansam até amanhã.

— Nós vamos logo procurar o acampamento? — perguntou Carmaux.

— Você prefere descansar um pouco, não é verdade, marinheiro? — disse o Corsário.

— Melhor ainda, preparar a comida, capitão — respondeu o flibusteiro, rindo. — Ainda tem um belo pedaço de peixe-boi para pôr na fogueira.

— Então vamos comer — disse o Corsário. — Mais tarde a gente procura o acampamento.

— Compadre saco de carvão, você pode vasculhar a floresta. Deve ter frutas no meio dessas plantas.

— E mel também — respondeu o negro, que toda hora olhava para as árvores com muita atenção.

149

— Você disse mel?... Pelo ventre de uma baleia! Você achou alguma colmeia?

— Não. Formigas, compadre branco.

— Formigas? — exclamou Carmaux, olhando espantado para o negro. — O que as formigas têm que ver com o mel que você prometeu?

— Venha comigo, compadre, e vai descobrir,

— Vamos atrás dele — disse o Corsário, tão espantado quanto Carmaux.

O negro escorregou para o meio de dois arbustos e parou diante de um pequeno monte de areia, de pouco mais de um metro de comprimento e dez ou doze centímetros de altura, que estava ao lado de uma palmeira enorme.

— O que é isso? — perguntou Carmaux.

— Um formigueiro — respondeu o negro.

De um buraco aberto no centro daquele monte em forma de funil saíam algumas formigas naquele momento, bem maiores do que as nossas e com o ventre muito inchado, parecendo um pequeno bago de uva.

Moko pegou uma, esmagou entre os dedos e levou ao lábio, chupando com voracidade.

— Puah! — fez Carmaux.

— Está cheia de mel — informou Moko[2].

Em seguida, dividiu o formigueiro ao meio com a navalha, deixando aparecer uma série de galerias e quartinhos separados por pequenas paredes feitas de pedrinhas cimentadas com lama.

Continuando a cavar na direção daquelas galerias que ferviam de formigas, com um último golpe ele levantou um torrão de terra e mostrou aos flibusteiros espantados oito celas de forma oval, de quinze a vinte centímetros de largura, dez de comprimento e dois de altura no centro. Aqueles depósitos estavam cheios de uma substância escura que exalava um odor ligeiramente ácido.

— Compadre branco, enfie o dedo aí e experimente — disse Moko.

— Não estou confiando muito nisso — disse o marinheiro.

— Eu experimento, então — disse o Corsário.

— É mel. E muito saboroso — disse ele.

— Tem certeza de que é mel mesmo, capitão? — perguntou Carmaux.

[2] Os naturalistas denominaram essas formigas de *Myrmecosystus melliger*.

— Claro! E delicioso, Carmaux. É um pouco mais ácido só, por causa do ácido fórmico desses insetos.

— Quem poderia imaginar que neste país as formigas produzem mel como as abelhas? Se tivessem me contado, decerto eu não acreditaria.

— Experimente, Carmaux — disse Wan Stiller. — É mel mesmo.

— Vamos pegar um pouco. Vai ser a nossa sobremesa depois do assado — disse o Corsário.

Moko foi buscar uma folha de palmeira bem larga, fez uma espécie de saquinho e encheu de mel.

— Deve ter quase um quilo e meio — disse o negro.

— Uma pena não termos uns biscoitos — disse Carmaux.

— Vamos comer com banana — respondeu o negro. — Espero encontrar algumas.

Depois de esvaziar todos os depósitos, os flibusteiros voltaram ao acampamento, passando por diversos formigueiros.

Os pobres insetos, espantados dos ninhos, fugiam para todos os lados, como um exército desbaratado. Provavelmente ficavam esperando a partida dos saqueadores para voltar às galerias e recomeçar a construção destruída pelo negro.

Essas formigas trabalhadeiras são muito numerosas na América Central, principalmente no México, no Novo México e no Colorado.

Mas temos de acrescentar que são muito perseguidas também, tanto pelos homens quanto pelos animais, sobretudo pelos ursos formigueiros, que, além de devorar o mel, comem também os produtores. O mel guardado nas suas celas é quase igual ao de abelhas, tendo um gosto muito agradável, mas sem perfume. É uma solução quase pura de açúcar, mas sem vestígios de cristalização. Somente no verão fica um pouco ácido.

Elas extraem aquela substância da borracha açucarada da noz-de-gralha produzida pelo sobreiro ondulado e calcula-se que são necessárias mais de novecentas formigas para produzir trezentos gramas.

Os mexicanos, e principalmente os indígenas, consomem esse mel em grande quantidade e sabem também fazer uma bebida muito gostosa de alto teor alcoólico com ele.

CAPÍTULO 17

VERACRUZ

Depois de descansar algumas horas e acalmar a fome, os flibusteiros se puseram em marcha para procurar o acampamento indígena.

Com receio, no entanto, de que os indígenas pudessem na verdade ser espanhóis, Moko, que era o mais rápido de todos, foi enviado na frente para explorar a região. A floresta que estavam atravessando era muito fechada e formada de diversas plantas diferentes, que cresciam tão perto umas das outras que às vezes tornavam a passagem muito difícil.

Havia bananeiras magníficas, com folhas imensas e carregadas de cachos enormes de frutas suculentas; samambaias arborescentes fantásticas, de uma altura inacreditável; cedros colossais que exalavam um perfume delicioso, pois estavam em flor; belíssimas palmeiras de dez e às vezes até doze metros de altura, coroadas por longas folhas que caíam com elegância, cheias de espatas de uma maravilhosa cor turquesa e listas cor de fogo; também mognos de madeira preciosa, laranjeiras, palmeiras-da-cera e centenas de outras espécies variadas. Uma quantidade infinita de cipós circundava aquelas plantas, se entrelaçando de mil formas diferentes, serpenteando no nível do solo ou se enrolando em volta dos troncos e dos galhos das árvores.

Numerosos pássaros matraqueavam no meio da imensa abóbada de plantas. A maioria era de papagaios, mas também não faltavam as esplêndidas araras com belas penas cor de fogo, nem os canindés de asas turquesas e peito amarelo.

De vez em quando, ao longo dos troncos, fugiam lagartos horríveis, chamados iguanas ou teiús, de um metro a um metro e meio de comprimento, a pele escura com reflexos esverdeados, répteis que dão muito nojo de se ver, mas que também são muito apreciados pela delicadeza da sua carne, que lembra a de franguinhos novos, pelo menos de acordo com o que dizem os gastrônomos mexicanos e brasileiros.

VERACRUZ

Depois de andar durante uma hora, abrindo o caminho com muito esforço naquele caos de plantas, os flibusteiros encontraram Moko trezentos ou quatrocentos metros à frente.

— Viu os indígenas? — perguntou o Corsário.

— Vi — respondeu o negro. — O acampamento deles fica aqui ao lado.

— São muitos?

— Uns cinquenta, talvez.

— Já viram você?

— Eu falei com o chefe deles.

— Eles concordaram em nos dar hospitalidade?

— Concordaram, assim que eu disse que somos inimigos dos espanhóis e que há uma princesa indígena entre nós.

— Você viu se tem cavalos no acampamento?

— Uns vinte.

— Espero que eles nos vendam alguns — disse o Corsário. — Vamos, amigos, e se tudo der certo, prometo que amanhã estaremos em Veracruz.

Poucos minutos depois os flibusteiros chegaram ao acampamento indígena. Ele se compunha de cerca de vinte cabanas, feitas de ramos e estacas e habitadas por uma dúzia de famílias.

Era uma tribo minúscula, que preferiu a liberdade na floresta virgem ao duro trabalho de mineiro ao qual os ávidos conquistadores submetiam todos os peles-vermelhas naquela época.

Mas aqueles pobres indígenas eram bem miseráveis. Viviam apenas da caça e da pesca, e toda a riqueza deles consistia em vinte cavalos e em alguns carneiros. Informados de que os flibusteiros eram inimigos dos espanhóis, deram uma alegre acolhida ao Corsário e seus companheiros, pondo à disposição deles as melhores cabanas e oferecendo um carneiro, que logo foi degolado.

Pelo chefe, um velho que conhecia muito bem a região, o Corsário obteve informações importantes sobre o caminho a seguir para chegar a Veracruz. No dia seguinte, antes de amanhecer, o grupo foi embora da aldeia, depois de ter compensado generosamente a hospitalidade oferecida por aqueles bons indígenas. O Corsário conseguiu comprar cinco cavalos vigorosos, da raça andaluza, que prometiam ser capazes de andar muito sem cansar.

Ao meio-dia, depois de uma corrida endemoniada, os flibusteiros, que haviam pegado a estrada costeira, chegaram à altura de Jalapa, um pequeno povoado de pouca importância naquela época; e hoje, ao contrário, uma

153

A RAINHA DOS CARAÍBAS

das mais belas cidadezinhas do México. Fizeram uma parada de duas horas para que os cavalos, que fumegavam como crateras de vulcão, pudessem descansar um pouco, e às duas retomaram a marcha, ansiosos para chegar finalmente à cidade onde morava o odiado Wan Guld.

Foi só às sete horas da noite, porém, que conseguiram avistar no horizonte luminoso as torres com ameias do forte de San Juan de Luz, que estava então armado de sessenta canhões e tinha a fama de inconquistável.

Ao vê-lo, o Corsário Negro deteve o seu cavalo. Um lampejo terrível brilhou nos seus olhos e suas feições se alteraram.

— Está vendo, Yara? — perguntou ele com voz sombria.

— Estou, meu senhor — respondeu a jovem indígena.

— Você acha que ninguém é capaz de conquistá-lo, não acha?

— Dizem que é a fortaleza mais resistente do México.

— Muito bem. Em alguns dias vamos abaixar o estandarte da Espanha que está drapejando na torre mais alta.

— E eu vou ser vingada?

— Vai, Yara.

Dito isso, ele esporeou os flancos do cavalo e partiu a galope, atravessando as plantações de cacau que cobriam a planície. Às nove horas da noite, um pouco antes de a porta da cidade ser fechada, o grupo chegou sem obstáculos a Veracruz.

Atualmente essa cidade é uma das mais importantes e das mais populosas do México, mas naquela época tinha apenas a metade dos vinte e cinco mil habitantes que tem hoje. No entanto, também em 1683, era conhecida como um dos melhores e mais ricos portos do México, embora gozasse também a fama de ser um dos mais insalubres do grande golfo e um dos mais atingidos pelas tempestades. Os espanhóis estabeleceram ali um grande centro comercial e acumularam riquezas imensas. Também construíram sólidas fortificações para mantê-la protegido de um possível ataque por parte dos flibusteiros.

Guiado por Yara, que conhecia muito bem a cidade, pois morara ali por mais de dois anos, o Corsário Negro foi a uma pousada, ou melhor, um albergue, situado nas redondezas do forte de San Juan de Luz. Mais precisamente ainda, se tratava de uma modesta taberna frequentada por marinheiros e condutores de mulas, onde era possível ter uma péssima cama e uma magra refeição por cinco piastras por cabeça.

O proprietário, um gordo andaluz que devia ser grande amante do generoso vinho espanhol, a julgar pela cor avermelhada do nariz, farejando

154

nos recém-chegados bons clientes, logo pôs à disposição os dois únicos quartos do albergue e a cozinha.

— Estamos com muita fome — disse Carmaux, fingindo ser o mordomo. — Queremos uma ótima refeição e, principalmente boas garrafas de bebida. Don Guzman de Soto, o meu patrão, é um homem que não economiza piastras.

— Sua Excelência não terá do que reclamar — respondeu o andaluz, se inclinando com humildade.

— Ah!... Eu estava me esquecendo de uma coisa — disse Carmaux, assumindo o ar de uma pessoa importante.

— O que deseja Sua Excelência?

— A minha excelência gostaria de pedir uma informação.

— Sou todo ouvidos.

— Gostaria de saber como está o amigo do meu senhor, o duque Wan Guld. Faz muito tempo que não o vemos.

— Gozando de ótima saúde, Excelência.

— Ele continua em Veracruz?

— Continua, Excelência.

— E onde ele mora?

— Na casa do governador.

— Obrigado, amigo. Traga agora a comida e, principalmente, as garrafas de um bom vinho.

— Xerez e Alicante autênticos, Excelência.

Carmaux o dispensou com um gesto majestoso e foi para perto do Corsário, que estava conversando animadamente com Yara em um dos dois quartos colocados à disposição deles pelo dono do restaurante.

— O flamengo está na cidade, capitão — disse ele. — O taberneiro me confirmou.

— Então você vai me levar à casa da marquesa de Bermejo, Yara.

— Esta noite mesmo?

— É melhor, porque os flibusteiros podem chegar amanhã.

— E se o duque não for à casa da marquesa esta noite? — perguntou Yara.

— Então vou atacá-lo no seu palácio e matá-lo do mesmo jeito.

— Uma façanha impossível, capitão — disse Carmaux.

— Por que você está dizendo isso?

— O taberneiro me contou que o duque é hóspede do governador. Como o senhor pretende entrar no palácio, que deve ser guardado por um monte de sentinelas?

— É verdade, Carmaux – disse o Corsário. — Mas tenho de encontrá-lo antes que os flibusteiros cheguem.

Naquele momento, o taberneiro entrou seguido de dois jovens negros que estavam trazendo bandejas cheias de pratos e garrafas.

Colocaram tudo em uma mesa já arrumada e em seguida, a um sinal de Carmaux, se retiraram, fechando a porta.

— O taberneiro fez verdadeiros milagres — disse Carmaux, inspecionando a comida e as garrafas como um verdadeiro entendido. — Aqui tem um belo marreco ao molho picante.

— E um bom pedaço de iguana assada — disse Moko. — Prato digno de um governador.

— E aqui temos um pedaço de carne de boi com vagens verdes.

— E essas garrafas! — exclamou Wan Stiller. — Caramba!... Xerez de 1650!... Málaga de 1660 e Alicante de 1500!...

Ficando de ótimo humor depois de um copo do excelente Málaga muito envelhecido, os flibusteiros atacaram animadamente a comida. Só o Corsário, muito preocupado, não fez muita honra à refeição, para enorme pesar de Carmaux, que não parava mais de louvar as delícias da comida e, principalmente, a qualidade do vinho.

Por volta das dez horas da noite, o Corsário se levantou, dizendo:

— Chegou a hora da vingança. Vamos.

Bebeu em um único gole o último copo de xerez, colocou a espada na cintura, se enrolou na grande capa felpuda e abriu a porta. Todos os outros também se levantaram.

— Devemos levar os fuzis? — perguntou Carmaux.

— Bastam as pistolas e as navalhas — respondeu o Corsário. — Se os espanhóis virem vocês armados, podem ficar desconfiados.

Avisaram o taberneiro que iriam voltar muito tarde, pois queriam visitar muitos amigos, e saíram, precedidos pela jovem indígena. As ruas estavam escuras e muito pouco frequentadas, pois naquela época os espanhóis tinham o costume de voltar cedo para casa. Apenas em alguns terraços havia pessoas gozando o ar fresco da noite.

Ao lado do Corsário, Yara caminhava sem hesitar. Embora tivesse ido embora de Veracruz há alguns anos, ainda conhecia de cor e salteado a cidade.

— Temos de andar muito? — perguntou o Corsário.

— No máximo quinze minutos — respondeu a jovem.

VERACRUZ

Estavam prestes a virar uma esquina quando o Corsário se chocou violentamente com um homem enrolado em uma capa enorme, que vinha vindo do lado oposto.

— *Tonnerre de Dieu!* — exclamou o desconhecido, dando um pulo para trás e se pondo na defensiva.

— Olhem só!... Um francês — exclamou o Corsário.

Ao ouvir aquela voz, o desconhecido abriu a capa e se aproximou rapidamente do Corsário, olhando com atenção para ele.

— O senhor de Ventimiglia! — exclamou ele então. — Mas que feliz coincidência!...

— Quem é você? — perguntou o Corsário, colocando a mão direita no punho da espada.

— Um homem de Grammont, cavaleiro.

— E como veio parar aqui? — perguntou o senhor de Ventimiglia, espantado.

— Vim à sua procura, cavaleiro.

— Você sabia que eu estava aqui?

— Grammont esperava que sim.

— E o que você tem para me dizer?

— Vim avisar o senhor que os flibusteiros já desembarcaram a duas léguas de Veracruz.

— E quando vão atacar a cidade?

— Amanhã ao amanhecer.

— Quando você chegou aqui?

— Há apenas três horas — respondeu o francês.

— A minha *Folgore* se reuniu à esquadra?

— Ela se reuniu, sim, cavaleiro, e desembarcou boa parte da tripulação.

— Você vai encontrar com Grammont?

— Imediatamente, cavaleiro.

— Então diga que os espanhóis estão tranquilos e até agora não têm a menor desconfiança.

— Algo mais?

— Diga também que esta noite eu vou pegar Wan Guld de surpresa e possivelmente matá-lo. Até logo. Amanhã, quando vocês entrarem, vou estar à frente.

— Boa noite e boa sorte, senhor de Ventimiglia — respondeu o francês, se afastando depressa.

157

— Rápido — disse o Corsário, virando para os seus homens. — Quando amanhecer, Laurent, Grammont e Wan Horn vão iniciar o ataque à cidade.

O grupo voltou a andar, entrando em uma ruela que serpenteava entre muros altos que circundavam jardins. Através das palmeiras avistavam vagamente construções bastante maciças que, com toda probabilidade, eram palacetes.

Yara percorreu cinquenta ou sessenta metros e parou de supetão em frente a um portão de ferro.

— Olhe, meu senhor — disse ela. — Talvez o homem que nós tanto odiamos e que você vai matar esteja lá.

O Corsário correu para o portão. Atrás dele se estendia um amplo jardim, cheio de palmeiras fantásticas e de canteiros de flores, e no fundo havia um palácio sólido, com uma torre quadrada no alto. Duas janelas do térreo estavam vivamente iluminadas. A luz filtrava pelas persianas abaixadas e se estendia pelos canteiros que se prolongavam diante da habitação.

— Será que ele está lá? — perguntou o Corsário a si mesmo, com uma voz terrível.

— Talvez, meu senhor — respondeu Yara.

— Moko, Carmaux, Wan Stiller, venham nos ajudar.

O negro, que era o mais alto de todos, e também o mais ágil, subiu no portão, depois estendeu uma mão ao Corsário e puxou-o sem esforço aparente, colocando-o do outro lado.

Executou a mesma manobra com os outros, sem a menor dificuldade.

Quando estavam todos reunidos sob a sombra escura de uma palmeira, o Corsário desembainhou a espada, dizendo a seus homens:

— Em frente e silêncio!

Uma alameda muito larga, flanqueada por duas fileiras de palmeiras e canteiros de flores que exalavam perfumes penetrantes, se abria diante dos flibusteiros. Depois de ter escutado durante alguns instantes, o Corsário ficou tranquilizado pelo profundo silêncio que reinava no jardim, rompido apenas pelo cricrilar monótono de alguns grilos, e avançou decididamente pela alameda, mantendo os olhos fixos nas duas janelas iluminadas. Ele se desembaraçou da grande capa felpuda e a jogou no braço esquerdo, enquanto empunhava a espada na mão direita. Carmaux e os seus companheiros haviam aberto as longas navalhas e estavam com as pistolas que traziam no cinto preparadas. Todos eles caminhavam com precaução,

158

a fim de não estalar os galhos ou as folhas secas que já haviam caído em grande quantidade.

Quando chegaram no final da alameda, o Corsário se deteve por um momento, olhando para a direita e para a esquerda.

— Não estão vendo ninguém? — perguntou ele aos seus homens.

— Ninguém — responderam todos.

— Moko, você se encarrega de Yara.

— O que devo fazer, patrão?

— Passe-a pela janela depois que eu entrar.

— E nós, capitão? — perguntou Carmaux.

— Assim que eu estiver lá dentro, fiquem de guarda na porta, para que ninguém possa me perturbar.

O Corsário atravessou a pracinha que havia na frente do palácio e se aproximou de uma das duas janelas iluminadas. Um gesto de alegria e de ameaça ao mesmo tempo informou aos flibusteiros que o homem procurado há tanto tempo estava lá dentro.

— Você o viu, meu senhor? — perguntou Yara com voz surda.

— Vi. Olhe! — exclamou o Corsário, enquanto a levantava à altura da janela.

Naquela sala maravilhosa, ricamente mobiliada com grandes espelhos venezianos e belíssimos cortinados, havia duas pessoas sentadas diante de uma mesa suntuosamente arrumada.

Em frente a um maciço candelabro de prata com doze velas, bem iluminado e comodamente estendido em uma poltrona de bambu trabalhado, estava um homem de seus cinquenta anos.

Era de estatura alta e bem forte, com uma longa barba já quase branca, olhos muito negros e ainda cheios de fogo e uma expressão ousada e um pouco dura.

Apesar da idade, era fácil perceber que aquele homem era tão vigoroso e robusto quanto um de quarenta, talvez até mais, e que ainda não perdera nada da agilidade da juventude.

O tempo enrugara a testa e embranquecera o cabelo e a barba, mas ainda não dobrara aquela fibra poderosa.

À primeira vista, parecia ser um espanhol, pois estava vestindo o rico costume castelhano de seda riscada com faixas largas, de cor violeta, com meias pretas, mas trazia uma larga faixa bordada que era usada pelos flamengos na época. Perto dele, também sentada, estava uma belíssima mulher, de seus trinta anos, com abundantes cabelos negros, olhos amendoados e pele ligeiramente bronzeada, com certeza uma andaluza ou sevilhana. Os dois estavam conversando com tranquilidade, bebericando um licor cor de âmbar em um copo de cristal.

— Você conhece essa mulher, Yara? — perguntou o Corsário com voz dura.

— Conheço. É a marquesa de Bermejo.

— E o homem, você conhece também?

— É o mesmo que destruiu toda a minha tribo.

— E que matou os meus irmãos — disse o Corsário.

Ele então levantou a persiana com violência e com um salto de tigre pulou para o parapeito e logo em seguida para a sala, gritando com voz sibilante:

— Agora é entre nós dois, duque!

A espada que empunhava se estendeu entre o velho e a marquesa, flamejando sinistramente à luz viva das velas. Ao ver o Corsário Negro aparecer, o duque deu um grito que traía ao mesmo tempo a surpresa e o espanto que sentiu. Em seguida, com um movimento súbito, correu para uma cadeira, sobre a qual estava a sua espada.

— O senhor! — exclamou ele, pálido como um fantasma.

— Então o senhor me conhece, duque? — perguntou o Corsário com uma entonação selvagem.

O velho não respondeu. Ficou olhando para o seu adversário com os olhos absurdamente dilatados, como se estivesse vendo uma aparição assustadora diante de si. A marquesa de Bermejo também se levantou, olhando com arrogância para o Corsário.

— O que vem a ser isso, senhor? — perguntou ela, com menosprezo na voz. — Quem é o senhor para se atrever a entrar com a espada em punho na casa da marquesa de Bermejo?... Talvez tenha pensado que aqui não há servos suficientes para atirá-lo pela janela... Saia!

— O senhor de Ventimiglia está acostumado a sair pelas portas, e não pelas janelas, senhora, nem que seja preciso passar pelo cadáver de cem homens — respondeu orgulhosamente o Corsário.

— O senhor de Ventimiglia!... O Corsário Negro!... — balbuciou a marquesa, estremecendo.

— Carmaux, amigos, todos comigo! — gritou o flibusteiro.

160

VERACRUZ

Os três marinheiros e Yara entraram correndo na sala. Carmaux e Wan Stiller na mesma hora foram para as duas portas, para impedir que o duque fugisse e que os servos entrassem.

A jovem indígena, por sua vez, se aproximou do velho flamengo, dizendo com voz trêmula:

— Você se lembra de mim, duque?...

Um grito estrangulado escapou dos lábios de Wan Guld:

— Yara!...

— Isso mesmo, aquela Yara que jurou vingar um dia a destruição da sua tribo. Nesta noite, as sombras dos meus irmãos abandonaram os abismos do mar para assistir à sua morte — gritou o Corsário Negro. — Defenda-se, porque vou matar você.

— Pretende me assassinar?

— Sou muito cavalheiro para trucidar uma pessoa indefesa. Carmaux, leve a senhora daqui.

— Senhor — disse a marquesa com orgulho. — Os meus antepassados combateram mais de uma centena de batalhas, e eu atirei contra os flibusteiros de cima dos muros de Gibraltar. Quero assistir a tudo o que está prestes a acontecer dentro da minha casa.

— Tem razão, marquesa — disse o senhor de Ventimiglia, fazendo uma inclinação. — Mas peço a gentileza de se afastar para um canto, para me deixar livre.

— Livre para matar o duque?

— Isso mesmo, marquesa.

— É ele que vai matá-lo.

— Isso veremos, senhora.

Durante aquela troca de palavras, o duque ficou imóvel, ligeiramente apoiado em sua espada. Continuava muito pálido, mas, como velho homem de guerra que era, logo recuperou a calma e a audácia diante do perigo.

— E agora é entre nós, duque — disse o Corsário, cumprimentando com a espada. — Um de nós não vai sair vivo desta sala.

Um sorriso irônico surgiu nos lábios do duque.

Ele estava prestes a se pôr em guarda quando levantou a espada e disse:

— E se eu o matar?

— O que quer dizer com isso?

— Depois seus homens vão me assassinar.

161

— Os meus homens já receberam a ordem de não se intrometer nos nossos assuntos. Sou um cavalheiro, senhor.

— Tome cuidado! Eu sou o primeiro espadachim de Flandres.

— E eu, o melhor de Piemonte, duque.

— Então, tome!...

Com uma agilidade inacreditável em um homem de idade tão avançada, o duque se arremessou inesperadamente para cima do Corsário, com a esperança de pegá-lo de surpresa.

Mas com um movimento fulminante, o senhor de Ventimiglia levantou o braço esquerdo, protegido pela capa, aparando a estocada em suas pregas.

— Isso não foi honesto, duque — disse ele.

— Quero vingar a minha filha! — berrou o velho com uma voz medonha.

— E eu, os meus três irmãos que você assassinou! — gritou o Corsário.

CAPÍTULO 18
GOLPES DE ESPADA E TIROS DE FUZIL

Aqueles dois homens ferozes, nos quais a intensidade do ódio era a mesma, se atacaram com um verdadeiro furor, decididos a não dar trégua.

Sendo ambos valorosos e experientes na difícil arte da esgrima, iria demorar muito até que as suas lâminas derramassem o sangue de um ou de outro. Depois dos primeiros golpes, o Corsário ficou mais cuidadoso. Percebeu que iria enfrentar uma espada terrível, que não ficava atrás da sua, e refreou os ataques impetuosos, impondo calma a seus nervos. O duque, embora não fosse mais jovem, lutava magnificamente, aparando com destreza as estocadas fulminantes do seu adversário e atacando sempre que a ocasião se apresentava.

Todos estavam quietos. A marquesa, apoiada em uma cadeira, acompanhava com atenção os movimentos dos dois adversários como diletante; os flibusteiros, encostados nas portas, mas com as navalhas em punho, não tiravam os olhos do seu capitão. Somente Yara parecia estar muito emocionada. Agachada em um canto da sala, olhava fixamente para o Corsário com os olhos úmidos. A pobre moça receava pelo seu vingador e protetor, talvez, e tinha um sobressalto todas as vezes em que o via aparar um bote ou dar um passo à frente.

As duas espadas, manejadas com habilidade por aqueles dois homens terríveis, chiavam e flamejavam à luz forte das velas.

O choque do aço era o único ruído que rompia o silêncio da sala.

O Corsário ia sempre no encalço do adversário, com muita velocidade, o que estava acabando por cansar o duque. Todas as vezes em que este dava sinal de que ia recomeçar o ataque, o flibusteiro multiplicava as estocadas e as fintas, impossibilitando qualquer reação já estudada. O duque estava começando a perder a calma e a ficar exausto. Um suor abundante banhava a sua testa e a respiração estava ficando cada vez mais ofegante. O Corsário, ao contrário, parecia ter acabado de se pôr em guarda. Nenhuma gota de suor e nenhum indício de cansaço. Parecia até que a agilidade dele estava aumentando pouco a pouco. De repente o duque, acuado e levando uma chuva de estocadas, deu o primeiro passo para trás.

Um grito escapou dos lábios da marquesa de Bermejo.

— Ah!... Duque!...

— Silêncio, senhora — trovejou o Corsário.

Espicaçado talvez pelo grito da bela marquesa, que ecoou como uma reprovação, com um ataque fulminante o duque tentou recuperar o terreno perdido, mas em vez disso levou uma estocada que rasgou sua túnica bem na altura do coração.

— Morte do inferno! — gritou ele, furioso.

— Curto demais — respondeu o Corsário.

— Este vai ser mais longo — disse o duque, indo a fundo com um bote de segunda.

— Agora tome essa — respondeu o Corsário, aparando o golpe. Afastando-se bruscamente, ele se curvou quase até o chão, deslocando ao mesmo tempo a perna esquerda. Era o famoso golpe do cartucho, um dos mais perigosos da escola italiana.

O duque, que talvez o conhecesse, evitou a tempo, dando um salto para trás. O bote foi aparado, mas ele perdeu mais dois passos e estava quase encostado na parede.

Percebendo, contudo, que já chegara à extremidade da sala, o duque rompeu a sua linha, recuando obliquamente para um canto. Queria retardar por alguns minutos o instante em que se veria encostado na parede ou tinha algum objetivo secreto?

Quando o viu tomando aquela direção, Carmaux enrugou a testa e olhou atentamente para aquele canto, mas não encontrou nada que pudesse confirmar a suspeita que passara pela sua cabeça.

— O que será que essa raposa velha está pretendendo? — se perguntou ele. — Essa rota oblíqua não está me agradando nem um pouco. Temos de ficar de olhos bem abertos e prontos para agir.

Totalmente ocupado em ir no encalço do adversário com vigor, o Corsário não deu importância àquela marcha suspeita.

Já convencido da superioridade do Corsário, o duque não atacava mais. Toda a sua atenção estava concentrada em aparar os golpes. Continuava

164

recuando, primeiro testando o terreno com o pé esquerdo, para não acabar inesperadamente sentado em alguma cadeira, e estava cada vez mais próximo do canto da sala.

— Você é meu! — gritou de súbito o senhor de Ventimiglia, avançando mais um passo. — Assassino dos meus irmãos, finalmente peguei você

O duque já chegara ao canto e se apoiou na parede,

Carmaux, que não o perdia de vista, sempre desconfiando de alguma surpresa, viu quando ele escorregou a mão esquerda pela tapeçaria, como se estivesse procurando alguma coisa.

— Cuidado, capitão! — gritou ele.

Mal pronunciara aquelas palavras quando uma faixa da parede se abriu atrás do duque.

— Traidor! — gritou o Corsário, vibrando uma estocada.

Era tarde demais. O duque se atirou para trás e a porta secreta fechou de repente na frente dele, com um estrondo enorme.

Um grito terrível, um verdadeiro urro de fera ferida, escapou da garganta do Corsário.

— Fugiu de novo!

Carmaux, Wan Stiller e Moko correram para a parede.

— Moko! — berrou o Corsário. — Quebre essa porta!

O negro se atirou contra a parede com o impulso de um aríete. Aquela massa enorme fez tremer a sala inteira com um choque assustador, mas a porta, talvez fechada por dentro com um mecanismo misterioso ou com algumas barras de ferro, não cedeu sob o forte golpe.

— Temos de encontrar a mola, capitão! — gritou Carmaux.

Deslizou os dedos sobre a tapeçaria e sentiu uma pequena saliência. Sem ligar para a dor, deu um soco fortíssimo.

Ouviram um estalo, como se uma mola tivesse agido, mas a porta não abriu.

Naquele instante, ouviram uma voz conhecida gritando no jardim:

— Estão lá dentro!... Matem-nos como cães raivosos!... São flibusteiros!...

— Raios! — gritou Carmaux. — A marquesa!...

Virou para dar uma rápida olhada na sala. Aproveitando a confusão, a marquesa de Bermejo escapou e foi acordar os servos.

— Capitão — disse Carmaux. — Acho que chegou o momento de deixar o duque em paz e pensar na nossa pele.

165

A RAINHA DOS CARAÍBAS

Nem bem acabou de dizer aquela frase, uma detonação ribombou em uma das janelas, apagando de uma vez todas as velas do candelabro.

A bala, mal atirada, assobiou no ouvido do Corsário.

— Para as janelas! — gritou Carmaux. — Temos de fechar as venezianas!

Ao ver um homem tentando subir no parapeito, armou depressa a pistola e atirou

O disparo foi seguido por um grito de dor.

— Menos um! — gritou Carmaux, fechando apressadamente as venezianas.

Enquanto isso, o negro fechou as da outra janela, evitando um golpe de alabarda dado por um servo que subira no parapeito.

Mas o agressor pagou caro pela audácia, porque o negro respondeu com um soco tão forte que ele rolou no jardim, meio morto.

— É preciso fazer uma barricada na porta agora! — gritou o Corsário, tentando pela centésima vez, sem sucesso, disparar o botão da passagem secreta.

Sem perder tempo, os três flibusteiros empurraram a mesa para as duas portas, depois dois pesados armários e um sofá muito maciço.

Assim que terminaram, ouviram alguém bater ruidosamente em uma das portas.

— Abram! — gritou a marquesa com voz autoritária. — Abram ou eu mando chamar os soldados agora!...

Momentaneamente conformado em deixar em paz o duque, que já devia estar bem longe, o Corsário correu para a porta, gritando:

— O que a senhora quer?

— Quero que se rendam.

— Então mande os seus homens nos prenderem, se tiverem coragem.

— Dentro de pouco tempo o duque estará aqui com os soldados do governador.

O Corsário observou o relógio e olhou para seus homens:

— São duas horas — disse ele. — A esta hora, os flibusteiros de Grammont, de Wan Horn e de Laurent estão vindo para a cidade. Só precisamos resistir durante umas duas horas.

— Será que conseguimos, capitão? — perguntou Carmaux. — As venezianas não são muito fortes e devem ceder aos primeiros golpes de traves.

— É verdade, Carmaux — disse o Corsário, pensativo.

Naquele instante, a marquesa gritou do lado de fora:

166

— Vocês vão se render ou não, senhor de Ventimiglia?

— Vamos, senhora marquesa — respondeu o Corsário.

Em seguida, virou para os três flibusteiros e disse em voz baixa:

— Assim que a marquesa aparecer, agarrem-na e tragam-na para cá. Ela vai ser um refém precioso.

— E os servos? — perguntou Carmaux.

— Moko e eu os enfrentamos. Vamos ver quanto tempo eles resistem.

— Meu senhor — disse Yara, se aproximando do Corsário — você está correndo ao encontro da morte.

— Não tenha medo, minha brava jovem.

— Eles têm fuzis.

— E eu tenho a minha espada, que é mais infalível do que as balas, Yara. Vá para um canto. Não quero que você seja atingida por um tiro.

Enquanto a jovem indígena se abrigava contra a vontade atrás de uma cômoda, Moko, Carmaux e Wan Stiller retiravam os móveis que serviam de barricada nas duas portas, mas sem afastá-los demais para que pudessem usar de novo a fim de improvisar uma nova barricada, caso fosse preciso.

— Terminaram? — perguntou o Corsário, empunhando a espada com a mão direita e uma pistola com a esquerda.

— Um momento — disse Moko.

Com um puxão violento, ele arrancou uma trave da mesa, uma barra de madeira maciça muito grossa, que se transformava em uma arma terrível nas mãos daquele atleta.

— Aqui está um porrete feito para mim — disse ele. — Vai servir para limpar o terreno dos adversários.

— Abram! — comandou o Corsário.

Carmaux obedeceu na mesma hora. Assim que os dois batentes foram empurrados, a marquesa apareceu com uma pistola na mão direita e um castiçal de prata na esquerda. Atrás dela havia oito ou dez servos, na maior parte mulatos, alguns armados de fuzis e outros de alabardas e espadas.

Com um impulso tremendo, Carmaux se atirou contra a marquesa. Arrancar a pistola da mão dela, carregá-la nos braços fortes e levá-la para a sala foi coisa de poucos instantes.

Imediatamente, o Corsário, Wan Stiller e Moko se precipitaram para cima dos empregados, que estavam desnorteados com tanta audácia, e gritaram a plenos pulmões:

— Rendam-se ou vão morrer!

A barra do hercúleo negro se elevou e caiu furiosamente sobre aqueles homens, despedaçando fuzis, alabardas e espadas, enquanto o Corsário e o hamburguês descarregavam as pistolas.

Isso foi demais para a coragem daqueles servos. Aterrorizados pelo aparecimento inesperado daquele negro gigantesco e pelos dois tiros de pistola, abandonaram a patroa e fugiram correndo pela escadaria, jogando as armas no chão.

— Parem! — gritou o Corsário quando viu o hamburguês e o negro se lançarem para a escada. — Fechem a porta e façam uma barricada. Agora estamos com o refém que queríamos.

Quando voltou à sala, viu a marquesa pálida, trêmula, sentada em uma poltrona. O senhor de Ventimiglia embainhou a espada e levantou galantemente o chapéu emplumado, dizendo:

— Perdoe-me, senhora, se fomos obrigados a fazer uma coisa dessas, mas a nossa salvação exigia isso. Por outro lado, pode ficar tranquila. Não tenha medo, porque o senhor de Ventimiglia é um cavalheiro.

— Um cavalheiro espanhol jamais teria feito o que você fez — gritou a marquesa, vermelha de ira.

— Permita-me duvidar dessas palavras, senhora — respondeu o Corsário.

— Mas não me espanta essa sua conduta desleal — continuou a marquesa. — Todo mundo conhece bem a fama dos flibusteiros de Tortuga.

— E qual é ela, senhora?

— A fama de ladrões miseráveis.

— Essa é uma palavra que não me incomoda nem um pouco, senhora — disse o Corsário, levantando a cabeça. — O senhor de Ventimiglia tem no seu país muitos castelos e feudos e não precisa fazer o papel de ladrão. Eu, senhora, só vim à América para cumprir uma vingança sagrada, e não para saquear os galeões que transportam o ouro para seu país, nem para explorar os pobres indígenas, como fazem seus compatriotas.

— E o que pretende fazer comigo agora? Vai cobrar um bom resgate? Fale logo. A marquesa de Bermejo é suficientemente rica para pagar o que for preciso, até mesmo ao senhor de Ventimiglia.

— Dê o seu ouro para os seus servos, e não para mim — respondeu o Corsário orgulhosamente. — Eu mandei que fosse raptada para me defender contra as tropas espanholas que em pouco tempo devem vir nos atacar.

GOLPES DE ESPADA E TIROS DE FUZIL

— E o Corsário Negro usa uma mulher como escudo para se proteger dos golpes inimigos? Eu esperava mais do senhor.

Ao ouvir aquele injúria tão cruel quanto imerecida, um lampejo terrível brilhou nos olhos do bravo cavalheiro, mas logo se apagou.

— O senhor de Ventimiglia se protege atrás da sua espada, senhora — respondeu ele. — E em pouco tempo a senhora vai ver como.

— Vou mesmo, quando o senhor capitular diante da guarda do governador — respondeu a marquesa com ironia.

— Eu?... Pode ter certeza de que vai ser o governador que vai capitular, senhora.

— O que disse?

— Que não seremos nós que vamos capitular, mas sim a cidade inteira.

— E por obra de quem? — perguntou a marquesa, empalidecendo.

— Dos flibusteiros de Tortuga.

— Se acha que pode me assustar, está muito enganado.

— Os flibusteiros já estão na porta de Veracruz, senhora.

— Isso não é possível!

— Quem afirma isso é um cavalheiro que nunca mentiu.

— Temos três mil soldados na cidade.

— E daí?

— E mais dezesseis mil no México.

— Esses chegariam tarde demais, senhora.

— E os fortes têm muitos canhões.

— Que nós vamos tomar e imobilizar.

— E tem também o duque.

— Espero que seja eu a encontrá-lo, senhora — respondeu o Corsário, com voz sibilante. — Ele não vai fugir da minha espada pela segunda vez, como fez de forma tão covarde há pouco tempo.

— E se ele já estiver longe?

— Mesmo assim não vai escapar da minha vingança. Nem que eu precise atacar todas as cidades ou escarafunchar todas as florestas da costa do Golfo do México, um dia ou outro esse homem vai cair nas minhas mãos. O destino dele já está escrito na ponta da minha espada.

— Que homem! — murmurou a marquesa, vencida pela admiração que a veemência daquele cavalheiro piemontês inspirava.

— Mas agora chega, senhora — disse o Corsário de supetão. — Temos de fazer os nossos preparativos de defesa.

169

— E contra quem? — perguntou a marquesa, rindo.

— Contra a guarda do governador, que logo deve chegar aqui.

— Tem certeza disso, senhor de Ventimiglia?

— Mas foi o que a senhora que disse agora há pouco.

— Nenhum dos meus servos recebeu essa ordem.

— Devo acreditar na senhora?

— A marquesa de Bermejo nunca mentiu, cavaleiro.

— E por que a senhora não fez isso? Estava no seu direito.

— Não dei a ordem porque estava esperando que os meus servos conseguissem prendê-lo.

— E agora?

— Estou convencida de que, para vencer o Corsário Negro, cem homens não serão suficientes.

— Obrigado pela sua opinião, senhora. Mas gostaria de observar que uma outra pessoa deve ter se encarregado de avisar o governador sobre a minha presença nesta casa.

— Quem?

— O duque.

— A passagem secreta não vai dar na cidade, e a galeria é tão longa que seriam necessárias muitas horas até que o duque pudesse chegar à casa do governador.

— Será que ele fugiu então? — gritou o Corsário.

— Essa é uma coisa que também não tenho como saber, mas duvido que um homem de valor como o duque possa ter abandonado a cidade, ainda mais sem saber que os seus flibusteiros estão preparando o ataque a Veracruz. Certamente ele vai voltar, com a esperança de poder prendê-lo.

— Ah!... Certo — disse o Corsário, como se estivesse falando consigo mesmo. — Carmaux, Yara, amigos, vamos embora!... Talvez a o encontremos antes que o ataque comece.

— Cuidado — disse a marquesa.

— O que a senhora quer dizer com isso?

— Os meus servos devem estar de emboscada ou então escondidos no andar de cima. Eles têm fuzis.

— Não tenho medo dos seus homens.

— Eu não respondo pelo que pode acontecer — disse a marquesa.

— Não vou responsabilizar a senhora — respondeu o Corsário.

GOLPES DE ESPADA E TIROS DE FUZIL

A marquesa ficou espantada. Com um gesto rápido, tirou do dedo um anel de grande valor, de ouro e com uma esmeralda maravilhosa, e o estendeu ao Corsário, dizendo com muita nobreza:

— Guarde como recordação do nosso encontro, cavaleiro. Nunca mais vou esquecer o cavalheiro a quem devo a liberdade e, talvez, a vida.

— Obrigado, senhora — respondeu o Corsário, colocando a joia em um dedo. — E adeus.

Carmaux abriu uma janela. O Corsário subiu no parapeito e saltou para o jardim, enquanto a marquesa gritava para os servos:

— Que ninguém atire!

Carmaux, Yara e os outros dois foram atrás.

Os quatro flibusteiros e a jovem indígena correram pela alameda para chegar ao portão. Já haviam percorrido quase tudo quando de repente viram surgir vários homens, descendo do muro.

Carmaux deu um grito:

— Os soldados!... Tarde demais!...

Quase no mesmo instante, ribombaram alguns tiros de fuzis, seguidos por um grito de dor.

Escapando miraculosamente das detonações, o Corsário virou para ver quem foi atingido.

Um grito de animal ferido escapou dos seus lábios:

— Minha pobre Yara!

A jovem indígena caiu no chão, cobrindo o rosto com as duas mãos.

— Yara! — gritou o Corsário, correndo para ela, enquanto Carmaux, Moko e o hamburguês se lançavam em fúria contra os soldados, descarregando as pistolas.

A pobre filha das florestas já estava agonizando. Uma bala atravessara o seu peito, e o sangue fluía com abundância, manchando de vermelho o casaquinho de algodão azul.

O Corsário a pegou nos braços e a levou correndo até o palácio.

Na escada encontrou a marquesa, que estava acompanhada de dois servos carregando tochas.

— Cavaleiro! — exclamou a espanhola com voz alterada. — Deus é testemunha de que eu não o traí, eu juro!

— Acredito, senhora — respondeu o Corsário.

— Eles a mataram?

Em vez de responder, o Corsário se inclinou para a jovem indígena.

171

A RAINHA DOS CARAÍBAS

Yara abrira os olhos e os fixava no Corsário, mas aqueles olhos aos poucos iam perdendo o esplendor. A morte estava chegando depressa.

— Minha pobre Yara! — exclamou o Corsário, com voz entrecortada.

A jovem mexeu os lábios e depois, fazendo um esforço supremo, balbuciou:

— Vingue... a minha... tribo...

— Juro que vou fazer isso, Yara...

— Eu o amo... — suspirou Yara. — Eu o...

Nem pôde acabar a frase. Estava morta.

O Corsário se levantou, pálido como um espectro.

— Eu sou fatal para todos os que se aproximam de mim — disse com voz sombria. — Cuide do corpo desta jovem, marquesa.

— Eu prometo fazer isso, cavaleiro.

O Corsário recolheu a espada, ficou imóvel por um momento e em seguida correu como um tigre para o canto do jardim onde se ouvia um choque de ferros.

— Vamos vingá-la! — gritou ele.

Quase no mesmo instante, um tiro de canhão ecoou surdamente nos mirantes do forte de San Juan de Luz.

O monstro de bronze atirou contra as primeiras esquadras de flibusteiros que corriam para atacar Veracruz.

CAPÍTULO 19

O ATAQUE A VERACRUZ

Mais decididos do que nunca a conquistar aquela grande e riquíssima cidade do México, os flibusteiros de Tortuga, protegidos por uma sorte realmente inesperada, conseguiram chegar ao litoral sem que os espanhóis percebessem, apesar de eles manterem uma guarda constante.

Para enganar melhor os adversários, os flibusteiros aproveitaram uma circunstância feliz.

Informados de que em Veracruz estavam sendo esperados dois navios provenientes de São Domingos, eles pararam o grosso da frota em alto-mar e com apenas dois navios, nos quais embarcaram os combatentes mais decididos, se dirigiram ousadamente para o porto, içando o grande estandarte da Espanha.

O estratagema funcionou melhor do que o esperado. Convencidos de que eram os navios que estavam aguardando, os habitantes nem pensaram em verificar direito, e muito menos as autoridades portuárias.

Os dois navios corsários ancoraram ao cair do sol, perto da extremidade do porto e fora de alcance dos tiros do forte, a fim de que, em caso de perigo, pudessem se pôr imediatamente ao largo. Quando a noite caiu, Laurent, Grammont e Wan Horn mandaram descer as chalupas na água e deram início ao desembarque. Um pelotão de homens escolhidos, que desembarcara um pouco antes, já havia surpreendido e matado os homens da guarda costeira, impedindo assim que os habitantes e o governador pudessem ser avisados do grave perigo que ameaçava a cidade adormecida.

Terminado o desembarque, os flibusteiros foram divididos em três colunas e se embrenharam silenciosamente nos bosques que circundavam a praça naquela época, guiados por alguns escravos que haviam aprisionado. Mas como a cidade era fechada por bastiões que a defendiam pelo lado de terra, juntamente com um forte armado com doze canhões de grande

A RAINHA DOS CARAÍBAS

calibre, foram obrigados a esperar que as portas fossem abertas, pois não tinham escadas para pular os muros.

— Só temos uma coisa a fazer — disse Grammont, que, tendo pertencido ao exército regular da França, gozava de certa influência sobre seus dois companheiros. — Em primeiro lugar atacar o forte que domina a cidade pelo lado da terra.

— Uma façanha difícil — respondeu Wan Horn.

— Mas não impossível — disse Laurent, que não achava nenhuma ação temerária.

— Eles têm doze canhões nos mirantes — observou Wan Horn — enquanto nós não temos sequer uma colubrina.

— Os nossos sabres podem vencer as bombas.

— E as nossas granadas vão afastar os defensores — acrescentou Grammont. — Os nossos homens estão bem armados.

— Querem que eu seja o responsável por essa ação? — perguntou Laurent. — Garanto que o forte vai cair nas minhas mãos antes de o sol nascer.

— E nós? — perguntou Wan Horn.

— Vocês vão cair sobre a cidade assim que as portas forem abertas.

— Que seja — disse Wan Horn depois de uma breve hesitação. — O forte é necessário para não sermos esmagados entre os muros da cidade.

— Então vamos — disse Laurent. — Todo minuto é precioso.

Um quarto de hora mais tarde, uma coluna formada de trezentos flibusteiros, escolhidos entre os mais decididos da esquadra, saía silenciosamente dos campos, guiada por dois escravos. O forte que ela iria atacar ficava a uma altura tal que lhe permitia dominar a cidade inteira, e se erguia nos contrafortes da muralha. Era uma construção maciça, guarnecida com ameias muito grandes e protegida por cinquenta homens que poderiam resistir por muito tempo se percebessem a tempo a presença dos seus adversários encarniçados.

Protegida pela escuridão, a ousada coluna se aproximou rapidamente, com receio de ser surpreendida pelos primeiros raios de sol. Ainda estava bem escuro quando chegaram aos fossos do bastião.

— Vamos pegar a guarnição de surpresa — disse Laurent aos flibusteiros que estavam ao seu lado.

Daquele lado, uma parte dos bastiões estava desmoronada, de forma que uma escalada não seria difícil para aqueles homens acostumados a subir nos mastros das naves com a agilidade dos esquilos.

174

O ATAQUE A VERACRUZ

— Ponham os sabres entre os dentes e vamos — comandou Laurent.

Ele foi o primeiro a se agarrar às saliências do bastião e subir. Os outros foram atrás, se firmando nos galhos, enfiando os pés nas fendas e se ajudando mutuamente.

A cadeia humana se alongou, serpenteando, se quebrando, se refazendo, até chegar finalmente ao alto do bastião. Mas ainda faltava superar a muralha do forte, que devia ter mais de dez metros de altura e era perfeitamente lisa. Aquele obstáculo fez que os audazes homens titubeassem. Ai deles se os espanhóis os surpreendessem no bastião!... Talvez nem sequer um deles conseguisse escapar da morte!

— Temos de subir antes de o sol nascer — disse Laurent aos subchefes que o cercaram — e só temos meia hora para isso.

De fato, a leste a escuridão estava começando a se desfazer levemente. A luz das estrelas empalidecia e uma faixa esbranquiçada se difundia pelo céu. O momento era terrível. De um instante para outro um grito de alarme poderia romper o silêncio e fazer a guarnição inteira aparecer.

Uma ideia atravessou o cérebro de Laurent. Ele vira uma paliçada erguida atrás do bastião, com duas antenas em cima, tão ou mais altas do que a muralha.

Mandou que alguns homens as pegassem e apoiassem nas ameias do forte.

— Abordar! — comandou ele.

Foi o primeiro a agarrar uma antena e, ajudando com as mãos e os pés, foi dando impulso até chegar ao alto. Marinheiro valente que era, não encontrou a menor dificuldade para fazer isso. Assim que ultrapassou a ameia, deu de cara com uma sentinela espanhola armada com uma alabarda. O soldado levou tanto susto com aquela aparição inesperada que não pensou em usar a própria lança nem em dar o alarme.

Com um salto de tigre, Laurent foi para cima dele e o jogou no chão, moribundo, com um golpe do sabre. Mas o soldado conseguiu reunir forças ainda para dar um grito de alarme:

— Os flibusteiros!...

Despertando sobressaltada, a guarnição do forte pegou as armas e correu para o pátio do forte, tentando chegar à artilharia.

Era tarde demais!... Os trezentos corsários já haviam se agrupado e atacavam com fúria, desbaratando as primeiras fileiras com uma carga terrível. Enquanto isso, alguns flibusteiros derrubaram a porta do depósito

175

de pólvora, rolaram os barris para fora e os arrumaram em volta do edifício central, em cujo interior estava a maior parte da guarnição.

De todos os lados se ergueu o grito:

— Rendam-se ou vamos mandar todos vocês pelos ares!

Aquela ameaça assustadora produziu um efeito maior do que uma carga da artilharia. Sabendo do que eram capazes aqueles tremendos batedores do mar, e se vendo impotentes para enfrentar o ataque, depois de uma breve resistência os espanhóis baixaram o grande estandarte da Espanha que ondulava na torre mais alta e depuseram as armas, depois de ter recebido a promessa de que as suas vidas seriam poupadas.

Laurent mandou trancar os prisioneiros na casamata do forte, colocou em volta diversas sentinelas e em seguida ordenou que apontassem a artilharia para a cidade, gritando:

— Primeiro um tiro, depois uma descarga geral. É o anúncio da vitória!

Uma canhonada ribombou e depois as outras onze peças se acenderam ao mesmo tempo, com um estrondo terrível, fazendo chover uma saraivada de balas na pobre cidade ainda mergulhada no sono.

Grammont e Wan Horn esperavam por aquele sinal dominados por uma angústia fácil de imaginar. Da conquista do forte dependia a vitória ou uma derrota desastrosa.

Ao ouvir aqueles disparos, saltaram através das sebes das hortas.

— Avante, homens do mar! Veracruz já é nossa!

Os flibusteiros abandonaram os esconderijos e correram para a estrada que levava à cidade. Havia seiscentos homens armados de fuzis, sabres de abordagem e pistolas, decididos a tudo, até a atacar o terrível forte de San Juan de Luz, se fosse necessário.

Pelo caminho, detiveram os cidadãos que estavam indo para a cidade com seus cavalos e mulas carregados de provisões e verduras, e chegaram diante da porta no momento em que ela era aberta.

O ataque deles foi tão inesperado que os guardas nem pensaram em opor alguma resistência. Alguns, contudo, conseguiram fugir pela cidade, gritando:

— Às armas!... Os flibusteiros!

Enquanto os flibusteiros se derramavam pela cidade como uma corrente que transborda, à direita deles, ao lado dos primeiros jardins, se ouviram alguns disparos e em seguida surgiram soldados fugindo como loucos, perseguidos por quatro homens que davam estocadas e golpes de navalhas com uma fúria assustadora.

Grammont, que estava à frente da primeira coluna, correu para aquele lado, achando que ia ser atacado pelo flanco.

De repente um grito escapou da sua garganta:

— O Corsário Negro!

Era de fato o senhor de Ventimiglia, que, ajudado pelos seus três valentes companheiros, expulsara os soldados que haviam matado Yara. Depois, pulando o muro, se precipitou atrás dos fugitivos, com sede de vingança.

— Grammont! — exclamou ele, quando viu o cavalheiro francês.

— Chegou em boa hora, cavalheiro — gritou Grammont. — Venha conosco!

— Conte comigo — disse o Corsário.

— O duque está morto?

— Fugiu de novo, bem na hora em que eu ia pregá-lo na parede com um golpe da minha espada — respondeu o Corsário com voz surda.

— Vamos encontrá-lo, senhor de Ventimiglia. Ao ataque, homens do mar! O Corsário Negro está conosco!

A batalha começou a ser travada nas ruas da cidade, terrível, sanguinária.

Passado o primeiro momento de espanto, os soldados e os habitantes correram para as ruas, tentando impedir a passagem dos corsários. Por toda parte os combates eram carregados de uma ira extrema, enquanto os canhões do forte trovejavam sem parar, abatendo campanários e casas, e fazendo chover uma saraivada de balas sobre os telhados.

No meio do estrondo horrível das habitações que desmoronavam sob aqueles tiros ininterruptos, das descargas dos mosquetes, dos berros dos combatentes e dos gritos lamentosos dos feridos, se ouviam os gritos dos chefes trovejando sem parar.

— Avante!... Queimem!... Destruam!

Enquanto isso, das janelas eram atirados sobre as suas cabeças vasos de flores, cadeiras, mesas, pedras. Além disso, dos telhados vinham tiros de fuzis. A todo momento, turbas de soldados atacavam os flancos ou o final das colunas, entrando em combates sanguinários. Nada importava!... Eles continuavam avançando!...

— Mais um pouco e Veracruz já é nossa! — gritaram os chefes.

A RAINHA DOS CARAÍBAS

Com um esforço supremo as últimas ruas foram superadas, e os flibusteiros irromperam no local em que, na época, se erguia uma belíssima catedral. As tropas espanholas, amontoadas na praça em frente ao palácio do governo, tentaram fazer uma barreira para o avanço dos corsários. Posicionaram algumas peças de canhão e chamaram parte da guarnição do forte de San Juan de Luz, forte este que agora era inútil, pois as defesas estavam apontadas para o mar.

— Avante! — gritaram o Corsário Negro, Grammont e Wan Horn, se atirando animadamente no conflito. A luta estava ficando selvagem, feroz. Ajudados pelos habitantes, os espanhóis resistiam com tenacidade, mas nada mais era capaz de deter os flibusteiros. Com descargas bem precisas, eles varriam o terreno diante deles e matavam os artilheiros. Em seguida, caíam sobre as colunas espanholas com o sabre de abordagem em punho.

Ninguém era capaz de resistir àqueles ferozes batedores do mar, mais afoitos ainda depois dos primeiros sucessos. Os espanhóis, quebrados, desorganizados, ou se rendiam ou fugiam pelas ruas da cidade, derrubando mulheres e crianças naquela corrida louca. Os flibusteiros atacaram o palácio do governo, fizeram um massacre de todos os homens que estavam lá dentro e depois puseram fogo. Outros atacavam os palacetes, derrubando as portas com traves, ou arrebentavam as grades das portas e janelas, agarravam os habitantes e os arrastavam para a catedral, apesar dos choros e dos gritos.

Barris de pólvora foram colocados nas portas, junto de homens munidos de mechas acesas. Haviam recebido a ordem de mandar pelos ares o edifício ao primeiro sinal de revolta por parte dos prisioneiros.

Enquanto isso, os outros saqueavam os palácios, as casas, as lojas, as igrejas, os monastérios e até mesmo os navios ancorados no porto.

Era preciso agir depressa. Todos sabiam que nos arredores, não muito longe dali, havia grandes guarnições que poderiam chegar inesperadamente a Veracruz.

Enquanto os flibusteiros se dedicavam aos saques mais desenfreados, o Corsário Negro, acompanhado por Carmaux, Moko, Wan Stiller e por cerca de quinze homens da *Folgore*, visitou os palácios, as casas e até as mais humildes choupanas. Ele só tinha um desejo: desentocar o seu mortal inimigo.

O que lhe importavam os tesouros encontrados em Veracruz? Daria tudo para poder ter de novo nas mãos o odiado flamengo.

178

O ATAQUE A VERACRUZ

A procura foi inútil. Nas casas só encontrou mulheres chorando, crianças berrando, homens feridos e flibusteiros ameaçadores ocupados em despojar os pobres habitantes.

— Nada!... Nada!... — rugia o Corsário.

De repente, uma ideia atravessou o seu cérebro.

— A marquesa de Bermejo! — gritou ele aos seus homens.

Correu pela cidade inteira, abrindo caminho entre os cidadãos que fugiam e os flibusteiros que os perseguiam, e um quarto de hora depois chegou diante do jardim.

O portão fora derrubado e alguns corsários já haviam chegado diante do palácio para saqueá-lo.

Com gritos ameaçadores, intimaram os servos a abrir a porta, atrás da qual foram colocadas barras de ferro, mas não receberam nenhuma resposta. Achando que os habitantes estavam pretendendo resistir, já iam começar a escalar as janelas do térreo quando o Corsário apareceu.

— Fora daqui! — gritou o senhor de Ventimiglia, levantando a espada.

Os flibusteiros se dispersaram na mesma hora.

— Obrigada, cavaleiro — disse uma voz bem conhecida.

A marquesa de Bermejo apareceu em uma janela do andar de cima, junto com dois servos armados de fuzis.

— Abra, senhora — disse o Corsário, cumprimentando-a com a espada.

Um momento depois, a porta atrás da qual fora armada uma barricada era aberta e dava passagem ao Corsário.

A marquesa descera e estava esperando por ele na mesma sala em que acontecera o duelo com o duque.

— A cidade está perdida, não é verdade, cavaleiro? — perguntou a marquesa, com voz alterada.

— Está, senhora — respondeu o Corsário. — Eu tinha dito que a guarnição iria parar diante do ataque dos flibusteiros.

— Triste guerra, cavaleiro.

O Corsário não respondeu. Começou a caminhar pela sala, muito agitado. De repente parou em frente à marquesa e disse:

— Não o encontrei.

— Quem?

— O duque.

— O senhor odeia muito aquele homem?

— Imensamente, senhora.

A RAINHA DOS CARAÍBAS

— E voltou com a esperança de encontrá-lo escondido aqui.

— Isso mesmo, marquesa.

— Ele não voltou.

— Está dizendo a verdade?

— Eu juro.

— Afinal, onde esse homem pode ter se escondido?

A marquesa olhou para ele em silêncio. Parecia estar hesitando em responder.

— A senhora tem alguma ideia? — perguntou o Corsário.

— Tenho — respondeu a marquesa, com voz resoluta.

— A senhora ama esse homem?

— Não, cavaleiro.

— O que a impede então de me dizer onde posso encontrá-lo?

— Ele estava a serviço da Espanha.

— Por causa de uma traição infame — irrompeu o Corsário, irado.

— Eu sei — murmurou a marquesa, inclinando a cabeça.

Em seguida, tirou um bilhete da bolsa de veludo carmesim que pendia do quadril e, depois de uma breve hesitação, o estendeu para o Corsário, dizendo:

— Recebi isso há duas horas. Leia.

O Corsário pegou depressa aquela carta. Só havia algumas linhas escritas nela.

> *"Consegui chegar ao Escorial e sair ao largo. Peça desculpas ao governador por mim, mas razões urgentes me obrigaram a ir para a Flórida. Diego vai explicar o resto.*
>
> *Wan Guld"*

— Foi embora! — exclamou o Corsário. — Ele escapou de novo!...

— Mas o senhor sabe onde pode encontrá-lo — disse a marquesa.

— A senhora conhece o Escorial?

— Não imagino que tipo de nave ela seja, cavaleiro, mas Diego pode lhe dar muitas informações importantes.

— Quem é esse homem?

— Um confidente do duque.

— Onde está ele?

— No forte de San Juan de Luz.

O ATAQUE A VERACRUZ

— O forte ainda não capitulou, senhora.

— Encontre um meio de pôr as mãos naquele homem. Ele sabe muita coisa sobre o duque que até eu ignoro, e talvez possa explicar o motivo pelo qual o duque foi para a Flórida.

— De fato, essa partida para uma região tão distante é incompreensível.

— Para mim também, cavaleiro — disse a marquesa. — Já há algum tempo ele vinha falando nessa viagem e...

— Continue, marquesa — disse o Corsário quando a viu hesitar.

— Gostaria de contar ao senhor uma história estranha, que pode lhe interessar.

— É bem provável, já que a senhora sabe de muita coisa que...

— Eu, não. Diego.

— Então eu tenho que pôr as mãos nesse homem.

— Mas agora me escute, cavaleiro.

— Do que se trata?...

— Eu já disse. É uma história que lhe interessa.

Em seguida, olhando fixamente para ele, disse lentamente:

— Trata-se de Honorata!...

CAPÍTULO 20

A MARQUESA DE BERMEJO

Ao ouvir aquele nome, o Corsário largou o corpo em uma cadeira, escondendo o rosto entre as mãos. Um gemido surdo saiu dos seus lábios, junto com um soluço sufocado. Ele ficou acabrunhado por alguns instantes, incapaz de pronunciar uma única palavra ou de repetir o nome da pobre flamenga que amou com tanta intensidade e que chorava como morta.

Mas ele logo se levantou de supetão. Estava lívido e as suas feições haviam se alterado assustadoramente. Olhou para a marquesa durante alguns instantes, como se estivesse sonhando, mas depois, fazendo um esforço enorme, perguntou com a voz alquebrada:

— A senhora quer dilacerar o meu coração? Por que motivo falar dessa jovem? Ela está morta e dorme em paz nos abismos do mar, ao lado dos meus irmãos.

— Talvez o senhor esteja enganado, cavaleiro — disse a marquesa.

— Está querendo acender em mim a esperança de que a jovem flamenga esteja viva? — perguntou o Corsário, se aproximando bruscamente da marquesa, mais pálido do que nunca.

— Diego Sandorf tem certeza que sim.

— Mas quem é esse homem?

— Eu já disse: o homem de confiança do duque. Um velho flamengo.

— E foi ele que falou da Honorata para a senhora?

— Foi, cavaleiro.

— Então a senhora sabe...

— Tudo, tudo... Foi uma vingança terrível a sua, mas...

— Cale-se, marquesa — disse o Corsário, sentando de novo na cadeira e cobrindo o rosto. Ficou silencioso por alguns minutos, imerso em pensamentos sombrios, em seguida sacudiu o corpo e se levantou, dizendo:

— Não. Honorata Wan Guld está morta.

A MARQUESA DE BERMEJO

— Quem garante, cavaleiro? O senhor viu o cadáver flutuando nas águas do golfo?

— Não, mas na noite em que eu a abandonei em uma chalupa, soprava um vento muito forte e a tempestade estava prestes a desabar. Também já me contaram que a flamenga foi recolhida, e por muito tempo tive esperança, acreditei nos boatos, mas agora... acho que isso é mais uma das lendas do golfo.

— Diego Sandorf me garantiu que a duquesa foi realmente recolhida por uma caravela espanhola que mais tarde naufragou nas praias da Flórida.

— E me foi dito, por Don Pablo de Ribeira, agente do duque em Puerto Limón, que a chalupa em que estava a duquesa foi encontrada perto da costa ocidental de Cuba. Em quem devemos acreditar agora?

— Em Diego Sandorf, cavaleiro — disse a marquesa. — Talvez o senhor tenha esquecido que o duque foi para a Flórida.

— E a senhora acha... — perguntou o Corsário, atingido por aquelas palavras.

— Que ele foi procurar a filha.

Uma onda de sangue subiu ao rosto do Corsário, tingindo fortemente aquela pele normalmente muito pálida.

— Viva!... — exclamou ele. — Honorata viva!... Será que Deus foi capaz de realizar esse milagre?... Marquesa, eu preciso chegar a esse Sandorf. Tenho de interrogá-lo.

— Eu já disse que ele foi procurar abrigo no forte de San Juan de Luz.

— Vamos raptá-lo! — exclamou o Corsário, como se tivesse acabado de tomar uma decisão.

— Mas que audácia!... O senhor não sabe que tem sessenta canhões e oitocentos homens no forte?

— Tanto faz.

— Vão matá-lo, cavaleiro.

— Estou acostumado a desafiar a morte.

— Mas o senhor tem de viver.

— Oh!... É verdade, para vingar os meus irmãos — disse o Corsário com voz sombria.

— E por Honorata.

O Corsário estremeceu, mas não respondeu. Voltou a caminhar pela sala como uma fera trancada na jaula.

— Adeus, senhora — disse ele de repente.

183

— Continua decidido?

— Continuo, marquesa. Vou raptar aquele homem.

— Espere, cavaleiro! Quem sabe!...

— O que a senhora ainda tem para me dizer?

A espanhola se aproximou de uma escrivaninha de ébano incrustado com madrepérola, escreveu algumas linhas e estendeu a folha ao Corsário, dizendo:

— Encontre uma maneira de entregar isso a Diego Sandorf.

O Corsário rapidamente se apoderou do bilhete no qual a marquesa escrevera as seguintes palavras:

> *"Um cavalheiro amigo meu deseja conversar com o senhor. Ele estará esperando esta noite no último torreão a leste, da meia-noite até o amanhecer.*
>
> *Ele veio com os flibusteiros e vai embora junto com eles. Esteja no local combinado.*
>
> Ines de Bermejo"

— Obrigado, marquesa — disse o Corsário. — Mas a senhora estará correndo o risco de se comprometer.

— E por que, cavaleiro? Por acaso estou lhe proporcionando os meios para que conquiste o forte? Fazendo isso, evito que os meus compatriotas corram esse perigo.

— Mas a senhora ajudou um flibusteiro.

— Não. Eu ajudei um cavalheiro. O senhor não é um inimigo da minha pátria.

— Ou seja, nunca me transformaria em um se o meu triste destino não tivesse me atirado no caminho do duque. Adeus, minha senhora, talvez possamos nos ver de novo antes da minha ida à Flórida.

— Mais uma palavra, cavaleiro.

— Fale, senhora.

— Se Honorata estiver viva... o que o senhor vai fazer com o duque, o pai dela?

O Corsário olhou fixo para ela, durante muito tempo, depois disse:

— A senhora acha que as almas dos meus irmãos já foram aplacadas? Quando o mar fica fosforescente, o Corsário Vermelho e o Verde, as vítimas do duque, voltam à superfície. Eles pedem por vingança.

184

Quando o furacão vem do oeste, no meio dos gritos do vento, ouço uma voz que vem das praias de Flandres. É a voz do meu irmão mais velho, assassinado à traição pelo duque, e essa voz também pede vingança.

A marquesa teve um arrepio.

Depois de um rápido silêncio, o Corsário continuou:

— Daqui a cinco dias vai fazer quatro anos que o corpo do Corsário Vermelho, arrancado por mim da forca de Maracaíbo, desceu para os abismos do mar. Se o mar chamejar nesta noite, Wan Guld não cairá nas minhas graças.

— E a Honorata? — perguntou a marquesa.

— O meu destino está escrito — respondeu o Corsário com voz triste — mas eu estou pronto a desafiá-lo.

— O que quer dizer com isso, cavaleiro?

Em vez de responder, o Corsário apertou a mão dela e saiu a passos rápidos da sala, sem acrescentar uma sílaba.

Os flibusteiros estavam esperando por ele no jardim junto com Carmaux, Moko e Wan Stiller.

— Os homens da *Folgore* podem ir embora — disse ele. - Só quero os meus fiéis amigos comigo.

Ele estava prestes a se embrenhar na alameda, seguido por Carmaux, pelo negro e pelo hamburguês, quando se deteve de supetão.

— E Yara? — murmurou com um suspiro.

Voltou sobre os próprios passos e entrou na sala térrea do palácio. A marquesa de Bermejo ainda estava lá, apoiada em uma cadeira, triste e pensativa.

— Onde está? — perguntou o Corsário com um leve tremor. — Quero vê-la pela última vez.

— Venha comigo, cavaleiro — respondeu a espanhola, entendendo o que ele quis dizer com aquela pergunta.

Ela o levou a uma sala vizinha, ricamente mobiliada.

Acomodada em um sofá de veludo verde, entre dois altos candelabros e coberta com um lençol de tecido de Flandres, jazia a pobre indígena.

As feições delicadas não tinham se alterado com os últimos espasmos da morte. Parecia estar dormindo ou sonhando, pois os lábios esboçavam um leve sorriso.

Um fio de sangue escorreu por baixo do lençol e se agrumou no tapete.

A RAINHA DOS CARAÍBAS

O Corsário contemplou aquele belo rosto com um olhar triste, se inclinou sobre a morta e deu o último beijo na sua testa, murmurando:

— Você também será vingada, Yara. O Corsário vai manter a palavra.

Em seguida escapou dali e se juntou aos seus homens, como se estivesse querendo esconder da marquesa a profunda emoção que alterara o seu rosto.

— Venham — disse ele com voz brusca a Carmaux e aos seus dois companheiros.

Ele então atravessou o jardim quase correndo e entrou nas ruelas da cidade, indo em direção à praça principal.

Embora a noite estivesse começando a cair, a cidade continuava sendo saqueada pelos flibusteiros. Em todas as casas em que entravam, punham os habitantes porta afora, obrigando-os com ameaças de morte a abandonar todos os seus bens e a ir embora da cidade, de forma que as ruas estavam lotadas de fugitivos.

O Corsário parecia não estar vendo nada. Continuava andando a passos rápidos, imerso em profundos pensamentos, tentando apenas passar pelos fugitivos. Carmaux e os seus companheiros o seguiam com algum esforço, rogando pragas contra as pessoas que estavam atrapalhando a passagem deles.

— Vamos ver até onde ele vai — disse Carmaux. — O Capitão está atormentado!... Por Baco! Nunca o vi correr desse jeito!

— Deve ter acontecido alguma coisa grave — disse o hamburguês. — Quando o capitão saiu do palácio, estava muito transtornado.

— Quem sabe o motivo da raiva que o queima por dentro, amigo Stiller. É compreensível que não esteja muito satisfeito por ter perdido a pista daquele duque dos diabos.

— E bem quando ele já estava na ponta da espada!...

— Já é a terceira vez que ele escapa de nós. Primeiro em Maracaíbo, depois em Gibraltar e agora aqui.

— Mas ele vai acabar caindo nas nossas mãos — concluiu Carmaux.

Chegaram à praça principal, onde os flibusteiros haviam estabelecido o quartel-general.

A enorme praça estava lotada de prisioneiros, de artilheiros, de armas e de montes de mercadorias roubadas dos grandiosos depósitos da alfândega.

A MARQUESA DE BERMEJO

Duzentos flibusteiros armados de fuzis haviam ocupado a praça do palácio do governador para impedir qualquer tentativa de rebelião por parte dos prisioneiros, e outros cem circundaram a catedral, dentro da qual estavam presos os personagens mais respeitáveis da cidade e pelos quais pretendiam pedir grandes resgates.

A todo instante chegavam pelotões de flibusteiros com novos prisioneiros ou empurrando à frente colunas de escravos negros ou mulatos carregados de mercadorias preciosas ou de víveres que logo eram consumidos pelos corsários de guarda.

— Onde está Grammont? — perguntou o Corsário a um flibusteiro que estava sentado em um barril de pólvora, com uma mecha acesa na mão.

— No palácio do governador, cavaleiro — respondeu a sentinela.

— E Laurent?

— Continua no forte.

— E Wan Horn?

— Está de guarda na fortaleza de San Juan de Luz.

O Corsário atravessou a praça e entrou no palácio do governador, uma construção maciça que tinha a aparência de um forte e que, mesmo assim, capitulou ao primeiro ataque dos flibusteiros, embora fosse defendida por uma guarnição numerosa. Em uma sala já cheia até a metade de lingotes de ouro e prata e de joias preciosas, fruto dos saques, encontrou o cavalheiro francês.

— O ouro flui como um rio, cavaleiro — disse Grammont, assim que viu o Corsário. — Já temos quatro milhões de piastras.

— Não vim até aqui para contemplar as riquezas de Veracruz.

— Eu sei — disse o francês, rindo. — Sinto informar que seu inimigo não foi encontrado entre os prisioneiros. Mas quando o saque terminar, vou mandar vasculharem em todas as casas da cidade. Em algum esconderijo havemos de encontrá-lo, cavaleiro.

— Seria uma perda de tempo.

— E por quê?

— Ele já escapou.

— Foi embora? — exclamou o senhor de Grammont, espantado.

— Foi, a bordo de um navio chamado *Escorial*.

— Quando foi isso?

— Ontem à noite.

— E o que você pretende fazer agora?

187

A RAINHA DOS CARAÍBAS

— Estou me preparando para ir atrás dele — respondeu o Corsário com um tom decidido.

— Vai nos deixar?

— Vou, mas não já. Preciso fazer mais uma coisa em Veracruz, e vim procurar você para pedir um conselho.

— O que você ainda vai tentar?

— Tenho de ir a San Juan de Luz.

— A fortaleza? — exclamou o fidalgo francês, fazendo um gesto de espanto.

— Lá mesmo, Grammont.

— Que tipo de loucura é essa que você está pensando em fazer?

— Não é uma loucura. Tenho de conseguir uma informação urgente.

— Sobre o duque?

— Sobre ele e... Honorata.

— A flamenga!... Será que a lenda é verdadeira?

— Dizem que ela está viva.

— E você acredita nisso?

— Vou responder à sua pergunta depois de falar com o homem que está no forte de San Juan de Luz.

— Está cheio de espanhóis na fortaleza.

— Eu sei. Mas vou assim mesmo.

— Você vai ser preso.

— Talvez não.

— Tem algum talismã?

— Um simples bilhete que vou mandar entregar ao homem que quero interrogar.

— Por quem?

— Por algum soldado espanhol.

— Temos uns trezentos ou quatrocentos entre os prisioneiros.

— Perfeito! Agora me escute, Grammont. Se eu não voltar até amanhã de manhã, pode me considerar morto ou, na pior das hipóteses, prisioneiro.

— Então agora já sei o que me resta fazer.

— Explique melhor, Grammont?

— Vou preparar meus flibusteiros para um ataque à fortaleza.

— Você não vai fazer isso.

— Agora não, mas amanhã de manhã. Se você não estiver aqui quando amanhecer, eu, Laurent e Wan Horn vamos escalar a fortaleza e se Deus

188

quiser a conquistaremos, apesar da guarnição e dos sessenta canhões que a defendem.

— Não quero que nossos homens se sacrifiquem inutilmente. Se eu não voltar, avise Morgan para cruzar ao largo com a minha *Folgore* durante uma semana inteira. Se eu não aparecer, ele pode ir para onde bem entender.

— E acha mesmo, cavaleiro, que os nossos flibusteiros vão embora daqui tranquilos, sabendo que você ficou nas mãos dos espanhóis? Não conte com isso.

— Eles vão fazer o que nós mandarmos. Além disso, não vou ser tão estúpido para deixar que me prendam. Vou agir com o maior cuidado. Agora vamos lá, me dê um prisioneiro.

O senhor de Grammont saiu e voltou pouco tempo depois conduzindo um jovem soldado espanhol. O pobre homem, achando talvez que ia ser fuzilado, estava pálido como um fantasma e olhava aterrorizado para o flibusteiro.

— Este homem poderá ajudar — disse Grammont, empurrando-o para perto do senhor de Ventimiglia.

O flibusteiro olhou para o rapaz por alguns instantes e depois pôs a mão no seu ombro, dizendo:

— Você vai ser libertado não só sem um resgate, mas também com um presente de quinhentas piastras se me prestar um serviço.

— Que serviço, senhor? — perguntou o espanhol, tranquilizado por aquelas palavras.

— Você conhece a marquesa de Bermejo?

— E quem não a conhece em Veracruz?

— E Diego Sandorf?

— O homem de confiança do duque flamengo?

— Ele mesmo.

— Conheço, senhor.

— Você vai agora mesmo ao forte San Juan de Luz para entregar este bilhete ao senhor Sandorf. Diga que foi a marquesa de Bermejo que o enviou. Vou esperar pela sua resposta na base do torreão leste, do lado do golfo, com as suas quinhentas piastras. Mas cuidado. Se tentar me trair, vamos conquistar o forte para matar você entre os tormentos mais atrozes que conhecemos.

— Eu prefiro a liberdade e as quinhentas piastras, senhor.

— À meia-noite eu me encontro com você no local marcado.

— Prometo estar lá, senhor.

— Pode ir.

— Os flibusteiros vão me deixar passar?

Grammont chamou um corsário que estava voltando com um cesto de lingotes de prata.

— Ei, amigo — disse ele. — Acompanhe este prisioneiro até os nossos postos avançados. Diga a Wan Horn que ele está levando ordens do senhor de Ventimiglia.

Em seguida, virando para o Corsário, que estava prestes a sair atrás do soldado, disse:

— Tome cuidado, cavaleiro.

— Vou tomar, Grammont.

— Espero ver você de novo antes de o sol nascer.

— Se o destino não decidiu algo diferente.

— Nesse caso, vamos conquistar a fortaleza para libertá-lo ou vingá-lo.

CAPÍTULO 21

A ESCALADA DE SAN JUAN DE LUZ

Três horas depois, quando os flibusteiros, cansados de saquear, acamparam de qualquer jeito nos bastiões da cidade e nas praças principais, um pequeno barco tripulado por quatro homens se afastou da praia e avançou rapidamente pelo pequeno golfo. A noite estava escura e feia. Um vento forte soprava dos lados do grande golfo, atirando sobre o dique ondas enormes que iam se quebrar com rugidos longos contra as naves ancoradas ao longo do cais e contra as diversas barcaças.

Naquela chalupa estavam o Corsário Negro e seus três valentes marinheiros. O primeiro deles cobrira o rosto com uma pequena máscara de seda negra e enrolara o corpo em uma grande capa, também preta. Os outros estavam usando roupas espanholas. Todos eles levavam a espada no flanco e um par de pistolas no cinto. Moko acrescentou um machado às suas armas.

O Corsário controlava a barra do timão, enquanto os outros remavam vigorosamente para vencer a violência das ondas.

A escuridão no porto era completa. Nenhuma luz brilhava sobre as naves ancoradas. Apenas na extremidade do dique, na parte de baixo, a luz verde e branca do farol brilhava a intervalos regulares. Mas de vez em quando, no horizonte um rápido lampejo iluminava fugazmente o mar tempestuoso, seguido de um rufar distante.

Todas as vezes que aquela luz lívida rompia as trevas, o Corsário levantava depressa a cabeça e olhava para a massa imponente do forte de San Juan de Luz, que se agigantava no alto com seus bastiões amedrontadores e seus torreões com ameias.

A chalupa balançava desesperadamente por causa dos ininterruptos golpes do mar, ora afundando nas depressões e ora planando nas cristas espumantes. Em alguns momentos, era sacudida com tanta violência que os três marinheiros corriam o risco de ser atirados para fora do barco.

Mas sob aquelas poderosas remadas, ela conseguiu ultrapassar a embocadura do porto e se abrigar depressa sob o dique.

Chegando à extremidade dele, superou o último trecho e atingiu a base do rochedo do forte, exatamente na base da alta torre do leste.

— Preparem-se para ir a terra — disse o Corsário.

Com um último impulso, a chalupa entrou em uma espécie de canaleta que se abria sob o torreão.

Carmaux pulou no recife com a corda na mão e a amarrou solidamente na saliência de uma rocha.

O Corsário, Moko e o hamburguês desembarcaram.

Naquele instante, um lampejo rompeu a escuridão, iluminando o porto.

— O soldado! — exclamou Carmaux, que subira em uma espécie de plataforma que se estendia na base do torreão.

Um homem se levantara de trás de uma rocha e caminhava na direção dos flibusteiros.

— Vocês são as pessoas que estão sendo aguardadas no forte? — perguntou ele.

— Somos. Somos nós — respondeu o Corsário, avançando. — Você entregou a carta da marquesa a Diego Sandorf?

— Entreguei, senhor — respondeu o soldado.

— E o que ele disse?

— Que está à sua disposição.

— Onde está esperando?

— No terraço do torreão.

— Por que ele não veio aqui?

— Não podia sair do forte sem que a sua ausência fosse notada e, como é um dos comandantes, não ousou fazer uma coisa dessas.

— Quem ele está pensando que nós somos?

— Espanhóis, amigos da marquesa de Bermejo.

— Não está desconfiando de nada?

— Não, senhor. Tenho certeza absoluta.

— Como vamos subir até o torreão? — perguntou o Corsário.

— Sandorf jogou uma escada de corda.

— Está certo. Vamos subir.

— Você precisa fazer algum sinal a Sandorf para anunciar a nossa chegada?

— Preciso, senhor.

— Então faça isso depressa e depois suba a escada na nossa frente.

O espanhol encostou dois dedos nos lábios e deu um assobio agudo.

Um momento depois ouviram um assobio parecido no alto do torreão, que se confundiu com o ribombar do trovão.

— Ele está lá esperando — disse o soldado.

— Vá na frente, e não se esqueça de que não vou perder você de vista nem por um instante — disse o Corsário.

Eles atravessaram a pequena esplanada e chegaram à base do torreão. Lá viram uma escada de corda que pendia ao longo das paredes maciças. Carmaux levantou a cabeça e olhou para as ameias que se destacavam vagamente na escuridão.

— Que bela escalada! — exclamou ele, estremecendo. — São mais de quarenta metros das ameias até aqui embaixo.

O Corsário também parecia ter ficado meio impressionado com a altura daquele torreão gigantesco.

— Vamos ter de subir bastante — disse ele.

Em seguida, virando para Carmaux, que estava examinando a escada como se fosse um grande entendido no assunto, perguntou:

— Ela é resistente?

— É, sim. É uma corda nova, e muito grossa.

— Será que aguenta todos nós?

— Aguentaria mesmo se estivéssemos em número maior.

— Suba — ordenou o Corsário ao soldado. — Se quiserem nos derrubar, você também vai para o abismo.

— Sandorf não tem a menor ideia de quem são vocês — respondeu o espanhol. — Eu dou muito valor à minha pele, por isso tomei o maior cuidado para não dar nenhuma pista.

Ele então agarrou a escada e começou a subir sem dar sinais de hesitação. O Corsário foi atrás dele e depois vieram Carmaux, Wan Stiller e o negro por último.

A subida não foi fácil. O vento estava soprando com força e investia na escada, fazendo que ela balançasse demais, atirando os cinco homens contra a parede do torreão.

De vez em quando, eles eram obrigados a parar e enfiar os pés entre os tijolos para diminuir as sacudidas.

A cada degrau que subiam, uma forte ansiedade ia dominando os flibusteiros. O medo de uma queda assustadora de um momento para outro estava enraizado com força no coração de todos eles, pois sabiam que estavam em pleno território inimigo.

Carmaux estava suando frio; o hamburguês tinha arrepios que não conseguia conter; o negro estava pensativo.

Mesmo o Corsário não estava tranquilo. Estava, sim, quase arrependido com a decisão de fazer aquela expedição audaciosa.

Quando chegaram à metade da escalada, pararam. A escada oscilou com uma violência enorme, que parecia vir do alto.

— Será que chegou a hora da queda? — perguntou Carmaux a si mesmo, agarrando desesperadamente uma pedra que se destacava da muralha.

— É o vento — disse o Corsário, enxugando com a mão esquerda algumas gotas de suor frio. — Continuem.

— Espere um momento, senhor — disse o espanhol com a voz trêmula. — Parece que minha cabeça está rodando.

— Aperte a corda com força se não quiser cair.

— Preciso descansar um instante, senhor. Eu não sou um marinheiro.

— Um minuto só, nada mais do que isso — disse o Corsário. — Estou com pressa para chegar à plataforma desta torre.

— Eu também não vejo a hora, capitão — disse Carmaux. — Prefiro muito mais ficar montado em uma verga da contravela do joanete de proa durante uma abordagem do que aqui.

O abismo se estendia abaixo deles, negro como o fundo de um poço e pronto para engoli-los. Não se via mais nada. Somente os rugidos das ondas chegavam até eles, parecendo ainda mais fortes do que antes.

Acima deles, ao contrário, o vento ululava sinistramente entre as ameias do torreão e as cordas da escada.

— Se eu sair são e salvo desta aventura medonha, vou acender uma vela na catedral de Veracruz — murmurou ele.

— Avancem — disse o Corsário naquele momento.

Tendo descansado um pouco, o espanhol recomeçou a escalada, agarrando as cordas com força.

O Corsário estava preparado para segurá-lo, com receio que de um momento para outro ele tivesse uma vertigem.

Com um último esforço, finalmente o soldado chegou à orla superior do torreão.

A ESCALADA DE SAN JUAN DE LUZ

— Ajude-me — disse ele quando viu um homem aparecer entre as ameias. Este estendeu os braços e o puxou para a plataforma. O Corsário, que não sofria de vertigem, se agarrou à orla da ameia mais próxima e saltou rapidamente para cima da torre, colocando no mesmo instante a mão na espada.

O homem que ajudara o soldado foi ao encontro dele, dizendo:

— O senhor é o amigo da marquesa de Bermejo?

— Sou — respondeu o Corsário, dando um passo para o lado para abrir o caminho para os seus homens, que também já estavam chegando às ameias.

Ambos se olharam por alguns instantes, com certa curiosidade. Diego Sandorf, o homem de confiança do duque, era de estatura baixa, tinha ombros muito largos e braços musculosos. Aparentava ter cinquenta anos. Os cabelos e a barba estavam grisalhos. As feições eram duras, os olhos, pequenos e cinzas como os de um gato, exibiam um certo lampejo cor de aço.

Examinou o Corsário da cabeça aos pés com uma lanterna que pegou no meio das ameias para poder observá-lo melhor, e depois disse, um pouco mal-humorado:

— O senhor não precisava cobrir o rosto com a máscara. Como pode ver, eu estou com o rosto à mostra.

— Alguns cuidados nunca são demais — se limitou a responder o Corsário.

— Quem são esses homens? — perguntou Sandorf, indicando Carmaux e os outros.

— Meus marinheiros.

— Ah, então o senhor é um capitão da marinha.

— Sou um amigo da marquesa de Bermejo — respondeu secamente o Corsário.

— E o que quer saber de mim?

— Uma coisa da máxima importância.

— Estou às suas ordens, senhor.

— Soube que o senhor tem notícias da filha do duque Wan Guld, a senhorita Honorata.

Diego Sandorf fez um gesto de espanto.

— Desculpe — disse ele — mas antes eu gostaria de saber quem é o senhor para estar interessado na filha do duque.

195

— No momento sou apenas um amigo da marquesa de Bermejo; mais tarde, em outro lugar que não aqui, vou dizer ao senhor quem eu sou.

— Que seja, então. Agora me diga o que quer saber.

— Em primeiro lugar, quero esclarecer se é verdadeiro ou não o boato de que a senhorita Honorata ainda está viva.

— E com que finalidade?

— Tenho uma nave e homens decididos. As minhas chances são maiores do que as de qualquer outra pessoa de talvez localizar a jovem duquesa.

— Então o senhor deve ser amigo do duque, para estar tão interessado assim na filha dele.

O Corsário não respondeu. Diego Sandorf interpretou aquele silêncio como uma afirmação e prosseguiu.

— Então ouça. Há uns dois meses eu estava em uma missão em Havana, quando um dia um marinheiro me procurou para dizer que tinha comunicações da máxima importância para me fazer. Primeiro achei que se tratasse de alguma coisa sobre os flibusteiros de Tortuga, mas na realidade era sobre Honorata Wan Guld. Como ele ficou sabendo que eu era o homem de confiança do duque, decidiu vir encontrar comigo para me dar informações precisas sobre a jovem duquesa. Dessa forma, fiquei sabendo por ele que a tempestade que desabou na noite em que o Corsário Negro a abandonou em uma chalupa para se vingar de seu pai no final acabou poupando a pobre moça. A nave em que estava aquele marinheiro encontrou a jovem duquesa a sessenta milhas da costa de Maracaíbo e a recolheu, apesar da fúria das ondas. A caravela estava indo para a Flórida e a levou junto. Infelizmente estavam na época dos furacões. Quando chegaram perto da costa meridional da Flórida, a caravela naufragou nos arrecifes, e a tripulação foi massacrada pelos selvagens. Só o marinheiro que veio falar comigo conseguiu escapar miraculosamente da morte, ficando escondido entre os destroços da nave, ou melhor, não só ele. A jovem duquesa também foi poupada. Talvez impressionados com a beleza dela, em vez de trucidá-la, os selvagens demonstraram sinais claros de um respeito extraordinário. Do seu esconderijo, o marinheiro viu aqueles ferozes antropófagos se ajoelhando diante da jovem duquesa, como se ela fosse alguma divindade dos mares, depois acomodá-la em um palanquim enfeitado de penas e pele de caimão e levá-la com eles. O marinheiro vagou durante muitas semanas por aquela costa inóspita, até que encontrou uma canoa abandonada na areia e conseguiu se pôr ao largo, navegando até ser recolhido por uma nave que vinha de Santo Agostinho da Flórida. Isso foi tudo o que eu consegui saber, senhor.

O Corsário Negro estava escutando em silêncio, com a cabeça inclinada no peito e os braços cruzados com força. Quando Diego Sandorf terminou de contar, ele levantou depressa a cabeça, perguntando com uma entonação que traía uma enorme ansiedade:

— O senhor acreditou nessa história?

— Acreditei, senhor. Aquele marinheiro não tinha o menor motivo para inventar tudo aquilo.

— E o duque não enviou uma nave na mesma hora para buscá-la?

— Ele estava aqui naquela época, e eu só tive a oportunidade de informá--lo há poucos dias, isto é, logo depois da minha chegada.

— No entanto, Dom Pablo de Ribeira também ficou sabendo de alguma coisa.

— Como o senhor conheceu Don Pablo? — perguntou Sandorf, com espanto.

— Fui encontrar com ele há algumas semanas.

— Fui eu que contei para ele — disse o flamengo. — Pensei que o duque estava em suas propriedades de Puerto Limón, por isso fui para lá primeiro. Mas acontece que ele já tinha ido para Veracruz.

— Fiquei sabendo que o duque embarcou na noite passada para a Flórida.

— É verdade, senhor.

— Sabe se ele vai parar em algum outro lugar antes de chegar lá?

— Acho que deve parar em Cárdenas, na ilha de Cuba, onde tem muitas propriedades e vários negócios para fazer.

— O senhor me disse que a caravela naufragou na costa meridional da Flórida.

— Isso mesmo, senhor — respondeu Sandorf.

O Corsário estendeu a mão para ele e disse:

— Obrigado. Se o senhor descer até Veracruz amanhã, eu lhe digo meu nome.

— Os flibusteiros estão na cidade.

— Amanhã não estarão mais.

Em seguida, virando para seus homens, disse:

— Vamos.

A RAINHA DOS CARAÍBAS

Carmaux, que já dera uma volta pela plataforma para se certificar de que não havia soldados escondidos, desceu em primeiro lugar, seguido por Wan Stiller, depois pelo Corsário e, por último, Moko.

Já haviam descido dez ou doze metros quando um grito escapou da boca de Carmaux.

— Com mil raios! — exclamou ele. — E o soldado?

— Ficou no torreão — gritou Wan Stiller.

— Ele nos traiu!

O Corsário se deteve. Se o soldado que devia receber as piastras prometidas na base do torreão não viera com eles, havia motivos para recear uma traição. O medo de que a escada fosse cortada, atirando todos eles no abismo que rugia embaixo dos seus pés, gelou o sangue em suas veias.

— Vamos subir de novo — gritou o Corsário. — Depressa, se dão valor à vida.

Seguraram com força a escada e subiram rapidamente.

Moko, que era o primeiro, se agarrou à ameia mais próxima. Acabara de apoiar as mãos quando ouviu uma voz dizendo:

— Ainda temos tempo para derrubá-los!

Com um único salto o negro se atirou entre as ameias e empunhou o machado.

Naquele instante, dois homens estavam atravessando a plataforma, indo exatamente para o local em que estava amarrada a escada.

Eram o soldado espanhol e Diego Sandorf.

— Para trás, miseráveis! — gritou o negro, levantando o machado.

Surpresos com aquela aparição inesperada, o espanhol e o flamengo pararam. Aquele momento foi suficiente para dar tempo ao Corsário e seus amigos de chegar ao alto do torreão.

Ao ver uma colubrina, com um único movimento Carmaux fez que ela girasse sobre si mesma, apontando para a plataforma das outras torres, e acendeu rapidamente uma mecha, enquanto o Corsário se atirava para Diego Sandorf com a espada em punho.

— O que quer de mim ainda? — perguntou o flamengo, que também desembainhara a espada.

— Avisar que o senhor chegou tarde demais para nos atirar no abismo — respondeu o Corsário.

— Quem disse isso? — perguntou Sandorf, se fazendo de bobo.

198

— Eu ouvi, senhor Sandorf, quando disse ao espanhol: Ainda dá tempo de derrubá-los.

— O senhor é o Corsário Negro, não é verdade? — perguntou o flamengo, com os dentes cerrados.

— Isso mesmo. O inimigo mortal do duque, seu senhor — respondeu o cavaleiro, retirando a máscara.

— Então agora vou matá-lo! — gritou o flamengo, se atirando furiosamente contra ele.

No momento em que o atacou, o soldado se jogou da plataforma, saltando em cima de uma ponte que se comunicava com um segundo torreão.

— Às armas! — gritou ele a plenos pulmões. — Os flibusteiros!...

— Ah!... Canalha! — gritou Wan Stiller, correndo atrás dele.

Com pressa de se livrar do flamengo para organizar a defesa da plataforma, ou tentar a descida do torreão se tivessem tempo, o Corsário foi com um ímpeto enorme para cima do adversário, obrigando-o a recuar para a ponte.

O flamengo se defendia com vigor, mas não era tão forte quanto o Corsário, embora fosse um hábil espadachim.

Chegando perto do primeiro degrau da ponte, ele foi obrigado a olhar para trás, para não cair. Rápido como um raio, o Corsário alongou uma estocada entre as costelas dele, fazendo-o rolar para baixo da escada.

— Eu poderia ter feito a espada atravessar de um lado ao outro — disse ele. — Poupei a sua vida porque o senhor me deu informações muito importantes, e também porque é amigo da marquesa.

Já era tempo de se livrar daquele adversário. Moko e Wan Stiller, que não conseguiram alcançar o soldado, estavam voltando depressa, enquanto em todas as plataformas e nos bastiões se ouviam sentinelas gritando:

— Às armas!... Às armas!... Os flibusteiros!

O Corsário girou um rápido olhar em toda a volta. Em um canto da plataforma avistou uma escada de pedra que parecia levar ao interior do torreão.

— Vamos procurar proteção — disse ele. — Dentro de pouco tempo, os artilheiros do forte vão destruir este lugar.

— E se escapássemos pela escada de corda? — perguntou Carmaux. — Talvez dê tempo.

— Agora é tarde demais para isso — respondeu Wan Stiller. — Os espanhóis já estão chegando!...

199

— Senhor — chamou Carmaux, virando para o Corsário. — Vá embora daqui!... Não vamos nos render enquanto o senhor não estiver a salvo na chalupa.

— Você está me pedindo para abandoná-los? — gritou o Corsário. — Isso nunca!...

— Depressa, capitão — disse Wan Stiller. — O senhor ainda tem tempo de escapar!...

— Nunca! — repetiu o Corsário com uma firmeza inabalável. — Vou ficar aqui com vocês. Venham. Vamos nos defender como leões, enquanto esperamos o ataque dos flibusteiros de Grammont.

CAPÍTULO 22

ENTRE O FOGO E O ABISMO

O Corsário já havia colocado um pé no primeiro degrau quando um pensamento inesperado o deteve.

— Eu já ia cometer uma covardia! — exclamou ele, virando para os seus homens.

— Uma covardia? — exclamou Carmaux, olhando para ele, espantado.

— Os espanhóis, e sobretudo Sandorf, não vão perdoar a marquesa de Bermejo pelo fato de ter protegido os flibusteiros, principalmente eu. Nós a comprometemos. É preciso que alguém vá avisá-la sobre o que aconteceu, para que ela possa se proteger da vingança dos seus compatriotas.

— Mais uma razão para o senhor ir embora daqui, capitão. Dessa forma salvaria a marquesa e o senhor também.

— O meu lugar é aqui, com vocês — disse o Corsário. — Wan Stiller, confio a você a responsabilidade de ir à casa da marquesa e depois avisar Grammont sobre a nossa situação.

— Estou pronto para obedecer, capitão — respondeu o hamburguês.

— Vamos resistir até você estar seguro. Vá. Ande logo! O tempo é cada vez mais curto — disse o Corsário.

O hamburguês, que não estava acostumado a discutir, montou na orla superior da torre, segurou a corda e desapareceu na escuridão.

— Quando você chegar ao arrecife, dê um sinal para nós com um tiro de pistola — gritou Carmaux para ele.

— Está certo, compadre — respondeu o hamburguês, descendo depressa.

— Vamos nos preparar para a defesa — disse o Corsário. — Carmaux, você vai para a colubrina. Moko, você e eu vamos defender a ponte.

— Os espanhóis estão chegando, capitão — disse Moko. — Já estou conseguindo ver. Estão descendo pelo bastião que fica em frente a nós.

201

A RAINHA DOS CARAÍBAS

Prevenidos pelo alarme dado pelas sentinelas e pelos gritos do soldado, os espanhóis acordaram depressa e pegaram as armas.

Primeiro pensaram que os flibusteiros estivessem tentando um ataque pelo lado das torres e dos bastiões do leste e se precipitaram confusamente para aquele lado, dando assim alguns minutos de trégua ao Corsário e aos seus companheiros. Quando foi informado do erro pelo soldado e ficou sabendo que eram apenas uns poucos flibusteiros, o governador do forte deu a ordem para que uma companhia atacasse a plataforma do torreão leste e aprisionasse aqueles atrevidos. Cinquenta homens, armados parte de fuzis e parte de alabardas, ultrapassaram os bastiões e se movimentaram às pressas para a ponte, enquanto alguns artilheiros apontavam duas peças naquela direção, para apoiar a coluna de ataque. O Corsário e Moko se puseram a postos na extremidade da ponte, protegidos atrás do canto do parapeito, enquanto Carmaux, que antigamente fora um valente artilheiro, apontou a colubrina de modo a poder varrer a passagem.

— Quando viu o avanço dos soldados, o Corsário empunhou a espada na mão direita e uma pistola na esquerda, gritando:

— Quem vive?

— Rendam-se — respondeu o oficial que comandava o pelotão.

— Sou eu que o intimo a se render — disse o Corsário com ousadia.

— Atacar!... Avante!.... É o Corsário Negro!

Era a voz de Diego Sandorf que, embora não tivesse sido gravemente ferido, ainda não conseguira atravessar a ponte. Ao ouvir aquelas palavras, os espanhóis pararam.

— O terrível Corsário Negro! — exclamaram eles, assustados.

A fama do valente batedor do mar se tornara popular em todas as colônias espanholas do golfo do México, e todo mundo conhecia as façanhas audazes daquele homem, como conheciam também o ódio que existia entre ele e o duque flamengo.

Sabendo que iriam enfrentar o assustador Corsário, os soldados do forte pararam, titubeando entre avançar ou recuar para chamar mais reforços. O flibusteiro não lhes deixou um instante para que tomassem uma decisão, querendo ganhar tempo, acima de tudo.

— Avante, meus bravos! — gritou ele. — Carmaux, lance vinte homens pela ponte, e você, Moko, ataque aquele bastião com outros quinze!... Atacar, homens do mar.

E descarregou sua pistola, correndo para a ponte.

202

ENTRE O FOGO E O ABISMO

Enganados por aqueles comandos, achando que realmente estavam diante de muitos homens, os espanhóis recuaram depressa, subindo de novo pelo bastião na maior confusão, apesar dos gritos de Sandorf, que não parava de repetir:

— Avante!... Ataquem!... São só quatro!

Quando viu que os soldados estavam fugindo pelos bastiões, e querendo que acreditassem que estavam em bom número no torreão, Carmaux fez a colubrina funcionar, destruindo uma ameia da segunda muralha, fazendo chover escombros em cima dos fugitivos.

Um instante depois, dois tiros de pistola ecoaram no arrecife.

— Wan Stiller está a salvo! — exclamou Moko.

— E nós atingimos o nosso objetivo — disse Carmaux.

De repente, dois tiros de canhão ribombaram na última torre do leste, e duas balas passaram por cima da plataforma. Uma derrubou uma ameia a apenas cinco passos de Moko. A outra destruiu uma roda da colubrina e depois se perdeu no mar.

— Venham — disse o Corsário.

Os três homens correram para a escada de pedra, enquanto uma terceira bala, desta vez uma de grosso calibre, erguia uma das pedras da plataforma e a fazia em pedaços.

Depois de descer cinquenta degraus, os flibusteiros se viram em um salão abobadado com duas seteiras protegidas por grossas barras de ferro, que davam uma para o mar e a outra para um pátio do forte, quase no mesmo nível da abertura.

Uma porta de carvalho muito grossa, coberta de lâminas de ferro, fechava a passagem para a escada.

— Temos de pensar em proteger a retaguarda antes de qualquer outra coisa — disse Carmaux.

Ajudado por Moko, fechou a porta com um estrondo e passou duas trancas de ferro.

— Por aqui não vão conseguir entrar, certamente — disse ele. — Esta porta é à prova de machados.

— E as barras das duas janelas são bem sólidas — disse Moko.

O Corsário já dera uma volta no salão, para ver se havia outras passagens, mas não achou nenhuma.

— Talvez consigamos resistir até a chegada dos flibusteiros — disse ele.

203

— Acho que até uma semana, senhor — respondeu Carmaux. — Essas paredes são tão espessas que podem desafiar o canhão.

— Mas não temos nem uma gota de água, ou um biscoito.

— É verdade! — exclamou Carmaux com um gesto de desânimo.

— Console-se, Carmaux. Os vivandeiros estão chegando. Infelizmente não vão nos oferecer nada além de pãezinhos de ferro.

— Não gosto muito disso. São indigestos demais.

— Então olhe!

O Corsário Negro, que estava encostado atrás de uma das duas seteiras, avistou um pelotão de espanhóis empurrando um canhão até a extremidade do pátio. Estava prestes a se retirar para trás do canto do muro quando ouviu passos vindo do lado da escada.

— Parece que estão querendo nos pegar entre dois fogos — disse. — Felizmente a porta é maciça, e a escada não permite que se coloque um canhão e...

Uma batida furiosa dada na porta, que fez a torre inteira estremecer, interrompeu o que ele estava dizendo.

— Abram! — gritou uma voz.

— Meu caro senhor — disse Carmaux —, vocês bateram um pouco forte demais.

— Abram! — repetiu a mesma voz.

— Preste atenção! Cuidado, porque estamos na nossa casa e temos o direito de não ser perturbados por quem quer que seja, nem sequer pelo rei da Espanha.

— Ah! Vocês estão na sua casa?

— Por Baco!... Nós já pagamos o aluguel ao senhor Sandorf. Foram cinco centímetros do mais puro aço de Toledo.

— Não quero saber de nada disso. Rendam-se.

— A quem? — perguntou o Corsário Negro.

— Ao comandante do forte, Don Estebán de Joave.

— Pois diga ao senhor de Joave que o cavaleiro de Ventimiglia não tem a menor intenção de se render neste exato momento.

— Lembre-se de que somos quinhentos soldados neste forte — disse o espanhol.

— E nós somos três, mas estamos preparados para lutar até o final das nossas forças.

— O governador prometeu poupar as suas vidas.

— Prefiro arriscá-la em um combate. Vá embora e me deixe em paz.

— Ah! O senhor quer ficar em paz? Sinto muito, cavaleiro, mas nós não vamos lhe dar nem um único momento de trégua.

— Eles ouviram alguns passos subindo a escada e depois, nada.

— Parece que eles desistiram de forçar a porta — disse Carmaux, respirando a plenos pulmões.

— Mas não desistiram de nos bombardear — respondeu o Corsário. — Olhe!

Ele empurrou o marinheiro até a seteira que dava para o pátio.

Na extremidade oposta, Carmaux viu à luz de diversas tochas duas peças de artilharia apontadas para a torre e uma grande quantidade de soldados.

— Está vendo? — perguntou o Corsário.

— Mas que diabo! — exclamou Carmaux, beliscando as orelhas. — A coisa está ficando séria.

— Para trás, Carmaux. Estão assoprando nas mechas.

— Não vou deixar que me peguem, capitão — respondeu o marinheiro, dando um pulo para trás.

Os três flibusteiros ficaram esperando o disparo, mas os canhões, que pareciam prestes a vomitar a massa metálica contra a torre, ficaram mudos.

— Mas a quantas anda essa empreitada? — perguntou Carmaux a si mesmo. — Será que os espanhóis estão com pena de estragar este torreão ou será que querem nos pegar vivos?

— A segunda hipótese é mais provável — respondeu o Corsário, se aproximando da seteira com o risco de ser cortado em dois por uma bala de canhão. — É, parece que eles desistiram de nos bombardear. Os soldados estão confabulando entre eles. Tem vários oficiais lá também, talvez até o comandante do forte.

— Eles estão tentando nos fazer capitular sem que seja preciso recorrer à violência e nem perder um único homem.

— Eles sabem que não temos víveres aqui.

— Mas não sabem que nossos amigos vão vir nos libertar quando o dia amanhecer.

— Devagar, Carmaux — disse o Corsário. — Ainda faltam três horas para o sol aparecer, e nesse intervalo de tempo podem acontecer milhares de coisas.

— O que o senhor receia, capitão?

— Que os espanhóis nos obriguem a capitular antes do nascer do sol.

— Sou da mesma opinião, patrão — disse Moko, que até agora ficara atrás da porta coberta de ferro. — Os espanhóis estão concentrados em algum trabalho misterioso.

— O que foi que você ouviu? — perguntaram Carmaux e o Corsário, preocupados.

— Parece que eles estão rolando barris.

— Escada abaixo? — perguntou Carmaux, empalidecendo.

— É — respondeu Moko.

— Barris! — exclamou o marinheiro. — Será que estão cheios de pólvora?

— É provável, Carmaux.

— Não podemos permitir isso, capitão.

— E o que você quer fazer, meu bravo?

— Abrir a porta e pular em cima dos espanhóis antes que eles possam preparar a mina.

— A ideia não é tão ruim, mas acho que não vamos conseguir muita coisa.

— Prefiro morrer com as minhas armas em punho a saltar pelos ares como uma trouxa de roupa suja.

— Então venham, meus bravos — disse o Corsário, desembainhando a espada.

Antes de dar o comando para que eles levantassem as barras de ferro, encostou uma orelha na porta e escutou durante bastante tempo.

— Deite as barras abaixo — disse ele então a Moko, em voz baixa.

O negro as derrubou com um único golpe a abriu a porta maciça com violência.

O Corsário imediatamente pulou para os primeiros degraus, gritando a plenos pulmões:

— Avante, homens do mar!...

Na metade da escada, quatro soldados comandados por um sargento estavam rolando um barril.

O Corsário pulou no meio deles e com uma estocada abateu o mais próximo, mas o sargento impediu a passagem e o atacou vigorosamente com a espada em punho, enquanto seus companheiros subiram correndo, gritando:

206

— Os flibusteiros!... Às armas!

Abandonado, o barril rolou escada abaixo com um enorme estrondo, jogando Carmaux de pernas para o ar.

— Saia da frente! — gritou o Corsário ao sargento. — Saia da frente ou eu o mato!

— Sebastiano Maldonado morre no posto, mas não foge, meu senhor — respondeu o espanhol, rechaçando com grande habilidade uma estocada que poderia ter atravessado o peito dele de um lado ao outro.

Moko e Carmaux também se lançaram à frente, mas tiveram de parar de supetão por causa da estreiteza da escada e da inesperada resistência oposta pelo sargento.

— Às vezes uma pistola vale mais do que uma espada — disse Carmaux, retirando a arma do cinto.

Estava prestes a atirar no valente sargento quando este caiu com um grito.

O Corsário o atingira no meio do peito.

— Avante! — gritou ele.

Naquele instante os espanhóis apareceram na curva da escada, Chegavam em grande quantidade para rechaçar os flibusteiros.

Dois tiros de fuzis ribombaram. Uma bala cortou secamente a longa pluma negra do chapéu do Corsário, enquanto a segunda arranhou a bochecha direita de Moko, traçando um ligeiro sulco de sangue.

— Em retirada! — gritou o Corsário, descarregando a sua pistola contra os arcabuzeiros.

Com dois saltos, os três flibusteiros desceram a escada e se trancaram de novo no salão, saudados por mais dois tiros de fuzis, cujas balas ricochetearam nas placas de ferro da porta.

— Vamos nos preparar para nos defender até o fim — disse o Corsário.

No mesmo instante, alguns tiros de canhão ribombaram do lado do mar. O Corsário correu para a seteira que dava para o porto e um grito de alegria escapou dos seus lábios.

— O que é que o senhor tem, capitão? — perguntou Carmaux.

— Olhe, Carmaux!... Venha ver!...

— Com mil trovões — exclamou o valente marinheiro. — Os nossos flibusteiros!

A *Folgore* estava entrando na enseada naquele instante, descarregando sua artilharia contra as torres e os bastiões do forte de San Juan de Luz!...

207

CAPÍTULO 23

A TOMADA DE SAN JUAN DE LUZ

Assim que chegou ao arrecife que se prolongava até a base do torreão, Wan Stiller não perdeu tempo.

Compreendendo que o Corsário e seus dois companheiros não seriam capazes de opor resistência à numerosa guarnição do forte, pulou depressa para a chalupa que reencontrou na pequena enseada e começou a remar com a respiração ofegante, indo na direção da enseada central da cidade.

Como o vento estava soprando do lado do golfo, a chalupa era levada pelas ondas que irrompiam através do dique e a empurravam para terra. Sem esse conjunto de circunstâncias felizes, o hamburguês, embora sendo fortíssimo, levaria muito tempo para impulsionar sozinho a chalupa até o quebra-mar mais próximo.

Já chegara à metade da enseada quando, olhando em volta, percebeu uma grande chalupa que estava seguindo exatamente a mesma rota que ele.

— Será que os espanhóis estão me perseguindo? — pensou ele.

Estava prestes a se atirar no meio das barcaças ancoradas na enseada quando ouviu uma voz gritando:

— Ei! Alto lá ou vamos atirar!

Ao ouvir aquela voz, o hamburguês retirou os remos.

— Luserni! — exclamou ele. — Olá! Vocês são da *Folgore*?

— Essa não! — exclamou a mesma voz. — Quero que um tubarão me devore vivo se esse homem não for o hamburguês!

A grande chalupa tripulada por doze marinheiros com um último impulso abordou a embarcação do hamburguês e um homem pulou para a proa, gritando com um fortíssimo sotaque liguriano:

— É você mesmo, Wan Stiller?

— Sou, mestre Luserni.

— E onde está o cavaleiro?

208

— Prestes a ser preso.

— O que é que você está me dizendo?...

— Que se não tomarmos o forte, o senhor de Ventimiglia vai cair nas mãos dos espanhóis.

Naquele instante, um tiro de colubrina ribombou na torre leste de San Juan de Luz.

— Foi o Carmaux, tentando desbaratar os espanhóis — disse Wan Stiller. — Mas eles são só três, e não tinham mais do que um tiro. Mande dois homens para o meu barco, mestre, e corra para avisar Morgan. O capitão está trancado na torre leste.

— E aonde você vai?

— Vou avisar o senhor de Grammont. Os flibusteiros vão atacar o forte quando o dia amanhecer. Você está vindo do mar?

— Estou — respondeu o liguriano. — O senhor Morgan me enviou para receber ordens do capitão.

— Onde está a *Folgore*?

— Cruzando o mar diante da enseada.

— Diga ao senhor Morgan para atacar o forte pelo lado do mar, enquanto o senhor de Grammont vai atacar por terra. Adeus e não perca tempo!...

— Dois homens com Wan Stiller — disse o mestre. — Preparem-se para voltar ao largo!

Pouco tempo depois, a embarcação do hamburguês, reforçada por dois remadores robustos, estava correndo para o quebra-mar, enquanto a grande chalupa retomava a luta contra as ondas e se dirigia para o dique do porto. Assim que desembarcou, o hamburguês virou para os dois flibusteiros e disse:

— Vão depressa até o palácio do governador e avisem o senhor de Grammont que o Corsário Negro está sitiado na torre leste. Daqui a pouco vou encontrar com vocês lá.

Em seguida, saiu às pressas, tentando se orientar entre as numerosas ruas da cidade que mal conhecia.

Não foi muito fácil encontrar o palácio da marquesa de Bermejo, mas finalmente conseguiu chegar lá.

Na hora em que entrou no jardim, dois homens montando dois cavalos lindíssimos e vigorosos estavam saindo.

— Onde está a marquesa? — perguntou Wan Stiller?

— Foi embora — respondeu um deles.

209

— Quando?

— Há umas três horas.

— Não tentem me enganar — disse o hamburguês com voz ameaçadora. — Preciso fazer uma comunicação da máxima importância a ela.

— Mas eu repito que ela foi embora.

— Para onde?

— Para Tampico, de onde vai embarcar para a Espanha.

— Vocês ainda vão vê-la?

— Vamos nos encontrar com ela.

— Então digam a ela que foi tudo descoberto, que Sandorf foi gravemente ferido e que o senhor de Ventimiglia está sitiado, esperando a chegada do senhor de Grammont.

— Eu sou o mordomo dela — disse o espanhol que falara antes. — Suas palavras serão devidamente transmitidas.

— Diga também que fui enviado pelo senhor de Ventimiglia para avisá-la sobre uma possível traição, para que ela tome cuidado.

Em seguida, sempre correndo, ele saiu do jardim, murmurando:

— Mas que mulher esperta essa marquesa. Tomou suas precauções a tempo.

Quando chegou ao palácio do governo, o dia estava prestes a amanhecer.

Reinava uma enorme agitação na ampla praça. Bandos de flibusteiros chegavam de todos os lados, arrastando canhões, rolando barris de pólvora, carregando escadas longuíssimas retiradas das igrejas.

Oficiais e mestres de tripulação entravam e saíam do palácio do governo, enquanto nas ruas vizinhas se ouviam trombetas e tambores dando o toque de recolher. De vez em quando, grandes pelotões partiam em passo de corrida e se dirigiam para a extremidade da enseada, onde se agigantava o vulto imponente de San Juan de Luz.

— Grammont é um homem de palavra — murmurou Wan Stiller. — Está se preparando para conquistar o forte.

Ele abriu o caminho entre os flibusteiros que entravam e saíam do palácio do governador e subiu até a sala que dava para a praça, de onde viu Grammont conversando animadamente com Laurent e com diversos comandantes das naves.

Assim que o viu, o fidalgo francês foi depressa ao seu encontro, exclamando:

210

A TOMADA DE SAN JUAN DE LUZ

— Finalmente!... O que aconteceu afinal com o senhor de Ventimiglia? Os dois marinheiros que você me enviou sabiam tanto quanto eu.

— Quando eu o deixei, a guarnição do forte estava se preparando para atacá-lo, senhor — respondeu Wan Stiller.

— Será que ele já foi dominado?

— Não acredito nisso, senhor. Ele estava fazendo uma barricada em uma sala do torreão leste.

— Vamos lá, Laurent, não podemos perder tempo. Vamos nos preparar para atacar vigorosamente o forte.

Estava prestes a sair quando alguns tiros de canhão ribombaram do lado do porto.

— O que significa isso? — perguntou a si mesmo, parando. — Será que os nossos homens já começaram o ataque, sem esperar por nós?

— Eu posso responder, senhor — disse Wan Stiller. — Essas canhonadas são da *Folgore*.

— A nave do Corsário também está na jogada?

— Está, senhor. Eu mandei avisar o Morgan.

— Aí está uma ajuda poderosa, com a qual eu não estava contando.

Em seguida, virando para os numerosos oficiais que abarrotavam a sala, gritou:

— Vamos, senhores!... O ataque já começou!

Os bandos de flibusteiros já estavam reunidos na pequena península, em cuja extremidade se erguia o forte de San Juan de Luz, e se preparavam para atacar as torres leste, que aparentavam ser menos fortes do que as que davam para a baía de Veracruz. Aqueles torreões, contudo, eram reforçados por bastiões com ameias altíssimas e por meias-luas, além de estarem armados de uma enorme quantidade de canhões de grosso calibre. Tinham um aspecto tão imponente que amedrontava até os flibusteiros mais audazes.

O dia mal acabara de nascer quando os flibusteiros, armados apenas de pistolas e sabres de abordagem, começaram a avançar, sob o comando de Laurent e de Grammont.

Apesar de aqueles bravos homens terem entendido as graves dificuldades que aquela façanha implicava, todos eles também haviam aceitado com entusiasmo a proposta feita pelos chefes, pois se tratava de libertar o Corsário Negro, o flibusteiro mais popular e mais amado de Tortuga.

211

A RAINHA DOS CARAÍBAS

Grammont e Laurent, de comum acordo com Wan Horn, que estava encarregado de vigiar a cidade, a fim de impedir uma revolta por parte dos habitantes, decidiram atacar o temível castelo por dois lados, para dividir a guarnição.

O primeiro, no entanto, deveria atacar vigorosamente, enquanto o segundo, que tinha um número menor de homens, se limitaria a atormentar os defensores e a ameaçar os torreões que davam para o mar. Eram sete horas quando a esquadra de Grammont chegou à distância de um tiro de fuzil dos bastiões do leste. Um bom número de espanhóis tinha se reagrupado atrás dos mirantes, decididos a opor uma resistência desesperada e a morrer antes de se render. Só haviam deixado algumas poucas esquadrilhas do lado do mar para enfrentar a *Folgore*, cujos canhões trovejavam sem parar, derrubando as ameias das torres e destruindo os mirantes atrás dos quais estavam as artilharias mais pesadas do forte.

Quando apareceram as primeiras esquadras dos flibusteiros de Grammont, a artilharia de grosso calibre dos espanhóis deu início a um fogo infernal, atingindo tremendamente as esplanadas que se estendiam diante das torres e as muralhas a oeste, e derrubando as árvores atrás das quais haviam se posicionado as frentes de combate.

Em vez de responder, os flibusteiros simplesmente se dispersaram, deitando no meio do mato alto ou atrás dos arbustos, mas, depois de cada descarga, eles corriam para avançar mais dez ou quinze passos, rastejando como serpentes, para depois voltar a se deter, estendidos no chão.

Aquela manobra fora sugerida por Grammont e limitava imensamente as perdas, pois era muito raro que as balas grandes da artilharia espanhola, mais aptas a arrebentar navios grandes do que homens isolados, acertassem o alvo.

Quando, porém, os flibusteiros chegaram diante da última esplanada, que ficava a apenas trezentos metros dos fossos dos bastiões, subitamente as coisas começaram a piorar para o lado dos atacantes.

As pequenas artilharias que haviam acabado de entrar em cena, atirando metralha e verdadeiras nuvens de estilhaços, eram disparadas rente ao solo pelas seteiras abertas na base dos torreões e varriam literalmente a esplanada, mutilando ou fulminando os flibusteiros.

Grammont ficou de pé e gritou:

— Ao ataque!... O Corsário Negro está nos esperando!

Um grito imenso, selvagem, explodiu entre os atacantes.

A TOMADA DE SAN JUAN DE LUZ

— Ao ataque!... Morte aos espanhóis!

Os quatrocentos homens que formavam o batalhão do fidalgo francês correram em frente, levando as escadas e se encorajando com clamores assustadores.

Eles só tinham de atravessar trezentos metros para chegar aos fossos, mas eram trezentos metros sem nenhuma proteção.

Os espanhóis duplicaram o fogo. Dos bastiões, das seteiras, das ameias das torres as artilharias ecoavam num crescendo ensurdecedor. As balas, as granadas e a metralha caíam por todo lado, sulcando e levantando o solo e causando grandes vazios entre os atacantes.

Apesar dos gritos dos chefes, os flibusteiros hesitaram. Alguns, mais audazes, chegaram aos fossos e suspenderam as escadas, mas não ousaram subir e enfrentar aquele fogo do inferno que semeava a morte por todo lado.

— Avante! — gritou Grammont, se colocando à frente de um pelotão de bucaneiros. — O Corsário Negro está lá em cima!

Ele se arremessou corajosamente no meio da fumaça e jogou uma ponte volante sobre o fosso. Uma descarga de metralha atingiu em cheio os homens que o acompanhavam, e a ousada esquadrilha se esfacelou como um castelo de cartas. Naquele instante, uma nova tropa de flibusteiros correu pela esplanada. Eram os homens de Laurent. Rechaçados, por sua vez, foram depressa se reunir ao bando de Grammont, com a esperança de ter mais sucesso daquele lado. Aquela ajuda infundiu uma coragem desesperada no bando do fidalgo francês. Os homens começaram a descer nos fossos, a fincar as escadas e a se arremessar ao ataque, tentando afastar os espanhóis com bombas lançadas a mão. Mas foi tudo em vão. Os defensores derrubaram as estacas nos fossos e fizeram chover pedras e água fervente em cima dos atacantes, enquanto as artilharias continuavam a varrer as esplanadas.

A partida já parecia estar perdida! Extenuados por causa daquelas tentativas inúteis, fulminados pelos canhões e pelos mosquetes dos defensores do castelo, os flibusteiros se retiraram para a segunda esplanada, levando com eles os feridos.

Os dois chefes da flibustaria, com um bando composto de homens escolhidos, ainda tentaram um esforço supremo, mas acabaram também sendo obrigados a recuar para não serem exterminados por aquela tempestade de ferro e de chumbo.

De repente explodiram gritos agudos atrás dos últimos bandos. Eram choros de mulheres e gritos de homens assustados, aterrorizados.

— O que está acontecendo? — gritou Grammont.

Um espetáculo estranho e inesperado se apresentou aos olhos do fidalgo francês.

Quatro ou cinco dúzias de pessoas, parte frades, parte freiras, avançavam entre gritos e choros, trazendo longas escadas. Atrás e ao lado deles marchava uma centena de flibusteiros, com as armas na mão, blasfemando e ameaçando.

— Mas o que será que esses frades e freiras vieram fazer aqui? — perguntou Grammont, atônito.

— Foi uma ideia do Morgan — respondeu um flibusteiro.

— Do Morgan?... Ele desembarcou da *Folgore*?

— Acabou de chegar.

— E o que ele pretende fazer com aqueles religiosos?

— Mandou que eles fincassem as escadas nos fossos.

— Os frades?...

— Ele acha que os espanhóis vão suspender o fogo. Eles são muito religiosos para matá-los.[1]

— Na minha opinião, contudo, o governador de San Juan de Luz não vai poupá-los e lamento desde já a sorte aqueles infelizes.

Apesar do terror que os invadia, os frades e as freiras atravessaram a esplanada, carregando as escadas entre os gritos e as ameaças dos flibusteiros. Pediam graça em vão e com choros e lamentos tentavam comover os seus guardiões.

Ao vê-los chegar, os espanhóis suspenderam o fogo por um instante, hesitando em exterminar aqueles infelizes.

— Não nos matem! — gritaram as freiras, levantando os braços para os soldados aglomerados nas torres.

— Piedade!... Não atirem! — gritavam os frades.

Aquele momento de hesitação não durou muito.

O governador do castelo percebeu quais eram os planos infernais dos flibusteiros. Decidido a se defender e a poupar a sua guarnição, mandou que a artilharia fizesse fogo contra os religiosos e seus guardiões, massacrando uns e outros.

---

[1] Mais tarde, Morgan recorreu a esse meio cruel em Porto Bello também para se apoderar de um forte, cuja guarnição opunha uma resistência acirrada.

A TOMADA DE SAN JUAN DE LUZ

Reorganizados por Grammont e Laurent e protegidos por aquele grupo, os bandos se reagruparam na última esplanada.

Uma raiva tremenda tomou conta de todos eles. Sem dar a menor importância ao fogo ininterrupto dos espanhóis, eles afluíram em massa nos fossos, içando as escadas e subindo para atacar com um ímpeto irresistível.

Os espanhóis contra-atacaram, derramando sobre eles pedras, balas de ferro e atirando com os mosquetes, já que não podiam mais usar a artilharia. Finalmente acolhiam os que chegavam lá em cima com golpes de alabarda e de espada.

No entanto, nada mais retinha os flibusteiros, que já haviam chegado aos primeiros bastiões.

Com granadas eles expulsaram os espanhóis das ameias e das plataformas e irromperam furiosamente no forte. A resistência obstinada da guarnição e as graves perdas sofridas deixaram esses homens ainda mais ferozes. Quantos inimigos que caíram em suas mãos foram cruelmente trucidados! Rechaçados, os espanhóis fugiram para as últimas torres, tentando ainda opor uma resistência desesperada e interromper o avanço dos flibusteiros com as colubrinas colocadas nos terraços. Mas a artilharia da *Folgore* os obrigou a esvaziar aqueles espaços e a se refugiar nos pátios internos.

Grammont e Laurent mandaram apontar toda a artilharia da fortaleza para aqueles infelizes, intimando-os a se renderem. A guarnição original de quinhentos homens estava reduzida a cerca de duzentos, na maior parte feridos. O governador e os principais oficiais haviam morrido com bravura nos terraços das torres.

Tentar continuar a luta teria sido uma loucura inútil, assim eles se renderam e, com a morte no coração, baixaram o grande estandarte da Espanha que haviam defendido com tanta bravura.

Wan Stiller, que combatera o tempo todo ao lado de Grammont, virou para o fidalgo, dizendo:

— Vamos procurar o Corsário Negro agora, meu senhor. Não temos mais nada a fazer aqui.

— Você acha que ele ainda está vivo?

— Não só acho, como tenho certeza de que ainda deve estar embarricado na torre do leste.

— Vou com você, meu bravo hamburguês — disse Grammont.

215

A RAINHA DOS CARAÍBAS

Enquanto os flibusteiros desarmavam os prisioneiros, o hamburguês e o fidalgo se dirigiram para o torreão, cujas ameias haviam sido desmanteladas pela artilharia da *Folgore*.

Embaixo da escada que levava à plataforma, tropeçaram em um cadáver.

— Eu conheço este homem — disse o hamburguês, se inclinando.

— Será que é o soldado que os trouxe até aqui? — perguntou Grammont.

— Não, senhor, é Diego Sandorf.

— O flamengo que iria fazer revelações importantes ao Corsário?

— Ele mesmo, senhor de Grammont. Levou uma estocada do capitão.

Os dois homens subiram até a plataforma e desceram a escada estreita que levava ao interior da torre.

Na metade da descida encontraram outro cadáver. Era o de um sargento espanhol.

— Aqui está outro que levou uma estocada em pleno peito — disse Wan Stiller. — O capitão não poupou sequer este pobre-diabo.

Quando chegaram aos últimos degraus da escada, encontraram uma porta trancada a ferros.

— Será que estão fechados aqui dentro? — perguntou Wan Stiller a si mesmo.

Ele ergueu então o fuzil que tinha na mão e bateu furiosamente na porta, que logo cedeu, pois não estava fechada por dentro.

— Pelos trovões de Hamburgo! — exclamou Wan Stiller, enxugando com a mão esquerda algumas gotas de suor. — Não tem ninguém aqui.

— Vocês encontraram o capitão? — perguntou uma voz naquele instante.

O senhor de Grammont e o hamburguês viraram para trás e viram Morgan descendo rapidamente a escada, acompanhado de alguns marinheiros da *Folgore*.

— Parece que o Corsário não existe mais — respondeu o hamburguês, com a voz destroçada.

Armou o fuzil e entrou decididamente na sala ampla, seguido pelo senhor de Grammont e Morgan.

— Com mil raios e trovões! — exclamou ele. — O Corsário sumiu!

216

CAPÍTULO 24
A PERSEGUIÇÃO À *ALAMBRA*

Havia vestígios de uma luta tremenda, desesperada, naquela sala. O chão e até mesmo as paredes estavam respingados de sangue, e aqui e ali se viam espadas e alabardas quebradas, capacetes despedaçados, machados estilhaçados, barras de ferro contorcidas, farrapos de tecido e plumas desmanchadas. Em um canto jaziam dois cadáveres com os crânios despedaçados; em outro, estava um sargento espanhol com o peito dilacerado ou por um terrível golpe de sabre, ou por uma machadada, e perto da seteira que dava para o mar havia mais dois.

Com um único olhar, o hamburguês e seus companheiros perceberam que entre aqueles cadáveres não estava nenhum dos homens que estavam procurando.

— Será que foram aprisionados vivos? — perguntou Wan Stiller. — O que acha, senhor Morgan?

— Acho que, se foram feitos prisioneiros, vamos encontrá-los em alguma torre deste castelo.

Naquele instante, ouviram uma voz fraca murmurando:

— Água!...

Aquela voz partiu do canto mais escuro da sala. Com dois saltos, Morgan chegou até lá.

Mais um soldado jazia atrás de alguns barris e de uma velha carreta de colubrina. Era um rapaz ainda imberbe, com feições delicadas, quase um menino. Levara um golpe de espada no flanco direito e estava com a roupa ensopada de sangue, que devia ter saído em grande volume pela ferida. Ao ver Morgan, na mesma hora estendeu a mão direita para empunhar uma espada que estava ao alcance da sua mão.

— Esqueça a arma, meu jovem — disse Morgan. — Não vamos fazer nenhum mal a você.

217

— Mas vocês não são flibusteiros? — perguntou o jovem soldado com voz fraca.

— Somos, é verdade. Mas não viemos até aqui para matá-lo.

— Achei que vocês estavam querendo vingar o Corsário Negro.

— Viemos procurá-lo.

— Ele já está bem longe — murmurou o espanhol.

— O que você quer dizer com isso? — perguntou o senhor de Grammont, que se aproximara de Morgan.

— Que ele foi levado para longe.

— Para onde?

Com a mão direita, o soldado indicou a seteira que dava para o mar.

— Você está me dizendo que ele embarcou? — perguntou Morgan, empalidecendo.

O espanhol fez um sinal afirmativo com a cabeça.

— Pelos trovões de Hamburgo — exclamou Wan Stiller.

— Explique direito o que aconteceu aqui — disse de Grammont, com voz ameaçadora.

— Água!... Preciso beber... antes...

Wan Stiller tirou do cinto uma garrafa quase totalmente cheia de água misturada com bastante rum da Jamaica e a estendeu ao ferido, que a esvaziou avidamente, enquanto Morgan estancava com uma faixa de seda o sangue que ainda saía lentamente da ferida.

— Obrigado — murmurou o espanhol.

— Você consegue falar agora? — perguntou Grammont.

— Agora estou melhor.

— Então ande logo: não estou conseguindo segurar a impaciência.

— Como disse, o Corsário Negro não está mais em San Juan de Luz — começou o ferido. — Ele já está no mar, a bordo de um navio espanhol em direção a Cárdenas de Cuba, a fim de ser entregue ao duque flamengo.

— A Wan Guld? — exclamaram os três flibusteiros.

— Isso mesmo, a Wan Guld.

— Por Plutão e Vulcano! — gritou Morgan.

— Você está mentindo — disse Grammont. — Enquanto eu estava atacando o forte, o Corsário ainda devia estar aqui.

— Não, senhor — respondeu o espanhol. — Além disso, por que eu iria mentir? Não estou nas suas mãos? Se eu quiser enganar vocês, com toda certeza não vão poupar a minha vida.

218

A PERSEGUIÇÃO À *ALAMBRA*

— No entanto, algumas horas antes de a *Folgore* chegar e abrir fogo contra o castelo, o Corsário Negro estava nesta torre — disse Wan Stiller.

— Isso é verdade — respondeu o espanhol. — Ele tinha se trancado neste salão junto com um marinheiro chamado Carmaux e um negro de estatura gigantesca.

O nosso primeiro ataque para capturá-los não deu certo; mas quando ouvimos as canhonadas da *Folgore*, fizemos mais uma tentativa, decididos a vencê-los de qualquer maneira. Aproveitando uma passagem que os flibusteiros não conheciam, caímos em cima deles e entramos em um combate desesperado.

O Corsário Negro e os seus dois companheiros se defenderam como loucos, matando muitos dos nossos. Mas finalmente foram derrotados graças ao nosso número, desarmados e amarrados.

A *Folgore* estava bombardeando o torreão nessa hora, e os seus homens, atacando os bastões a oeste. Mas ainda tínhamos o caminho livre para o norte. Adivinhando o motivo do ataque, o governador mandou embarcar os prisioneiros, sem que fossem vistos, em uma chalupa que estava escondida no meio dos arrecifes, e levá-los com uma bela escolta à laguna, onde havia um navio espanhol à espera das nossas ordens.

— E como você sabe de tudo isso? — perguntou Morgan.

— Todo mundo conhecia os planos do governador para capturar o Corsário Negro.

— Qual o nome dessa nave? — pergunto Morgan.

— *Alambra*.

— Você a conhece?

— Vim para o México a bordo dela.

— É uma nave de guerra?

— É, e veleja muito bem.

— Quantos canhões ela tem?

— Dez.

— Vou alcançá-la — disse Morgan, virando para o senhor de Grammont.

Este chamou então alguns flibusteiros e entregou o ferido aos cuidados deles, saindo da torre em seguida com Morgan e Wan Stiller. A notícia de que o Corsário Negro não fora encontrado no castelo já tinha se espalhado entre os flibusteiros, deixando-os tão furiosos que houve o receio de que resolvessem trucidar todos os prisioneiros espanhóis. Foi preciso toda a autoridade de Grammont e de Laurent para frear a cólera deles e evitar um massacre. As

219

A RAINHA DOS CARAÍBAS

informações dadas pelo jovem espanhol acabaram se comprovando exatas. Diversos oficiais espanhóis foram interrogados separadamente e todos foram unânimes em afirmar que o Corsário Negro, depois de uma luta tremenda, fora feito prisioneiro junto com seus dois companheiros e embarcado em uma chalupa para transportá-lo a bordo da *Alambra*.

— Só nos resta uma coisa a fazer, meu caro Morgan — disse o senhor de Grammont, virando para o lugar-tenente da *Folgore*. — Temos de sair ao largo sem perda de tempo e perseguir o navio espanhol.

— É exatamente o que pretendo fazer, senhor — respondeu o inglês. — Vou salvar o cavaleiro de Ventimiglia nem que seja preciso combater contra a esquadra do México inteira.

— Ponho homens e canhões à sua disposição.

— Não vou precisar, senhor de Grammont. A *Folgore* está muito bem armada e tripulada por cento e vinte homens que não temem a morte.

— Quando você vai se pôr ao largo?

— Imediatamente, senhor. Não quero que a nave ganhe uma vantagem muito grande. Se ela chegar a Cárdenas antes de mim, seria o fim de tudo para o Corsário Negro, porque o duque não vai poupar a vida dele.

— Nunca vou me conformar se esse valente terminar sua gloriosa carreira em uma forca infame, como aconteceu com seus pobres irmãos.

— A *Folgore* veleja muito bem, senhor de Grammont, e vai chegar a Cárdenas antes.

— Tome cuidado para não encontrar problemas no caminho.

— Não tenho medo de ninguém. E quando o senhor vai partir?

— Amanhã no mais tardar todos vamos embarcar e voltar a Tortuga. Soubemos que um grande pelotão de espanhóis está avançando em marcha forçada para nos surpreender em Veracruz, e não vamos ser bobos de ficar esperando.

Diga ao senhor de Ventimiglia que o saque da cidade rendeu seis milhões de piastras, e que vamos conseguir mais dois milhões com os resgates dos prisioneiros. Vou reservar a parte que cabe a ele.

— O senhor sabe que o Corsário Negro não faz isso por dinheiro, e que sempre dá a sua parte à tripulação.

— Adeus, Morgan. Espero encontrá-lo mais tarde. Cuba não fica muito longe de Tortuga e da ponta de Samana.

A PERSEGUIÇÃO À *ALAMBRA*

Os dois homens apertaram as mãos, depois o inglês saiu do forte que os flibusteiros estavam saqueando e voltou à cidade junto com Wan Stiller e cinquenta homens da *Folgore*.

Quatro embarcações estavam esperando por eles no molhe.

Os flibusteiros embarcaram, atravessaram o porto e chegaram à *Folgore*, que se pusera à capa na extremidade do dique, perto do farol.

Assim que chegou a bordo, Morgan ordenou que a tripulação se alinhasse e disse:

— O nosso capitão está nas mãos dos espanhóis e a esta hora deve estar navegando no Golfo do México para ser entregue ao seu inimigo mortal, o duque flamengo, o assassino do Corsário Vermelho e do Corsário Verde. Espero que vocês ajudem nessa difícil empreitada que estou prestes a tentar, para salvá-lo da morte certa. Espero que cada um de vocês faça o seu dever de homem de valor.

Um imenso grito de fúria acolheu aquela triste notícia.

— Vamos salvá-lo! — berraram todos os homens.

— É exatamente o que vou tentar — respondeu Morgan. — Desfaçam as fileiras e vamos dar início à perseguição sem perda de tempo!

Poucos minutos depois, a *Folgore* começou a velejar, saudada pelos hurras dos flibusteiros aglomerados nos torreões e nos bastiões do forte e por alguns tiros de canhão.

Quando saiu do porto, Morgan apontou a proa diretamente para leste, para chegar ao Cabo Catoche, que separa o Yucatán da ponte extrema de Cuba, antes de qualquer outra coisa.

Naquelas paragens havia o perigo de encontrar a frota do México ou dar de cara com os cruzadores que vigiavam diante de Havana, mas Morgan contava com a velocidade da *Folgore* para escapar de uns e outros.

O vento estava favorável e o mar, quase tranquilo. Assim existia a esperança de chegar em pouquíssimo tempo à costa da grande ilha, a assim chamada Pérola do Atlântico, atingir Cárdenas antes da chegada da *Alambra* e preparar uma emboscada diante do porto.

— Vamos chegar a tempo — disse Morgan a Wan Stiller, que o interrogava. — A nave espanhola não deve ter mais de vinte e quatro horas de vantagem sobre nós, uma verdadeira insignificância para a nossa *Folgore*.

— E aquele duque dos infernos?

— Desta vez não vai fugir mais, Wan Stiller. Nem que eu tenha que pôr a ferro e fogo toda a costa setentrional de Cuba.

221

A RAINHA DOS CARAÍBAS

— Aquele homem tem uma sorte estranha. Já e a terceira vez que o capitão fica com ele na ponta da espada e ele escapa. Até parece que é protegido por Belzebu.

— Mas a sorte dele também vai acabar — disse Morgan.

Enquanto isso, depois de cortar a grande corrente do Golf que subia para o norte, costeando as praias da América Central, a *Folgore* se lançou, leve como uma gaivota e rápida como uma andorinha, nas águas do Golfo de Campeche.

Embora soubessem que tão cedo não iriam encontrar a nave espanhola que conduzia o seu capitão, os marinheiros se puseram de vigia nas vergas, nos cestos de gávea e nos vaus, ansiosos para descobri-la. Olhos e lunetas perscrutavam atentamente o horizonte, procurando um ponto branco ou preto que indicasse a presença da *Alambra*. Uma procura inútil, pois a noite caiu sem que nenhum navio fosse descoberto em nenhuma direção.

Como um homem prudente, Morgan não acendeu os faróis regulamentares. A tripulação da *Alambra* poderia vê-los, desconfiar de que eram uma nave lançada nos seus passos e mudar a rota.

No dia seguinte também não houve nada de novo, nem nos outros, apesar da estreita vigilância dos marinheiros. Era possível que a nave adversária tivesse subido muito para o norte para enganar os perseguidores ou, ao contrário, descido muito para o sul, se mantendo perto da costa. Seja como for, a *Folgore* chegou ao Cabo Catoche sem encontrá-la.

A travessia do estreito de Yucatán foi feita sem encontros problemáticos e vinte horas depois, impulsionada por um vento fresco de oeste, a nave corsária tocou o Cabo San Antonio, que é o mais ocidental da ilha de Cuba.

Por isso, era exatamente naquele momento que deveriam começar os verdadeiros perigos e que era preciso redobrar a vigilância a bordo da *Folgore*.

Também naquela época, a costa setentrional da ilha era muito frequentada pelas naves espanholas, de forma que os governadores de Havana mantinham continuamente uma flotilha na vizinhança da capital, para impedir qualquer golpe por parte dos flibusteiros.

Sendo assim, depois de estabelecer uma guarda permanente nos cestos de gávea, formada de alguns gajeiros munidos de lunetas de longo alcance, Morgan mandou abrir o máximo de pano possível, inclusive as velas de cutelo e as varredouras, mandou carregar a artilharia e se dirigiu decididamente para nordeste, a fim de passar ao largo das paragens frequentadas pelas naves inimigas.

Foi uma corrida fantástica, maravilhosa, conduzida com suma perícia por aquele hábil lugar-tenente, que mais tarde deveria conquistar uma fama tão grande tanto como marinheiro quanto como comandante. Com todas as velas enfunadas, até mesmo a contravela do joanete de proa, apesar da violência dos golpes de vento que muitas vezes são tão perigosos até para as naves mais equilibradas, a *Folgore* passou sem ser observada diante dos cruzadores que estavam estacionados de guarda em Havana, escapando depressa da perseguição iniciada por uma nave de bordo alto, que em pouco tempo ficou para trás. Dois dias depois, Morgan dobrou bruscamente para o sul e se pôs à capa a menos de três milhas de Cárdenas, quase na entrada da ampla baía formada pelos cabos Hicanos e Cruz del Padre.

A prudência aconselhava a não encostar demais nas praias, a fim de não ser surpreendido e bloqueado pelas naves provenientes do alto-mar.

— Agora temos de descobrir se a *Alambra* já entrou no porto ou de ainda está no mar — disse Morgan ao hamburguês, que o interrogava.

— Eu enxergo muito bem, senhor lugar-tenente — respondeu Wan Stiller —, mas não estou conseguindo ver nenhuma nave na baía.

— Estamos longe demais, e a costa é tão sinuosa que vai ficar difícil descobrir alguma coisa.

— E como vamos saber se a *Alambra* está aqui?

— Vamos ter de fazer uma visita à cidadela — respondeu Morgan com voz tranquila.

— E os espanhóis? Dizem que eles têm até fortins bem armados aqui.

— Podem ser evitados.

— De que jeito, senhor.

— Agora são sete horas — disse Morgan, olhando para o sol, que estava prestes a se pôr atrás do Pan de Matanzas, um enorme cone rochoso que se agigantava isolado a oeste. — Dentro de uma hora a escuridão vai cair e o mar vai ficar cor de piche. Quem vai ser capaz de ver uma barca?

— Vamos fazer uma visita a Cárdenas em uma chalupa?

— Vamos. E vai ser você que vai a terra, meu bravo hamburguês.

— E o que devo fazer?

— Interrogar alguém para saber se Wan Guld ainda está aqui e ver se a *Alambra* está no porto.

— Vou fazer os preparativos, senhor.

— Ande logo. A nave que estamos procurando pode chegar aqui de um momento para outro.

Enquanto o hamburguês escolhia os homens que deveriam acompanhá-lo naquela perigosa expedição, o sol ia desaparecendo rapidamente atrás do Pan de Matanzas, e a escuridão começava a descer.

Assim que tudo ficou escuro, o hamburguês saiu da ponte da nave, seguido de oito homens escolhidos entre os mais corajosos e mais hábeis remadores da tripulação. Uma baleeira, rapidíssimo um barco de flancos estreitos e muito leve, já fora descida na água, a boreste da *Folgore*.

— Vá nos encontrar no Cabo Hicanos — disse Morgan, se debruçando no costado. — Seja muito prudente, e cuidado para não ser capturado.

— Fique tranquilo. Eu vou deixar os espanhóis em paz.

Ele então sentou na popa, segurando a barra do timão, e fez sinal aos remadores para começarem a trabalhar. Enquanto isso, a *Folgore* se pôs ao vento e já corria para o Cabo Hicanos, pois era daquele lado que a *Alambra* deveria chegar, a menos que já tivesse entrado no porto.

A baía de Cárdenas é uma das mais amplas que existem na grande ilha de Cuba. É formada de duas penínsulas longuíssimas que se estendem por várias milhas para o norte, quase se unindo a vários grupos de ilhotas que, muito oportunamente, fazem uma barreira para a quebra das ondas. Bem na extremidade meridional fica a cidadela de Cárdenas. Naquela época, contudo, ela não tinha a importância que adquiriu hoje, e consistia apenas de um grupo de habitações e de diversas refinarias de açúcar protegidas por dois fortins de madeira. Mas servia de estação para as naves costeiras, pois ficava a uma distância razoável de Havana e quase em frente à Flórida, uma colônia espanhola na época.

Protegida pelas sombras, a chalupa atravessou rapidamente a baía, que naquele momento estava deserta, e foi abordar no molhe sem que ninguém a visse. A primeira coisa que os flibusteiros viram foi uma grande nave de três mastros, uma fragata, a julgar pela forma, ancorada em frente à cidadela. Estava com as velas recolhidas, como se esperasse a maré alta ou o vento favorável para se pôr ao largo.

— Pelos trovões de Hamburgo! — exclamou Wan Stiller ao vê-la. — Se a *Folgore* entrasse no porto, ia ser sopa no mel. O que será que essa nave está fazendo aqui?

224

A PERSEGUIÇÃO À *ALAMBRA*

— Meu caro hamburguês — disse um marinheiro que estava sentado perto dele — estou começando a desconfiar de uma coisa.

— Do quê, Martino?

— De que os espanhóis ficaram nos esperando aqui.

— Você acha isso por causa dessa nave?

— Isso mesmo, Wan Stiller.

— Muito bem, quer saber de uma coisa, Martino? Sou da mesmíssima opinião.

— Nesse caso, alguém deve ter avisado o governador de Havana que o Corsário Negro foi capturado — disse outro marinheiro.

— Exatamente — concordou Wan Stiller.

— E como isso foi feito?

— Só vejo uma alternativa.

— Qual?

— Que a *Alambra* já tenha abordado em Havana.

— E que, em vez dela, o governador tenha mandado esse navio para cá.

— É — respondeu o hamburguês.

— Um belo problema para nós — disse Martino.

— Mas vamos apurar depressa se as nossas suspeitas têm algum fundamento. Estou vendo uma barca de pescadores encostando na margem.

— Vamos até ela?

— Vamos — respondeu Wan Stiller com voz decidida. — Mas cuidado para não escapar uma só palavra em italiano, nem em francês ou inglês. Eles têm de acreditar que somos espanhóis chegando de Havana ou de Matanzas.

— Todos de bico calado — disse Martino. — Vamos deixar você falar sozinho, já que sabe falar espanhol tão bem quanto um verdadeiro castelhano.

A barca de pesca, que devia ter entrado no porto um pouco depois do pôr do sol, estava a menos de quatrocentos metros e manobrava para conseguir passar entre o navio e a baleeira.

Era um pequeno veleiro de um único mastro, sustentando uma grande vela latina como as orças da Espanha setentrional, e não devia transportar mais do que uma meia dúzia de pescadores.

Como desejava abordá-la antes que tocasse a terra, Wan Stiller cortou a passagem dela com habilidade, intimando a tripulação a se pôr à capa, ou seja, de través para o vento. Ao ver que a baleeira era tripulada

225

A RAINHA DOS CARAÍBAS

por homens armados, os pescadores não hesitaram em obedecer, provavelmente achando que estavam lidando com marinheiros da nave de bordo alto.

— O que deseja, senhor comandante? — perguntou o timoneiro do pequeno veleiro, jogando uma corda para que a baleeira pudesse atracar.

— Vocês estão vindo de alto-mar? — perguntou o hamburguês, tentando reduzir o sotaque alemão.

— Estamos, comandante.

— Cruzaram com alguma nave?

— Acho que nós vimos uma nave perto do Cabo Hicanos.

— De guerra?

— Pelo menos nós achamos que sim — respondeu o pescador.

— De quantos mastros?

— Dois.

— Eles viram a *Folgore* — pensou o hamburguês, fazendo uma careta. Em seguida, acrescentou em voz alta:

— Não deve ser o mesmo que estamos esperando. Vocês conhecem o *Alambra*?

— A corveta?

— É — disse Wan Stiller.

— Já esteve aqui algumas vezes.

— Mas ainda não chegou?

— Ninguém a viu.

— E o duque Wan Guld ainda está aqui?

— Continua a bordo daquela fragata, mas... vocês não fazem parte da tripulação daquela nave?

— Nós acabamos de chegar de Matanzas, como ordens do governador de lá para Sua Excelência, o duque.

— Vai encontrá-lo a bordo.

— Achei que a fragata já tinha ido embora.

— Está terminando de abastecer e deve ir para a Flórida. E parece que está esperando também uma nave que já foi assinalada pelo governador de Havana.

— Será que é a *Alambra*?

— Não posso garantir, senhor, mas pode ser ela, sim. Dizem que está transportando um chefe flibusteiro muito famoso.

226

A PERSEGUIÇÃO À *ALAMBRA*

— Pelos trovões de Hamburgo! — murmurou Wan Stiller. — Obrigado e boa noite. Vou abordar a fragata.

Soltou o cabo e, enquanto o pequeno veleiro retomava o curso, indo para o molhe, a baleeira virou no próprio lugar e apontou a proa na direção da fragata.

Mas aquilo não passou de uma manobra para enganar os pescadores, pois o hamburguês não tinha a menor intenção de aparecer para a tripulação espanhola daquele colosso.

Quando viu que os pescadores já haviam ancorado no molhe, tornou a virar de bordo e se dirigiu para o Cabo Hicanos, onde a *Folgore* estava esperando.

— Remem com toda a força — disse ele aos seus homens. — Estamos prestes a jogar uma cartada desesperada.

A baleeira corria como uma toninha, saltando agilmente sobre as ondas que passavam pelo meio das ilhotas espalhadas na embocadura do porto.

Conhecendo o grave perigo que corria o comandante, os marinheiros faziam esforços prodigiosos, estendendo tanto os músculos que parecia que a pele dos braços ia estourar. As remadas se sucediam muito depressa, mas com total regularidade, pois se aqueles homens eram os mais famosos atiradores do mundo, também não deixavam de ser remadores habilíssimos.

Ainda não haviam transcorrido três quartos de hora desde que o hamburguês interrogara os pescadores e a baleeira já estava chegando perto da extremidade da península que forma o Cabo Hicanos.

A *Folgore* estava lá, à capa, vigiando a entrada do porto, com a proa virada para oeste, como se estivesse preparada para correr ao encontro do seu dono e abrir a prisão com um tremendo abalroamento.

— Olá! Mandem um cabo! — gritou o hamburguês.

— As notícias são boas? — gritou Morgan, se debruçando sobre a amurada.

— Prepare-se para partir, senhor — respondeu o hamburguês. Estamos prestes a ficar presos entre dois fogos.

CAPÍTULO 25

A *FOLGORE* ENTRE DOIS FOGOS

em esperar por maiores esclarecimentos, Morgan deu ordens para abrir as velas imediatamente e virar a proa para Matanzas, enquanto o hamburguês e os seus homens subiam depressa a bordo. Na mesma hora, a baleeira foi içada com os sarilhos e amarrada às gruas do cadernal de âncora.

— As notícias são graves, então? — perguntou Morgan, conduzindo o hamburguês para a ponte de comando.

— O duque já sabe que o Corsário está a bordo da *Alambra*, senhor — disse Wan Stiller.

— Eu já havia imaginado. E por onde anda essa nave?

— Ancorou em Havana, por isso não deve demorar muito a chegar.

— Vamos atacá-la logo.

— Não nestas águas, senhor. O duque está a bordo de uma fragata.

— Essa é uma notícia que me incomoda demais. Duas naves e o cavaleiro para salvar!... Uma façanha difícil.

— Vamos correr para Havana, senhor. Antes que a fragata comece a navegar, já teremos libertado o capitão.

Morgan levou o porta-voz à boca e comandou:

— Acendam os faróis e dois gajeiros para os cestos de gávea.

Depois disso, desceu ao tombadilho de popa e ficou ao lado do timoneiro, para dirigir pessoalmente a nave, sabendo que a costa era abarrotada de ilhotas e bancos de areia muito perigosos. Soprando do sul, o vento estava favorável tanto para a *Folgore* quanto para uma nave que tivesse saído de Havana.

Após superar a ponta de Hicanos, Morgan dirigiu a *Folgore* para oeste, mas de forma a poder passar diante de Matanzas, porque poderia acontecer de a *Alambra* ter se refugiado naquele porto para esperar o dia amanhecer, com receio de estar sendo seguida por alguma nave flibusteira.

228

A *FOLGORE* ENTRE DOIS FOGOS

— Tomara que ela não esteja lá — disse Morgan a Wan Stiller, que se aproximara. — Eu não gostaria de travar uma batalha na costa e a uma distância tão pequena de Havana e de Cárdenas. Os tiros de canhão poriam as guarnições de sobreaviso e poderiam até mandar uma esquadra inteira para cima de nós.

— O senhor acha que estão desconfiando da nossa presença nestas águas?

— Ainda não — respondeu Morgan. — Fizemos uma viagem muito rápida e sem despertar suspeitas. Tenho certeza de que estão achando que ainda nos encontramos no Golfo de Campeche e que...

A frase dele foi interrompida por uma voz que veio do vau do mastro principal:

— Cuidado! — gritou o gajeiro que estava de guarda. — Faróis à nossa frente!

— Mas que inferno! — exclamou Morgan, saltando para a amurada. — Será que são os faróis da *Alambra*?...

— O pior é que estão a menos de três milhas de Cárdenas! — exclamou o português, empalidecendo. — Parece que já estou vendo a fragata nas nossas costas.

— Você está vendo a nave? — gritou Morgan com o porta-voz na boca.

— Estou, sim. Vagamente — respondeu o gajeiro.

— Saindo de Matanzas?

— Acho que não. Parece que vem vindo do oeste.

— Ela vem para cá?

— Está apontada para Hicanos.

— Então só pode ser a *Alambra* — disse Morgan com os dentes cerrados.

— Temos de impedir que entre em Cárdenas, ou vamos ter duas naves atrás de nós, em vez de uma — disse Wan Stiller.

— Vou obrigá-la a se pôr ao largo — disse Morgan, com voz decidida. — A fragata seria demais neste momento.

Levou o porta-voz à boca de novo e gritou:

— Artilheiros, para as peças, os outros, aos postos de combate.

Empurrou o piloto para o lado e assumiu a barra do leme, enquanto os artilheiros acendiam as mechas, os arcabuzeiros se posicionavam atrás das amuradas, no castelo de proa e nos cestos de gávea, e os homens da manobra, nas hastes e nas vergas.

A RAINHA DOS CARAÍBAS

Os dois faróis avistados pelo gajeiro do mastro principal começavam a ser distinguidos também da ponte da *Folgore*, se destacando nitidamente no fundo escuro do horizonte e refletindo na água com tremulações vagas que ora se alongavam como se fossem tocar o fundo do mar e ora encurtavam.

Pela direção deles era possível perceber à primeira vista que a nave estava tentando avistar o Cabo Hicanos para depois entrar em Cárdenas.

— Está vendo a nave? — perguntou Morgan a Wan Stiller.

— Estou — respondeu o hamburguês.

— Se eu tivesse certeza de que é mesmo a *Alambra*, não hesitaria um minuto para atacar.

— E a fragata?

— Então vamos nos contentar em persegui-la. Quando o sol nascer, veremos o que é melhor.

Morgan estava levando a *Folgore* para a costa, aproveitando o vento ao máximo, a fim de impedir que a suposta corveta virasse de bordo e se refugiasse no porto vizinho de Matanzas. Ele precisava se afastar daquelas praias para poder mais tarde capturá-la fora do alcance da nave de Wan Guld. Sendo um homem com grande experiência nas coisas do mar, Morgan tinha quase certeza de que teria êxito na manobra. Deixou que a *Folgore* continuasse a sua corrida até a altura de Matanzas e em seguida, virando bruscamente de bordo, deslizou depressa, de vento em popa, para cima da nave assinalada, ameaçando seu flanco.

Aquela manobra muito suspeita já devia ter alarmado os espanhóis. Com medo que os flibusteiros aparecessem, assim que perceberam que a *Folgore* estava mostrando intenções de abordá-los, não hesitaram um minuto para virar a proa para o norte, a única saída que ainda lhes restava.

Morgan trabalhou de forma a impedir que eles voltassem para Matanzas e se refugiassem em Cárdenas. Com todo o vento a favor, podia agora impedir a passagem para o oeste e o leste.

Mas a nave espanhola, mesmo fugindo, disparou um tiro para o alto para intimar a nave flibusteira a parar e informar quem era.

— Ninguém responde! — comandou Morgan. — Para fora com as varredeiras e as velas de cutelo. Vamos começar a perseguição com todas as forças.

Vendo que a *Folgore* não obedeceu à intimação e que, além disso, tentava apertá-la, a nave espanhola lançou dois rojões no ar e em seguida pôs fogo nas oito peças de artilharia.

230

A *FOLGORE* ENTRE DOIS FOGOS

Aquela descarga simultânea só poderia ter uma finalidade, já que a *Folgore* ainda estava fora de alcance dos projéteis: avisar a guarnição de Cárdenas e a fragata do perigo que estava correndo e pedir ajuda.

O ribombar daquelas oito peças deveria, de fato, ser ouvida não só do outro lado da ponta de Hicanos, mas também em Matanzas, e talvez até mais longe ainda.

Morgan deu um grito de alegria.

— O Corsário está a bordo daquela nave!

— Está mesmo — disse o hamburguês que, sob a claridade dos lampejos, pôde ver direito que nave era aquela. — É a corveta!

— Não vai conseguir escapar.

— Mas ela já nos assinalou, senhor. Daqui a pouco tempo a fragata de Wan Guld vai estar atrás de nós.

— Vamos lutar com as duas, se for necessário. Homens do mar!... O Corsário está lá!... Vamos para a abordagem!

Um grito imenso se elevou a bordo da nave flibusteira.

— Viva o Corsário!... Vamos salvá-lo!

A *Alambra*, visto que não havia mais nenhuma dúvida de que se tratava realmente dessa nave, estava fugindo a todo pano para o norte, como se tivesse a intenção de procurar um refúgio no meio das inúmeras ilhas e ilhotas que formam uma barreira para a Flórida.

Sabendo que estava muito menos armada do que a *Folgore* e que não era tão sólida, não ousou entrar na luta, talvez duvidando da pronta intervenção da fragata. Além disso, era uma nave dotada de excelentes qualidades náuticas e de um velame capazes de competir com as naves mais rápidas do golfo do México.

Morgan de repente percebeu que estava lidando com um verdadeiro navio de corrida, porque a *Folgore*, embora tivesse aberto todas as suas velas, até mesmo as velas de cutelo e as varredouras, nem sequer conseguiu diminuir a distância da sua adversária, pelo menos no primeiro impulso.

— Mas que inferno! — exclamou ele. — Essa nave vai nos obrigar a correr muito, e não vai permitir uma aproximação com muita facilidade. Mas, bah! A nossa *Folgore* vai acabar por alcançá-la. O gavião logo vai dominar o coió!

— Vai ser um osso duro de roer, senhor — disse Wan Stiller.

A nave flibusteira já estava ganhando alguma vantagem na perseguição da *Alambra*, que continuava indo para o norte.

231

— Pelos trovões de Hamburgo! — exclamou Wan Stiller algumas horas depois.

— Mais pontos luminosos?

— Isso mesmo, senhor Morgan.

— Onde?

— Na direção de Cárdenas.

— Raios! É a fragata se preparando para nos perseguir!

— O senhor ouviu?

Uma detonação surda ribombara a distância, produzida por alguma peça grande de artilharia.

— Temos de aumentar a velocidade ou amanhã vamos ficar entre dois fogos — disse Morgan.

— Já abrimos todas as velas, senhor.

— Mande desdobrar algumas bujarronas no gurupés e alguns estais entre o mastro principal e o traquete. Não vai faltar lugar.

— Vamos tentar, senhor — disse o hamburguês, descendo para a coberta.

Enquanto os flibusteiros tentavam acrescentar novas velas à sua nave, a *Alambra* continuava a fugir, mantendo vitoriosamente a distância. Ela não tinha mais do que umas duas milhas de vantagem, mas isso era suficiente para que se mantivesse fora de alcance do fogo inimigo, visto que a artilharia usada naquela época não tinha o enorme alcance que tem a atual. O comandante não fez nenhuma tentativa de dobrar para a costa de Cuba e procurar um refúgio em algum porto. Percebendo que se mudasse a rota perderia a vantagem do vento, mesmo que por alguns minutos, continuou sua corrida para o norte. Provavelmente tinha um objetivo para manter aquela direção. Sabendo que o duque resolvera ir àquelas paragens para procurar a jovem flamenga, tomou aquela direção com a esperança de ser alcançado cedo ou tarde pela fragata e prender os flibusteiros entre dois fogos. Furioso por ver a *Folgore* de mãos atadas por aquela corveta, enquanto pensava que logo iria abordá-la e obrigá-la a entregar o Corsário, Morgan desabafava com ameaças terríveis.

Seus homens também estavam furibundos. Gritavam injúrias para a nave espanhola, derramavam ameaças, desdobravam mais velas, que eram acrescentadas às extremidades das vergas e, de vez em quando, incapazes de se conter, davam alguns tiros.

Ai de quem fosse abordado por eles naquele momento.

232

A *FOLGORE* ENTRE DOIS FOGOS

— Mas que inferno! — exclamou Morgan, virando para o hamburguês, que não o abandonava nem por um instante. — É inacreditável! A nossa *Folgore* não consegue chegar mais perto dela.

— Mesmo assim, senhor, parece conseguimos alguma coisa — disse Wan Stiller.

— Joguem a barquinha — gritou Morgan.

Ajudado por dois marinheiros, o mestre de tripulação jogou pela popa a cordinha, que logo foi arrastada por um peso de madeira quase triangular, e a deixou deslizar, contando os nós, enquanto um dos seus ajudantes jogava as duas ampolinhas de vidro que continham uma areia finíssima, o antigo relógio, só que reduzido a proporções mínimas.

— *Stop!* — gritou o marinheiro quando toda a areia tinha passado.

— Quantas milhas? — perguntou Morgan ao mestre, que estava contando os nós da cordinha.

— Onze, senhor.

— Uma bela velocidade, eu garanto — disse o hamburguês. — Como aquela corveta desliza bem!

— Bem demais — respondeu Morgan. — Ela nos colocou em xeque.

— E a fragata?

— Ainda estou vendo os dois pontos luminosos, mas ainda estão bem longe.

— Ei! Cuidado com os bancos!... Dois homens à proa, prontos para sondar, e quatro gajeiros nos vaus!

As duas naves, que estavam correndo havia seis horas a uma velocidade extraordinária, já haviam entrado na perigosa região do estreito da Flórida.

Naquele amplo canal percorrido pela corrente do Golfo há numerosas ilhas e ilhotas, além de grandes bancos de areia que tornam a navegação dificílima. Estão espalhados em toda parte, formando como que uma imensa barreira que descreve um amplo semicírculo em volta da costa meridional da Flórida e deixa poucas passagens.

Os arrecifes de Double Head e de Elbom já estavam visíveis a leste das duas naves, mostrando ameaçadoramente as bordas rochosas, escarpadas e protegidas por fileiras de arrecifes menores, contra os quais se quebrava a grande corrente do Golfo com enorme ímpeto.

Percebendo que a *Alambra* estava tentando se aproximar daquelas ilhotas, por um momento Morgan suspeitou que o comandante, desistindo de escapar da perseguição, tivesse a intenção de estraçalhar o navio no

233

A RAINHA DOS CARAÍBAS

meio das rochas, ou que estivesse procurando alguma passagem perigosa para acabar com a *Folgore*. Mas depois de ter costeado por dois ou três cabos a ilhota de Elbom, ele colocou a proa novamente para o norte e se dirigiu às ilhas dos Pinheiros.

Aquela manobra, que não foi seguida pelo esperto flibusteiro, permitiu que a *Folgore* ganhasse duzentos metros sobre a nave adversária. Não era grande coisa, mas também não era uma distância desprezível, porque com a vantagem conquistada durante aquelas oito horas de perseguição encarniçada, a corveta já estava ao alcance dos canhões.

— Dentro de algumas horas, as balas das nossas peças de caça vão cair na coberta da *Alambra* — disse Morgan, a quem nada escapava. — Vamos saudar o alvorecer com um bombardeio contra a nave espanhola.

— E eu não estou vendo mais os faróis da fragata, senhor — disse Wan Stiller.

— Será que eles apagaram para nos enganar?

— Acha possível, senhor Morgan?

— O duque não vai nos deixar em paz, isso eu garanto. Aquela raposa já deve ter percebido que vai ter de lidar com a gente, por isso não vai nos deixar tranquilos.

— E nós vamos dar o que fazer, não é verdade, senhor?

— Pronto. A nave espanhola está ao alcance dos nossos tiros. Artilheiros! A postos em suas peças!... A música vai começar!

— Contanto que as nossas balas não atinjam nossos homens, senhor.

— Não tenha medo, hamburguês — disse Morgan. — Nossos canhoneiros já receberam a ordem de atirar somente contra o mastreamento. Quando a nave parar, vamos abordar.

— E quanto mais rápido abordarmos, melhor para nós — disse o hamburguês, observando o céu com ansiedade. — O tempo está dando sinais de que vai mudar, senhor, e as borrascas que caem nesta região assustam até os marinheiros mais audazes.

— Eu percebi — respondeu Morgan. — Parece que o mar vai subir, e o vento está querendo virar para o leste. No Atlântico isso é sinal de tempestade.

Os dois lobos do mar estavam certos. Depois de ultrapassarem as ilhas de Headed, as duas naves começaram a encontrar os primeiros vagalhões que vinham do oceano. Encontrando resistência na Corrente do Golfo, que, como foi dito, desemboca no Atlântico, acompanhando a costa meridional

234

A *FOLGORE* ENTRE DOIS FOGOS

da Flórida, aqueles vagalhões ricocheteavam furiosamente, provocando contraondas perigosas. O vento também começou a aumentar, soprando entre o mastreamento e sacudindo violentamente as velas. Com um salto inesperado, girou do sudeste, prendendo as duas naves de través e batendo a boreste, por causa da imensa superfície de panos desdobrados. Não havia um momento a perder. Morgan, que não queria comprometer sua nave, mandou fechar as velas e contravelas do joanete de proa, arriar as velas de cutelo e as varredouras, e prender as gatas nas velas baixas. A corveta, por sua vez, realizou uma manobra idêntica e, como maior precaução, também embrulhou as duas caranguejas.

— Vamos tomar cuidado — disse Morgan ao piloto, que havia retomado o posto na barra do timão. — Não é só a nossa pele que está em jogo, mas também a *Folgore*. Se a tempestade nos pegar no meio de todos esses arrecifes, não sei como vamos conseguir escapar com vida.

— Senhor — disse Wan Stiller —, a *Alambra* está indo para o meio das ilhas.

— Com mil mortos!... Para onde aquela nave danada está querendo nos levar? — gritou Morgan.

— E estou vendo de novo os faróis da fragata, senhor.

— Essa não! De novo?

Naquele instante, dois lampejos brilharam na coberta da *Alambra* e no alto se ouviu o assobio rouco dos projéteis.

Poucos instantes depois, uma detonação ribombou sombriamente a distância.

— Foi a resposta da fragata — disse Morgan, contorcendo a barba com raiva. — Se não abordarmos a *Alambra* dentro de uma hora, estaremos acabados.

CAPÍTULO 26

A VINGANÇA DE WAN GULD

Se a nave espanhola estava em uma situação ruim, já ao alcance de tiro da nave flibusteira, nem por isso os corsários estavam em um mar de rosas. Com a tempestade que se aproximava rapidamente do Atlântico, com as rochas, as ilhas, as ilhotas, os bancos de areia que se sucediam sem interrupção à direita, à esquerda e à frente, e com aquelas duas naves tão próximas, corriam o risco de se ver em uma situação extremamente perigosa de um momento para outro. A corveta poderia parar, enfrentar o inimigo que a seguia e, talvez, aguentar firme até a chegada da fragata, que já assinalara a presença com aqueles disparos. As ondas engrossavam a olhos nus e ficavam cada vez mais impetuosas perto das ilhas, o que favorecia a situação dela, dificultando a abordagem. Morgan logo percebeu o perigo e adivinhou a ousadia do comandante espanhol.

Ele subiu nas enfrechaduras do mastro principal, indo até as vergas, e olhou atentamente para o sul. Naquela direção já havia relâmpagos, e o trovão ribombava sombriamente, se propagando pelas nuvens tempestuosas. Os faróis da fragata brilhavam no horizonte escuro, mas não era possível julgar com exatidão a que distância estava a nave.

— Vamos esperar um raio — murmurou ele. — Depois a gente toma uma decisão.

Esperou alguns minutos, segurando nas cordas para resistir à fúria do vento e aos sacolejos que o mastro sofria, até que um grande raio, que dividiu as nuvens como uma imensa cimitarra, fez o mar cintilar até os limites extremos do horizonte, permitindo que ele distinguisse a fragata.

— Está a oito milhas, no mínimo — disse ele. — Vai levar pelo menos uma hora para chegar até aqui, e em sessenta minutos dá para fazer muita coisa.

Desceu rapidamente, correu para a ponte de comando, pegou o porta-voz para dominar melhor os estrondos das ondas, e trovejou:

A VINGANÇA DE WAN GULD

— Bordada de artilharia!... Preparar para a abordagem!

Um grito de alegria irrompeu do peito daqueles homens ao ouvir o comando tão esperado. Em um instante, todos os flibusteiros estavam em seus postos de combate, enquanto os artilheiros apontavam as suas peças.

A corveta agora estava a menos de seiscentos ou setecentos metros da *Folgore*, prestes a virar de bordo, a fim de evitar a ilha do Pequeno Pinheiro que aparecia a boreste.

De repente, os dois grandes canhões de caça da nave flibusteira brilharam com uma sincronia admirável, pegando a nave adversária de través e destruindo as amuradas de bombordo e de boreste.

— Mais alto, no mastreamento! — gritou Morgan que, à luz de um raio, pôde constatar os efeitos daquela primeira descarga.

A corveta, danificada apenas na borda livre, virou de bordo quase no mesmo lugar e respondeu com uma bordada dos seus quatro canhões de boreste, atingindo a nave flibusteira perto da linha de flutuação.

— Ah! Estão respondendo à altura! — exclamou Morgan.

Quase como se estivesse com ciúmes daquele combate, o furacão, por sua vez, aceitou o desafio com grande fartura de raios e trovões. O vento desencadeado quase inesperadamente começava a rugir de forma assustadora, empurrando para cima das naves verdadeiras trombas de água. Mas parecia que os espanhóis e os corsários não estavam dando a mínima para o furacão. Estavam decididos a arruinar as naves para depois se destruírem de perto. No meio dos trovões ensurdecedores, entre as ondas que sacudiam cada vez mais impetuosamente as naves, à água que caía em torrentes nas cobertas, esses homens combatiam com uma raiva extrema, com canhonadas furiosas.

A corveta tinha uma artilharia inferior e se defendia desesperadamente, mas estava levando a pior. As peças de caça da nave flibusteira, manejadas com grande habilidade, a cobriam de ferro, quebrando as cavernas, despedaçando as amuradas e as embarcações, crivando o tombadilho de popa e o castelo de proa e decepando as vergas, velas e amarras em grande quantidade.

Ansiosos para abordá-la, os flibusteiros não davam um minuto de trégua e ficavam cada vez mais furiosos e decididos a se apoderar da nave antes da chegada da fragata do duque flamengo.

Dez minutos depois, com uma bordada da artilharia, atingiram o mastro principal e a detiveram bem no meio da sua corrida. A queda

A RAINHA DOS CARAÍBAS

daquele colosso, quebrado quase na base por uma bala de calibre trinta e seis, deslocou bruscamente seu equilíbrio, fazendo que inclinasse a boreste. Era o momento esperado por Morgan.

— Abordar! — gritou ele. — Defensas para fora!

Enquanto os marinheiros atiravam ao longo dos flancos enormes bolas de tecido entrelaçado para amortecer o choque, Morgan formou a coluna de ataque com os fuzileiros e parte dos artilheiros e a concentrou no castelo de proa e no tombadilho de popa. A corveta, sem direção, andava de través para as ondas, ameaçando encalhar nos bancos da ilha do Pequeno Pinheiro. A tripulação, contudo, não renunciara à defesa e continuava disparando as peças de artilharia.

— Atenção — gritou Morgan de repente, com a barra do leme na mão. — Firmes nas pernas!

Embora chacoalhando com força nas ondas, a *Folgore* estava se aproximando da pobre corveta, que já não era mais capaz de fugir. As descargas dos espanhóis eram respondidas pelos dois canhões de caça da coberta, que atiravam metralha e varriam a nave da proa até a popa.

De repente houve um choque assustador. A *Folgore* havia enfiado o gurupés entre as enxárcias do traquete da nave inimiga. Em seguida, impelida pelas ondas, investiu com tanta violência que acabou despedaçando diversas cavernas de bombordo.

Enquanto os gajeiros arremessavam os arpéus de abordagem para unir as duas naves e evitar outros choques, Morgan, à frente dos fuzileiros, se lançou na coberta da *Alambra*, gritando:

— Rendam-se!

Os espanhóis agora estavam irrompendo na coberta, subindo das baterias, e responderam à intimação do flibusteiro com um grito de guerra:

— Viva a Espanha!...

— Avançar! — berrou Morgan.

Os flibusteiros surgiam de todos os lados. Desciam do tombadilho de popa, se arremessavam do castelo de proa, pulavam dos patarrases e das enxárcias, caíam das vergas do traquete e do mastro principal. No meio da chuva que desabava sobre as duas naves, entre os choques, as colisões violentas, os rugidos medonhos das ondas e o crepitar ensurdecedor dos raios, uma luta atroz se desenrolava. A água se misturou ao sangue e escorria entre os pés dos combatentes, escapando com dificuldade entre as rachaduras das amuradas.

238

A VINGANÇA DE WAN GULD

O choque dos flibusteiros teve tanto ímpeto que obrigou os espanhóis, em número muito inferior, a recuar confusamente para o castelo de proa, onde haviam colocado um canhão.

Enquanto seus homens se preparavam para conquistar aquele posto, Morgan, acompanhado pelo hamburguês e alguns homens, correu para o tombadilho de popa, que fora liberado pelo inimigo.

Com algumas machadadas ele derrubou a porta do quadro e se precipitou escada abaixo, gritando:

— Cavaleiro!... Senhor de Ventimiglia!...

Uma voz muito conhecida ecoou atrás da porta de uma cabine.

— Com cem mil diabos! É senhor Morgan que está aí?

— Carmaux! — exclamou o hamburguês, se arremessando contra a porta com tanta fúria que a derrubou de uma vez.

— Cuidado, amigos — gritou Carmaux.

— Onde está o capitão? — perguntou Morgan.

— Na cabine ao lado, junto com Moko.

— Estão soltos?

— Não. Amarrados, senhor.

Enquanto alguns marinheiros libertavam Carmaux, Morgan e os outros derrubaram a porta da cabine vizinha. O Corsário e Moko estavam deitados no chão, fortemente amarrados e presos a um grande anel de ferro. O senhor de Ventimiglia deu um grito:

— Os meus homens!...

— Temos de ser rápidos, cavaleiro — disse Morgan. — Estamos prestes a ser atacados por uma fragata!

— E esta nave?

— Já foi conquistada.

— A minha *Folgore*?

— Ainda é capaz de sustentar mais uma luta.

— Dê-me uma espada.

— Aqui está a minha, senhor — disse Morgan.

— Venham!... Os espanhóis vão aprender como os flibusteiros combatem!

O senhor de Ventimiglia correu escada acima e saltou para o tombadilho de popa.

— Comigo, homens do mar! — trovejou ele.

Um grito saído de uma centena de peitos respondeu:

— Viva o capitão!

239

A batalha já acabara a bordo da corveta. Incapazes de resistir ao poderoso ataque dos flibusteiros, os espanhóis se renderam, depondo as armas.

Mesmo com a nave conquistada, o perigo ainda não acabara para a *Folgore*. A fragata do duque avançava ameaçadora, superando as ondas que atacavam de todos os lados. Aquela massa enorme, com seu imenso mastreamento, ficava ainda mais impressionante à luz pálida dos raios.

Mas o Corsário Negro não era homem de dar tempo a seus homens para que ficassem impressionados.

— Abandonem a corveta! — trovejou ele.

— E os prisioneiros? — gritaram alguns marinheiros.

— Vamos abandoná-los também ao seu próprio destino. A nave vai acabar se espatifando contra os arrecifes.

— Em retirada! — gritou Morgan.

Os flibusteiros não hesitaram mais. Jogaram no mar as armas depostas pelos espanhóis, imobilizaram as peças de artilharia, para que ficassem imprestáveis, despedaçaram a machadadas a barra do timão, cortaram os arpéus de abordagem e voltaram para bordo da *Folgore*.

— Prontos para as manobras! — gritou o Corsário. — Vamos virar!

A *Folgore* abandonou a corveta bem no momento em que a proa daquela nave foi bater contra um arrecife.

— Todos em suas peças! — comandou o Corsário.

Voltando ao vento, a nave flibusteira deslizou para a costa setentrional da ilha para entrar no canal que banha o litoral da Flórida, mas o Corsário percebeu que agora era tarde demais para executar aquela manobra.

A fragata já ultrapassara a ponta do Pinheiro e vinha para cima da pobre nave flibusteira, a favor do vento e também das ondas.

— Senhor — disse Morgan, que estava perto do Corsário. — É impossível ir para alto-mar.

— Estou vendo — respondeu o senhor de Ventimiglia com voz calma. — Quem está no comando daquela nave?

— O duque, senhor.

— O assassino dos meus irmãos?...

— Ele mesmo, cavaleiro.

— E eu ia fugir justo na hora em que esse homem vem me atacar!... Homens do mar!... Vamos vingar o Corsário Vermelho e o Corsário Verde!... O homem que os matou está à nossa frente!... Abordar!... Abordar!...

— Vingança ou morte! — urraram os flibusteiros.

240

— Que seja — disse Morgan. — Com homens como esses podemos realizar qualquer milagre.

O Corsário já estava na barra do timão, com Wan Stiller, Carmaux e o negro a seu lado.

Firme, inabalável entre os balanços furiosos da nave que as ondas cada vez mais assustadoras sacudiam terrivelmente, entre os raios, os trovões e o assobio do vento, o Corsário guiava, intrépido, a *Folgore*.

Todas as vezes que um raio rompia a escuridão, seus olhos se dilatavam e se fixavam no tombadilho de popa da nave adversária, procurando avidamente seu inimigo mortal. Por instinto, ele sentia que o velho flamengo devia estar lá, no timão, guiando a fragata no meio da tempestade, e que ele também o procurava.

Os flibusteiros olhavam para ele com um misto de admiração e terror supersticioso.

Percebiam vagamente que alguma coisa medonha estava prestes a acontecer entre aqueles dois terríveis adversários.

A *Folgore* chegou à distância de quinhentos passos da fragata sem que nenhuma canhonada tivesse sido disparada nem de um lado nem de outro, quando surgiram dois imensos vagalhões luminosos no meio das duas naves. Corriam um para o outro, com as cristas brilhantes. Era como se jatos de chumbo fundido ou de enxofre líquido estivessem deslizando entre elas. Ao vê-las, um grito de terror escapou entre a tripulação da nave flibusteira. Até Morgan ficou muito pálido.

— Os dois Corsários subiram à superfície! — exclamou Carmaux, fazendo o sinal da cruz. — Vieram assistir à morte do seu assassino.

— E à nossa! — murmurou Wan Stiller.

Os dois vagalhões se encontraram exatamente na frente da *Folgore*, se encavalando confusamente com o estrondo de um trovão, em seguida se desprenderam, correndo ao longo dos costados da nave, como duas imensas torrentes de fogo.

No mesmo instante, um raio cegante rompeu a escuridão, iluminando a nave flibusteira e a grande fragata.

O Corsário Negro e o duque flamengo se viram. Ambos estavam pilotando as suas naves; ambos tinham o mesmo olhar aterrorizante. Aquela luz pálida não durou mais do que três segundos, mas isso bastou para que os dois terríveis adversários se olhassem e, talvez, compreendessem um ao outro.

241

De repente, dois gritos partiram dos dois navios.

— Fogo! — gritou o Corsário.

— Fogo! — gritou o flamengo.

As duas naves se incendiaram ao mesmo tempo. A luta começou naquela horrível agitação de água, uma luta tremenda, sem tréguas. A grande fragata parecia um vulcão. As baterias, lotadas de canhões, vomitavam sem parar torrentes de balas e de granadas e arremessavam tempestades de metralha, mas a nave flibusteira também não ficou dormindo no ponto: todas as vezes que as ondas a levantam, os seus canhões trovejam com um estrondo horrível, e muitas das suas balas atingiram o alvo.

O mar dava trancos fortíssimos nas duas naves, chacoalhando-as como se fossem plumas, levantando-as e precipitando-as nas depressões; as ondas subiam a bordo, varrendo a coberta e ameaçando esmagar contra as amuradas os homens que estavam de serviço nas peças da coberta.

A água entrou pelas escotilhas e invadiu as baterias, correndo entre as pernas dos artilheiros, mas o que importava tudo isso? As duas naves não paravam, ao contrário, corriam uma de encontro à outra, impacientes para se destruir e abandonar os destroços nas ondas. O Corsário Negro e o velho flamengo estavam no comando, e aqueles dois homens já haviam jurado pôr tudo a pique, a fim de acabar com aquele ódio terrível que existia entre eles. As suas vozes, ambas muito poderosas, ressoavam sem parar entre os rugidos da tempestade e o estrondo da artilharia.

— Fogo!...

— Fogo!...

A cada raio que rompia as trevas, trocavam um olhar repleto de ódio. Os dois homens se procuravam sempre, como se tivessem medo de não ver mais o outro no mesmo lugar. Mas não. O velho flamengo também não estava mais querendo evitar o seu rival. Ao contrário, estava procurando por ele. Era possível vê-lo ainda no timão, com os cabelos brancos soltos ao vento, com os olhos em chamas, tão sólido quanto o Corsário, com as mãos enrugadas em volta do cabo do leme.

— Você viu? — perguntou Carmaux ao hamburguês, depois de um novo raio.

— Vi — respondeu Wan Stiller. — Não vamos sair de perto do Corsário.

— Não, amigo Stiller. Aconteça o que acontecer, não vamos abandoná-lo, e se aquele velho sinistro chegar perto de nós, vai pagar muito caro. Moko!

A VINGANÇA DE WAN GULD

— O que você quer, compadre branco? — perguntou o negro.

— Tome conta do patrão.

— Não vou sair de perto dele, nem mesmo durante a abordagem.

— E cuidado com o duque.

Enquanto isso, as duas naves continuavam naquela corrida louca, atirando furiosamente com os canhões. As balas caíam por todo lado, destruindo as amuradas e as cavernas, despedaçando as vergas, arrebentando as cordas e fulminando artilheiros e arcabuzeiros.

A grande fragata, mais pesada e menos manobrável, adernava assustadoramente, ameaçando submergir a todo instante; a *Folgore*, por sua vez, dava voltas na crista das ondas como um grande pássaro marinho, trovejando com um fôlego cada vez maior. Já descarregara duas vezes os canhões de bombordo, varrendo a ponte da fragata e produzindo grandes vazios entre os arcabuzeiros reunidos na coberta para a abordagem. Já despedaçara o gurupés, arrebentara o castelo de proa e danificara gravemente até mesmo o tombadilho de popa, recebendo em troca apenas algumas balas. Mas a cem passos de distância, as duas naves foram erguidas ao mesmo tempo por um vagalhão gigantesco e descarregaram duas tremendas bordadas de artilharia. O efeito foi desastroso para ambas. O mastro do traquete da nave flibusteira, despedaçado na altura do cesto de gávea, caiu na coberta, arrastando na queda também o mastaréu do mastro principal e adernando assustadoramente a nave.

Gritos medonhos acolheram aquelas descargas. Era o fim para as duas naves.

— Só nos resta morrer na ponte do inimigo — disse Carmaux. — Este vai ser o fim do Corsário Negro.

Carmaux estava enganado. Este ainda não era o fim. Com um golpe do timão, o senhor de Ventimiglia equilibrou a sua nave e, aproveitando uma rajada furiosa, a arremessou para cima da fragata, que estava impossibilitada de governar.

Entre os gritos de terror dos espanhóis e os últimos disparos da artilharia, a voz do Corsário Negro trovejou, sempre poderosa:

— Homens do mar!... Abordar!

Uma onda elevou a nave flibusteira e a lançou contra a nave inimiga. A proa, afiada como um aríete e à prova de obstáculos, penetrou no costado esquerdo da fragata, produzindo um rasgo imenso, e ficou encaixada ali.

243

O Corsário já abandonara o timão e correra para a proa, com a espada em punho, gritando:

— Comigo, homens do mar!

Os flibusteiros chegavam de todos os lados, gritando como demônios.

Sem pensar no fato de que a fragata, quase dividida em duas pelo aríete da *Folgore*, estava prestes a afundar, eles se lançaram confusamente para cima dos espanhóis entrincheirados no meio dos mastros e das vergas caídos na coberta. Entre as ondas que varriam as pontes, rugindo e quebrando ao meio os aparelhos e as pernas dos combatentes, e os sacolejos e solavancos que as duas naves sofriam, uma luta homérica foi travada, com golpes de espadas, de sabres, de machados e tiros de pistolas. Percebendo que estavam perdidos, os espanhóis queriam, pelo menos, vender caro a vida. Duas vezes mais numerosos do que os corsários, opunham uma resistência encarniçada.

À frente de trinta ou quarenta homens, Morgan fechou os espanhóis pelo flanco para tentar chegar ao tombadilho de popa, onde acreditava estar o duque, mas também daquele lado encontrou uma resistência tão forte que foi obrigado a voltar à *Folgore*. De repente, quando a *Folgore* já tinha se soltado e a água estava entrando com o estrondo de um trovão através do imenso rasgão na fragata, uma voz trovejante gritou:

— Vocês todos vão morrer!

Os combatentes pararam por um momento e olharam para a popa.

Lá, de pé no tombadilho de popa, perto da barra do timão, com os cabelos desgrenhados, a longa barba branca em desordem, avistaram o duque, apertando uma pistola em uma mão e na outra uma tocha acesa, reavivada pelo vento.

— Todos vocês vão morrer! — repetiu o velho, com uma voz terrível. — A nave vai explodir!

O Corsário fez menção de se arremessar à frente para encontrar seu inimigo mortal e cravar a espada no coração dele. Rápido como um raio, Moko o segurou com seus braços fortes e o levantou como se ele fosse leve como uma pluma.

— Comigo, Carmaux — gritou ele.

Enquanto o terror imobilizou os combatentes sobre as tábuas que estavam prestes a se abrir sob a explosão do depósito de pólvora, ele saltou pela amurada e mergulhou no mar, sem largar o patrão.

A VINGANÇA DE WAN GULD

Dois homens pularam atrás deles: Carmaux e o hamburguês.

Ao mesmo tempo que um enorme vagalhão os empurrava para alto--mar, rolando-os no meio da espuma, uma luz cegante rompeu a escuridão, acompanhada de um terrível ribombar que repercutiu por muito tempo no mar.

Quando o Corsário e os seus companheiros voltaram à superfície, a fragata, arrebentada e despedaçada pela explosão do depósito de pólvora, desaparecia nos negros abismos do Canal da Flórida.

A uma grande distância dela, a *Folgore* completamente sem mastros e em chamas navegava pelas ondas, transportada para o Atlântico pela corrente do Golfo.

CAPÍTULO 27

OS NÁUFRAGOS

Passado o primeiro instante de espanto e, não se pode negar, também de terror, o negro e Carmaux começaram a procurar um destroço para não serem arrastados pelas ondas que atacavam de todos os lados, ora os empurrando para o alto e ora arremessando-os loucamente nas depressões.

Em volta deles dançavam desordenadamente pedaços de mastros, vergas em que ainda estavam presas velas, pedaços de tábuas dos costados, das amuradas, das pontes, caixas, barris e cabos amarrados a bancadas, a gruas, a traves, a pavesadas. Eles só precisariam escolher.

Vendo passar a uma pequena distância um pedaço do tombadilho de popa capaz de acolher não só quatro, mas vinte pessoas, o negro e Carmaux o abordaram e se içaram para cima dele. O Corsário e Wan Stiller estavam se debatendo ali perto, nadando com esforço através das ondas insistentes.

— Peguem esta corda — gritou Carmaux, jogando para eles um pedaço de patarrás que ainda estava preso ao destroço. — Segurem bem.

A corda arremessada com precisão caiu no meio dos dois nadadores. Agarrá-la com força e chegar à jangada foi coisa de poucos instantes para o Corsário e seu companheiro.

— Por aqui, senhor — disse Carmaux, ajudando o cavaleiro. — Acho que conseguimos resistir neste destroço até a tempestade acabar.

Assim que se viu a salvo, o Corsário olhou para o leste. Parecia estar tranquilo, mas seus olhos traíam uma grande ansiedade, que ele não conseguia esconder.

— O senhor está procurando a *Folgore*, não é verdade, capitão? — perguntou Carmaux, que estava estendido ao lado deles, segurando o patarrás.

— Estou — respondeu o senhor de Ventimiglia com um suspiro. — O que será que aconteceu com a minha nave?

OS NÁUFRAGOS

— Eu vi quando ela desapareceu na direção do Atlântico.

— Estava sem os mastros, não é verdade?

— É, capitão. A explosão deve ter arrancado até o mastro principal.

— Então ela está perdida — disse o senhor de Ventimiglia com voz surda.

— O fogo também tinha começado a bordo.

— A gente devia conseguir vê-la, então.

— Acho, senhor, que ela está escondida atrás de algum arrecife ou de alguma ilha.

— Eu daria tudo para salvá-la. Vocês viram o Morgan no momento em que a fragata estava prestes a explodir?

— Ele tinha sido rechaçado para bordo da *Folgore* — disse Wan Stiller.

— Tem certeza?

— Tenho, capitão. Eu o vi no castelo de proa, enquanto estimulava os seus homens para tentar um novo ataque.

— Se ele escapou da explosão, talvez a *Folgore* ainda tenha uma chance de se salvar — disse o Corsário.

— Se ao menos ele pudesse voltar aqui para nos recolher! — disse Carmaux. — Ele deve ter visto quando pulamos no mar.

— Não podemos contar com ele neste momento — respondeu o senhor de Ventimiglia.

Apoiado em Moko, ele se ajoelhou e ficou observando atentamente o horizonte, lançando o olhar para o tenebroso Atlântico.

Estava procurando o corpo do duque entre as ondas ou tentando descobrir a sua *Folgore*? Provavelmente as duas coisas.

Também Carmaux e Wan Stiller, que se mantinham desesperadamente agarrados ao cabo amarrado entre as duas extremidades do destroço, estavam examinando o horizonte com enorme ansiedade. À luz viva dos raios, eles conseguiam ver as ilhas e os arrecifes, mas a *Folgore* parecia ter desaparecido entre aquelas ondas monstruosas que já haviam engolido a gigantesca nave espanhola e todos os seus tripulantes.

— Não dá para ver nada — disse Carmaux de repente, com um suspiro. — Devem estar todos mortos.

— O duque vendeu bem caro a sua vida — disse o hamburguês. — Aquele homem foi fatal para os flibusteiros.

— Mas finalmente ele está dormindo nestas águas, onde também estão as suas vítimas, e eu garanto que não volta mais à superfície. Os irmãos do capitão tiveram a sua vingança.

247

A RAINHA DOS CARAÍBAS

— Mesmo assim, que homem terrível, Carmaux! Parece que eu ainda o vejo, de pé em cima do tombadilho de popa, com os olhos brilhando de ódio, os cabelos brancos compridos voando com o vento e com a tocha na mão!

— Essa é uma coisa que eu nunca mais vou esquecer na vida, hamburguês.

— E aquela explosão medonha!... Ainda está na minha cabeça.

Naquele instante, ouviram o grito do Corsário:

— Lá!... Lá!... Olhem!... É a *Folgore*!

Carmaux e Wan Stiller ficaram em pé de um salto, como se fossem empurrados por uma mola.

No horizonte escuro, mas a uma enorme distância, era possível avistar nitidamente uma chama gigantesca ardendo sobre uma nave. Ora parecia estar tocando as nuvens tempestuosas, ora parecia descer ao fundo dos abismos do mar. Aparecia, desaparecia, depois tornava a surgir mais viva, mais brilhante do que antes, lançando no ar nuvens de fagulhas e turbilhões de fumaça com reflexos sanguinolentos.

O Corsário a acompanhava atentamente com o olhar, a expressão alterada por uma emoção profunda, estendendo os braços para ela, como se quisesse alcançá-la.

— A minha nave!... A minha *Folgore*! — murmurava ele com a voz cortada por um soluço. — Ela está perdida... Morgan, salve-a!

A nave flibusteira continuava se afastando a uma velocidade vertiginosa, deixando atrás de si uma longa coluna de fagulhas. O vento e as ondas a arrastavam para o Atlântico, talvez para tragá-la mais tarde.

Durante mais alguns minutos, os flibusteiros conseguiram vê-la, depois nave e chamas desapareceram bruscamente atrás das ilhas que se estendiam naquela direção.

— Pelos trovões de Hamburgo! — exclamou Wan Stiller, enxugando algumas gotas de suor frio que brotavam em sua testa. — Acabou!...

— Quem sabe ela ainda consiga se salvar — disse Carmaux.

— Ela vai se espatifar entre as ilhas ou ser engolida pelo Atlântico.

— Não vamos nos desesperar ainda, hamburguês. Os nossos homens não são de desistir muito fácil, e não vão deixar as ondas absorvê-los sem lutar.

— Quietos!...

— O que foi?

248

OS NÁUFRAGOS

Ouviram algumas detonações a distância. Era a *Folgore* pedindo socorro ou seria a explosão dos barris de pólvora?

— Senhor — disse Carmaux. — O que pode estar acontecendo a bordo da nossa nave?

O Corsário não respondeu. Estava deitado no destroço, com a cabeça apertada nas mãos, como se quisesse esconder a emoção que alterava as suas feições.

— Está chorando a perda da nave — disse Carmaux a Wan Stiller.

— É — disse o hamburguês.

— Que desastre!... Não poderia ser mais completo!...

— Vamos esquecer os mortos e pensar em nós, Carmaux. Estamos correndo um perigo muito grave.

— Sei disso, hamburguês.

— Se não sairmos do meio desses arrecifes, as ondas vão esmagar o destroço, e nós vamos junto.

— Será que não dá para fazer nada?

— Você viu a costa?

— Vi, há pouco tempo, à luz de um raio.

— Ela não deve estar muito longe, não é verdade, Carmaux?

— Cinco ou seis milhas.

— Será que conseguimos chegar lá?

— Estou vendo que as ilhas dos Pinheiros já desapareceram. Isso quer dizer que as ondas e o vento estão nos empurrando para terra.

Enquanto isso, o destroço sacolejava desordenadamente entre as ondas que atacavam por toda parte. Ele era levantado ora de um lado, ora de outro, imprimindo aos pobres náufragos sacolejos tão bruscos que eles batiam uns nos outros, ou abaixava inesperadamente nas depressões das vagas, para depois voltar a subir e planar nas cristas espumantes.

Em alguns momentos, uma onda quebrava na coberta com um estrondo digno de um trovão, cobrindo os flibusteiros e ameaçando arrancá-los das cordas e esmagá-los.

Felizmente haviam saído do labirinto de ilhas, de forma que, ao menos naquele momento, não corriam o perigo de ser atirados contra alguma ponta rochosa e morrerem no choque. Mas mesmo naquele vasto canal, formado pela costa meridional da Flórida e pelas ilhas dos Pinheiros, do Sombrero, Alligatore e outras, o mar ainda estava muito tempestuoso. Aos primeiros raios do amanhecer, Carmaux e Wan Stiller já viram novamente aquela

A RAINHA DOS CARAÍBAS

terra que, para eles, representava a salvação, pelo menos naquele instante. Não estava muito distante, e como era baixa, parecia não apresentar muito perigo, mesmo que eles fossem atirados contra ela.

O sol estava começando a aparecer através das fendas dos vapores, iluminando aquelas montanhas de água que rolavam sobre o fundo arenoso dos bancos.

— Senhor — disse Carmaux de repente, se arrastando até o Corsário, que estava estendido ao lado do negro gigantesco. — Estamos perto da costa.

O senhor de Ventimiglia levantou a cabeça e olhou para a costa que surgia a menos de oitocentos metros, se desdobrando do leste para o oeste.

— Não podemos fazer nada — disse ele. — Temos de deixar que as ondas nos empurrem.

— Será que o choque vai ser muito forte?

— A praia é baixa, Carmaux. Fiquem preparados para se jogar na água assim que o destroço encostar nos bancos.

— Será que é terra firme ou alguma ilha grande? — perguntou Wan Stiller.

— É a Flórida — respondeu o Corsário. — As ilhas já ficaram ao sul.

— Então vamos ter trabalho com os selvagens. Pelo que me contaram, são muito numerosos e ferozes nessa terra — disse Carmaux.

— Vamos tentar evitá-los.

— Aí estão os primeiros bancos — disse Moko que, sendo o mais alto de todos, podia enxergar melhor.

— Não soltem o cabo enquanto eu não der o comando — disse o Corsário. — Quando caírem, deixem que as ondas carreguem vocês.

— Pelos trovões de Hamburgo! — exclamou Wan Stiller, já sentindo a arrepiar a pele só de imaginar aquelas ondas quebrando com fúria na praia. — Parece que já estou sentindo ser esmagado entre os arrecifes!

— Atenção! — gritou o Corsário. — Fiquem firmes!

Uma onda pegou o destroço e o elevou, atirando-o bruscamente à frente. A jangada se inclinou de forma assustadora quase até virar, rolando com força os pobres náufragos, depois desceu em uma depressão com uma velocidade fantástica, arfando e caturrando desesperadamente.

Ouviu-se um estrondo e, em seguida, houve um choque tão violento que os quatro flibusteiros sentiram ser atirados para o alto. Um pedaço do

250

OS NÁUFRAGOS

destroço se soltou, mas o restante não se despedaçou. Pelo contrário, foi pego por um outro vagalhão, ainda maior do que o primeiro, e arremessado de novo à frente.

— Preparem-se para soltar o cabo! — gritou o Corsário.

— Já está na hora? — perguntou Carmaux, que se sentia afogar pela espuma.

— Todos para fora!

A onda que estava passando os levou embora, enquanto a jangada se esfacelava com estrondo em um banco ou um arrecife.

Os quatro flibusteiros foram arrebatados entre a espuma, rolados na areia do fundo, pisoteados, arremessados e, finalmente, com um último impulso, lançados na praia.

— Corram — gritou o Corsário ao ver uma outra onda correndo para a margem.

Embora mancando, Carmaux e seus companheiros subiram correndo o declive e foram cair perto de algumas árvores, fora do alcance dos golpes do mar.

— Com cem mil navios! — exclamou Carmaux, com voz entrecortada. — Pode-se dizer que tudo isso se chama sorte!... Vamos ver se daqui para frente essa boa estrela vai continuar nos protegendo.

251

CAPÍTULO 28

O LITORAL DA FLÓRIDA

A **Flórida, para cujas margens** os ventos e as ondas haviam lançado os quatro flibusteiros, é uma grande península que se destaca do continente da América do Norte e continua por trezentas e oitenta milhas entre o Mar das Antilhas e o Atlântico.

Ainda hoje, ela é uma das menos conhecidas e menos habitadas da União Americana, não tendo atingido ainda a cifra de cem mil habitantes. Naquela época, era uma região absolutamente selvagem que inspirava terror aos navegantes, embora os espanhóis tivessem conseguido fundar algumas cidades ao longo das costas oriental e ocidental. No norte e no centro, a Flórida ainda agora é uma imensa floresta, interrompida apenas por pequenas cadeias de montanhas que se prolongam para o noroeste. No sul, ao contrário, não passa de um enorme pântano banhado ora pelas águas do oceano e ora pelas chuvas invernais que não conseguem escoar.

A aparência daquelas terras saturadas de água, cobertas de florestas de pinheiros e ciprestes, é tão triste que até agora nenhum colono ousou ir para o sul do lago de Okeechobee. Já se passaram cerca de quatrocentos anos desde a descoberta daquela península, mas a parte que é banhada pelo mar e pela corrente do Golfo ainda é desabitada. As febres que grassam no in-terior daquelas florestas tristes e sombrias obrigaram o europeu e o americano de raça branca a fugir para as regiões mais salubres e ensolaradas.

A descoberta dessa terra se deve a uma estranha lenda. Ponce de Leon, um dos mais intrépidos aventureiros espanhóis, ouviu os indígenas de São Domingos e de Porto Rico contarem que em uma península, situada ao norte da Pérola das Antilhas, havia uma fonte milagrosa com a incrível propriedade... de rejuvenescer as pessoas!

O aventureiro, já bem avançado na idade e cheio de problemas de saúde, acreditou na lenda mirabolante e decidiu ir procurar a fonte. Organizou uma expedição e, em 1512, levantou âncoras para ir àquele misterioso país, decidido também a conquistá-lo. As riquezas fabulosas descobertas no México, no Peru e na Venezuela também deviam ser abundantes naquela terra.

O crédulo espanhol navegou, portanto, para o norte e descobriu a região desejada, à qual deu o nome de Flórida, por causa da beleza inacreditável das flores que cobriam a orla.

Interrogou os indígenas que encontrou acampados naqueles pântanos e recebeu a confirmação da existência da fonte miraculosa, se embrenhou ousadamente no interior, descobrindo assim o continente americano, mas certamente não a água que iria lhe devolver a juventude perdida. Após o retorno de Ponce de Leon, mais velho do que antes e completamente exaurido pelo esforço, Vasques d'Aylien o sucedeu em 1515, mas os indígenas, percebendo que ele visava a conquista de suas terras, trucidaram parte da tripulação e o obrigaram a embarcar de volta mais do que depressa.

Em 1517, Naevaey, um dos conquistadores do México, tendo ouvido falar das riquezas fantásticas da Flórida, que só existiam na cabeça exaltada de alguns aventureiros, invadiu aquelas terras à frente de seiscentos homens e caiu com todos eles, vencido pelas flechas e porretes daqueles indígenas corajosos. Só três deles conseguiram escapar do massacre e, depois de uma das caminhadas mais extraordinárias já feitas, chegaram ao México, atravessando sucessivamente o Mississipi, a Louisiana e o Texas.

A este segundo desastre sucedeu um terceiro. Os espanhóis, nem um pouco desencorajados, organizaram uma nova expedição que foi confiada a Fernando de Soto, um dos mais intrépidos companheiros de Pizarro, o famoso conquistador do Peru. Ela se compunha de doze naves tripuladas por mil e duzentos homens, com duzentos cavalos, diversas peças de artilharia e vinte sacerdotes que deveriam se encarregar de civilizar os indígenas.

Aquela tropa numerosa, a mais forte jamais vista até então, estimulada pela sede de ouro, entrou nas florestas e, batalhando incessantemente, percorreu a Geórgia, as Carolinas, o Alabama, o Missouri e voltou à Flórida sem o chefe, morto pela febre no Arkansas, e reduzida a apenas duzentos homens mortos de fome!

Somente em 1565 é que os espanhóis, sob o comando de Mendez de Avila, o fundador de San Agostino — que ainda hoje é uma das principais cidades daquela região — conseguiram se estabelecer definitivamente na Flórida, com o consentimento prévio daqueles orgulhosos indígenas, cujos descendentes, mais tarde, dariam tanto o que fazer também aos Estados Unidos.

Depois de escapar do ataque das ondas, o Corsário e os seus companheiros se deixaram cair perto de um grupo de pinheiros altíssimos, com uma aparência fúnebre, que se retorciam, gemendo sinistramente, sob os últimos sopros da tempestade.

Estavam tão exauridos com aquela longa luta, que durou mais de quatro horas, que não eram capazes de se manter de pé. Além disso, estavam com muita fome e sede, pois ficaram o tempo todo imersos na água salgada.

— Com mil trovões! — exclamou Carmaux, cutucando os flancos para se certificar de que as suas costelas não estavam quebradas. — Ainda estou achando impossível estarmos vivos. Primeiro escapamos da canhonada, depois da explosão e, no fim, da tempestade. É sorte demais, na minha opinião.

— Contanto que não estejamos no início das atribulações! — disse Wan Stiller.

— O importante agora é termos chegados aqui vivos e sem ossos quebrados, meu caro hamburguês.

— E sem armas também, não é verdade?

— Eu ainda estou com a minha faca, e o capitão também não perdeu a misericórdia dele.

— Nós também ainda estamos com as facas — disseram o hamburguês e o negro.

— Então não temos nada a temer.

— Só quero ver o que você vai fazer com a faca quando encontrarmos os indígenas — disse o hamburguês. — Você sabia que essas tribos têm uma predileção especial por costeletas humanas?

— Você está falando isso para me assustar?

— Não, Carmaux. Ouvi dizer que o capitão Pena Branca e a sua tripulação estiveram nestas praias e que foram devorados pelos indígenas. Você o conhecia?

— Por Baco! Um homem de grande valor, que não temia nem sequer o diabo!

— E que acabou na grelha como um linguado ou uma bisteca.

— Então é melhor tomarmos cuidado para ficar bem longe desses senhores, que não têm o menor respeito pelas carnes dos brancos.

254

O LITORAL DA FLÓRIDA

— E nem pelas dos negros — disse o hamburguês, dando risada.

— Vamos deixar os indígenas em paz e procurar alguma coisa para comer — acrescentou Carmaux. — É bem possível que embaixo dessas árvores a gente encontre alguma coisa. Compadre saco de carvão, quer ir comigo? Wan Stiller fica aqui de guarda com o Corsário enquanto isso.

— Vamos — disse o negro, se armando com um grande galho de árvore sem folhas.

Enquanto se preparavam para vasculhar a floresta que se estendia diante deles, o Corsário Negro subiu em uma rocha que se elevava por cerca de uns dez metros e ficou observando atentamente o mar, lançando o olhar para leste. Sem dúvida ainda estava tentando descobrir a sua nave, que o vento empurrara para o Atlântico. Esperança inútil, contudo, pois as ondas e o vento já deviam tê-la arrastado para muito longe e talvez ela até já estivesse estraçalhada no meio das ilhas.

— Tome conta dele — disse Carmaux ao hamburguês. — Pobre capitão! Acho que ele nunca mais vai ver a sua valorosa nave. Venha, compadre saco de carvão. Se encontrarmos um urso, vamos matá-lo de pancadas.

O flibusteiro, que nunca perdia o bom humor, nem mesmo nas circunstâncias mais graves, se armou com um porrete nodoso e entrou decididamente na floresta, acompanhado pelo negro. Aquela parte da Flórida era coberta de pinheiros majestosos, de quarenta, cinquenta e às vezes sessenta metros de altura, com folhas enormes, de um verde pálido e mais de meio metro de comprimento e com a casca do tronco cinzenta e laminada.

Essas plantas, que são muito abundantes nas áreas meridionais da Flórida, crescem na maior parte em terrenos argilosos, brancos, compactos e impermeáveis à água, cobertos de camadas de frutas decompostas que se acumulam há séculos e séculos e sobre as quais as pessoas saltitam e pululam quando caminham.

Como essas plantas cresciam a certa distância umas das outras. Carmaux e seu companheiro não eram obrigados a abrir caminho. No máximo, tinham de deslizar no meio das raízes enormes que despontavam por todos os lados, sem encontrar lugar naquele solo impenetrável.

Embaixo daqueles gigantes, não havia arbustos e nem outras plantas de caule. Estendiam-se apenas zonas de uma erva dura e amarga, que até as cabras se recusavam a comer, chamada *olgahola*, e camadas de *lenzia*, uma espécie de fungo belíssimo, brilhante, com reflexos prateados e perolados,

255

A RAINHA DOS CARAÍBAS

que são muito perigosos se ingeridos. Depois de se embrenharem na floresta por trezentos ou quatrocentos metros, Carmaux e o seu companheiro pararam para escutar.

Nos galhos mais altos daquelas árvores gigantescas viram pássaros voando e ouviram piados e trinados, mas nenhum barulho e nenhum animal embaixo.

— Você está vendo alguma coisa, compadre saco de carvão? — perguntou Carmaux ao negro.

— Só estou vendo esquilos voadores — respondeu o gigante, que estava observando atentamente os troncos dos pinheiros. — São deliciosos, mas muito difíceis de pegar.

— Essa não! — exclamou Carmaux. — Que neste país haja pássaros que voam não me espanta, mas esquilos com asas me parecem demais.

— Você pode ver com seus próprios olhos, compadre. Olhe aquele pinheiro mais alto do que todos os outros. Não está vendo?

Carmaux olhou para a planta que o negro estava apontando e foi obrigado a concordar que o compadre saco de carvão não estava inventando absolutamente nada. Entre os galhos da árvore gigantesca havia, de fato, diversos esquilos que se divertiam em fazer verdadeiros voos sobre as árvores vizinhas.

Não eram maiores do que os ratos comuns, o pelo era cinza-prateado em cima e branco embaixo, tinham orelhas minúsculas e pretas, o focinho rosado e uma cauda belíssima e muito farta. Nos flancos daqueles animaizinhos havia uma espécie de membrana que se unia às patas posteriores e que, quando aberta, permitia que dessem saltos de quarenta ou cinquenta passos.

Mais do que voar, eles pareciam ziguezaguear como os peixes.

— Nunca vi nada parecido com isso — disse Carmaux, acompanhando aqueles voos incríveis com enorme espanto. — Uma pena não termos um fuzil.

— Vamos desistir dessa refeição, compadre — disse o negro. — Não foi feita para nós. Será que vamos encontrar algo melhor? Shh! Quieto!

— O que foi? Ouviu um urso?

— Não. O grito de uma águia.

— Não é com os nossos bastões que vamos conseguir matá-la, compadre.

— É o grito de uma águia pescadora, compadre branco.

— E o que você conclui daí?

256

O LITORAL DA FLÓRIDA

— Que no ninho dela vamos encontrar a nossa refeição.

— Uma omelete?

— E talvez uns bons peixes.

— E essas suas águias não vão furar os nossos olhos?

— Temos de esperar até elas saírem para pescar. Venha, compadre, sei onde deve estar o ninho.

Olhando para cima para poder observar o alto dos pinheiros, o negro começou a rastejar no meio das raízes que serpenteavam em todas as direções e foi parar diante de uma árvore altíssima, de uma espécie diferente, que crescia quase isolada no meio de uma pequena planície.

Era uma nogueira negra, planta esta que atinge dimensões enormes, tem uma copa frondosa e produz uma espécie de amêndoa de qualidade medíocre. Dá uma madeira negra, muito apreciada na construção e procurada pelos ebanistas.

Em um dos galhos maiores havia uma espécie de palco com um metro e meio de largura e dois metros e meio de comprimento, formado com galhos habilmente entrelaçados e os intervalos fechados com musgo e folhas secas.

Na base da árvore havia muitos restos de peixes estragados que exalavam um odor pestilento e faziam o bom Carmaux franzir o nariz.

— Aquele é o ninho da sua águia? — perguntou ele ao negro.

— É — respondeu o gigante.

— Não estou vendo os proprietários.

— O macho está chegando. Provavelmente voltou da pesca.

Um pássaro de dimensões extraordinárias estava voando sobre o pinheiro, descrevendo amplos giros que aos poucos iam diminuindo.

Era uma águia que devia medir pelo menos três metros de comprimento, cuja envergadura, com as duas asas abertas, chegava a sete, talvez oito metros.

Tinha as costas negras, a cabeça e o rabo brancos, e exibia unhas poderosas. Levava no bico um grande peixe, ainda vivo, pois era possível perceber que estava se contorcendo desesperadamente.

— Que belo pássaro! — exclamou Carmaux.

— E muito perigoso — acrescentou o negro. — As águias pescadoras não têm medo dos homens e podem atacá-los com uma coragem inacreditável.

— Não tenho a menor vontade de ser apresentado àquele bico, compadre saco de carvão.

257

A RAINHA DOS CARAÍBAS

— Vamos esperar até ele ir embora.

— Será que tem filhotes no ninho?

— Tem — respondeu o negro. — Você não está vendo essas cascas de ovo cor de café?

— Estou. São enormes, também.

— Essas cascas mostram que os filhotes já nasceram.

Depois de ter voado um pouco sobre os pinheiros, como se quisesse ter certeza de que não havia inimigos nas redondezas, a águia desceu até o ninho. O negro, que escutava atentamente, ouviu no alto alguns gritos roucos que indicavam a presença dos filhotes. O macho largou a presa e os pequenos fizeram muita festa para o pai.

— Prepare-se para escalar a árvore — disse o negro a Carmaux. — Se demorarmos muito, não vamos encontrar mais nada daquele belo peixe.

A águia voltou a subir. Ainda deu algumas voltas sobre a árvore e depois partiu velozmente em direção ao mar.

Com um salto os dois flibusteiros agarraram os galhos inferiores da árvore e depois, um ajudando o outro, chegaram rapidamente ao ninho. Aquela plataforma construída tão solidamente que era capaz de sustentar até um homem sem o perigo de quebrar, estava cheia de restos de peixes e de penas, e era ocupada por duas aguiazinhas já do tamanho de dois belos frangos. No meio daqueles restos, além do peixe trazido pelo macho, havia dois outros da espécie dos bonitos, pesando uns bons quilos.

Quando viram o negro aparecer, os dois filhotes se arremessaram corajosamente contra ele, gritando e tentando atingir os seus olhos, mas Moko nem se preocupou muito. Entregou os peixes a Carmaux, dizendo:

— Desça depressa, podemos ser surpreendidos aqui.

Estava prestes a matar os filhotes com duas pancadas, quando viu uma grande sombra se projetar no ninho e logo depois um grito furioso.

Levantou os olhos e viu uma águia maior do que a primeira voando para cima dele. Era a fêmea, que talvez estivesse vigiando em cima de algum pinheiro, enquanto o macho ia pescar.

— Compadre! — gritou ele, pegando depressa a faca. — Deixe os peixes para lá e me siga.

Abandonou o ninho e deslizou até a bifurcação dos galhos, a fim de se apoiar no tronco e não correr o risco de ser atirado para baixo por algum golpe de asas. Carmaux o seguiu na mesma hora, depois de ter jogado os peixes no chão.

O LITORAL DA FLÓRIDA

A águia se atirou contra a árvore, tentando passar entre os galhos e ir para cima dos dois flibusteiros. O enorme comprimento das asas não lhe permitia fazer isso com facilidade. Ela gritava com força, eriçava as penas e batia depressa o longo bico amarelado e curvo.

Carmaux e Moko davam facadas no ar às cegas, tentando abrir o peito ou cortar uma asa dela.

Vendo que não poderia atacá-los de frente, o enorme pássaro girou em volta da árvore e, encontrando um buraco no meio dos galhos, entrou por ali e se agarrou desesperadamente ao tronco. Com uma bicada, rasgou a túnica de Carmaux e com um golpe da asa por pouco não atirou o negro no chão.

— Para cima dela, compadre! — gritou Carmaux, que rapidamente se escondeu atrás de um galho.

Apoiando-se solidamente ao tronco, o negro agarrou a ave enfurecida pela asa com a mão esquerda e com a outra vibrou uma facada, ferindo-a no meio do peito.

Estava prestes a repetir o golpe, quando a águia se libertou do aperto com uma sacudida desesperada e voou até o ninho.

Começaram a cair gotas de sangue através das fissuras da plataforma, escorrendo pelo tronco da árvore.

— Vamos fugir! — gritou Moko. — O macho deve estar chegando.

— E eu não estou com a menor vontade de encontrar com ele — disse Carmaux.

Agarrando os ramos, o branco e o negro chegaram ao solo sem serem perturbados pela águia, que gritava a plenos pulmões para atrair a atenção do companheiro.

Depois de catar os peixes, os dois foram embora correndo e entraram na parte mais fechada no pinheiral, se escondendo no meio de um arbusto denso.

— Pássaro dos infernos! — exclamou Carmaux, enxugando o suor que banhava a sua testa. — Nunca pensei que dois homens feitos poderiam fugir de uma ave.

— Agora chega. Vamos voltar ao acampamento.

— Está certo, mas vamos dar uma volta pela praia para pegarmos alguns moluscos.

— Então vamos, compadre.

Tinham acabado de sair do meio do arbusto quando o negro parou, exclamando alegremente:

259

— Compadre, temos frutas também!

— Com mil diabos! — exclamou Carmaux. — Mas você tem olhos de águia. Se andarmos mais um pouco, você é bem capaz de achar uns biscoitos também.

— Talvez biscoitos de verdade, não, mas quem sabe alguma coisa para substituí-los.

— Onde estão as suas frutas?

— Olhe aquela árvore.

Na orla do pinheiral, havia um grupo de arbustos que pareciam pertencer à família das magnólias, cujos galhos estavam carregados de flores maravilhosas, de cor púrpura com reflexos pretos, em forma de taças muito grandes e em cujo interior se viam maços de frutas do tamanho de pepinos.

Eram enormes grandifloros, plantas que crescem em grande quantidade nas terras úmidas da Flórida meridional e cujas frutas, refrescantes e de gosto discreto, são muito apreciadas pelos indígenas.

— São essas as frutas que você prometeu? — perguntou Carmaux.

— São, compadre.

— Então vamos colher.

Sacudiram os arbustos e, depois de fazer uma ampla provisão daqueles pepinos, saíram da floresta, avançando pela praia. Carmaux, que além de estar faminto, estava morrendo de sede, chupava avidamente as frutas, comentando que, embora cheias de suco, não tinham muito gosto.

O mar aos poucos foi se acalmando. Apenas de vez em quando um grande vagalhão vinha quebrar com um enorme estrondo na praia, espirrando espuma até as últimas árvores da floresta.

Era possível ver uma enorme quantidade de destroços que apareciam e desapareciam no meio daquelas ondas, restos mortais da pobre fragata que foi explodida pelo duque. Havia pedaços de vergas, de tábuas do costado, de amuradas, de pontais e de cestos. Mas não se viam barris nem caixas.

— Só destroços inúteis — disse Carmaux, que parou para observar. — Se ao menos tivesse alguns barris de biscoitos ou de carne salgada.

— Vamos, compadre — disse o negro. — Estou vendo Wan Stiller e o patrão de pé em cima de um arrecife. Devem estar esperando a refeição.

Voltaram a andar, seguindo pela praia arenosa, salpicada de algas arrancadas do fundo do mar pelos vagalhões.

260

O LITORAL DA FLÓRIDA

Estavam a poucas centenas de passos do acampamento, quando de repente viram diante deles a areia se mexer, depois inchar e então se abrir, deixando espaço para um animal medonho, que se atirou contra eles, dando rugidos assustadores.

Carmaux foi derrubado no chão, enquanto o negro teve tempo de saltar para trás, gritando:

— Cuidado, compadre!... É um demônio marinho!

CAPÍTULO 29

NA FLORESTA

Aquele monstro que estava de emboscada na areia e que Moko afirmara ser um demônio marinho, o nome dado pelos habitantes das costas mexicanas e conservado até hoje pelos colonos da Flórida, era um enorme peixe da espécie dos cefalópodes, de forma achatada como a das arraias, largo e comprido como a vela de um navio. Devia pesar no mínimo uns mil quilos e tinha uma aparência repugnante. A pele era cheia de pontas curvas, muito resistentes, e a cabeça tinha um par de chifres parecidos com os dos touros; a cauda muito longa e, pelo que dizem, venenosa, era comprida e cortante como a lâmina de uma lança.

Aqueles monstros, felizmente raros nos dias de hoje, costumam ficar escondidos na areia, mantendo na superfície apenas a boca enorme como a de um forno sempre aberta e pronta para engolir tudo o que aparecer.

Apesar de sentir o sangue gelar nas veias diante daquela aparição inesperada, Carmaux não perdeu a cabeça. Ao ver a boca do monstro a uma pequena distância, com uma pirueta rapidíssima ele recuou mais de dois metros, rolando entre as pernas do negro.

— Vamos dar o fora, compadre! — gritou o negro.

Naquele instante, atraídos pelos gritos, o Corsário e o hamburguês chegaram correndo. O primeiro empunhava a sua misericórdia, e o segundo, a faca. Quando viu o monstro, o Corsário parou de repente, gritando:

— Não cheguem perto!... Ele é venenoso!

— Pelo menos vamos tentar assustá-lo — disse Wan Stiller, recolhendo uma pedra que as ondas haviam empurrado até lá e a atirando contra o monstro.

Vendo outras pedras espalhadas pela praia, os quatro flibusteiros começaram a catá-las para atirar no demônio marinho que, sem a menor condição de enfrentar aquela tempestade de projéteis, tentava chegar à

NA FLORESTA

água, mugindo como um touro furioso, agitando os chifres e batendo a cauda, jogando nos perseguidores uma enorme quantidade de lama.

Finalmente, com um esforço supremo, conseguiu chegar ao mar e mergulhar, deixando na superfície da água um círculo de sangue.

— Vá procurar o seu compadre Belzebu! — gritou Carmaux, arremessando uma última pedra. — Você me deu um susto tão grande que por muito pouco eu não perdi o apetite.

Voltaram ao acampamento próximo ao rochedo que serviu de observatório para o Corsário e foram para a sombra de alguns pinheiros altíssimos que cresciam entre fantásticos tufos de margaridinhas amarelas com miolo púrpura, de anêmonas de diversas cores e de pequenos canteiros de violetas selvagens. Recolheram lenha seca e, como haviam conservado os estopins, com um pouco de musgo bem seco, acenderam uma bela fogueira e começaram a assar os peixes roubados das águias-pescadoras.

Quinze minutos depois, os quatro flibusteiros atacavam o churrasco, deixando para trás apenas os espinhos.

— Agora vamos conversar — disse Carmaux, virando para o capitão. — Acho que não vamos poder ficar eternamente nesta praia, esperando a chegada de um navio.

— Se ficarmos aqui, não teremos a menor possibilidade de sermos salvos — respondeu o Corsário. — Você tem alguma ideia?

— Eu sei que a baía de Ponce de Leon algumas vezes é frequentada por pescadores cubanos que vêm caçar os manatis. Vamos até lá esperar a chegada deles.

— Capitão, eu duvido que eles levem flibusteiros para bordo dos seus navios. E mesmo que façam isso, vai ser para nos entregar depois às autoridades de Havana ou de Matanzas.

— Mas quem vai adivinhar que somos flibusteiros? Todos falamos bem espanhol e podemos fingir que somos náufragos daquele país.

— Isso é verdade, capitão — disse Carmaux.

— E se, em vez disso, a gente construísse uma jangada com os destroços que as ondas jogam na praia e depois fosse procurar a *Folgore*? — sugeriu Wan Stiller. — Ela pode estar encalhada perto da ilha dos Pinheiros.

— Não podemos contar com a minha nave — disse o Corsário com um suspiro. — A tempestade deve tê-la lançado no Atlântico e talvez as ondas já a tenham engolido. O meu inimigo está morto, mas que preço eu tive de pagar!... Morgan e todos os meus marinheiros valiam mais do que a morte

263

daquele traidor. Por isso, não falem mais na minha nave e deixem que essa ferida dolorida se feche.

— Essa baía fica muito longe daqui, capitão? — perguntou Carmaux.

— Podemos chegar lá em doze dias.

— E os índios?... Não vamos acabar caindo nas garras deles?

— Talvez eu queira encontrá-los, mesmo que se diga que eles são ferocíssimos — disse o Corsário com voz sombria.

— Encontrar aqueles selvagens? — exclamou Wan Stiller espantado. — Vamos é ficar bem longe deles, capitão.

— Por acaso você já esqueceu a noite em que eu matei o flamengo Sandorf? — perguntou o Corsário.

— Isso mesmo! — disse Carmaux. — O flamengo disse que a Honorata Wan Guld tinha naufragado nestas costas. Parece que o destino nos trouxe aqui de propósito.

— Agora vamos ver se Sandorf disse a verdade — disse o Corsário — e não sairemos daqui antes de esclarecer tudo.

Dito isso, ele se levantou de um salto, com o rosto desfigurado por uma dor intensa, e começou a caminhar agitado pela praia. Parecia estar tentando sufocar os soluços que lhe provocavam um nó na garganta.

— Pobre capitão — disse Carmaux com voz emocionada. — Ele ainda a ama.

— É — concordou Wan Stiller. — Desde aquela noite fatal em que a abandonou nas ondas em uma chalupa ele nunca mais foi o mesmo.

O Corsário voltou e disse com voz cortante:

— Vamos partir!

Os três marinheiros se levantaram e recolheram os bastões nodosos e algumas frutas que haviam guardado para aliviar a sede, caso não encontrassem água doce. O Corsário puxou da faixa uma pequena bússola de ouro que mantinha presa por uma correntinha e consultou a direção.

— Vamos atravessar a Península das Areias — disse ele. — Desse jeito, podemos evitar uma volta longa e inútil.

A imensa floresta se estendia diante deles, formada por pinheiros enormes e freixos. Não querendo atravessá-la imediatamente, começaram a contorná-la para ficar o maior tempo possível nas proximidades do mar. A praia se prestava a uma caminhada rápida, pois era plana e salpicada de algas, o que impedia que o pé afundasse na areia. Além disso, ela também proporcionava alimentos, pois havia diversos tipos de crustáceos

NA FLORESTA

e, principalmente, muitas ostras. Uma enorme quantidade de pássaros marinhos voava sobre as dunas, gritando a plenos pulmões, sem manifestar o menor medo com a presença dos flibusteiros. Viam-se bandos de gaivotas, aqueles pássaros infelizes que, por causa da estranha disposição do bico, são obrigados a voar na superfície da água, esperando pacientemente que os peixinhos se atirem na goela sempre aberta; tropas de corvos-do-mar do tamanho de galos, tão ferozes e ousados que costumam se atirar contra todos os animais feridos que conseguem encontrar; em seguida, diversos casais de rabos-de-raposa, também chamados de rabos-de-palha, com duas penas longas pendentes, ou cálamos, além dos trinta-réis, ou seja, andorinhas-do-mar.

— Ai, vai ser duro conseguir uma refeição decente — dizia Carmaux, suspirando. — Só com estes bastões, isso nunca vai ser possível.

Depois de uma hora de caminhada, os náufragos chegaram a outra praia também coberta com uma espessa camada de algas. Ao ver aquele monte de plantas, Carmaux parou, lembrando do demônio marinho.

— Será que tem mais um daqueles monstros horríveis escondido ali embaixo? — perguntou ele.

— Não são tão comuns quanto você está achando — respondeu o Corsário.

Quando os quatro flibusteiros se embrenharam naqueles montes de algas, ouviram várias detonações sob os pés.

— O que é que está acontecendo? — perguntou Carmaux. — Parece que está cheio de castanholas escondidas nestas algas. Tac!... Tif!... Tum!... Que bela música.

— São caravelas — disse o Corsário. — Não se preocupe, Carmaux.

O capitão estava certo. Aquelas caravelas são verdadeiros moluscos da espécie das águas-vivas e cnidários, que pertencem à ordem dos acéfalos, ou seja, sem cabeça, que a maré atira em grande quantidade nas praias, junto com as algas flutuantes que são vistas na superfície do mar. Durante a decomposição, se enchem de ar e, sob a pressão dos pés, explodem e fazem muito barulho. Se as tocarmos com as mãos depois, parecem formadas de um material ardente e causam queimaduras muito dolorosas nos dedos.

Tendo atravessado aquela grande camada de algas sem encontrar nenhum outro demônio marinho, os náufragos chegaram ao local sobre o qual as andorinhas-do-mar estavam voando. Para grande espanto de Carmaux, em vez de fugir, aqueles pássaros mergulharam para cima dos

265

A RAINHA DOS CARAÍBAS

homens, ensurdecendo-os com gritos agudos e voando em todas as direções, sem demonstrar o menor medo.

Essas aves são de uma audácia inacreditável, e não é possível espantá-las nem mesmo com tiros de fuzil. No máximo, vão para o alto depois dos primeiros disparos e depois voltam a rodear os caçadores, sem demonstrar medo algum.

Imediatamente Carmaux começou a abater as que estavam mais próximas a golpes de bastão, mas, por mais cuidado que tomasse, sempre batia no vazio, porque, embora sejam imprudentes, as andorinhas-do-mar têm também um voo tão fulminante que fica difícil atingi-las.

— Você vai ficar cansado por um motivo inútil, compadre — disse Moko, às gargalhadas, vendo o flibusteiro rodar o bastão como um endemoniado.

— É verdade — disse Carmaux. — Parece impossível, mas não consegui pegar nenhuma.

— E parece que elas estão gozando com a sua cara — disse Wan Stiller.

— É, essas safadas! Vamos nos vingar nos ninhos.

— Olhe, compadre, a praia está lotada de ovos.

Por um trecho enorme havia pequenas bocas em forma de taças escavadas na areia e contendo, cada uma, dois ou três ovos de uma tonalidade amarelo-esverdeada com pintinhas marrons e vermelhas, quase do tamanho de ovos de galinha. Eram tantos, que daria para fazer uma fritada para mais de duzentas pessoas.

Apesar dos protestos ensurdecedores dos pássaros, os flibusteiros começaram a saquear os ninhos, esvaziando rapidamente os ovos frescos e jogando no mar os mais velhos. Carmaux, principalmente, encheu tanto a barriga que afirmou que poderia ficar sem jantar aquela noite. Mas como um homem prudente que era, encheu todos os bolsos e falou para os companheiros fazerem o mesmo.

— Vão nos dar força — dizia ele.

Terminada a coleta, ao ver que a praia descia para o sul, o Corsário virou para a floresta, com a intenção de evitar a enorme volta pela Península das Areias.

— Que pecado — disse Carmaux. — Pelo menos na praia teríamos mais ovos.

— Mas nem sequer um copinho de água — disse Wan Stiller.

266

NA FLORESTA

— Você tem razão, amigo — disse Carmaux. — E digo mais: eu adoraria beber um gole agora.

— Mas não vai faltar na floresta — disse Moko.

Orientando-se pela sua bússola, o Corsário entrou no meio das árvores, avançando em passos rápidos.

Aquela floresta era de uma beleza fantástica. Sob a sombra dos pinheiros belíssimos, dispostos quase simetricamente, crescia uma segunda floresta formada na maior parte por tufos de rododendros maravilhosos, de quase dez metros de altura, com galhos da grossura da coxa de um homem, cobertos de flores púrpuras, além de canteiros de maracujazeiros, plantas trepadeiras que crescem em forma de festões e cuja flor roxa com estames de pistilos brancos representam todos os instrumentos da Paixão de Cristo. De fato, podem ser vistos o martelo, os cravos, o ferro da lança e até mesmo a coroa de espinhos. O perfume que exalam é muito suave. No meio daquelas plantas diversos passarinhos matraqueavam: pombas de cabeça branca, tão grandes quanto as nossas, com as penas do peito e do pescoço de um belíssimo verde dourado e as pernas vermelhas, muito longas; tringas, uma espécie de cotovia, também com pernas longuíssimas, pássaros muito apreciados pela delicadeza da sua carne, além de papagaios verdes e amarelos muito barulhentos.

— Será que estamos condenados a viver de ovos? — perguntou Carmaux a Moko. — Isso vai acabar ficando muito chato. O que você acha, compadre saco de carvão?

— Vamos encontrar algo mais sólido — respondeu o negro. — Nesta região tem animais grandes também.

— E quais?

— Ursos, por exemplo.

— Vamos fazer uma bela figura com os nossos bastões! Prefiro que eles fiquem bem longe por enquanto.

— Também não faltam lobos.

— Eu prefiro comer um cachorro, compadre.

— Você é muito difícil de contentar — disse o negro, rindo. — Mas também tem muitas cascavéis venenosíssimas, jacarés-negros, jacarés--de-papo-amarelo, além de índios comedores de homens brancos.

Depois de atravessar a floresta de pinheiros, eles entraram em outra, formada exclusivamente de palmeiras belíssimas, de dez ou doze metros de altura, coroadas por longas folhas recortadas que pendiam com elegância e espatas de uma maravilhosa cor violeta iridescente listada de roxo. Milhares de perfumes inebriantes circulavam naquela floresta, exalados pelas flores azuis das *pontedeiras*, coreópsis amarelas, maracujazeiros e tigrídias, que espalhavam pelo chão suas fantásticas flores em forma de taça, escarlates e cheias de olhos como a cauda de um pavão e o pelo do tigre americano.

— Maravilhosa! — exclamou aquele incorrigível tagarela do Carmaux. — Nunca vi uma floresta tão linda!

— Mas não tem água — disse o hamburguês.

— Vamos encontrar muita, e não vai demorar — disse o Corsário. — A Flórida meridional inteira é um pântano. Espere até termos acabado de atravessar esta região arborizada e você não vai mais reclamar de falta de água.

Como previu o Corsário, três horas depois eles chegaram a terrenos pantanosos interrompidos por lagoas de água negra e pútrida, onde se viam serpentes e jacarés-negros como o ébano, muito grandes e com a cabeça achatada.

Pássaros aquáticos voavam sobre as lagoas, gângulas verdes, íbis brancas, marrecos sibilantes e, nas margens, meio escondidos entre os caniços, havia muitos casais daquelas aves barrocas, praticamente só pescoço e pernas, com o bico torto, chamadas flamingos, com as alvas asas orladas de uma maravilhosa cor rosada. Aquelas lagoas eram o princípio dos imensos pântanos que ocupam pelo menos a terça parte daquela vasta península e se estendem até o tenebroso lago de Okeechobee, uma solidão sombria habitada apenas por melancólicos ciprestes e pinheiros, com águas escuras e estagnadas, matriz das terríveis febres, oficina da morte.

— Que lugar horrível! — exclamou Carmaux, parando de andar. — Parece que estamos prestes a atravessar um imenso cemitério.

— Vamos acampar aqui, chefe? — perguntou Moko. — O sol já vai se pôr, e estou vendo um enorme pântano na nossa frente.

— Vamos parar — disse o Corsário. — E enquanto tem um pouco de claridade, procurem alguma coisa para o jantar.

A uma pequena distância corria um regato de águas claras. Mataram um pouco da sede e em seguida, improvisaram com galhos de pinheiro um abrigo para se proteger da umidade da noite, que é muito perigosa naquelas paragens.

Enquanto Wan Stiller acendia uma fogueira para espantar as cobras, provavelmente muito numerosas naquele local, Carmaux e o negro foram na direção do grande pântano que podiam avistar através dos pinheiros. Depois de contornar algumas lagoas, chegaram à margem do pântano,

NA FLORESTA

ou melhor, do lago, parando perto de alguns cones de lama de trinta centímetros de altura, alinhados no meio dos caniços.

— O que é isto? — perguntou Carmaux espantado. — São ninhos de passarinhos?

— Não adivinha, compadre? — perguntou Moko, olhando ao redor com alguma preocupação.

— Realmente, não, compadre saco de carvão.

— São ninhos de jacarés.

— Com mil raios!...

— Venha ver, enquanto os jacarés estão longe.

Carmaux e o negro se aproximaram e observaram com curiosidade. Como foi dito, tratava-se de cones de menos de meio metro de altura, formados de pequenos galhos, de musgo entrelaçado e de lama.

Aquelas pequenas construções pareciam estar cheias de terra bem batida. Ao raspar uma delas, Moko descobriu uma dezena de ovos do tamanho dos de ganso, mas um pouco mais longos, com casca alvíssima, rugosa e toda desenhada.

— E destes ovos nascem aquelas feras! — exclamou Carmaux espantado. — Quantos tem nestes ninhos?

— Normalmente uns trinta.

— E os jacarés não chocam?

— O calor do sol se encarrega disso.

— Vamos jogar tudo no pântano.

— Não faça isso, compadre. Eles são comestíveis.

— Puah!... Pode ficar com eles, compadre. Nunca vou comer um ovo destes.

— Talvez a gente encontre alguma coisa melhor. Nossa!...

— Ei!... Quem está tocando o tambor?... Será que são os índios?

Na direção do pântano se ouvia um barulho muito forte que parecia vir de um verdadeiro tambor. Mas às vezes ele parava e se transformava em um mugido rouco, parecido com o de um touro.

— O que está acontecendo? — perguntou Carmaux, olhando em volta preocupado.

— Escute direito, compadre — disse o negro com voz tranquila. — De onde você acha que esse barulho está vindo?

— Pela minha morte! Eu poderia dizer que o tambor está embaixo da água deste pântano.

269

A RAINHA DOS CARAÍBAS

— Isso mesmo, compadre, porque quem está tocando está exatamente embaixo da água.

— Então é um peixe...

— Tambor — disse Moko. — Venha compadre, vamos pegá-lo.

— Nossa!... E esse assobio?... Você está ouvindo?

— Estou, compadre. É um peixe-bolha inflando.

— Vamos pegá-lo também?

— É venenoso.

— Vamos embora daqui!...

— Fique quieto e me siga.

O negro pegou no chão um longo galho de pinheiro perfeitamente reto e liso e, na extremidade, amarrou o seu longo e afiado facão, fazendo uma espécie de lança que, bem ou mal, poderia servir também de arpão.

Foi então para o meio dos caniços que cobriam a margem do pântano e se curvou sobre a água. A poucos passos dali crescia uma aristolóquia, uma planta aquática dura, de folhas ovais, com flores brancas em forma de sifão e um tronco da grossura de uma bota sustentado por um grande número de raízes.

Era exatamente perto daquela planta que se ouvia o rufar do tambor.

— Ele está escondido ali embaixo — disse o negro a Carmaux, que o seguira.

— Você está pensando em pegá-lo?

— Não vai escapar.

Com uma agilidade e destreza extraordinárias em um homem tão gigantesco, o negro saltou sobre o tronco da aristolóquia e perscrutou atentamente as plantas aquáticas.

Parecia que estava havendo uma luta subaquática perto das raízes. As folhas largas se torciam, os galhos oscilavam violentamente e jatos de espuma subiam do fundo para se romper na superfície.

— Será que o peixe-tambor foi atacado? — murmurou o negro. — Vamos pegá-lo antes que alguém o coma.

Vendo a água se agitar, mergulhou depressa a lança. Uma pequena onda quebrou entre as raízes da aristolóquia, em seguida uma espécie de cilindro surgiu inesperadamente, açoitando a água com vivacidade.

Com a rapidez de um gato, o negro agarrou aquele peixe e o apertou com as duas mãos.

270

NA FLORESTA

Ele começou a puxar, mas apesar da sua força prodigiosa, não teve êxito, pois aquele corpo cilíndrico era extremamente liso.

— Dê uma ajuda aqui, Carmaux! — gritou ele.

O flibusteiro já saltara para o meio das raízes da planta com uma cordinha nas mãos.

Num piscar de olhos, fez um nó corrediço e passou em volta daquela espécie de enguia, por cima das barbatanas.

— Opa! Agora! — gritou depois.

Os dois homens começaram a puxar com toda a força que tinham. Apesar das contorções, o peixe estava subindo, mas parecia ser extremamente pesado, ou então estava trazendo alguma coisa a reboque. Era uma enguia imensa, de vinte e cinco ou trinta quilos, com o dorso marrom, a barriga prateada e o maxilar inferior enfeitado com dez ou doze barbilhões que lhe davam uma aparência bastante estranha.

E não estava sozinho. Fortemente ligado, arrastava consigo também outro habitante das águas, muito maior e mais pesado, formado de uma carcaça óssea coberta por uma espécie de couraça córnea e cheia de espinhos.

— O que foi que nós pescamos? — perguntou Carmaux, pegando a faca com a mão esquerda.

— Solte, Carmaux — disse Moko. — É um peixe-tabaco.

— Que abocanhou o tambor?

— Isso mesmo, compadre.

Com um golpe bem dado, ele obrigou aquele estranho crustáceo a largar a enguia que já fora puxada para o meio das raízes.

— Como ele era feio! — exclamou Carmaux.

— E não é comestível, compadre — disse o negro. — Esses peixes têm muito pouca carne, que além de tudo é muito fibrosa, e um fígado enorme e oleoso.

— Vamos nos contentar com o tambor.

Estavam prestes a saltar para a margem quando um grito de terror escapou da boca de ambos.

— Com mil trovões — exclamou Carmaux, empalidecendo. — Estamos fritos!

271

CAPÍTULO 30

O URSO-PRETO

A quinze passos dali, parado perto de um pinheiro imenso, estava um daqueles ursos-pretos de proporções enormes chamados baribal.

Era um dos mais belos espécimes da sua raça, com pelame curto, eriçado, muito brilhante, que se tornava amarelado apenas perto do focinho.

Devia ter mais de dois metros de altura das patas até os ombros, e era muito gordo. Esses ursos ainda hoje são muito numerosos não só nas florestas da Flórida, mas também nas das regiões mais ao norte dos Estados Unidos, onde causam grandes estragos, devastando os campos e dizimando também os rebanhos, sendo ao mesmo tempo herbívoros e carnívoros.

Ao avistar aquele inimigo inesperado, de quem não poderiam esperar nada de bom, Carmaux e Moko correram apressadamente para cima do tronco da aristolóquia, olhando para o animal com desconfiança.

— Compadre!

— Carmaux!

— Aí está uma surpresa que eu não esperava!

— E que vai fazer a gente suar frio, compadre — disse Moko.

— E nós nem percebemos nada! Se tivéssemos visto enquanto ele estava chegava, pelo menos teríamos fugido.

— Por pouco tempo, Carmaux. Esses ursos negros correm muito depressa e não demoram muito para pegar um homem.

— O que a gente vai fazer agora?

— Esperar, compadre.

— Até o urso ir embora?

— Não tenho uma opção melhor do que essa.

O urso parecia estar realmente se divertindo com o medo dos dois flibusteiros. Plantado nas patas traseiras, como um gato esperando o

O URSO-PRETO

momento oportuno para se atirar contra o camundongo, encarava os dois pobres pescadores com olhinhos maliciosos e rápidos, bocejando quase até deslocar a mandíbula. Mas naquele instante ainda não demonstrava nenhuma intenção hostil, nem parecia ter a menor vontade de abandonar seu posto para se aproximar dos dois flibusteiros.

— Com mil trovões! — exclamou Carmaux, que começava a perder a paciência. — Estou achando que isso vai demorar muito tempo. Esses ursos são muito perigosos?

— Têm unhas de aço e possuem uma força fantástica. Com as nossas facas não vamos conseguir nada.

— Diabos! — exclamou Carmaux, coçando furiosamente a cabeça. — O capitão vai começar a ficar preocupado com essa nossa ausência prolongada. Tive uma ideia!

— Pode ir descartando, compadre — disse o negro. — Vamos tentar embarcar?

— Embarcar! — exclamou Carmaux, olhando espantado para ele. — Você está vendo alguma chalupa?

— Não, compadre, mas digo que podemos cortar as raízes desta planta e usar o tronco como barco.

— Você é um gênio, compadre saco de carvão! Acho que eu nunca teria uma ideia dessas! Meu caro ursão, desta vez nós o pegamos!

— Ao trabalho, compadre.

— Estou pronto, Moko.

A aristolóquia que servia de refúgio para eles, como foi dito, tinha um tronco da largura de uma bota sustentado por diversas raízes enfiadas no fundo do pântano que emergiam por todos os lados. Bastaria cortá-las para soltar a planta e usá-la como uma jangada, muito incômoda, é verdade, mas suficiente para carregar aqueles dois homens.

Carmaux e o negro começaram então a cortar as raízes, manejando as facas com habilidade. Haviam cortado mais da metade quando viram o urso abandonar o posto e descer lentamente para a margem.

— Ei, compadre, ele está vindo! — exclamou Carmaux.

— O urso?

— É. Parece que ficou curioso para saber o que estamos fazendo.

— Ou será que pretende nos atacar?

Vencido talvez pela curiosidade, o urso abria caminho entre os caniços que se amontoavam na margem e estava chegando mais perto do local

273

ocupado pelos dois flibusteiros. Mas não parecia estar de mau humor, porque de vez em quando fazia uma parada, como se estivesse indeciso entre continuar em frente e voltar para trás.

Quando estava a quinze ou vinte passos da margem, se ergueu nas patas traseiras para ver melhor a que tipo de trabalho se dedicavam os dois flibusteiros. Em seguida, certamente satisfeito, voltou a se agachar e continuou a bocejar.

— Moko — disse Carmaux, recuperando o ânimo. — Estou com uma dúvida.

— Qual, compadre?

— Será que o nosso urso não está com mais medo de nós do que nós dele?

— Eles têm muita paciência e dificilmente são os primeiros a atacar. Ele sabe que não podemos ficar eternamente aqui e vai ficar esperando na margem. Tome cuidado. São muito ferozes. Enquanto isso, amarre a enguia em um galho. Preste atenção, compadre. O tronco está prestes a cair na água.

Privada agora de quase todas as suas raízes, a aristolóquia se curvava lentamente sobre a água. Com uma última sacudida do negro, ela caiu de uma vez e afundou quase toda, mas depois voltou logo à superfície.

O negro e Carmaux montaram no tronco e ficaram agarrados nos galhos.

Ao ouvir aquele baque, o urso se levantou, mas em vez de correr até a margem, fugiu para a floresta a toda pressa.

— Ei, compadre — gritou Carmaux. — Bem que eu avisei que o seu urso feroz estava com mais medo de nós! Fugiu covardemente, como se a gente tivesse disparado uma canhonada.

— Será que não é um truque para nos atrair para terra?

— Pois eu repito que o seu urso é um poltrão e que, se eu encontrar com ele, vou estourar os rins dele a bastonadas — disse Carmaux. — Vamos para terra, compadre. Temos de voltar ao acampamento e assar a nossa enguia.

Com algumas pernadas empurraram o tronco para a margem e desembarcaram. Carmaux pegou o seu bastão, colocou o peixe-tambor no ombro e se encaminhou para o bosque, seguido pelo negro. Mas é preciso confessar que ele estava andando com muito cuidado, olhando em volta com desconfiança e que, apesar das fanfarrices, ainda estava com um

O URSO-PRETO

pouco de medo e sem a menor vontade de rever o urso. Chegando à orla do pinheiral, parou para escutar um pouco. Como não ouviu nenhum barulho, recomeçou a caminhar, dizendo:

— Foi embora mesmo.

— Não podemos confiar nisso, compadre. Ele pode estar nos espionando e pronto para cair em cima de nós — disse Moko.

Ele estava prestes a entrar no meio das árvores quando um grito estranho o pregou no solo. Entre as plantas, uma voz que parecia quase humana gritava repetidamente:

— Dum-ka-duj!... Dum-ka-duj!...

— Compadre! — exclamou ele. — Os índios!...

— Onde você viu índios? — perguntou o negro.

— Não estou vendo, mas estou ouvindo. Escute. Dum-ka-duj!... Dum--ka-duj!... Será que é o grito de guerra dos antropófagos?

— É, do socó-boi-baio — respondeu o negro, rindo.

— E quem é esse senhor?

— Um magnífico assado, muito melhor do que o peixe-tambor. Venha, compadre, vamos capturá-lo.

— Mas quem?

— O socó-boi-baio. Fique quieto e me siga.

Aqueles gritos estranhos haviam saído de um arbusto formado por um grupo de *pontedeiras*.

O negro parou e olhou com atenção para o meio das folhas. Logo depois, levantou bruscamente o bastão equipado como uma lança e o arremessou com habilidade à frente.

O dum-ka-duj parou na mesma hora.

— Pegou? — perguntou Carmaux.

— Aqui está ele! — respondeu Moko, que tinha entrado no meio do arbusto. — É mais pesado do que eu pensava.

O pássaro que ele capturou habilmente com a lança tinha mais de sessenta centímetros de altura, penas castanho-escuro e os olhos muito dilatados.

— Belo pássaro! — exclamou Carmaux.

— E principalmente, delicioso — disse Moko —, embora viva de peixes.

— É um pescador?

— E também um grande caçador, pois ainda se alimenta dos passarinhos, que são devorados inteiros.

275

— Então...

— O que você quer dizer com isso, compadre?

Em vez de responder, Carmaux deu um salto para trás, empunhando o bastão nodoso.

— O que é que você tem? — perguntou o negro.

— Acho que eu vi o urso.

— Onde?

— No meio daqueles arbustos.

— Outra vez esse animal!

— Moko!

— Compadre?

— Vamos dar o fora.

— E a surra que você queria dar nele?

— Fica para outra vez — disse Carmaux.

Pegaram o socó-boi-baio e começaram a correr, trotando como dois cavalos esporeados até sair sangue. Depois de um quarto de hora, ofegantes e esbaforidos, chegaram ao acampamento.

— Vocês foram seguidos? — perguntou o Corsário, ficando em pé de um salto, com a misericórdia em punho.

— Vimos um urso, capitão — disse Carmaux.

— Ele veio atrás de vocês?

— Parece que parou no caminho.

— Então temos tempo suficiente para comer — respondeu tranquilamente o Corsário.

Já havia uma bela quantidade de brasa. Carmaux cortou o peixe-tambor, enfiou um pedaço de três ou quatro quilos em uma vareta verde e o colocou na fogueira, girando lentamente para que assasse por inteiro.

Vinte minutos depois, os quatro corsários atacavam o peixe assado, elogiando o sabor e a delicadeza da carne.

— Já que ele não apareceu, vamos dormir — disse o Corsário. — Quem vai montar o primeiro quarto de guarda?

— Carmaux — disse Moko. — Ele não tem mais medo de ursos.

— E vou provar isso a você, compadre saco de carvão — respondeu o flibusteiro espicaçado. — Espere até ele aparecer e eu vou mostrar do que sou capaz.

— Sendo assim, confiamos a você as nossas costelas — disse o hamburguês. — Boa guarda, amigo.

276

O URSO-PRETO

Enquanto seus companheiros entravam na cabaninha, Carmaux sentou perto da fogueira, mantendo ao lado a lança do negro. No bosque e na direção do pântano se ouviam alguns ruídos que não deixavam o bravo flibusteiro muito sossegado, já que não conhecia bem aquela região. De vez em quando, o silêncio era quebrado por mugidos distantes que pareciam ser emitidos por touros, mas que, em vez disso, eram dados pelos jacarés do pântano; depois ele ouvia sob os arbustos gritos ora agudos e ora roucos, em seguida, mais longe um pouco, o triste uivo de algum lobo que vagava em busca de uma presa. E de vez em quando também, rãs e pererecas improvisavam concertos ensurdecedores que se sobrepunham a todos os outros barulhos.

Carmaux escutava atentamente e olhava em torno. Não tinha medo dos lobos nem dos jacarés, porque os primeiros eram covardes demais para atacar o acampamento em número reduzido, e os segundos estavam muito longe. Só estava com medo daquele maldito urso.

— Parece que eu perdi a minha coragem — murmurava ele. — No entanto, já liquidei um belo número de inimigos mais bem armados e talvez até mais perigosos do que esse animal.

Ele se levantou para contornar a cabaninha quando, a uma pequena distância, ouviu um urro que fez seu sangue gelar nas veias.

— O urso! — exclamou. — Será que ele meteu naquela cabeçorra a ideia de querer me devorar? Nós somos quatro, meu caro. Vamos fazer você dançar e depois quebrar as suas costas a pauladas.

Deslizou para baixo da cabaninha e acordou Moko e Wan Stiller.

— De pé, pessoal — disse ele. — O urso está chegando.

— Onde está ele? — perguntou o hamburguês, pegando um pesado porrete com brasa na ponta.

— Não deve estar longe — respondeu Carmaux. — Está ouvindo?

Um segundo urro, um pouco mais forte do que o primeiro, rompeu o silêncio da noite.

— É o urso, não é verdade, Moko? — perguntou Carmaux.

— É — respondeu o negro.

— Vamos tirá-lo da toca — disse Wan Stiller.

— Aí está ele! — exclamou Moko.

Um urso, provavelmente o mesmo que aparecera perto do pântano e que depois os seguira, saiu de uma mata de *pontedeiras* e se dirigia para o acampamento, balançando comicamente a maciça cabeçorra.

277

A RAINHA DOS CARAÍBAS

Os três flibusteiros se abrigaram atrás da fogueira, enquanto davam cobertura à cabana.

— Ele cismou com a gente — disse o hamburguês.

— Vamos acordar o capitão — disse Carmaux.

— Não precisa — respondeu o Corsário, aparecendo atrás deles.

— O senhor está vendo? — perguntou Carmaux.

— Estou, e acho que é bem grande. Vai nos proporcionar excelentes presuntos.

Percebendo que o número dos adversários aumentara de novo, o urso parou a cem metros do acampamento, olhando com desconfiança para a fogueira que ardia ao lado da cabaninha.

Os quatro flibusteiros se mantinham imóveis, com a esperança de que ele decidisse se aproximar. Mas de repente o plantígrado fez uma meia-volta brusca e partiu galopando, desaparecendo na direção do pântano.

— Bem que eu disse que ele era medroso — disse Carmaux. — Acho que finalmente percebeu que é melhor ficar longe daqui.

Os seus companheiros ficaram algum tempo sentados em volta da fogueira e depois, convencidos de que o animal renunciara definitivamente às suas ideias belicosas, retomaram o sono interrompido.

A noite transcorreu sem outros incidentes, embora dois ou três lobos tivessem chegado perto do acampamento, uivando sinistramente várias vezes. Ao nascer do sol, os quatro flibusteiros retomaram a marcha, contornando o grande pântano que se prolongava para o oeste.

CAPÍTULO 31

OS ANTROPÓFAGOS DA FLÓRIDA

Durante três dias, os flibusteiros avançaram pela floresta de pinhos e ciprestes, contornando os imensos pântanos de água escura e lamacenta onde abundavam jacarés e cobras. No quarto dia, completamente privados de víveres, pois não haviam encontrado mais nenhum animal para matar, pararam na margem de um rio que serpenteava por dentro de um bosque. Havia doze horas vinham comendo apenas alguns punhados de *tupelas*, que é uma espécie de ameixa, mas um pouco maior e com um formato oblongo, muito boa para comer, mas não suficientemente nutritiva, ainda mais para homens que caminhavam desde a aurora até o pôr do sol.

— O nosso dia acaba aqui. Vamos parar — disse o Corsário, vendo que seus homens não se aguentavam mais em pé. — A baía agora não deve estar muito longe.

— E nós vamos à caça — disse Carmaux ao negro. — Este rio deve ter peixes.

— Não vão muito longe — disse o Corsário que, ajudado pelo hamburguês, estava construindo uma cabaninha.

— Pode deixar. Vamos ficar por perto — respondeu Carmaux. — Venha, compadre. Tomara que voltemos com muita caça e vários peixes.

Pegaram então os porretes, aos quais amarraram os punhais para usar como lanças, e começaram a contornar o rio, batendo no mato e nos arbustos, com a esperança de obrigar alguma tartaruga a sair dali.

A floresta que se estendia ao longo das duas margens não era formada exclusivamente de pinheiros e ciprestes. Aqui e ali havia matas de *pepineiros*, uma espécie de magnólia com tronco liso, de mais de trinta metros de altura, com folhas larguíssimas e uma grande quantidade de flores de cor branca e azul-claro, que exalam um perfume suave parecido com o da violeta. São chamadas de *pepineiros* porque os frutos têm forma e tamanho parecidos

A RAINHA DOS CARAÍBAS

com os dos frutos de mesmo nome. No entanto, os desta espécie ficam vermelhos quando completamente maduros e são utilizados em infusões, sendo um excelente remédio para combater as febres intermitentes.

Havia ainda matas de saxífragas, árvores de madeira negra, folhas de um verde embaçado, aspecto triste, nozes pretas, uma planta de aparência majestosa, altíssima, frondosa, e também de rododendros que formavam tufos de dez metros de altura, com galhos da grossura da coxa de um homem e cobertos de flores roxas que exalavam um perfume tão forte que chegava a dar tontura.

Diversos pássaros subiam, voando para todos os lados quando os flibusteiros apareciam, mas fugiam tão depressa que tornavam inútil qualquer tentativa de abatê-los. Flamingos, gângulas verdes, íbis brancas, marrecos e pombas de cabeça branca voavam no meio das plantas, enquanto ao longo do rio fugiam belíssimos galos de colar, um dos pássaros mais procurados graças ao sabor de sua carne e pelos quais os glutões americanos pagam caríssimo, além de muitas galinhas sultanas, com bico e olhos vermelhos, pescoço e peito roxos, asas e rabo turquesas e verdes, e costas brancas.

— Olhe aquelas galinhas ali — disse o negro, apontando para diversos casais de pássaros com penas acinzentadas, parecidos com as nossas perdizes. — São deliciosas, compadre.

— E aquele pássaro lá, quase só pernas, com penas marrom-avermelhadas e a cabeça salpicada de pintas brancas? Qual é o nome dele?

— É um tipo de beija-flor, também chamado de bico-de-lança.

— E por que, compadre saco de carvão?

— Porque aquele bico é tão duro e agudo que parece uma lâmina de aço. O pássaro o utiliza para enfrentar os cães e também os caçadores.

— E aquele outro que está passando rente à água do rio e tem penas verde-dourado em cima e brancas embaixo, e um rabo meio preto e meio vermelho?

— É um jacamar, uma espécie de tordo-marinho, muito gostoso.

— E aquele animal ali, entocado na margem do rio? O que você acha que é aquilo, compadre?

— Um urso-lavador.

— Com mil trovões!... Outro urso! — exclamou Carmaux, dando um salto.

— Mas esse não é perigoso, compadre. Olhe bem para ele.

280

OS ANTROPÓFAGOS DA FLÓRIDA

O animal que o negro chamara de urso-lavador não era muito maior do que um poodle. Tinha um focinho bem fino, como o de um camundongo, o rabo longo e cheio de pelos, como o de uma raposa, e o pelame cinza--amarelado com matização negra.

Como pertencem à família dos plantígrados, embora não se pareçam nem com os pretos, nem como os cinzas, nem com os pardos, esses ursos são também chamados de guaxinim ou mão-pelada, e são realmente inofensivos. Habitam as florestas ricas em água e têm hábitos noturnos, mas também não é raro encontrá-los durante o dia. A única ocupação deles é a pesca. Passam longas horas nas margens dos rios e dos pântanos à procura de peixes, moluscos, camarões e larvas, que depois colocam de lado, pois têm como hábito não comer nada sem antes lavar muito bem, e por várias vezes.

O animal descoberto por Carmaux estava exatamente preparando a refeição.

Amontoara diversos peixinhos, rãs e camarões com as patas dianteiras e mexia neles, lavando na corrente.

— E você ainda chama esse bichinho de urso! — exclamou Carmaux, explodindo em uma gargalhada.

— E ele é, compadre — respondeu Moko.

— É comestível?

— Os negros têm uma verdadeira paixão pela carne desses animais.

— Então vamos tentar capturá-lo.

— Era exatamente isso que eu ia propor a você.

Carmaux e o negro começaram a rastejar naquela direção, mantendo--se contra o vento para que o urso não os farejasse.

Mas o animal estava tão ocupado em lavar os alimentos que nem percebeu o perigo que estava correndo.

Dez minutos depois, Carmaux e o companheiro chegaram a quinze passos dele e se esconderam atrás de um tufo de *pontedeira*.

— Você atira? — perguntou Carmaux.

— E não vou errar — respondeu o negro, erguendo a lança.

Estava prestes a arremessar a arma quando se ouviu um leve silvo no ar. Uma flecha partiu de uma mata de rododendros e atingiu o pobre urso--lavador no pescoço, atravessando de um lado ao outro.

Carmaux e Moko ficaram em pé de um salto, exclamando:

— Os índios!

281

A RAINHA DOS CARAÍBAS

Quase no mesmo instante, quatro peles-vermelhas, de estatura alta, seminus, com a cabeça enfeitada de penas e armados de arcos e porretes pesadíssimos, saltaram para fora do arbusto e pararam diante dos dois flibusteiros completamente aturdidos por aquele aparecimento inesperado.

— Carmaux!

— Moko!

— Vamos fugir!

— Pernas para que te quero, compadre.

Estavam prestes a tentar escapar, quando mais cinco índios, armados como os primeiros, apareceram atrás dos dois flibusteiros, cortando a retirada.

— Que os homens brancos não se mexam — disse um daqueles índios em um espanhol ruim.

— Moko, fomos capturados — disse Carmaux, parando.

— Vamos nos preparar para vender bem caro a nossa pele — respondeu o negro, empunhando a lança.

— Vamos acabar sendo mortos inutilmente.

— Que os homens brancos joguem as armas — disse o indígena que falara antes e que devia ser o chefe do grupo, a julgar pelas três penas de águia que estavam fincadas na sua cabeleira. — Se não obedecerem, matamos vocês.

Em vez de depor a arma, com um movimento fulminante Moko se atirou contra o segundo grupo, com a esperança de abrir passagem e correr para a floresta. Os índios, talvez esperando aquela manobra, num piscar de olhos fecharam a fileira, se atiraram sobre o fugitivo e o derrubaram, arrancando a lança de suas mãos.

Seis ou sete porretes se levantaram sobre ele, enquanto o chefe índio dizia com voz ameaçadora:

— Renda-se ou está morto!

Qualquer resistência teria sido inútil e também perigosa, pois os índios pareciam dispostos a cumprir a ameaça. O negro, que estava preparado para resistir desesperadamente com os punhos, deixou que o amarrassem sem opor mais nenhuma resistência, para que não acabassem também matando Carmaux, que já se rendera.

— Compadre — disse este ao negro. — É melhor não reagir para não sermos mortos agora. A esperança de fugir desses patifes ainda não está perdida. Vamos fingir que estamos conformados em servir de alimento para a próxima refeição deles.

— E o capitão?

— Não vamos deixar que os índios percebam que temos companhia. O Corsário e o hamburguês não vão poder opor mais resistência do que nós.

Enquanto trocavam essas palavras, os peles-vermelhas, reunidos perto da margem do rio, pareciam estar conferenciando.

Discutiram animadamente, se curvaram até o solo, como se estivessem examinando as pegadas deixadas no terreno pelos dois prisioneiros, depois andaram em volta dos arbustos e das matas. Em seguida, voltaram a se reunir, falando em voz baixa.

— Moko — disse Carmaux, que não os perdia de vista. — Parece que estão desconfiando que temos companhia.

— É verdade, compadre — respondeu o negro.

— Será que eles vão conseguir pegar o capitão de surpresa também?

— Acho que sim, compadre. Os nossos companheiros estão acampados a uma pequena distância daqui e talvez tenham acendido uma fogueira enquanto esperam a refeição. A fumaça vai traí-los.

— Seria péssimo se eles também fossem capturados — disse Carmaux. — Seria o nosso fim.

Naquele momento, o chefe índio se aproximou deles e disse, sempre em um péssimo espanhol:

— Vocês não estar sozinhos.

— Errou, chefe — respondeu Carmaux. — Não tem mais ninguém conosco.

— Homem branco tentando enganar a gente, mas não conseguir. Aparecer fumaça no meio das árvores.

— Algum índio deve ter acendido uma fogueira para cozinhar a refeição.

— Aqui só tem nossa tribo — disse o chefe. — Aquela fogueira acesa por companheiros seus.

— Então vá procurar por eles.

— É o que vamos fazer, homem branco. Mas querer saber quantos tem.

— Muitos. E têm armas que trovejam e cospem fogo.

— Peles-vermelhas conhecer as armas dos espanhóis e não ter medo — disse o chefe com orgulho. — Nossos avôs ensinaram a enfrentar.

283

A RAINHA DOS CARAÍBAS

Mandou então que amarrassem os prisioneiros no tronco de uma árvore, colocou de guarda dois guerreiros de estatura quase gigantesca armados com porretes enormes e, em seguida, se embrenhou no meio das árvores, seguido por todos os outros índios.

— Trovões do inferno! — exclamou Carmaux, rangendo os dentes. — O capitão também está perdido!...

— Compadre, estou começando a achar que só temos mais algumas horas de vida. Os espanhóis, com toda aquela conhecida crueldade, deixaram esses índios muito ferozes e por isso não vamos ser poupados.

— A morte não me assusta, compadre. Mas eu queria saber como vai ser ela. Dizem que eles torturam de maneira atroz os prisioneiros antes de enviá-los ao outro mundo.

— Também ouvi umas histórias assim — respondeu Moko.

— Vamos tentar interrogar esses dois índios, se é que vão nos entender.

— Digam uma coisa, peles-vermelhas, o que o seu chefe pretende fazer conosco? — perguntou Carmaux, virando para os dois gigantes, que estavam sentados perto da árvore.

— Vão ser nossa refeição — respondeu um dos dois índios, com um sorriso cruel.

— Canalhas! — gritou Carmaux, com voz estrangulada. — Querem nos devorar!....

— Todos os prisioneiros são assados.

— Compadre! — exclamou Carmaux, enquanto um suor frio banhava a sua testa. — Se não descobrirmos uma maneira de fugir, este vai ser o nosso fim.

O negro não respondeu. Tinha se curvado até onde as cordas permitiam e parecia estar escutando com grande ansiedade.

— Você ouviu um grito?

— Acho que sim.

— Será que já pegaram o capitão?

— Com mil trovões!

Um barulho ensurdecedor se elevou entre os pinheiros e ciprestes e se estendeu ao longo do rio.

— Estão atacando o acampamento! — exclamou Carmaux com angústia.

Os gritos pararam de repente. O ataque devia ter sido tão inesperado que impediu qualquer resistência por parte do Corsário Negro e do hamburguês.

284

OS ANTROPÓFAGOS DA FLÓRIDA

Os dois guardas se levantaram e ficaram olhando para as árvores.

— Estão chegando? — perguntou Carmaux a eles.

— Os seus companheiros capturados — respondeu um dos dois gigantes.

E estava dizendo a verdade, porque alguns instantes mais tarde eles viram os índios chegarem, arrastando os dois flibusteiros.

O Corsário e o hamburguês estavam com as roupas em farrapos, mas não pareciam estar feridos. Certamente, depois de uma breve resistência, eles tinham se rendido para não serem mortos a pauladas.

— Capitão! — gritou Carmaux com a voz estrangulada.

— Você também, Carmaux! — exclamou o senhor de Ventimiglia. — Eu estava tentando adivinhar se vocês tinham sido capturados.

— Estamos nas mãos dos antropófagos, senhor!

Os dois flibusteiros foram amarrados com fibras vegetais e jogados na frente da árvore em que estavam presos Carmaux e o negro. O chefe índio veio para perto e se acocorou diante deles, enquanto seus homens cortavam galhos para improvisar macas.

— Você chefe destes homens? — perguntou ele, virando para o Corsário.

— Sou — respondeu este.

— Por que estão aqui? Homens de pele branca nunca moraram nestas florestas.

— Naufragamos.

— Quebrou uma daquelas grandes caixas que flutuam?

— Ela se despedaçou nos recifes.

O olhar do chefe teve um lampejo de cobiça.

— Então você diz onde ela despedaçou. Sei que aquelas grandes caixas que flutuam sempre carregadas de tesouros.

— As ondas já varreram tudo o que tinha — respondeu o Corsário.

— Você querer enganar chefe.

— Por que eu faria isso?

— Para você buscar o tesouro, mas não conseguir, porque vamos devorar vocês.

— Vão achar a carne meio dura — disse o Corsário com ironia.

— Vamos embora — disse o chefe enquanto se levantava.

Pegaram os quatro prisioneiros e os carregaram.

Precedido por quatro exploradores, o grupo se pôs em marcha, indo para o oeste, ou seja, na direção do mar.

285

— Capitão — disse Carmaux, que vinha logo atrás do Corsário. — Será que está tudo acabado para nós?

— Agora está nas mãos de Deus, Carmaux. Se a nossa hora chegou, vamos morrer como homens bravos.

— Escapamos da explosão e da ira do mar para acabar no estômago desses antropófagos asquerosos! Teria sido muito melhor se os tubarões tivessem nos devorado.

— Morrer de um jeito ou de outro é a mesma coisa, Carmaux. Eu também preferia ter caído na ponte da minha nave, no meio do ribombar da artilharia e dos gritos de guerra da tripulação... mas bah!... Que se cumpra o meu destino.

Enquanto isso, os índios marchavam depressa, contornando a margem esquerda do rio, que estava quase toda ocupada pelos arbustos. Somente de vez em quando alguns grupos de palmeiras e plátanos, envolvidos em um caos de cobeias trepadeiras que formavam grandes festões com guirlandas de flores coloridas, se estendiam até a margem, obrigando os peles-vermelhas a abrir passagem com fortes golpes de porretes. Ao meio-dia, o grupo parou na margem de um laguinho formado pelo rio. Assaram o urso-lavador, que não havia sido esquecido, acrescentando alguns coelhos que haviam caçado pelo caminho e ameixas de *tupelas*.

Os prisioneiros não foram deixados de lado e também receberam uma porção muito abundante.

— Estão com medo que a gente emagreça — disse Carmaux com um suspiro cômico. — Bem que eu queria ficar magro como um arenque.

— Você não iria ganhar muita coisa com isso — disse Wan Stiller. — Esses índios provavelmente são capazes de fazer você engordar à força.

— Como os marrecos do meu país.

— Mas eu ainda não perdi a esperança de escapar — disse o Corsário.

— Está imaginando um jeito de nos livrar daqui? — perguntou Wan Stiller.

— Vamos tentar pelo menos.

— Mas como? Esses índios não parecem nem um pouco idiotas para nos deixar ir embora.

— Estou dizendo que vamos ter que fazer alguma coisa.

— O senhor tem algum plano, capitão?

— Talvez — respondeu o Corsário. — Vocês sabiam que eu estou com a misericórdia escondida?

OS ANTROPÓFAGOS DA FLÓRIDA

— Como? O senhor não a entregou aos índios? — perguntaram Carmaux e Wan Stiller ao mesmo tempo.

— Não, eu tive tempo de escondê-la embaixo do colete.

— Mas o que o senhor poderia fazer com essa arma? — perguntou Carmaux.

— Ela pode servir para cortar as nossas cordas, antes de tudo — respondeu o Corsário.

— Pena que ela não valha uma pistola, capitão.

— Mas pode ter a mesma utilidade, meu bravo Carmaux. Uma mão forte, capaz de fazer bom uso dela, não terá o menor problema para matar uma sentinela. Amigos, não vamos nos desesperar ainda. Esta noite vamos ficar sabendo se existe alguma possibilidade de escapar.

A conversa deles foi interrompida pelos índios. Terminada a refeição, eles se levantaram e puseram de novo os prisioneiros nas macas.

Contornando o laguinho, o grupo se embrenhou em um denso pinheiral, cujos troncos, contudo, davam passagem sem que fosse preciso recorrer aos porretes, pois não eram rodeados de arbustos. O chefe parecia estar com muita pressa de chegar à aldeia, pois incitava sem parar os carregadores das macas a alongar o passo. Um pouco antes de o sol se pôr, o grupo chegou inesperadamente à orla marítima. Naquele local, a costa formava uma ampla enseada, protegida por algumas fileiras de arrecifes e, na praia, havia diversas canoas cavadas em troncos de pinheiros, enfeitadas com cabeças de crocodilos na proa. Na extremidade da baía, os prisioneiros avistaram duas dúzias de cabanas alinhadas em fila dupla, construídas com troncos e cobertas de folhas secas.

— É a sua aldeia? — perguntou o Corsário ao chefe, que estava caminhando ao seu lado.

— Dos nossos pescadores — respondeu o indígena. — O grosso da tribo morar nas encostas daquela montanha.

O Corsário levantou os olhos e viu se erguer atrás do bosque de pinheiros uma colina coberta de plantas compactas, em cujas encostas havia diversos grupos de cabanas.

— A sua tribo é muito grande? — perguntou o Corsário.

— Grande e forte — respondeu o indígena com orgulho.

— Então vocês devem ter um rei.

O chefe olhou para ele, mas não respondeu. Afastou-se dali e foi se colocar à frente do grupo.

287

A RAINHA DOS CARAÍBAS

Cerca de meia hora depois, os guerreiros chegaram à pequena aldeia de pescadores. Diversos índios, quase totalmente nus, usando apenas uma pequena tanga presa nos quadris e penas nas cabeças, se precipitaram para os prisioneiros, dando gritos ameaçadores e agitando os porretes, as lanças e um tipo de faca de pedra muito afiada.

Com um gesto, o chefe os deteve e depois mandou que levassem os prisioneiros até a frente de um grande engradado construído com galhos sólidos de nogueira hickory e coberto no alto com aquele mato duro e amargo que brota profusamente nas terras salgadas da Flórida e que é denominado *algochloa*. Os quatro corsários foram atirados lá dentro, passando por uma abertura estreita, que depois foi fechada imediatamente com uma trava robusta.

— Por enquanto ficam aqui — disse o chefe, virando para o Corsário.

— E quando vão nos devorar?

— A vida de vocês depender do gênio do mar.

— Quem é esse gênio do mar?

— Não interessar — respondeu o chefe, virando de costas e se afastando.

— Capitão — perguntou Carmaux. — Quem será esse tal de gênio?

— Sei tanto quanto você — respondeu o senhor de Ventimiglia. — Mas acho que deve ser um grande chefe, o comandante supremo da tribo, ou algum feiticeiro.

— Bem que ele poderia ter um pouco de pena de nós!

— Não se iluda, Carmaux.

— Então só nos resta tentar uma fuga.

— É exatamente isso o que vamos fazer mais tarde. Só tem duas sentinelas de guarda na gaiola.

— Contanto que não sejam redobradas mais tarde.

— Vamos ver, Carmaux. Muito bem, agora vamos deitar e fingir que estamos dormindo. Mais tarde, quando todos os habitantes da aldeia estiverem dormindo profundamente, poderemos tentar alguma coisa. Moko!

— Patrão.

— Você, que tem uma força inacreditável, seria capaz de quebrar estas barras?

— Elas são muito fortes, capitão, mas acho que posso fazer isso.

— Sem barulho.

288

— Vou tentar.

— Carmaux, você deve tentar roer as suas cordas.

— Vou tentar, capitão. Acho que com um pouco de paciência vou conseguir roer as minhas amarras, sim. Percebi que com algum esforço consigo encostar as mãos na boca.

— Ótimo!

— E as sentinelas? — perguntou Wan Stiller.

— Vamos surpreendê-las e apunhalá-las.

— E depois? Todos os habitantes da aldeia vão vir atrás de nós.

— As chalupas não estão muito longe daqui, e na água nós podemos fugir mais depressa. Fechem os olhos e esperem pelo meu sinal.

CAPÍTULO 32

A FUGA DOS CORSÁRIOS

Aos poucos o barulho foi parando na aldeia dos pescadores, e as fogueiras acesas perto das cabanas apagaram. Só se ouvia o monótono e constante fragor das ondas impelidas pela maré, que vinham quebrar na beira do mar.

Os índios, que deviam ter pescado durante o dia inteiro, a julgar pela quantidade extraordinária de peixes colocados para secar em uma espécie de grelha de madeira erguida na orla, haviam adormecido, e o grupo dos caçadores que caminhara da aurora até o pôr do sol não demorou a imitá-los.

Somente as duas sentinelas que foram colocadas perto da gaiola ainda estavam vigiando, sentadas perto de uma fogueira quase apagada, mas não deviam tardar a fechar os olhos. A conversa deles definhava, e o Corsário, que não as perdia de vista, percebeu que estavam fazendo um esforço tremendo para não cair nos braços de Morfeu.

Devia ser meia-noite quando os últimos tições da fogueira, não mais reavivada há algum tempo, apagaram completamente. Durante mais alguns minutos, as brasas projetaram um pouco de luz avermelhada na direção da gaiola, mas depois elas também se cobriram de cinzas e a escuridão ficou completa no local.

As duas sentinelas tinham se estendido uma perto da outra e estavam roncando.

— Chegou a hora — disse o Corsário, depois de ter se certificado de que nenhum outro indígena estava vigiando em volta da gaiola.

— Estão todos dormindo? — perguntou Carmaux.

— Não está ouvindo o ronco?

— Contanto que não estejam fingindo dormir, capitão! Não confio nem um pouco nesses índios.

— Corte as cordas, Carmaux.

— Eu roí tão bem que elas logo vão arrebentar, capitão.

A FUGA DOS CORSÁRIOS

— Então ande logo.

O marinheiro contraiu os braços o máximo que pôde e depois, alargando-os de repente, fez com as amarras arrebentassem. As cordas vegetais, já corroídas em vários pontos pelos seus dentes agudos, se despedaçaram.

— Está feito, capitão — disse ele.

— Procure no meu peito — disse o senhor de Ventimiglia. — A misericórdia está escondida aqui.

O flibusteiro enfiou uma mão sob o colete de seda negra do Corsário e encontrou o punhal, uma arma afiadíssima, de uma resistência excepcional, confeccionada com o aço de Toledo, o melhor que se conhecia na época.

— Agora corte as nossas cordas — disse o senhor de Ventimiglia. — Cuidado para não fazer barulho.

Depois de ter se assegurado de que as sentinelas não tinham se mexido, Carmaux se aproximou dos companheiros e cortou habilmente as cordas.

— Pelo menos vamos poder morrer nos defendendo — disse o Corsário, esticando os membros doloridos pelas amarras.

— O que eu devo fazer, capitão? — perguntou o negro.

— Retirar duas travessas da gaiola.

O negro e o marinheiro foram para o lado oposto, a fim de ficar mais afastados das duas sentinelas, e começaram a danificar decididamente uma das barras.

A madeira era duríssima, pois era de nogueira negra, mas Moko tinha mãos fortes e o punhal talhava como uma navalha. Bastaram cinco minutos para cortar um pedaço da travessa.

Eles pegaram a barra e, fazendo força ao mesmo tempo, a retiraram. Soou um leve estalido, e depois mais nada.

— Parem — murmurou o Corsário.

Embora o barulho tivesse sido levíssimo, um dos dois índios se levantou, resmungando.

Os quatro flibusteiros se deitaram na mesma hora, um ao lado do outro, e fingiram estar roncando.

Desconfiado como todos os seus compatriotas, o indígena remexeu os tições com a ponta da lança, fazendo voar algumas fagulhas. Depois, sempre resmungando, deu uma volta na gaiola e voltou para perto do companheiro, sem perceber que uma das barras tinha sido retirada.

291

A RAINHA DOS CARAÍBAS

Ficou de pé por alguns minutos, olhando para a lua que começava a surgir, refletindo no mar. Em seguida, tranquilizado pelo ronco contínuo e regular dos prisioneiros, voltou a deitar.

Os quatro flibusteiros ficaram imóveis por um bom quarto de hora, com medo de que o desconfiado indígena estivesse espionando, e depois se levantaram silenciosamente. Moko e Carmaux retomaram o trabalho, danificando a segunda barra.

Para evitar o estalido, eles a cortaram completamente na base e no alto, e só então a derrubaram.

— Capitão, podemos ir embora — disse Carmaux com um fio de voz.

Deram uma última olhada nos dois índios, que não tinham se mexido mais, e em seguida abandonaram a gaiola, um de cada vez.

— Para onde vamos? — perguntou Wan Stiller.

— Para o mar — respondeu o senhor de Ventimiglia. — Vamos roubar uma chalupa e nos pôr ao largo.

— Então vamos — disse Carmaux. — Eu estou meio ansioso.

Deram a volta na gaiola e correram para a praia, que não ficava a mais de duzentos passos.

Havia ali umas duas dúzias de chalupas, ou melhor, de canoas, muito pesadas, pois tinham sido escavadas no tronco de uma árvore e equipadas com remos de cabo curto e pá muito larga.

Unindo os esforços, os flibusteiros empurraram uma delas para a água. Estavam prestes a pular para dentro quando viram as duas sentinelas caírem em cima deles.

O primeiro a chegar se atirou contra o negro, levantando o porrete e gritando:

— Render ou matar você!

Com um movimento fulminante, o negro evitou o golpe que iria despedaçar a sua cabeça e depois, agarrando o indígena pelo meio do corpo, o levantou como se fosse uma pena e o atirou a dez passos de distância, fazendo que ele desse uma pirueta incrível.

O segundo indígena, assustado com a força hercúlea do gigante e também com a misericórdia que brilhava na mão do Corsário, fugiu para a aldeia, berrando a plenos pulmões.

— Rápido, todos a bordo — gritou o Corsário, correndo para a canoa.

Os três flibusteiros o seguiram e agarraram imediatamente os remos.

292

A FUGA DOS CORSÁRIOS

Na aldeia já se ouviam gritos furiosos, e sombras humanas se agitavam por toda parte. Os índios, avisados da fuga dos prisioneiros, estavam se preparando para persegui-los.

— Força, amigos — disse o Corsário, que também pegara um remo. — Se em meia hora não estivermos fora da baía, vamos ser capturados de novo.

Impulsionada com grande velocidade, a canoa se distanciou da praia e foi em direção aos arrecifes que protegiam a baía contra a fúria das marés. Os flibusteiros remavam com um fôlego desesperado, estendendo os músculos até quase fazê-los estourar. Moko, principalmente, cuja força era colossal, imprimia golpes tão fortes com seu remo que fazia a canoa adernar até o bordo superior. Passado o primeiro momento de confusão, os índios correram para a praia, jogando na água cinco ou seis embarcações, cada uma delas equipada com seis remos.

Vendo que os fugitivos se dirigiam para os arrecifes, remaram rapidamente para a saída da baía, a fim de impedir que eles fossem para o mar aberto. Tendo maior número de remadores, aquela manobra deveria dar certo sem muita dificuldade.

— Pelos trovões de Hamburgo — exclamou Wan Stiller, percebendo as intenções dos inimigos. — Em pouco tempo vamos ficar sem saída.

— Vento dos infernos! — gritou Carmaux. — Estamos prestes a ser presos de novo, capitão.

O Corsário abandonou o remo por um momento e ficou olhando para as chalupas indígenas, que estavam quase chegando à saída da baía.

— Não podemos mais ir para o mar aberto — disse ele.

— Vamos tentar abordar aquela praia — disse Carmaux, apontando para o lado sul da baía. — Tem árvores e arbustos ali. Talvez a gente consiga apagar nossas pegadas.

— Coragem!... Força nos remos!

A canoa virou de bordo no lugar e recomeçou a navegar, enquanto os índios, achando que os fugitivos iriam forçar a saída da baía, se espalhavam pelos arrecifes para cortar a passagem.

Mas quando perceberam a intenção dos flibusteiros, deixaram três chalupas de guarda na passagem e com as outras começaram a persegui-los, para capturá-los antes que pudessem chegar à terra.

Estavam muito longe para ter qualquer esperança de sucesso. O Corsário aproveitou depressa a vantagem para levar a canoa para trás de um arrecife, a fim de escondê-la dos olhos dos índios.

293

— Vamos obrigá-los a se dividir — disse ele. — Força, amigos! A margem está perto!

Com poucas remadas superaram a distância que os separava da costa e atracaram a embarcação em um banco de areia.

Como estavam protegidos pelo arrecife, chegaram sem ser observados às primeiras árvores e correram como loucos. Para onde estavam indo? Não tinham a menor ideia e, no momento, nem se preocupavam com a direção. Bastava que ganhassem alguma vantagem e pudessem encontrar um refúgio. A floresta era muito fechada, sendo formada de imensas nogueiras negras, de *tapelas*, enormes plantas com folhas compactas reunidas em rosetas, de imensos grandifloros e de montes de rododendros, que formavam tufos enormes e tão fechados que quase impediam a passagem.

Os fugitivos percorreram um quilômetro em um único fôlego e pararam diante de uma nogueira colossal, cujo tronco estava coberto por lianas e cobeias que caíam em festões.

— Lá em cima — disse o Corsário. — Encontramos um esconderijo.

Agarrando as lianas e as cobeias, os quatro flibusteiros chegaram aos galhos superiores e se esconderam no meio das folhas.

Os índios estavam chegando, berrando como endemoniados. Tinham acendido galhos de pinheiros e vasculhavam o mato, ameaçando, amaldiçoando e arremessando para todos os lados golpes de lanças e de porretes. Eles passaram perto da árvore sem sequer parar e desapareceram no meio da floresta, quebrando tudo na passagem.

— Boa viagem — disse Carmaux. — Espero que não voltem mais aqui.

— Não vamos esperar por eles, certamente — disse Wan Stiller. — O que o senhor acha, capitão?

— Que temos de ir embora — respondeu o senhor de Ventimiglia.

— Para onde? — perguntou Carmaux.

— Para a praia.

Estavam prestes a abandonar os galhos para agarrar as lianas quando viram duas formas maciças surgir de um arbusto e se aproximar rapidamente da árvore. Como só havia uma claridade muito fraca sob a gigantesca planta, embora a lua estivesse brilhando em todo o seu esplendor, na hora não descobriram o que teriam de enfrentar.

— Não acho que sejam índios — disse Carmaux, que parara de repente.

— Parece que são dois ursos — disse Moko, estremecendo.

A FUGA DOS CORSÁRIOS

— Vento dos infernos! Só faltava esta! Depois dos índios, ursos!

— Vamos ver — disse o capitão, se curvando para a frente e agarrando com força as lianas.

— Vamos ter de enfrentar dois verdadeiros ursos, senhores — disse Wan Stiller, que descera alguns metros. — Parece até que eles têm a intenção de escalar a árvore.

— Os índios devem tê-los assustado e provavelmente também estão procurando se esconder aqui em cima — disse o Corsário.

— Ou será que querem nos devorar? — perguntou Carmaux. — E nós só temos um punhal para nos defender!

— Mas não falta madeira aqui. Ei, Moko, arranque um galho bem grosso.

Enquanto o negro começava a obedecer à ordem, os dois ursos, depois de uma breve hesitação, agarraram as lianas, enfiando as unhas fortes como o aço no tronco da árvore.

Como se sabe, todos os ursos, com exceção dos brancos, são ótimos para escalar.

Normalmente vivem no chão, mas quando as bagas começam a escassear nos bosques, sobem nas árvores para comer as frutas. Os dois ursos não deviam, por isso, encontrar muita dificuldade para escalar a nogueira, ainda mais que o tronco estava coberto de plantas trepadeiras, que deviam facilitar, e muito, a subida.

— Capitão — exclamou Carmaux. — Eles estão de olho em nós!

— Moko, você está pronto?

— Arranquei um galho bem grosso, senhor — respondeu o negro. — Os ursos vão ver se ele é pesado também.

— Eu ajudo você com a misericórdia.

— Aí estão eles — disse Wan Stiller, subindo rapidamente e se colocando a salvo em um galho grosso.

Os dois ursos já haviam chegado perto da primeira bifurcação dos galhos. Mas ao ouvir aquelas vozes humanas, pararam como se estivessem indecisos.

Moko, que se encontrava a dois metros deles, levantou o bastão nodoso e impingiu no mais próximo uma paulada capaz de quebrar a espinha dorsal. O pobre animal deu um urro altíssimo que ribombou na floresta, depois esticou as patas e despencou pesadamente no chão, arrebentando todos os galhos que encontrou na queda. O companheiro, assustado com

295

A RAINHA DOS CARAÍBAS

aquela acolhida, deslizou pelo tronco e, assim que chegou ao solo, fugiu às pressas, grunhindo e resfolegando. Quase no mesmo instante, um grupo de índios desembocou entre os arbustos e se arremessou para a árvore. Provavelmente haviam escutado o urro dado pelo plantígrado que fora tão tremendamente golpeado pelo negro e se apressaram até o local para ver do que se tratava.

Ao verem o animal estendido na base da árvore, começaram a desconfiar de que os homens pudessem estar escondidos naqueles galhos. Um deles acendeu alguns pedaços de pinheiro e os arremessou na copa.

Um foi cair bem em cima de Carmaux, arrancando-lhe um grito de dor.

Urros ferozes se seguiram àquele grito.

— Ah! Mas que miseráveis! — exclamou Carmaux, puxando os cabelos. — Pus tudo a perder!...

— Já estávamos perdidos mesmo sem o seu grito — disse o senhor de Ventimiglia. — Os índios não iriam embora sem explorar a árvore.

— Agora só nos resta a rendição — disse Wan Stiller. — A grelha está esperando por nós.

Uma voz bem conhecida, a do chefe que os capturara na margem do rio, gritou para eles:

— Que os homens brancos desçam! Qualquer resistência ser inútil.

— Preferimos morrer em combate — gritou o Corsário, se precipitando para o tronco da árvore para se proteger das flechas.

— Prometemos poupar a vida de vocês.

— Certo, mas só por enquanto.

— O gênio do mar estar protegendo vocês.

— Não acredito em você — respondeu Wan Stiller.

— Desçam!

— Não — disse o Corsário.

— Então sufocar vocês e pôr fogo na árvore — gritou o chefe.

— E se for verdade que o gênio do mar está nos protegendo? — perguntou Moko. — Deve ser o chefe supremo da tribo ou algum feiticeiro.

— Senhor chefe — disse Carmaux. — É possível parlamentar um pouco com o gênio do mar?

— Homens brancos não poder ver gênio — respondeu o indígena.

— Mas pode ser que a gente se entenda melhor com ele.

— Chega, acabar com isso ou mandar pôr fogo em todas as plantas em volta da *hickory*.

— Parece que não temos mais nada a fazer aqui — disse o hamburguês. — Esse selvagem é bem capaz de cumprir a ameaça.

— Já que o gênio do mar está nos protegendo, vamos nos render — disse o senhor de Ventimiglia. E depois disse em voz baixa para seus homens:

— Escondi a misericórdia. Se houver outra oportunidade, tentamos fugir de novo.

— Ah!... Estou vendo que a minha pele corre perigo — suspirou Carmaux.

— E ficando aqui em cima você não vai conseguir salvá-la, meu velho — disse Wan Stiller.

— Vocês não descer? — gritou o indígena, que estava começando a perder a paciência.

— Já estamos indo — respondeu o Corsário, agarrando as lianas e deslizando ao longo do tronco.

Assim que chegou ao chão, sentiu que o prendiam e amarravam com dez cordas vegetais, de maneira a impedir que fizesse o menor movimento. Seus companheiros receberam o mesmo tratamento.

— Ei, senhor chefe — disse Carmaux. — É desse jeito que o gênio do mar nos protege?

— É — respondeu o indígena com um sorriso feroz. — Esperar a noite de Kium e ver o que nós fazer com vocês.

— Vão nos devorar, não é verdade?

— Tribo não ver hora de assar carne branca e escura.

— Para saber qual é melhor? — perguntou Wan Stiller.

— Contar a vocês depois de comer — respondeu o indígena com um sorriso horrível.

Mandou jogar os prisioneiros em quatro macas improvisadas com galhos, e o grupo se pôs novamente a caminho da aldeia, atravessando a floresta.

CAPÍTULO 33

A RAINHA DOS ANTROPÓFAGOS

V**ários dias transcorreram sem** que nada de novo acontecesse para interromper a existência angustiada dos infelizes corsários. Depois da captura, foram novamente trancados na gaiola de madeira, que fora reforçada com novas travessas, e entregues à vigilância de seis guerreiros armados de porretes, arcos e facões de pedra, com a incumbência de trucidar os prisioneiros à menor tentativa de fuga.

Embora fossem vigiados rigorosamente dia e noite, os índios não deixavam de cuidar bem deles e não os importunavam. Dessa forma, para protegê-los do sol, haviam coberto parte da gaiola com galhos e sempre os alimentavam abundantemente com caça ou pesca assada e frutas. Um dia, começando a achar que aquela agonia estava muito longa e angustiante, o Corsário resolveu interrogar o chefe que os havia capturado para saber quanto tempo aquilo ainda iria durar.

— Está na hora de acabar com isso — disse ele. — Já engordamos bastante.

O indígena olhou para ele sem responder, talvez espantado com aquele extraordinário sangue-frio.

Em seguida, depois de alguma hesitação, disse:

— Ser gênio do mar que não querer que ser devorados ainda.

— Mas você pode me dizer ao menos quais são as intenções do gênio do mar?

— Ninguém saber.

— Ele sabe quem somos nós?

— Eu dizer a ele que vocês ser homens brancos e ver ele chorar.

— O gênio?

— É — respondeu o indígena.

— Ele gosta dos homens brancos?

— Ele também ser branco.

— Nunca vamos poder vê-lo?

— Sim, daqui a pouco, no pôr do sol.

— Onde?...

— Gênio aparecer em cima daquele arrecife que ficar em frente à baía. Hoje sacrificar um jacaré à divindade do mar.

— Mas o que vem a ser esse gênio afinal? Um homem ou uma mulher?

— Uma mulher.

— Uma mulher! — exclamou o Corsário, empalidecendo.

— Ser a rainha da tribo.

O Corsário parecia ter sido fulminado por um raio. Olhava para o indígena com olhos desmedidamente dilatados, enquanto a sua palidez aumentava de um momento para outro e o peito se elevava com sofreguidão.

— Uma mulher!... Uma mulher! — repetiu ele com voz alquebrada. — Que dúvida!... Será que é a Honorata?... Bom Deus!... Disseram que ela naufragou nestas praias!... Chefe, eu preciso vê-la!...

— Impossível — respondeu o indígena. — Estar tomando banho de mar.

— Então me diga qual é o nome dela! — gritou o Corsário, dominado por tanta ansiedade que parecia ter enlouquecido.

— Já dizer que chama gênio do mar.

— Como ela chegou aqui?

— Índios recolher o gênio no meio das ondas, nos destroços de uma nave.

— Quando?

— Não saber medir o tempo. Só saber que na época tribo estar em combate com tribos do norte.

— Há quantas luas? — gritou o Corsário, cada vez mais ansioso.

— Não lembrar.

— Diga à sua rainha que nós somos os corsários de Tortuga.

— Dizer, depois do sacrifício — disse o indígena.

— E também que eu sou o Cavaleiro de Ventimiglia.

— Eu lembrar desse nome. Adeus. Ela estar me esperando no alto do arrecife.

Dito isso, o indígena se afastou a passos rápidos, indo em direção à praia, onde já se viam numerosas chalupas lotadas de selvagens, prontas para se pôr ao largo.

A RAINHA DOS CARAÍBAS

O senhor de Ventimiglia olhou para os companheiros. Estava completamente alterado: à palidez cadavérica de pouco tempo antes se sobrepusera um corado febril, enquanto nos seus olhos brilhava uma chama vigorosa.

— Amigos — disse ele com voz estrangulada. — Ela está aqui!...

— O senhor ainda não tem certeza, senhor — disse Carmaux.

— Pois eu digo que a Honorata está aqui! — gritou ele, exaltado.

— Será possível que a duquesa flamenga tenha se transformado na rainha dos antropófagos? — exclamou Wan Stiller. — E se, em vez dela, for uma outra mulher? Alguma espanhola que escapou de um naufrágio, por exemplo.

— Não. O meu coração está me dizendo que essa mulher é a filha de Wan Guld.

— E agora estamos salvos ou perdidos? — perguntou Carmaux a si mesmo.

O Corsário não respondeu. Agarrado às barras da gaiola, ofegante, arquejante, com a testa perolada de suor frio, olhava para o arrecife em cujo cume o gênio do mar deveria aparecer em pouco tempo. Um tremor convulso agitava os seus membros.

A cerimônia do sacrifício começou.

Uma multidão de índios invadiu a praia, enquanto numerosas chalupas percorriam a baía e se dirigiam para o arrecife.

Do mar vinham cantos estranhos e, a intervalos regulares, ressoavam golpes surdos que pareciam ser dados por um enorme tambor.

A rainha dos antropófagos, rodeada dos chefes e dos mais famosos guerreiros da tribo, devia ter começado os sacrifícios destinados às divindades do mar. Mas as rochas impediam que os corsários assistissem à estranha cerimônia. Os índios apinhados na praia estavam ajoelhados e uniam suas vozes àquelas que vinham do arrecife. Era um canto triste, monótono, sem ímpeto, que parecia o contido rebentar das ondas contra a costa.

De repente, contudo, se fez um grande silêncio. Todos os índios deitaram no chão, com a testa apoiada na areia.

O sol estava se pondo. Ele vinha descendo para o mar entre duas nuvens cor de fogo, enviando os últimos raios exatamente para o cume do arrecife.

Tudo o que havia em volta da água estava brilhando, como se jatos de ouro derretido tivessem se misturado à paisagem ou saído da profundeza do mar.

300

A RAINHA DOS ANTROPÓFAGOS

O Corsário não desviava os olhos do topo em que deveria aparecer a rainha dos antropófagos. O coração dele batia tão forte que parecia que querer saltar do peito, enquanto gotas de suor sulcavam o seu rosto, que empalidecera muito de novo.

Carmaux, Wan Stiller e Moko, também dominados por uma forte ansiedade, foram para o lado dele.

— Olhem! É ela! — exclamou o Corsário de repente.

No fundo afogueado do céu apareceu uma forma humana. Mantinha-se ereta na ponta extrema do arrecife, com os braços estendidos para a tribo que abarrotava a praia. A distância que a separava dos flibusteiros impedia que estes pudessem reconhecê-la, mas o coração do Corsário teve um sobressalto. Alguma coisa, como uma espécie de coroa de metal, provavelmente de ouro, brilhava na cabeça da rainha, e um enorme manto, que parecia feito de penas multicoloridas, a envolvia dos ombros aos pés. Os braços também, que pareciam nus, brilhavam com peças de metal, talvez pulseiras ou braceletes.

Os cabelos estavam soltos e ondulavam graciosamente em volta da rainha sob os primeiros sopros da brisa noturna.

— Está vendo, senhor? — perguntou Carmaux.

— Estou — respondeu o Corsário, com voz sufocada.

— Conseguiu reconhecê-la?

— Parece que tem um véu diante dos meus olhos... mas meu coração está batendo forte e me diz que aquela mulher é a mesma que eu abandonei no mar tempestuoso do Caribe.

Naquele instante, uma voz forte e poderosa, a do chefe índio, ecoou pelo ar:

— Guerreiros vermelhos!... A nossa rainha proclamar que homens brancos ser sagrados, filhos das divindades marinhas!... Maldição a quem tocar neles!

Naquele instante, o sol desapareceu e a escuridão baixou rapidamente, ocultando a rainha dos antropófagos do olhar dos corsários.

O senhor de Ventimiglia deslizou para o chão, escondendo o rosto nas mãos. Seus companheiros pensaram ter ouvido algo como um soluço surdo. Os índios abandonaram a praia e as chalupas atracaram.

Ao passar diante da gaiola, homens, mulheres e crianças se inclinavam, como se os prisioneiros tivessem se transformado, sem a menor sombra de dúvida, em verdadeiras divindades. A procissão terminara, quando

A RAINHA DOS CARAÍBAS

apareceu o chefe seguido de quatro guerreiros transportando galhos resinosos acesos.

Com uma porretada derrubou quatro barras e, puxando o Corsário por uma mão, disse:

— Vem. Rainha estar esperando.

— Você disse o meu nome a ela? — perguntou o senhor de Ventimiglia.

— Sim.

— Então me diga se ela tem cabelos louros ou castanhos.

— Da cor do ouro.

— Honorata! — exclamou o Corsário, apertando o peito com as duas mãos. — Vamos!... Leve-me à sua rainha!

O indígena atravessou a aldeia, que parecia deserta, sem que se visse nenhuma luz nas cabanas nem se ouvisse nenhum barulho, entrou na floresta que a lua começava a iluminar e, quinze minutos depois, parou diante de uma grande habitação que surgia no meio de uma mata de magnólias.

Era uma construção à qual não faltava certa elegância, com as paredes cobertas de esteiras de cores vivas, uma varanda que a contornava por todos os lados e um telhado duplo que terminava em ponta para protegê-la dos ardentes raios de sol. Um candeeiro, certamente resto de alguma nave naufragada naquela região, iluminava de leve o interior, deixando na penumbra boa parte da ampla sala.

Pálido como um fantasma, o Corsário parou na soleira. Sentia como se houvesse um denso véu diante dos seus olhos.

— Entrar — disse o chefe, que parara do lado de fora, junto com os quatro guerreiros. — Rainha estar aqui!

Uma forma humana, envolvida em um amplo manto de penas de jacamar verdes e douradas com listras fulgurantes e uma coroa de ouro na cabeça se destacou da parede oposta e avançou lentamente na direção do Corsário. Chegando a três passos dele, abriu o manto, atirando para trás ao mesmo tempo, com um rápido movimento da cabeça, os opulentos cabelos louros que caíam sobre os ombros e o peito em uma desordem graciosa. Era uma criatura belíssima, de vinte ou vinte e dois anos, pele rosada, olhos enormes que emitiam lampejos vivos e uma boca minúscula que deixava entrever dentes pequenos como grãos de arroz e brilhantes como pérolas. O corpo estava envolvido por uma espécie de vestido de seda azul, preso

302

nos quadris por um cinto de ouro, e os braços, carregados de braceletes de grande valor. No meio do peito trazia o emblema do sol em prata maciça.

O Corsário caiu de joelhos diante dela, exclamando com voz sufocada:

— Honorata!... Perdão!

A rainha dos antropófagos, ou melhor, a filha de Wan Guld, ficou imóvel diante dele. O seio, contudo, se elevava impetuosamente, enquanto soluços surdos morriam em seus lábios.

— Perdoe-me, Honorata — repetiu o Corsário, estendendo os braços.

— Eu já o perdoei... Na própria noite em que você me abandonou no mar do Caribe... Você estava vingando os seus irmãos.

Em seguida, explodiu no choro, escondendo o belo rosto no peito do orgulhoso batedor dos mares.

— Cavaleiro — murmurou ela. — Eu ainda o amo!

O Corsário deu um grito de suprema alegria e apertou a jovem mulher junto ao coração. Mas de repente se afastou dela, quase com horror, cobrindo o rosto com as mãos.

— Que destino cruel! — exclamou ele. — Estamos falando assim, enquanto entre mim e você esse triste destino que me persegue derramou tanto sangue!

Ao ouvir aquelas palavras, Honorata recuou e deu um grito.

— Ah! — exclamou ela. — Meu pai morreu!

— Morreu — disse o Corsário com voz fúnebre. — Ele está dormindo o sono eterno nos abismos do grande golfo, no mesmo túmulo em que repousam os meus irmãos.

— Você o matou!... — soluçou a pobre jovem.

— Foi o destino que o matou — respondeu o Corsário. — Ele afundou com o seu navio, enquanto tentava me atrair também para o grande túmulo de água, pondo fogo na pólvora da minha nave.

— E você escapou da morte!

— Deus não permitiu que eu morresse sem antes ver você de novo.

— Peço perdão por meu pai!

— As almas dos meus irmãos foram aplacadas — disse o Corsário com voz sombria.

— E a sua?

— A minha?... O homem que eu odiava não está mais vivo, e a vingança não sobrevive para além do túmulo. Minha missão acabou.

— E o seu amor também acabou, cavaleiro? — soluçou Honorata.

A RAINHA DOS CARAÍBAS

Um gemido surdo foi a resposta.

De repente, o Corsário tomou a jovem por uma mão, dizendo:

— Venha!...

— Aonde você vai me levar?

— Você precisa ver o mar.

Arrastou-a para fora da casa e a levou para a floresta, se embrenhando sob as enormes árvores.

A um sinal da rainha, o chefe índio e seus guerreiros pararam no momento em que se dispunham a segui-la.

A noite estava maravilhosa, uma das mais bonitas que o Corsário já tinha admirado nos trópicos. A lua resplandecia em um céu limpíssimo, sem nenhuma nuvem, projetando os raios azulados nos pinheiros gigantescos e nos ciprestes fúnebres da floresta.

O ar estava calmo, tépido, carregado do perfume delicioso das magnólias, das margaridinhas amarelas e dos maracujazeiros. Um silêncio quase absoluto, repleto de paz e de mistério, reinava sob as grandes plantas. Apenas de vez em quando, a distância, se ouvia o quebrar de uma onda impulsionada pela maré.

O Corsário enlaçou com o braço direito a cintura fina da jovem mulher que, por sua vez, pousou a loura cabeça nos ombros dele. Caminhavam lentamente, em silêncio, ora se ocultando sob a sombra escura das plantas, ora aparecendo à luz do astro noturno.

— Gostaria de morrer assim, no meio do perfume das flores e com o luar diante dos olhos, sob esta sombra misteriosa — disse Honorata de repente. — Quem dera que as minhas pálpebras fechassem para sempre neste momento, para nunca mais abrir.

— É verdade. A morte, o esquecimento! — respondeu o senhor de Ventimiglia com voz sombria.

O mar estava começando a aparecer através dos troncos das árvores. Brilhava como uma imensa laje de prata e tremulava vagamente sob o impulso da maré. As ondas emitiam um murmúrio surdo e se quebravam com um barulho cada vez mais audível.

O Corsário parou perto de um maracujazeiro enorme e ficou olhando com uma espécie de ansiedade para a brilhante superfície do mar. Parecia estar tentando encontrar alguma coisa no meio daquele fluxo prateado.

— Eles estão dormindo ali — disse ele de súbito. — Talvez a esta hora saibam que estamos unidos e voltem à superfície para nos amaldiçoar.

A RAINHA DOS ANTROPÓFAGOS

— Cavaleiro! — exclamou Honorata aterrorizada. — Que loucura!

— Você acredita que o ódio se apagou na alma atormentada do seu pai? Acredita que o seu cadáver não está se agitando ao saber que estamos juntos? E os meus irmãos, aos quais jurei exterminar toda a sua raça?

— Eles estão voltando à superfície — prosseguiu o Corsário, que parecia dominado por um vivo arrebatamento. — Eu os vejo subir dos abismos do mar e deslizar pelas ondas iluminadas. Eles estão vindo para amaldiçoar o nosso amor, para recordar os meus juramentos, para me dizer que, entre você e eu, existem quatro cadáveres... Sangue... E ódio... Ódio... E eles talvez não saibam quanto eu a amei e quanto chorei por você, Honorata, depois daquela noite fatal em que a abandonei sozinha, no meio da tempestade, confiando você à misericórdia de Deus!... Olhe para eles, Honorata, olhe!... Ali está o Corsário Verde... E o Vermelho... E o seu pai... E também o meu outro irmão que morreu nas terras de Flandres...

— Cavaleiro — exclamou a jovem aterrorizada. — Volte a si!...

— Venha!... Venha!... Quero vê-los!... Quero dizer a eles que eu a amo!... Que quero que você seja a minha mulher!... Que as suas almas voltem aos negros abismos do Grande Golfo e que não subam mais à superfície.

Parecendo ter perdido completamente a razão, o Corsário arrastava Honorata para a praia. Seus olhos emitiam lampejos estranhos e um tremor convulso agitava seus membros.

A jovem rainha dos antropófagos se deixava levar sem opor a menor resistência, embora tivesse compreendido que o Corsário estava correndo ao encontro da morte.

Quando chegaram à praia, a lua estava prestes a cair no mar. Uma imensa faixa de prata se projetava na água, que parecia ter subitamente adquirido uma transparência insólita. O Corsário parou e se inclinou para a frente, com os olhos muito dilatados e fixos naquela faixa brilhante.

— Eu os vejo!... Estou vendo!... — exclamou ele. — Ali estão os quatro defuntos que sobem do fundo do mar e se estendem sobre as ondas iluminadas!... Estão olhando para nós!... Estou vendo os olhos deles brilhando como brasas na água!... Você não ouviu o gemido do meu irmão que morreu nas terras flamengas?

— É a brisa noturna que está sussurrando entre os ciprestes — disse a jovem.

305

— A brisa!... — exclamou o Corsário, como se não tivesse entendido. — Não, é o vento que vem de Flandres!... É o grito do meu irmão assassinado ao pé do rochedo!....

E esse grito? Você ouviu!... É do Corsário Verde!... Ele gritou assim na noite em que eu retirei o seu corpo da forca de Gibraltar.

E esse ribombar que ecoa nos meus ouvidos?... É a fragata explodindo!... A nave que o seu pai afundou!...

— Venha, a nave também deve voltar à superfície!... Talvez a minha *Folgore*, que foi engolida pelo Atlântico, também suba!...

Sempre mantendo a jovem mulher ao seu lado, o Corsário desceu para a praia. As ondas impulsionadas pela maré quebravam em suas pernas e caíam, murmurando e brilhando sob os últimos raios do luar.

Ele agora estava carregando a jovem rainha nos braços fortes e avançava entre as ondas, gritando:

— Estou chegando!... Meus irmãos!... Estou chegando!...

Subitamente ele parou. Já estava com a água na altura da cintura, e as ondas chegavam até os seus ombros.

— Onde estou? — perguntou a si mesmo. — Mas o que é que eu estou fazendo?... Honorata!...

A jovem estava com os braços enlaçados no pescoço dele e o seu cabelo loiro enroscava em volta do Corsário.

— A vida ou a morte? — perguntou ele.

— O seu amor — respondeu a jovem com um fio de voz.

* * *

No dia seguinte, Carmaux, Moko, Wan Stiller e os índios vasculharam a praia e encontraram na areia a coroa e o manto de penas da rainha e a misericórdia do Corsário.

Depois de contar as chalupas, descobriram que estava faltando uma.

EMILIO SALGARI
UMA CRONOLOGIA

1878-1879 – Frequenta como ouvinte o primeiro Curso Náutico no Regio Istituto Tecnico di Marina Mercantile de Veneza.

1879-1880 – Frequenta, com sucesso, o primeiro ano do Curso para Capitães de Longo Curso.

1880-1881 – Frequenta o segundo ano do Curso para Capitães, mas é reprovado e não repete os exames. Enquanto isso, escreve contos e poesia e desenha cenas exóticas de navios, batalhas, selvas e mares.

1883 – Aos vinte anos, publica em quatro capítulos o seu primeiro conto, "*I selvaggi della Papuasia*", no *Valigia*, um periódico de Milão. No mesmo ano, publica no jornal veronês *La Nuova Arena*, como folhetim, o seu primeiro romance curto, *Tay-See*, uma história de amor oriental, que é ampliada em 1897 e se torna *La Rosa del Dong-Giang*, romance de aventuras para crianças.

1883-1884 – O segundo romance, uma história muito original de piratas dos mares de Bornéu, *La Tigre della Malesia*, é publicado como folhetim no *Nuova Arena*; a nova elaboração deste romance, com modificações oportunas e com o título de *Le Tigri di Mompracem*, será publicada em 1900 e acaba sendo um dos seus romances mais famosos.

1884 – É contratado como redator/cronista no *Arena* de Verona.

1885 – Em setembro vence um duelo de sabres, mas passa seis dias preso.

1887 – A importante editora milanesa de viagens, Guigone, publica o primeiro romance em volume de Salgari, *La Favorita del Mahdi*, que já fora publicado como folhetim no *Nuova Arena* em 1884: aos vinte e cinco anos, a obra de Salgari sai dos confins da província. *Gli strangolatori del Gange*, que em 1895 se tornará *Os Mistérios da Selva Negra*, é publicado como folhetim, em Livorno.

1888 – Sai seu primeiro romance remodelado sobre a obra fantástica de Julio Verne, *Duemila leghe sotto l'America*.

1889 – O pai de Salgari, que sofre de depressão, se suicida.

1891 – Virginia Tedeschi Treves (aliás, Cordelia), diretora do *Giornale dei Fanciulli* (Jornal dos Jovens), de Verona, da grande editora Treves, publica como folhetim *La Scimitarra di Budda*, primeiro conto adequadamente concebido para crianças. No ano seguinte (1892), ele será publicado em volume pela mesma editora.

1892 – Casa-se com Ida Peruzzi (Aida).

307

A RAINHA DOS CARAÍBAS

1893 – *Il Giornale dei Fanciulli* publica como folhetim um romance do mar, *Il pescatori di balene*, que sairá em volume no ano seguinte, sempre pela Treves.

1894 – Estabelecido em Turim com a família, dedica-se integralmente a escrever. Saem os primeiros volumes editados nessa cidade: pela Paravia, *Il continente misterioso*, ambientado na Austrália, e pela Speirani, *Il tesoro del Presidente del Paraguay*, e uma coleção de contos do mar, *Le novelle marinaresche di Mastro Catrame*. Inicia-se então uma importante colaboração com a Speirani, que publica as obras de Salgari, curtas ou longas, em seus vários periódicos destinados aos jovens ou à leitura amena para o grande público.

    Nesse mesmo ano ele adquire o hábito de enviar uma cópia dos seus romances à Rainha Margherita.

1895 – Ano crucial para Salgari: pelas duas editoras que serão fundamentais na história editorial dos seus romances, a Donath de Gênova e a Bemporad de Florença, saem respectivamente os volumes *Os mistérios da Selva Negra* e *Un dramma nell'Oceano Pacifico*. Este último é o primeiro romance salgariano a ter uma heroína não tradicional, enérgica e independente.

    Sai também o seu primeiro romance histórico, *Il Re della Montagna*, ambientado na Pérsia dos anos 700.

    Além disso, o seu primeiro romance de fantasia futurista, *Al Polo Australe in velocipede*, antecipa a descoberta do Polo Sul.

    A família Salgari se muda para o interior, ao norte de Turim, na região de Cuorgnè, perto das montanhas do Parque Nacional Gran Paradiso.

1897 – Em abril, o Rei Umberto I lhe confere o título honorário de "Cavaleiro da Coroa da Itália". Até o final desse ano, já terá publicado vinte e um romances.

1898 – Entre o final de 1897 e o início de 1898, firma o seu primeiro contrato de exclusividade com Antonio Donath, "editor livreiro" de Gênova. Muda-se com a família para Sanpierdarena, no litoral liguriano, perto de Gênova.

    Depois de *I pirati della Malesia* (1896), inicia um novo ciclo sobre piratas, desta vez ocidentais, com *Il Corsaro Nero*.

    Il tesoro del Presidente del Paraguay (1894) é traduzido para o alemão; publicado pela Alphonsus, de Münster, Westphalia.

1899 – Pela Donath saem os primeiros romances publicados sob um pseudônimo, assinados por "E. Bertolini": *Avventure straordinarie d'un marinaio in Africa* e *Le caverne dei diamanti*, este último adaptado de uma tradução francesa do grande sucesso *As Minas do rei Salomão*, de H. Rider Haggard.

    Os mistérios da Selva Negra e *I Robinson italiani* são traduzidos para o francês, pela Montgrédien, Paris.

1900 – Salgari e a família voltam a Turim e ficam na cidade ou nos arredores até 1911. Sai em volume *Le Tigri di Mompracem*. Apesar da enorme estima da família real, ele corre o risco de ser processado depois de publicar as suas "notícias" sobre a viagem de exploração do Ártico do Duque de Abruzzi. Consegue evitar o processo mudando o título no ano seguinte para *La "Stella Polare"* e *Il suo viaggio avventuroso*.

1900-1901 – Começa a passar por dificuldades econômicas, mas um novo contrato de exclusividade com a Donath, assinado em maio de 1901, dobra os seus ganhos, que chegam a três mil liras anuais

308

EMILIO SALGARI – UMA CRONOLOGIA

por três romances originais a cada ano, durante três anos (1902/1904). Fica estipulado que Salgari está proibido de usar pseudônimos, mas ele continua a fazer isso em outras editoras. No final de 1901 começa a publicar os seus romances também na Argentina.

1903 – No verão, Aida tem que deixar a família para se tratar.

1904 – Em fevereiro sai o primeiro número do semanário fundado pela Donath, *Per Terre e Per Mare*. Jornal de aventuras e de viagens, dirigido pelo Capitão Cavaleiro Emilio Salgari, para o qual ele escrevia uma parte substancial (artigos divulgadores, novelas e romances em capítulos). Lido por milhares de crianças, o periódico não era endereçado exclusivamente a elas: no segundo ano de publicação (Ano II), de fato o subtítulo foi mudado para *Avventure e viaggi illustrati. Scienza popolare e letture amene. Giornale per tutti*.

1905 – Em julho, na revista da Donath, são mencionados os inúmeros plágios cometidos em prejuízo de Salgari.

1905-1906 – Ambientou dois romances no mundo antigo: *Le figlie dei Faraoni* e *Cartagine en fiamme*.

1906 – Firma um contrato de exclusividade para quatro romances ao ano com Enrico Bemporad, de Florença, que, no mês de junho, lança *Il Giornalino della Domenica*, com contribuições de todos os milhares de escritores da época: esse será um dos periódicos infantis mais felizes jamais publicados. Em julho, cessa a publicação de *Per Terre e Per Mare*. Desse momento em diante, quase todas as novidades salgarianas saem pela Bemporad, e Salgari não fará mais uso de pseudônimos.

1908 – A família Salgari se muda do centro de Turim para a periferia, perto da Madonna del Pilone, a uma pequena distância da "colina" de Torino.

1909 — Sente-se oprimido pelo trabalho e procura cuidados médicos. Publica o único livro que não fala de aventuras, *La Bohème italiana*, baseado mais no romance francês de Murger do que na ópera lírica de Puccini; uma série de anedotas humorísticas contidas nesse livro reflete alguns aspectos da sua mocidade.

1910 – Declínio da saúde de Aida e de Salgari também, que recebe o diagnóstico de uma neurastenia; primeira tentativa de suicídio.

1911 – Em abril desse ano, poucos dias depois da internação de Aida em um manicômio, Salgari se suicida na colina de Turim. Estava com 48 anos.

1912 – Em fevereiro, o corpo de Emilio Salgari faz sua última viagem, de Turim para Verona, e é definitivamente sepultado na sua cidade natal.

Emilio Salgari aos 35 anos de idade.

livros da tribo

COLEÇÃO PIRATAS DAS ANTILHAS

O CORSÁRIO NEGRO

A RAINHA DOS CARAÍBAS

IOLANDA, A FILHA DO CORSÁRIO NEGRO

O FILHO DO CORSÁRIO VERMELHO

OS ÚLTIMOS FLIBUSTEIROS

CADASTRO
ILUMI//URAS

Para receber informações
sobre nossos lançamentos e
promoções envie e-mail para:

cadastro@iluminuras.com.br

Este livro foi composto em Goudy old style
e Din Schrift pela *Iluminuras* e terminou
de ser impresso no dia 17 de novembro de
2010 nas oficinas da *Orgrafic Gráfica*, em
São Paulo, SP, em papel Polen Soft 80g.